미스터리
서점의
크리스마스
이야기

옮긴이 **이리나**

영문학을 전공하고 영어와 스피치 강사로 활동했다. 인생의 전반이 밖으로 향하는 삶이었다면 후반은 책을 통해 내실을 다지는 삶을 살고자 '부활'을 의미하는 'rinascita'의 줄임말, '리나'를 필명으로 다시 태어났다. 현재 외서 기획 및 전문 번역가로 활동하고 있으며 옮긴 책으로는 『루시 핌의 선택』, 『눈 먼 사랑』, 『크리스틴의 양초』 등이 있다.

CHRISTMAS AT THE MYSTERIOUS BOOKSHOP
Edited by Otto Penzler
Copyright © 2010 by Otto Penzler
Korean translation copyright © 2016 by Booksphere
All rights reserved.
Korean translation rights arranged with Sobel Weber Associates, Inc., New York, through Shinwon Agency Co., Seoul.

이 책의 한국어판 저작권은 신원에이전시를 통해 저작권자와 독점 계약한 북스피어에 있습니다.
저작권법에 의해 한국 내에서 보호를 받는 저작물이므로 무단 전재 및 무단 복제를 금합니다.

* 이 도서의 국립중앙도서관 출판예정도서목록(CIP)은 서지정보유통지원시스템 홈페이지(http://seoji.nl.go.kr)와 국가자료공동목록시스템(http://www.nl.go.kr/kolisnet)에서 이용하실 수 있습니다. (CIP제어번호 : CIP2016028834)

미스터리
서점의
크리스마스
이야기

에드 맥베인 · 로렌스 블록 외 지음
오토 펜즐러 엮음 | 이리나 옮김

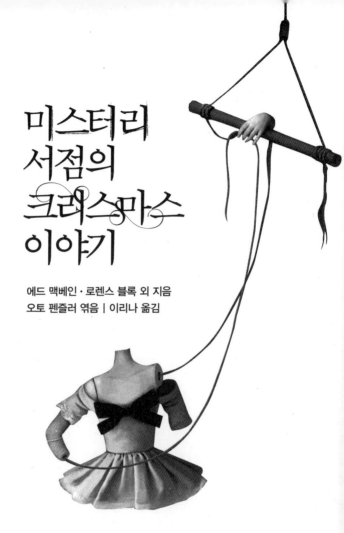

북스피어

멋진 출판인이자 사랑하는 친구인

클레이본 핸콕과 제시카 케이스에게

차례

서문

오토 펜즐러

내게 서점은 어릴 때부터 흠모와 경이의 장소였고, 그 후 수십 년 동안 거의 변함이 없다. 내 삶을 지속적으로 황홀하고 행복하게 해주는 것 중의 하나는 우리 서점을 방문한 고객들이 건네는 다정한 말 한마디이다.

서점 덕분에 기쁘고 뿌듯한 일이 많지만, 경제적인 수익 면에서는 별 재미가 없다. 소중한 자산인데도 보수를 많이 못 주고 있는 우리 직원들에게 물어봐도 좋다! 다른 많은 독립 서점과 마찬가지로 우리 서점도 거대 기업의 체인점과 무소불위의 권력자인 온라인 서점과 그리고 최근에 등장해서 구식 서점을 크게 위협하는 전자책에 맞서 힘든 싸움을 하고 있다. 그렇지만 우리가 크게 번창하지 못해도 그나마 견딜 수 있는 까닭은 충성스러운 고객들의 우정과 추리소설 작가 사회의 관대함 덕분이다.

나는 고객의 성원에 보답하기 위해 지난 17년간 매년 크리스마스를 즈음하여 미국에 거주하는 훌륭한 추리소설 작가들에게 독창적인 이야기를 써 달라고 주문했다. 그런 다음 소책자로 제작해서 고객들에게 크리스마스 선물로 나눠 주었다. 작가들이 따라야 할 기준은 세 가지였다. 이야기가 크리스마스 시즌을 배경으로 할 것, 미스터리를 포함할 것, 적어도 몇몇 장면은 '미스터리 서점'에서 일어날 것이었다.

그리하여 완성된 이야기들은 익살스러운 것에서부터, 긴장감이 넘치는 것, 가슴 따뜻한 것까지 다양했다. 인기도 상당해서 평소에는 별 관심이 없는 독자들도 (아아! 슬프다) 크리스마스 시즌만 되면 소책자를 손에 넣겠다는 일념으로 책을 주문하기에 이르렀다. 또 수집 가치도 커져서 열일곱 편을 모두 담은 이 책보다 책자 하나하나가 더 비싸게 팔렸다(고들 한다).

작가 여러분의 따뜻한 우정이 없었으면 이 책은 탄생하지 못했을 것이다. 장담하건대 그들은 절대 돈을 바라고 글을 쓰지 않았다. 『미스터리 서점의 크리스마스 이야기』가 베스트셀러 목록에 오른다 해도 기고자들의 삶은 전혀 달라지지 않는다. 반면 우리 서점의 명운에는 영향을 미칠 것이다. 이 책으로 벌어들이는 수익금은 곧장 서점 계좌로 들어가 내 채권자들을 전율케 할 것이다.

'미스터리 서점'은 1979년 4월 13일 금요일에 처음 문을 연 후 거의 27년간 서 56번가 129번지에서 고객들을 만났다. 나선 계단으로 연결된 이 층짜리 매장과 이층 안쪽에 자리한 나의 우아한 서재로 유명했다. 그러다 2004년 10월 트리베카의 워런 가 58번지에 있는 더 크고, 더 현대적인 (그러나 덜 안락한) 건물로 이전했다는 사실도

짚고 넘어가야겠다.

더불어, 나는 실제 존재하지만 몇몇 이야기에서 내 이름으로 등장하는 사람은 가공의 인물이라는 것도 언급할 가치가 있겠다.

그럼, 즐거운 크리스마스 보내시길!

오토 펜즐러, 2010

미스터리 서점

워런 가 58번지

뉴욕, N.Y. 10007

www.mysteriousbookshop.com

아낌없이 주리라

도널드 E. 웨스트레이크

도널드 E. 웨스트레이크(Donald E. Westlake) / 1933~2008

소설가, 각본가. 사기꾼이자 도둑인 도트문더(Dortmunder)가 등장하는 유머러스한 시리즈와 필명 리처드 스타크(Richard Stark)로 발표한 '파커(Parker) 시리즈'로 유명하다. 에드거 상을 세 번 수상했다.

† Give Till It Hurts (1993)

로마 시대 청동 주화를 주머니에 가득 넣고 달리려니 여간 힘든 게 아니었다. 무릎을 휙휙 감아 도는 긴 치마도 무척 성가셨다. 거추장스러운 흰 드레스 속에 입은 바지가 자꾸 내려가서 연신 추어올렸다. 그는 숨을 헐떡이면서 이 호텔은 도망치기에 너무 큰데 몸을 숨기기에는 너무 작다며 구시렁댔다.

사실 이 드레스는 일반적인 드레스가 아니라 아라비아 사람들이 입는 헐렁한 민소매 옷인 아바aba였다. 그러나 달리는 데 성가시기로는 세상 어느 드레스 못지않았다. 수십 년 전에 영화 〈아라비아의 로렌스Lawrence of Arabia〉를 어떻게 찍었을까? 아마 특수 촬영기법을 썼을 것이다.

띠로 고정한 두건 케피에도 한가로이 거닐 때는 멋지지만 쓰고 달리려니 눈 위로 자꾸 미끄러져서 골치였다. 특히 지금처럼 모퉁이를 돌 때면 더더욱.

도트문더가 모퉁이를 돌았을 때 행사에 참가한 아라비아 화폐 연구가 예닐곱 명이 열심히 떠들면서도 치마를 발끝으로 솜씨 좋게 탁 탁 걸어차며 걸어오고 있었다. 어떻게 그게 가능한 걸까?

도트문더는 속도를 줄여 산책하듯 천천히 걸었고, 이슬람의 지도 자인지 뭔지 하는 사람들이 다가올 때마다 환하게 웃어 보였다. 어떤 상황에서든 효과를 발휘하는 단어 '사와미ᴴ힌두교에서 종교적인 스승을 일컫는 '스와미'를 잘못 발음한 것'를 외치는 것도 잊지 않았다. "사와미, 사와미."

웃음으로 화답한 그들은 고개를 끄덕이며 무슨 말인가를 남기고 모퉁이를 돌았다. 운이 따라 준다면 경찰은 이들 중 한 명을 체포할 것이다.

자, 맨해튼의 큰 호텔에서 고대 주화가 거래되고 아랍 부호들이 중개인과 고객으로 참석할 예정이라는 소식을 우연히 들었다면, 아랍 부호처럼 차려입고 찾아가 좀 어울리면서 슬쩍할 만한 게 있는지 봐야만 하지 않는가? 턱수염이 덥수룩하고 목소리가 큰 중개인이 도트문더가 주머니에 뭔가를 집어넣는 장면을 보지만 않았어도 모든 일이 순조로웠을 것이다. 아무튼 그는 간신히 추적을 피했다. 하지만 호텔의 어떤 출구든 그것을 통해 빠져나가려고 한다면 수많은 비우호적인 손길이 그의 팔을 붙들 터였다.

어떡하지? 어떻게 한다? 추적자들은 이미 도트문더가 위장해서 잠입했다는 사실을 눈치챘을 테니 성급하게 분장을 벗어 버릴 수도 없었다. 사실 "사와미, 사와미? 하, 하, 사와미!" 이상의 복잡한 말을 할 필요가 없는 경우에 한해 변장은 호텔에 온 다른 손님들 속으로 섞이게 하는 데 도움이 됐다.

적어도 도트문더는 산타클로스 분장을 준비하진 않았다. 쇼윈도에 장난감이 넘쳐나고 눈 때문에 신발이 질척거리는 이맘때에는 공공장소에서 도둑질이 일어날 때마다 경찰이 즉시 가장 가까이에 있는 산타를 체포한다. 좀도둑들이 가장 선호하는 변장이 바로 산타클로스라는 것은 익히 알려진 사실이었다.

그러나 도트문더는 아니었다. 빨간 옷을 입고 흰 자루를 들었다가 수갑을 차기보다는 지도자들 틈에서 머리에 천을 쓰고 있는 게 더 낫다고 생각했다. 낙타는 편히 있게 집에 놔두고.

어떤 문에 '출입 금지'라고 쓰여 있었다. 완벽했다. 도망을 치려면 '입장 금지' 혹은 '관계자 외 출입 금지', 아니면 '들어가지 마시오'라고 적힌 문을 찾아야 했다. '빠른 출구'의 동의어이기 때문이다. '출입 금지'라고 적힌 이 특별한 문은 L자로 꺾인 모퉁이 너머에 있어서 쉽게 보이지 않았다. 도트문더는 텅 빈 복도의 이쪽저쪽을 살핀 후 손잡이를 돌려 보았지만 잠겨 있었다. 그는 잠시 뒤로 물러나 어떤 자물쇠인지 살폈다.

오, 이런 종류라면 문제없지. 그는 치마를 들어 올린 후 주화가 가득한 바지 주머니에 손을 넣어 작은 가죽 가방을 꺼냈다. 길고 가는 금속 도구가 든 가방인데, 일전에 경찰에게 그 도구를 손톱 손질용이라고 둘러댄 적이 있었다. 그때 경찰은 도트문더의 손톱을 보고 한참 웃었다.

그 도구로 문을 연 도트문더는 비상벨이 울리거나 안에 사람이 있는지 확인한 다음 조심스럽게 미끄러져 들어가 문을 닫았다. 손으로 벽을 더듬어 전등 스위치를 찾아 불을 켜 보니 비품 보관실이었다. 시트, 타월, 휴지, 비누, 1리터들이 흰색 플라스틱 커피 주전자, 작은 샴푸병 등으로 가득했다. 이런, 빌어먹을. 출구가 아니잖아.

도트문더는 나가려고 몸을 돌려 문으로 손을 뻗다가 미풍을 느꼈다. 어라? 다시 뒤돌아 물건으로 빽빽한 작은 방을 유심히 살폈다. 안쪽에 살짝 열린 내리닫이 창이 있었다.

여기는 몇 층이지? 도트문더는 너무 높아 나중에 후회하게 될지도 모르는 곳에서 여러 번 창밖으로 몸을 날린 적이 있고, 어쨌든 아직 죽지 않고 살아 있다. 그러나 지금은 도대체 몇 층인지 알 수 없었다.

창문은 타월이 쌓인 선반 뒤에 있었다. 도트문더는 타월을 밀어내고 선반 사이로 머리를 내밀어 창문을 더 연 다음 무자비한 12월의 어둠을 내다보았다. 3층, 아니면 5층. 아무리 가늠해도 도무지 몇 층인지 알 수 없었다. 오른쪽에는 57번가를 마주한 높은 빌딩의 후면, 왼쪽에는 56번가를 마주한 좀 더 낮은 건물의 후면이 자리했다.

이런 경우 사람들은 침대 시트로 끈 사다리를 만들지 않던가? 분명 그랬다. 도트문더도 앞선 자들을 따르기로 했다. 먼저 손잡이에 시트를 묶은 커피 주전자를 창밖으로 내보낸 다음 주전자가 바닥에 부딪히는 소리가 날 때까지 시트를 계속 연결해서 아래로 내렸다.

아주 멀었다.

내려다보지 마. 스스로를 다독인 도트문더는 맨 마지막 시트를 선반 버팀대에 묶고 아랍풍 의상을 벗은 후 리넨 보관실의 불을 껐다. 그러고는 어두운 방에 서서 이 상황에서 창문 밖으로 내려놓은 시트에 매달리려면 어떻게 해야 할지 계산했다. 선반 사이로 기어들어가 머리부터 창밖으로 내미는 짓은 순전히 미친 짓 같았다. 잘못된 방향으로 떨어질 수 있는데다 오래 매달려 있지 못할 수도 있다. 그렇다고 일단 발 먼저 선반에 올려 좁은 틈으로 통과시키기도 불가능했다.

흠, 안 그래도 어려운 일을 어둠 속에서 하려니 더 시간이 걸렸다. 몸 이곳저곳이 나무 선반에 부딪혔다. 여러 번 몸이 뒤로 넘어가 바닥에 머리를 박을 뻔했다. 그는 몇 번이나 자세를 제대로 잡았지만 한 팔이 엉뚱한 곳에 놓이거나 무릎이 허리 쪽으로 꺾이기도 했다. 그러다가 몸이 거의 창밖으로 나간 순간이 찾아왔는데 이번에는 왼쪽 다리가 도통 나갈 생각을 하지 않았다. 결국, 오른쪽 무릎과 치아로 시트를 붙든 채 두 손으로 왼쪽 다리를 끌어당겨 밖으로 나왔다. 그는 벌벌 떨면서도 젖 먹은 힘까지 동원해 시트를 그러쥐고 아래로 떨어졌다.

다행히 시트가 잘 견뎌 주었다. 그의 손과 손목, 무릎, 허벅지, 발, 치아, 콧구멍과 귀가 무사히 땅에 안착했다. 아래로 내려오는 동안 차가운 도시의 바람이 이마의 땀을 식혀 주었고, 주머니 속에서 고대 주화들이 철렁거리는 소리와 시트가 조금씩 뜯어지는 소리가 음악을 이루었다.

어두컴컴한 바닥 위에 뭔가 잔뜩 놓여 있어서 몹시 복잡했기에 그는 기어 올랐다가 피했다가 해야 했다. 어느 장애물 하나 녹록지 않았다. 도트문더는 한참 주변을 살피다가 호텔 옆 벽에 그려 놓은 어슴푸레한 흰 화살표를 보았다. 화살표는 그를 똑바로 가리키고 있었다. 고개를 들어 보니 철제 계단과 그 위쪽에서 출입구를 막고 있는 격자 철제문이 보였다. 안쪽에서 은은한 불빛이 새어 나왔다.

혹시? 어쩌면. 도트문더가 계단 위로 올라가 까치발을 하고 격자 사이로 들여다보니 사방에 책이 늘어선 길고 천장 높은 방이 있었다. 도서관 같은 곳인지 불이 환하게 켜져 있었고 왼편에 큰 크리스마스트리만 서 있을 뿐 사람은 보이지 않았다.

도트문더는 이번에도 손톱 손질 도구로 철제문을 가볍게 해결한 뒤 안으로 들어가 잠시 머뭇거렸다. 방 이쪽에는 큰 책상과 의자가 있었고 저 너머에는 표면이 대리석으로 된 긴 탁자가 있었으며 중간에 소파, 의자, 둥근 탁자 등 여러 가구가 놓여 있었다. 크리스마스트리는 환한 빛과 북쪽 숲의 옅은 향기를 발산했다. 이외에는 바닥에서 천장까지 가득 들어찬 책들이 방 대부분을 차지했으며 머리 위 전등이 내는 온기를 받아 황색으로 빛났다.

저편에 난 나무문이 약간 열려 있었다. 도트문더가 그쪽으로 절반쯤 걸어갔을 때 키 작고 머리가 희끗희끗한 남자가 카드 두 팩과 맥주 한 병을 들고 들어왔다. "아, 안녕하십니까? 들어오는 걸 못 봤는데요. 일찍 오셨군요."

"제가요?"

"아, 그렇게 일찍은 아니네요." 사내는 카드를 둥근 탁자에, 맥주는 보조 탁자에 내려놓았다. "맞죠? 돈이 크리스마스 파티에 가느라 대신 보낸 사람이지요?"

"아, 네." 도트문더가 대답했다.

"돈이 못 와서 유감이에요. 항상 우리한테 몇 달러씩 남기거든요."
사내가 손을 내밀었다. "나는 오토예요. 이름이……."

"존." 이번만은 사실대로 말하기로 했다. "디덤스입니다."

"디덤스?"

"웨일스 사람입니다."

"아."

남자 둘이 더 들어와 코트를 벗었다. 오토가 소개했다. "이 둘은
래리와 저스틴입니다. 이쪽은 존 디덤스 씨. 돈이 보낸 사람이야."

"디덤스?" 저스틴이 물었다.

"웨일스 분이시래." 오토가 대신 설명했다.

"아."

래리가 도트문더를 보고 활짝 웃었다. "당신도 돈처럼 카드를 못
쳤으면 좋겠군요."

"하하."

좋았어. 도트문더는 이 사람들과 포커를 치면 될 것 같다고 생각
했다. 돈을 대신해서 오기로 했다는 사람이 안 오기를 바라면서. 어
쨌든 지금은 이곳에 있는 편이 더 안전했다. 도트문더가 상냥한 태
도로 오토가 권하는 맥주를 받아들고 탁자 앞에 앉자 곧 홀쭉이와
뚱뚱이가 들어왔다. 홀쭉이는 앨, 뚱뚱이는 헨리라는 사내였고 둘
다 게임을 하기 위해 자리에 앉았다.

그들은 하나당 1달러인 칩을 사용했고 각자 20달러어치를 사서

판을 시작했다. 도트문더는 불룩한 주머니에 손을 넣어 지폐 뭉치를 꺼내려 했는데 그만 주화가 바닥으로 떨어져 튀어 올랐다. 헨리가 그보다 빨리 주화를 집어 들었다. 헨리는 주화를 들여다보고 나서 탁자 위에 올린 뒤 도트문더 쪽으로 밀었다.

"이런 건 안 받습니다."

너나없이 재빨리 주화를 살폈고 도트문더는 황급히 주화를 주머니에 집어넣었다. "여행을 다니느라……."

"그런 것 같군요." 헨리는 이렇게 대답했고 곧 게임이 시작되었다. 딜러가 스터드로 칠지 드로로 칠지 정했고, 하이로우 방식과 와일드 카드는 쓰지 않기로 했다.

도트문더는 운에 맡기는 게임을 할 때는 위험 요소를 없애야 한다는 사실을 잘 알고 있었다. 카드 패를 단단히 쥐고, 쓸모없는 두 장을 버리되 에이스는 나중을 위해 따로 챙겨 놓다 보니 게임이 술술 풀렸다. 물론 매 판 이기지는 않았고 뻔한 수를 쓰지도 않았지만 1시간쯤 지나 경찰이 격자 철제문을 들여다보며 소리쳤을 때는 어느새 240달러가량을 딴 참이었다.

여기는 오토의 서점이었다. "뭐지?" 다시 고함이 들리자 오토가 일어나서 무슨 일인지 확인하려고 문으로 다가갔다.

믿지 못하겠다는, 혹은 믿기 싫은 표정을 띤 앨이 말했다. "경찰이 우리 포커판에 들이닥친 거야?"

"에이, 설마." 헨리가 대답했다.

문을 열어 준 오토가 못마땅한 얼굴을 하며 돌아왔고 뒤이어 제복 입은 경찰들이 득달같이 들이닥쳤다. 그중 몇몇은 한 치 앞도 보이지 않는 어둠 속에서 얼마나 뛰어다녔는지 얼굴에 상처와 긁힌 자국이 가득했다. 오토가 탁자에 둘러앉은 사람들에게 설명했다. "호텔에서 절도 사건이 발생했는데 의심되는 사람이 이리로 온 것 같대."

"희귀한 주화를 가지고 있는 잡니다." 경사 계급장과 페리라는 명찰을 단 거구의 사내가 말했다. "오늘 밤에 누군가 이리로 숨어들어 오지 않았습니까?"

"우리뿐인데요." 래리가 대답했다. 아무도 도트문더를 보지 않았다.

"모두 신분증 좀 보여 주십시오." 경찰 하나가 요구했다.

도트문더를 제외한 이들이 지갑을 찾느라 부스럭거리는 와중에 오토가 말했다. "우리는 수년간 서로 알고 지내온 사이입니다. 나는 이 건물과 서점의 주인이고 이 사람들은 작가, 편집자, 에이전트예요. 가끔씩 모여 포커를 칩니다."

"다들 서로 아는 사이란 말이죠?"

"알고 지낸 지 몇 년씩 됐죠." 오토가 책 한 권을 집어 들어 뒤표지에 실린 사진을 경찰에게 보여 주었다. "보세요. 저 사람이 바로 래리입니다." 오토가 마치 독사진이라도 찍듯 똑바로 앉아서 활짝 웃고 있는 남자를 가리켰다.

"아, 그래요?" 경찰이 책에서 래리로, 래리에서 다시 책으로 눈길을 옮겼다. "아, 작가님 책 몇 권 읽었습니다. 저는 네콜라라고 합니다."

래리가 사진보다 훨씬 환하게 웃었다. "그래요?"

"윌리엄 J. 코니츠라고 혹시 아십니까?" 경찰이 물었다.

래리는 입꼬리를 살짝 들어 올리며 웃었다. "제 친굽니다."

"우리 친구죠." 저스틴이 말했다.

"그 친구 이제 진짜 작가 다 됐죠. 전에는 경찰이었거든요, 아시죠?"

"다 알죠." 래리가 대답했다.

문학에 대한 얘기가 한창 진행되었고 도트문더는 자연스럽게 의문이 들었다.

왜 이 사람들이 나를 보호해 주는 거지? 나는 뒷문으로 들어왔고 주화를 가지고 있는데다가 생면부지인데 왜 지목하거나 소리치지 않는 걸까? '이자예요! 당장 데려가요!' 도대체 무슨 일일까? 크리스마스 정신을 좀 열심히 실천하는 걸까?

어느새 토론회는 끝났다. 한 경찰은 페이퍼백에 저스틴의 사인을 받았다. 몇몇 경찰은 앞쪽에 있는 매장으로 갔고 나머지는 칠흑같이 어두운 건물 뒤편으로 되돌아갔다. 오토가 경찰들의 등 뒤에 대고 외쳤다. "혹시 무슨 일이 있으면 어디로 연락할까요?"

"걱정하지 마세요. 저희는 몇 시간 동안 이 근처에 잠복해 있을 겁니다." 페리 경사가 대답했다.

그제야 도트문더는 이유를 알게 됐다. 비밀을 폭로해서 경찰이 도트문더를 데려가 버리면 포커판이 깨진다. 게다가 **도트문더는 돈도 땄다.**

그러니 안 된다. 신참이 돈을 따지 않았다면 모를까, 무슨 이유가 있든 겨우 1시간 만에 포커판을 떠나게 해서는 안 된다. 특히 이런 상황이라면 더더욱. 이제 여기 있는 새 친구들은 도트문더의 정체를 알게 됐으니 앞서 했던 판을 다소 다른 시각으로 되짚어볼 터였다.

불행하게도 도트문더는 이제 그들이 자신에게 무엇을 기대하는지 깨달았다. 가는 게 있으면 오는 것도 있어야 하는 법이다.

단호한 표정을 띤 오토가 다시 자리에 앉았다. "누가 카드 돌릴 차례지?"

"나." 저스틴이 카드를 돌렸다.

도트문더는 카드를 집어 들었다. 스페이드 3, 5, 7과 하트 퀸, 클로버 에이스였다. 그는 2달러를 걸었고 뒷사람들도 계속 베팅 금액을 올렸다. 결국 한 사람도 빠지지 않고 패를 들고 있었다.

도트문더는 별 필요 없는 퀸과 에이스를 던졌다. 이어 저스틴이 준 다른 카드 두 장은 스페이드 4와 6이었다.

하, 이런 일도 다 있군! 도트문더는 한 판에서 인사이드 스트레이트 두 개와 스트레이트 플러시를 완성했다. 운이 참 좋지 않은가? 물론 그렇게 말할 수 있다면 말이지만.

"돈 걸게, 존." 저스틴이 말했다.

"전 죽겠습니다." 도트문더는 대답했다. "메리 크리스마스, 여러분께 행운이 있기를." 그는 카드를 던지며 그 판을 접었다.

밤이 참 길 듯했다. 240달러를 다 잃어 주려면.

계획과 변주

조지 백스트

조지 백스트(George Baxt) / 1923~2003

TV 드라마 · 영화 각본가, 소설가. 1966년에 흑인 동성애자 형사 '파로아 러브(Pharoah Love)'가 주인공인 데뷔작을 발표하여 큰 반향을 불러일으켰다. '파로아 러브 시리즈'는 1995년까지 총 다섯 권 출간되었다.

† Schemes and Variations(1994)

뉴욕은 이맘때면 늘 히트곡 차트를 점령하는 크리스마스 테마 곡에 영감을 준 도시였지만 이제 더는 그런 모습을 찾아보기 어려웠다. 그러나 록펠러 센터의 크리스마스트리만큼은 62년이 지난 지금도 여전히 인기 있는 관광 요소였다. 나이는 들어도 남자 후리는 기술만큼은 전혀 녹슬지 않은 늙은 창녀처럼 트리는 스케이트장 위로 높이 솟아올라 당당하게 5번 거리를 마주 보았다. 늘어선 행상은 관광객의 입맛을 자극했다. 대부분 전국 방방곡곡에서 몰려든, 스트레치 바지로 수박만 한 엉덩이를 강조한 여자들이었다. 그들은 쿠키, 사탕, 샌드위치가 든 배낭이나 가방을 둘러맨 걸로도 모자라 크니쉬, 핫도그, 대형 프레첼, 음료수 등을 두 손 가득 쥐고서 혹시 모를 도시의 기근에 대비했다.

　　이때 어떤 살인자가 임무를 완수하지 못했다는 사실을 고용인에게 어떻게 말해야 할지 고민하면서 인파를 요리조리 누벼 도심에서 약간 떨어진 목적지로 향하고 있었다. 피해자는 앞서 그가 죽인 두 사람과 마찬가지로 그 원고를 가지고 있지 않았다. 빌어먹을 놈들 같으니. 어쩜 번번이 나를 이렇게 실망시키나!

2시간 전 케네디 공항, 운전기사 유니폼을 엉성하게 차려입은 젊은이가 도착 게이트에 서 있었다. 샌프란시스코 발 비행기가 정시에 도착했던 것이다. 이 항공사는, 승무원은 예쁘지만 서비스가 엉망인 곳으로 명성이 자자했기에 정시 도착은 아주 이례적이었다. 운전기사는 연필로 '조나선 레이크'라고 대충 적은 판지를 높이 들어 올렸다. 젊은이는 조나선 레이크가 짜증스러운 표정의 여자와 5번 거리 도서관 앞에 서서 찍은 사진을 본 적이 있었다. 육십대의 레이크는 외교관 같은 느낌이었는데, 그가 든 서류가방이 그런 인상을 더 짙게 했다.

운전기사는 사람들의 얼굴을 유심히 살폈다. 대부분 청장년이었고 양복 가방이나 서류가방 혹은 선물로 가득한 백화점 쇼핑백을 들고 있었다. 다들 지나가는 퍼레이드라도 본 듯한 얼굴을 했다. 친구와 친척, 사업 동료 들을 만나 기쁜 함성을 지르는 사람도 있었다. 곧 운전기사를 부르는 굵은 목소리가 들렸다. "여! 내가 조나선 레이크요." 예수의 재림을 알리는 목소리 같았다.

"아, 그러시군요. 선생님을 놓친 게 아닌지 막 걱정되던 참이었습니다." 운전기사가 말했다.

"나는 웬만해선 놓치기 힘든 사람이지." 레이크가 힘주어 말했다. "승무원 아가씨와 만날 약속을 하느라고 말이야. 아주 예쁜 빨강 머리 아가씨였어. 나는 빨강 머리를 엄청 좋아하거든. 특히 귀에 대고

'자기, 나중에 뭐 할 거예요?'라고 하면 아주 환장을 해. 참 대담하지, 안 그래?" 레이크는 신이 나서 말했지만 운전기사는 반신반의했다. "내가 백만장자라도 되는 줄 알았나 봐."

당신 백만장자 맞잖아. 운전기사는 레이크가 희귀 서적과 원고 거래 업계에서 가장 명망 있는 사람이라는 사실을 알고 있었다. 레이크가 운전기사를 미심쩍은 눈으로 살폈다.

"근데 누가 보내서 왔지? 나 리무진 보내 달라고 한 적 없는데."

"미스터리 서점의 오토 펜즐러 씨가 보내서 왔습니다."

"아, 그런가. 이렇게까지 신경 써 주니 고맙군. 내가 오는 걸 오토가 알고 있었군그래. 그 무시무시한 도라 레스턴가 하는 여자가 보낸 사람이 아니라 천만다행이야." 운전기사가 레이크의 작은 여행 가방을 집어 든 후 서류가방에 손을 뻗었다. 레이크는 가방을 끌어당겼다. "이건 내가 들겠네."

"네, 알겠습니다."

뉴욕으로 들어가는 길은 차로 꽉 막혀 평소보다 혼잡했다. 운전기사는 조심조심 차를 몰았다. 하긴 달리 어쩔 도리가 없었다. 레이크는 몇 센티씩 움직이는 것 같다고 느꼈지만 그래도 시속 30킬로미터로 달리고 있었다.

"난 크리스마스가 정말 싫어." 레이크가 말했다.

운전기사는 아무 대답도 하지 않았다.

"메이시 백화점과 K마트가 짜고 치는 고스톱에 사람들이 놀아나는 거야. 공산주의자들이 유일하게 잘한 짓이 있다면 크리스마스를 없앤 일이라고 생각해." 레이크가 잠시 말을 멈추었다가 덧붙였다.

"욤 키푸르유대교의 명절인 속죄일로, 이날 유대인은 단식을 한다. 그리고 많은 가게가 문을 닫는다는 더 싫군. 그나마 크리스마스 때는 배터지게 먹을 수나 있지. 욤 키푸르 때는 먹지도 못하게 하잖아. 중국 음식점만 터져 나가지. 혹시 트라이버로 다리를 지나고 있는 건 아니지?"

"맞는데요."

"음, 나 몰래 살금살금 올라온 건가?" 레이크가 잠시 주변을 둘러보았다. "왜 59번가 다리를 타지 않았지?"

"차가 많고 너무 복잡해서요. 공항에 갈 때 그리로 갔는데 늦을까봐 걱정돼서 혼났어요."

"내가 어디서 묵을 건지 말했던가?"

"아뇨, 선생님. 여쭤 보려던 참이었습니다."

"플라자 호텔로 가지. 난 항상 거기서 묵어. 뉴욕에 머물러야 하는데 친구 집에서 잘 수 없다면 플라자 호텔을 애용하게. 부동산 업계의 올리버 노스이란-콘트라 스캔들의 핵심 인물인 해군 중령. 퇴역 후 라디오 및 TV 프로그램 진행자, 작가 등으로 다양한 활동을 하고 있다인 도널드 트럼프가 주인인 게 좀 걸리지만."

리무진이 막 다리를 벗어날 때였다. 조나선 레이크는 창밖을 바라보며 말했다. "할렘이잖아. 여기엔 왜 온 건가?"

"지름길로 가고 있습니다, 선생님. 이쪽으로 가면 2번 거리가 나옵니다. 72번가에서 5번 거리 쪽으로 빠져서 호텔로 갈 겁니다."

레이크는 계속 창밖을 물끄러미 바라보았다. "여기가 어딘데? 왜 여기로 온 거지? 폐가 말고는 아무것도 없잖은가. 개미 새끼 한 마리

안 보이는구먼. 노상강도조차 없어. 젊은이, 여긴 위험해! 도대체 지금 뭐 하자는 거야?"

운전기사가 허물어진 붉은 벽돌 집 앞에 차를 세웠다. 그는 차에서 내려 뒷좌석에 앉은 레이크 옆으로 기어들어가 머리에 권총을 겨눴다.

"무슨 짓이야?" 레이크가 더듬거리며 말했다. "나한테 이러면 안 돼."

"안 되긴 뭐가 안 돼. 가방을 모두 열어!"

"돈을 가져가게. 어서. 나 돈 많아." 레이크가 지갑을 찾아 재킷을 더듬거렸다.

"허튼수작 부리지 마. 지갑 찾는 척하는 거 다 알아."

영하의 기온에도 레이크는 식은땀을 뻘뻘 흘렸다. "지갑 꺼내려고 한 거야."

"가방하고 서류가방을 열어."

레이크가 말했다. "열쇠들은 코트 주머니에 있어."

"어느 쪽?"

"여기, 왼쪽." 운전기사는 코트를 더듬었다. 열쇠들이 만져졌다. 무기는 없었다.

"좋아. 열쇠 꺼내서 빨리 열어."

가방과 서류가방이 열리자 운전기사가 서둘러 안을 더듬었다.

"도대체 뭘 찾는 거지?"

"이런 염병! 원고! 빌어먹을 원고는 어디 있어!" 운전기사는 폭발

했다.

"무슨 원고? 계약서와 합의서밖에 없다네. 그게 다야! 사나흘 머물면서 거래를 두 건 성사시키려고 왔네. 정말이야! 정말이라고! 원고 따위 없어. 내가 무슨 원고를 가지고 있다고 생각하는 건가?"

"대실 해밋 말이야, 이 멍청아! 대실 해밋!"

총알이 레이크의 미간으로 파고들었다. 40년 전 성형수술을 받았지만 크게 개선되지 않아 멋진 레비츠키 대신 평범한 레이크로 살게 했던 콧대 바로 위였다. 운전기사는 마치 자신이 피해를 본 사람인 양 떨떠름한 표정으로 죽은 남자를 내려다보았다. 그러고는 가방 속 물건을 뒷좌석과 바닥에 늘어놓은 뒤 서류가방도 비웠다. 그는 조심조심 시체를 돌려 눕힌 후 재킷에 묻은 피를 피해 가며 지갑을 꺼냈다. 레이크의 말은 거짓말이 아니었다. 지갑에는 100달러짜리 지폐가 수두룩했다. 운전기사는 살인과 크리스마스를 동시에 찬미하듯 휘파람으로 징글벨을 부르며 지폐를 주머니에 넣었다.

남자는 범행 현장을 벗어나며 이 충격적인 사건을 《더 포스트》와 《데일리 뉴스》가 서로 특종으로 보도하려고 아우성을 칠 거라 생각했다. 아마 《뉴욕 타임스》까지 거들고 나설지도 모른다. 어쨌든 조나선 레이크는 희귀 서적과 원고 거래 업계의 이름난 중개인이니 분명 보도될 터였다. 남자는 손목시계를 보았다. 아직 48번가의 건물 사층에 자리한 집에 들를 시간이 있었다. 가서 무릎 부분이 세련되게 찢어진 리바이스 청바지와 두꺼운 스웨터로 갈아입은 뒤 관광객들로 혼잡한 5번 거리를 가로질러 일터로 돌아가면 되었다.

20분쯤 지난 뒤 꼬질꼬질한 개를 산책시키던 조그만 노파가 겁도 없이 리무진 뒷좌석을 들여다보았다가 차 천장을 초점 없이 바라보는 조나선 레이크를 발견했다. "오! 갈색 눈이 참 예쁜걸." 그러고는 개를 보고 말했다. "저기 봐, 클린턴. 또 새 이웃이 생겼어."

파로아 러브 형사는 새로 생긴 할렘 관할구 관사 책상에 앉아 있었다. 그와 앨버트 웨스트 형사는 아직 모든 것이 엉망이기만 한 새 관할구의 체계를 잡기 위해 임시로 이곳에 배정되었다. 동료 형사가 할렘에서 무슨 일을 하게 되느냐고 물었을 때 파로아는 시건방지게 대답했다. "우린 특별히 초빙된 팀이야." 그러나 지금 파로아는 조금도 거만하지 않은 모습으로 끙끙 앓고 있었다.

"그만 좀 앓아 대! 그런다고 뭐가 달라져?" 앨버트가 말했다.

"난들 그러고 싶겠어? 희귀 서적 중개인이 또 죽었어. 누구 짓일까?"

"네 생각엔 누구일 것 같아?" 앨버트가 햄과 치즈를 넣은 호밀빵의 비닐을 벗기며 물었다.

"책벌레는 아니겠지. 아, 세상에. 두 달 만에 벌써 세 번째야. 앨버트, 세 번째라고, 세 번째. 그게 무슨 뜻이겠어? 이건 연쇄 살인이야." 파로아가 지미 듀랜트재즈 피아노 연주자, 코미디언의 버릇을 흉내 내듯 손으로 허벅지를 때렸다. 목소리까지 그럴싸하게 따라했다. "뉴욕엔 역시 이런 일이 있어 줘야 해. 암, 연쇄 살인이 한 번 더 날 때도 됐지." 파로아가 방 안에 있던 또 다른 형사 빌 로빈슨 앤더슨(이미 고인이 된 흑인 탭 댄서에게 홀딱 반한 할머니가 자신이 열광하는 우상의 이름을 본떠서 지어 준 이름이었다)에게 말했다. "감식반이 리무진을 제대로 감식했나 몰라."

"할 것도 별로 없었나 봐. 차는 2번 거리와 51번가 사이에 있는 업체에서 빌린 거고 운전기사 유니폼을 입은 젊은 남자가 훔친 카드로 결제했대."

"인상착의는?"

"특기할 만한 점은 없어. 젊고 얼굴이 창백해 보인다는 점 외에는. 오늘 오후 2시경에 차를 빌리면서 6시쯤에 가지고 오겠다고 했대."

"내 친구 오토 펜즐러 씨가 그러는데, 조나선 레이크는 희귀본 시장에서 아주 거물이었다는군. 샌프란시스코에 거주하고. 참, 가족들한테 연락했어?"

"무척 상심하더라고. 아들과 통화했는데 제정신이 아니었어. 레이크의 변호사가 크리스마스 휴가중이라 유언장을 보려면 몇 주나 걸릴 모양이야."

"참 안됐어. 앨버트, 시체를 눈앞에 두고 음식이 목구멍으로 넘어가냐?"

"우리 눈앞은 아니잖아. 엄지발가락에 식별표를 달고 시체 보관실에 누워 있을걸. 이 햄은 왜 이리 질겨."

"늘 구시렁구시렁 불평만 하는군. 한입 줘."

앨버트가 먹던 것을 내주자 파로아가 한입 베어 물며 빌 로빈슨에게 물었다. "레이크가 원고를 안 가져온 건 확실한가? 귀중한 원고 말이야."

"아들 말로는 그래. 차라리 가지고 있었으면 좋았겠다고 하더라. 엄청난 보험에 들어 놓았을 테니까. 그런데 조나선 레이크는 그 원고를 소유하고 있지도 않고 본 적도 없대."

"맙소사! 대실 해밋의 잃어버린 원고가 이렇게 오랜 세월이 지난 후에 다시 나타날 수도 있다는 말이지." 파로아는 뒤로 몸을 기대고 팔을 쭉 뻗으며 말했다. "제목 한번 좋군. 『마른 여자The Thin Woman』

대실 해밋은 『그림자 없는 남자(The Thin Man)』를 집필했다 라."

도라 레스터도 마른 여자였다. 그리고 매우 단호한 사람이었다. 희귀 서적과 원고를 열광적으로 모으는 수집가이기도 했다. 자신의 문학적인 열정을 충족시키고도 남을 만한 돈이 있었고, 귀한 보물을 찾아서 전 세계를 여행하곤 했다. 끈기를 미덕으로 여겼다. 도라는 조나선 레이크가 살해당한 다음 날 오토 펜즐러의 사무실을 찾아갔다. 펜즐러는 도라가 여기에 없기를, 히말라야 따위를 등반하고 있기를 바랐다. 거대한 오토의 사무실은 개인 서재이기도 했는데, 개조한 붉은 사암 벽돌 서점 이층의 절반 정도를 차지하고 있었다. 벽마다 빼곡한 책장에는 수천 권의 희귀 서적이 꽂혀 있었고 전부 추리소설과 탐정소설이었다. 오토는 서점을 관리하는 젊은 친구 알렉스 기든스와 함께 도서 정리를 하고 있었다. 사다리에 올라간 알렉스가 오토에게 제목을 불러 주면 오토가 책상에 놓인 목록에 체크를 하는 식이었다. 도라 레스터가 연락도 없이 들이닥치지만 않았어도 그들은 계속 그 작업을 하고 있었을 것이다.

"오토, 해밋의 원고를 꼭 구해 줘요."

오토가 팔짱을 끼고 회전의자에 몸을 기댔다. "나한테는 없어요. 어딘가에 있을지도 모르지만요. 이리로는 들어온 적도 없어요." 그는 '사라져라!'라고 주문을 외며 여자의 어깨를 두드릴 마법 지팡이가 있으면 좋겠다고 생각했다.

"나는 당신과 숱하게 거래를 했죠." 도라가 오토에게 압력을 가했다.

"그래서 항상 고마워하고 있잖아요. 앞으로도 좋은 관계를 유지하기를 바랍니다."

"해밋의 원고를 찾아줘요. 『마른 여자』요."

오토가 애써 하품을 참는 알렉스 기든스에게 물었다. "마른 여자가 프랑스어로 세르세르 라 펨Cherchez la femme프랑스어로 여자를 찾는다는 의미인가?

"아뇨, 라 신 펨La Thin Femme 아닐까요?" 알렉스가 대답했다.

오토는 도라 레스터를 돌아보았다. "도라, 내가 지니라도 불러와서 그 원고를 찾아 주고 싶지만……."

그때 파로아 러브가 들어왔다.

"마침 잘 왔어요." 펜즐러가 말했다. 앨버트 웨스트가 핫도그를 질겅거리며 파로아를 따라 방으로 들어왔다. "앨버트는 또 뭘 먹고 있네요."

"임신했나 봐요." 파로아가 말했다.

"진짜요?" 도라 레스터가 소리쳤다.

오토가 각자를 소개했다.

파로아는 입술이 얇은 여자가 싫었다. 도라는 입술을 도톰하게 보이려고 립스틱을 잔뜩 발랐는데도 전혀 효과가 없었다. 도라의 입술은 가슴 아플 정도로 얇았다. 그는 또 화장을 짙게 한 여자를 화장한 남자만큼 역겨워했다. 파로아가 펜즐러에게 물었다. "제가 혹 방해가 되진 않았습니까?"

"아뇨. 레스터 여사가 해밋의 원고를 구하고 싶어 해서요."

"원고가 어디 있는지 아십니까?" 파로아가 도라에게 물었다.

"알면 가지러 갔겠죠."

"크리스마스 선물 하시게요?"

도라가 옅은 미소로 파로아에게 호감을 표시했다. "나한테 줄 선물이죠."

"저 같으면 조심하겠습니다. 그 원고에 저주라도 내렸는지 벌써 세 명이나 죽었잖아요. 혹시 그중에 아는 사람이 있습니까?"

"세 명 다 알죠. 세계적으로 유명하다는 희귀 서적 중개인은 다 알거든요."

"기네스북에 오르셔도 되겠네요. 아니면 기네스 맥주라도 드시든지." 파로아가 펜즐러에게 말했다. "오래 걸리는 얘기를 하고 계십니까?"

도라 레스터가 갈 채비를 했다. "갈게요. 부디 날 실망시키지 말아요, 오토. 뭘 하든 실망시키지 말라구요. 만나서 반가웠어요. 메리 크리스마스!" 도라는 형사들에게 인사한 후 알렉스를 보았다. "알렉스, 나 좀 바래다주겠어?"

사다리에서 내려온 알렉스는 오토를 바라보았고 오토가 눈짓으로 승낙했다. 알렉스는 파로아의 부탁으로 문을 꼭 닫은 다음 도라 레스터의 뒤를 따랐다. 오토가 형사들에게 자리를 권했다.

파로아가 오토에게 물었다. "혹시 와일리 에머슨이라는 책 수집상에 대해 들어보셨습니까?"

"와일리 에머슨! 맙소사. 그 사람이 아직 살아 있어요? 나이가 엄청 많을 텐데."

"네, 아직 생존해 있습니다. 서 90번가에 살고 계시지요. 해밋, 릴리언 헬먼『아이들의 시간(The Children's Hour)』 등을 집필한 유명 극작가로 해밋과 연인 사이였다과 막역한 사이셨다더군요. 그분한테 『마른 여자』에 관해 여쭤 봤습니다."

오토가 앞으로 바짝 당겨 앉았다. "그랬더니?"

"언제든 오면 만나 주겠다고 하셨습니다. 선생님을 모셔 가면 큰 도움이 될 것 같아서요."

"이런 기회를 놓칠 수야 없죠. 와일리 에머슨이라. 살다 보니 이런 일도 다 있구먼. 그의 장서 규모만 보고 실망하면 안 돼요. 그리 크지 않다고 들었습니다."

"저는 크기에 집착하는 사람은 아닙니다. 그렇지, 앨버트?" 파로아가 말했다.

"나는 거기 안 가면 안 돼?" 앨버트가 대답했다.

"앨버트는 억지로 보이스카우트를 해서인지 어디 가는 건 딱 질색합니다. 그냥 앉아서 핸들만 잡고 있어. 그럼 수블라키그리스식 꼬치 요리

사 줄게."

펜즐러는 와일리 에머슨에 대해 생각했다. "에머슨 씨에게 서적 수입상 일을 권한 사람이 해밋이니까, 해밋 초판본 몇 권쯤은 가지고 있을 거야."

"김칫국부터 마시지 마세요." 파로아가 섣부른 기대를 경계하며 말했다.

"에머슨 씨한테 해밋 초판본이 있고 그가 돈을 필요로 했으면 좋겠군. 그도 직접 꽤 괜찮은 추리소설을 몇 편 썼거든요. 오래전 일이지만. 그런데 일찌감치 다 태워 버리고 연기 일을 하더라고요. 그 후 블랙리스트_{40년대~60년대에 할리우드는 공산당 혐의를 받은 예술가들을 블랙리스트에 올려 배척했다}에 오르고 난 다음에는 소식을 아는 사람이 거의 없어요. 헬먼이 죽으면서 돈을 제법 많이 남긴 모양이던데."

"멋진 여자네요."

"꼭 그렇지만은 않아요. 헬먼이야말로 지상 최고로 나쁜 여자예요."

"아, 옛날이여! 요즘 점점 지나간 것에 향수를 느낍니다. 자, 주택가로 가시죠."

오토가 책이 더 빼곡하고 56번가가 내려다보이는 이층 방으로 안내했다. 그는 책상 앞에 앉아 있는 알렉스에게 이미 오래전에 죽은 줄 알았던 서적 수집상을 만나러 간다고 말했다. 그러고는 형사들과 함께 나선 계단을 통해 페이퍼백의 보고인 매장 일층으로 내려갔다. 페이퍼백 부서 매니저는 매출 내역을 기록하느라 바쁜 와중에도 형사들을 유심히 살피며 무슨 일인지 유추했다. 그는 오랫동안 형사들이 모종의 이유로 오토를 체포하리라 생각해 왔다. 매니저는 펜즐러도 인정할 만큼 심술궂은 구석이 있었다.

앨버트와 파로아는 늘 아무 표식이 없는 경찰차를 타고 다녔다. 앨버트가 핸들을 잡았다. 펜즐러는 뒷자리에 앉았다. 당연히 화제는 세 가지 살인 사건으로 흘렀다. 특히 최근에 일어난 사건 얘기에 열을 올렸다. 펜즐러는 희생자 모두를 잘 알고 존경했지만 그렇다고 굳이 그들을 좋아했다고 말하고 싶진 않았다. 휴일을 맞아 콜럼버스 거리에서 브로드웨이로 접어드는 차들로 도로가 혼잡했지만 앨버트는 무지막지한 속도로 내달렸다. 낡은 하수구 교체 작업 때문에 59번가에서 96번가까지의 콜럼버스 거리는 엉망이었다. 그 하수구들은 뉴욕에서 유일하게 와일리 에머슨과 나이가 맞먹을 정도로 오래되었다.

마침내 앨버트는 와일리 에머슨이 사는 건물 앞에 차를 세웠다. "오래되긴 진짜 오래된 건물이네. 엘리베이터도 완전 낡아 빠졌겠다." 그가 또 구시렁거렸다.

일행은 입구에 들어선 뒤 와일리가 사는 호수를 확인했다. 파로아는 인터폰 버튼을 누른 다음 노인이 호출에 응답할 때까지 걸릴 시간을 고려하여 한참을 기다렸다. 마침내 인터폰에서 소리가 났다. "누구요?" 노인 목소리치고는 꽤 까랑까랑했다. 파로아는 자신을 소개했다. 찰칵대는 소리가 여러 번 난 뒤 앨버트가 문을 열었다. 벽에는 그림이 가득 그려져 있고 여러 가지 퀴퀴한 냄새로 범벅이 된 통로가 나타났다.

앨버트가 코를 킁킁댔다. "여러모로 향수를 자극하는군. 영안실 같기도 하고."

"오, 그림들이 아주 깜찍한걸." 파로아가 빈정대듯 말했다. "검열관들의 천국이군." 일행은 길고 좁은 통로 끝 엘리베이터 앞에 도착해서 상승 버튼을 눌렀다. 엘리베이터가 삐걱대는 소리와 정체불명의 기분 나쁜 소음이 그들을 공포에 떨게 했다. 엘리베이터는 매우 천천히 내려왔다. 위층에서 하드 록과 최루성 TV 드라마 속 대화와 비명, 딸을 부르는지 '푸타Puta 창녀라는 뜻이 있다'라고 외치는 소리가 들려왔다.

드디어 엘리베이터가 도착했고 파로아가 문을 열었다. 벽에는 아까보다 더 많은 그림이 그려져 있었는데, 인종 차별적 중상모략도 더러 보였다. 모두 엘리베이터에 타자 앨버트가 문을 닫았고 파로아가 삼층 버튼을 눌렀다. "삼층까지 갈 수나 있으려나." 펜즐러가 불길하게 중얼거렸다.

"믿는 수밖에요. 신이 우리와 함께해 주시겠죠." 파로아가 말했다.

엘리베이터는 삐걱거리며 천천히 삼층으로 올라갔다. 마침내 기계가 멈췄다.

"삼층에 도착했습니다." 파로아가 말했다. "희귀 서적, 오래된 원고, 빛바랜 꿈, 절망. 좀 더 삼차원적인 건 없나?" 앨버트가 마침 그런 것을 발견했다. 그는 초인종을 눌렀다.

안에서 목소리가 났다. "갑니다, 가요."

파로아가 의아한 듯이 말했다. "저 나이에도 문을 굳게 잠그나?"

이윽고 문이 조금 열렸다. 안전 체인이 걸려 있었다. 파로아는 목소리를 높여 물었다. "에머슨 씨? 형사 파로아 러브입니다. 기억나시죠? 해밋 재단 변호사가 선생님께 가 보라고 해서 왔습니다."

"파로아 러브, 맞군. 근데 다른 두 사람은 뭐유?"

파로아가 앨버트 웨스트와 펜즐러를 소개했다.

"출판업자 펜즐러?" 노인의 목소리가 한 옥타브 올라갔다. "이 와일리 에머슨을 만나러 왔다고? 이런 고마운 일이." 그는 문을 다시 닫은 뒤 체인을 풀었다. 문을 활짝 연 에머슨은 한때 키 크고 잘생겼으며 삶을 즐겼던 사람으로 보였다. 이제는 어깨가 구부정했고 팔꿈치에 천을 덧댄 스모킹 재킷약식 턱시도 재킷을 입고 있었다. 누렇게 바랜 흰 셔츠 위에는 모직 스카프를 둘러 멋을 냈다. 노인은 형사들과 악수한 후 거실로 이어지는 통로를 가리켰다. 그러고는 문을 잠근 다음 뒤를 따랐다.

파로아는 타다 만 장작이 있는 벽난로를 보고 깜짝 놀랐다. 가구는 모두 낡고 오래되었고 뚜껑 달린 책상 위에는 빛바랜 원고가 수북이 쌓여 있었다. 책장에도 바닥에도 책이 그득했다. 창문에는 낡은 벨벳 장막을 쳐 놓았다.

"진짜 벽난로네요." 파로아가 말했다.

에머슨은 빙그레 웃었다. "자주 사용하지는 않아. 누가 올 때만 피우지. 이 건물은 외풍이 무지 세거든. 아마 나보다 나이가 더 많을 걸. 앉아요들. 티백이 있는데 차 생각 있수?"

"저희는 대실 해밋 원고에 관심이 있어서 왔습니다."

"차는 안 마시고?"

"시간이 별로 없습니다. 앨버트와 저는 라이커스 섬에서 하는 합창 연습에 늦으면 안 돼서요. 크리스마스 캐럴 프로그램에 참여하고 있거든요."

에머슨은 목제 팔걸이가 달린 등받이 의자에 편히 앉았다. "나에겐 대시의 원고가 없어. 헬먼 양이 나한테 돈을 꽤 주긴 했지만 물건은 남기지 않았지. 대시의 물건은 대개 빚 갚는다고 팔아치웠네. 그래, 어떤 원고를 마음에 두고 있는지 들어나 봄세."

파로아가 말했다. "작가분이 돌아가시기 얼마 전에 완성한 작품입니다. 『마른 여자』라고."

에머슨은 껄껄 웃었다. "또? 중개상 몇 명이 당신네처럼 나를 찾아왔는데 모두 실망만 하고 돌아갔지. 오늘 아침 신문을 보니 어제 또 누가 살해당했다더군. 그 사람도 나를 만나러 오는 길이었다지. 조나선 레이크 말이야. 나한테 원고가 없다고 해도 도무지 믿으려 하질 않더라고. 그래서 차나 한잔하러 오라고 했지. 지금은 영안실의 딱딱한 침대에 누워 있겠지? 거기서 차라도 한잔 내주려나 모르겠네." 노인이 팔짱을 꼈다. "이보게들, 이런 얘기는 전화로 해도 되지만 단지 몇 분이라도 사람이 보고 싶어서 오라고 했어. 더는 아무도 날 찾아오지 않거든. 이제 남은 사람이 없어. 죽었거나 살아 있어도 나한테는 관심이 없지." 노인은 앞으로 몸을 숙였다. "근데 말이네, 만약 그런 원고가 있었다면 릴리언이 진즉에 출판했겠지." 팔을 과장되게 펼치며 말을 이었다. "출판하는 작자들이 어떤 자들인지 생각해 봐. 30년 동안 묻혀 있던 해밋의 소설이라!" 노인은 슬픈 표정을 띠며 머리를 저었다. "대시는 『그림자 없는 남자The Thin Man』를 쓰면서 진을 다 뺐어. 그 뒤에 쓴 몇 안 되는 작품들은 죄다 허접하지. 『어둠 속의 여자』라고 멜빈 더글라스와 페이 레이가 주연한 B급 영화 플롯이나, 안을 내놓고 쓰지는 못했던 라디오극 시리즈, 시작 단계에서 아이디어를 냈지만 역시 쓰지 못한 만화 각본 등이 있어. 참, 만화 각본은 대시가 썼다고 저작권사에서 주장했다더군." 노인은 한숨을 내쉬었다. "대실 해밋. 문학계의 또 다른 비극이지. 펜즐러 씨, 말해 봐요. 대시를 주인공으로 한 탐정소설이 있다면 혹시 살 생각이 있나? 내가 몇 년째 쓰고 있거든. 완성되면 당신한테 보내겠소."

"기대하고 있겠습니다." 오토는 상냥하게 거짓말을 했다.

"좋아요. 참, 까먹을 뻔했네. 나를 찾아낸 이상한 여자가 하나 있는데."

"도라 레스터요?"

"맞아, 그 여자. 지난주에 역시나 재산 관리 변호사를 거치지 않고 여기를 찾아왔어. 그때 어떤 젊은 남자하고 같이 왔지."

파로아가 고쳐 앉았다. "이름 기억나십니까?"

"도라가 소개도 안 해 줬어. 그저 『몰타의 매』에 나오는 주인공처럼 벽에 기대서서 나를 쳐다보기만 하던걸. 어쨌거나 그 여자 참 재수 없더군. 내가 가진 원고를 다 뒤졌어. 특히 책상 위에 있는 건 더 유심히 살폈지. 당신들이 찾는 그 원고를 내가 숨기고 있다고 계속 우기더라고. 마침 수요일마다 들여다봐 주는 사회복지사가 도착했다네. 타이론이라는 덩치 큰 흑인이야. 그 사람이 도라와 젊은이를 쫓아 줬지." 노인이 파로아에게 말했다. "뭐 좀 물어봐도 되겠수?"

"네, 뭘 알고 싶으신지요?"

"요새 젊은 사람들은 왜 멀쩡한 청바지를 찢어서 무릎을 다 내놓고 다니는 거요? 참 보기 싫드만."

"요즘 젊은 남자들은 대개 다 그렇습니다."

오토는 책상으로 다가가 에머슨이 보는 앞에서 원고들을 살폈다. 에머슨이 오토를 유심히 바라보았다. "거짓말 아니라오. 그 원고는 여기 없어."

"네, 확실히 그런 것 같네요." 오토가 어떤 원고의 페이지를 휙휙 넘기며 물었다. "이건 선생님이 쓰신 겁니까?"

노인이 한숨을 쉬었다. "그렇다오. 출판도 안 되고, 찾는 사람도 없는 고아지."

"제가 읽어 봐도 되겠습니까?"

노인이 어렵사리 자리에서 일어났다. "읽어 보겠소? 진짜 읽어 볼 참이오?"

"이 원고를 가지고 뭔가 할 수 있겠죠. 어쩌면 소장품으로 삼아도 되겠고요."

노인이 웃음을 터트렸다. "골동품 정도는 되려나." 노인이 원고 제목을 읽는 오토 옆으로 다가갔다. 『어둠 속의 화살.』 "아, 맞지 맞아.

센트럴 파크로 도망간 정신 나간 아메리칸 원주민 이야기야. 나도 아주 좋아하는 거라오. 부디, 부디 읽어 봐 주게. 그럼 정말 고맙겠어. 봉투 여기 있네." 노인이 서랍을 열고 봉투를 꺼냈다. "이건 내 명함." 책상 위에 명함이 몇 장 있었다. 펜즐러는 명함을 받아들고 원고를 봉투에 넣은 다음 형사들에게 말했다. "늦었으니 이만 돌아갑시다."

파로아와 앨버트도 오토를 따라 현관으로 나오는데 와일리 에머슨이 뒤따라 나와 다시금 희망에 찬 말투로 수다를 늘어놓았다. 누군가 자신의 원고를 읽는다는 사실에 잔뜩 들뜬 모양이었다. 일동은 문간에서 작별인사를 했다. 그때 엘리베이터 문이 열리고 몸집 좋은 흑인 남자가 내렸다. 그가 낯선 사람 셋과 함께 있는 에머슨을 보고 우렁찬 목소리로 말했다. "아저씨, 괜찮아요?"

"아, 타이론. 그럼, 그럼, 이분들은 친구야." 노인은 원고와 펜즐러에 대한 얘기를 늘어놓았다. 앨버트가 엘리베이터 문이 열려 있도록 버튼을 누르고 있을 때 파로아가 말했다. "타이론, 당신이 우리 편이라 다행입니다."

5분 후, 두 형사는 경찰차에 앉아 오토의 말에 귀를 기울였다. "우리 서점 매니저인 알렉스 기든스가 항상 무릎 부분이 찢어진 청바지를 입어요."

"그런 옷 입는 사람은 많잖아요." 파로아가 대답했다.

"알렉스는 도라 레스터를 위해 부업을 하고 있지요."

"기둥서방인가요?" 파로아는 늘 선정적인 소문에 관심이 많았다.

"그럴 수도 있겠죠. 다른 이런저런 일들도 해 주고요."

파로아가 불현듯 뭔가를 기억해 냈다. "아까 도라 씨가 서점을 나가면서 알렉스 씨에게 바래다 달라고 했죠. 그는 숙녀분들이 나갈 때마다 출구까지 배웅하는 편입니까?"

"보통은 안 그러죠. 아주 이상한 사람이거든요. 매니저로는 훌륭한데 수상한 점이 한두 가지가 아닙니다. 개인적인 전화가 걸려 온 적도 없고 하지도 않아요. 서점에 찾아오는 친구도 없고요."

"문을 닫고 나가 달라고 부탁받은 알렉스 씨가 그 뒤 얘기를 엿듣지 않은 한 우리가 에머슨 씨를 만나러 간다는 사실을 알 방법이 없어요."

"그러지는 않았을 거예요. 내 조수 린다는 두 사무실 중간에서 일하고, 삼층 편집부 직원은 자주 내려와서 내게 보고를 합니다. 다들 내 사무실이 있는 층에 자주 들락거리죠."

파로아는 원고가 든 봉투를 가리켰다. "이거 읽어 보실 겁니까?"

"네, 그리고 살 겁니다. 즐거운 성탄절이에요." 펜즐러가 빙그레 미소를 지었다.

"이 원고가 도대체 뭔데요?"

"하, 파로아, 모른단 말이에요? 이게 바로 『마른 여자』예요. 마침내 찾았다고요!"

30분 후 도라 레스터는 전화를 받았다. "그래?" 도라의 눈이 휘둥그레지고 입술이 떨렸다. "그럼, 당연하지! 얼마든 상관없어! 나 그거 가질래. 내가 가질 거야!"

파로아와 펜즐러가 차에서 내려 미스터리 서점으로 들어갈 때 앨버트 웨스트는 쿠키를 사러 길 건너 델리카트슨조리된 식품을 파는 가게으로 달려갔다. 펜즐러는 파로아와 함께 위층으로 향하면서 알렉스에게 봉투를 흔들어 보였다. "찾았어! 마침내 찾았다고!"

펜즐러를 따라 사무실로 들어선 파로아는 증거로 서에 제출해야 한다며 봉투를 가져갔다. 알렉스가 전화기를 집어 들었다. 델리카트슨에서는 앨버트가 어떤 쿠키를 고를지 고민하고 있었다. 진열장에는 매력적인 쿠키가 너무 많았다. "흠." 앨버트는 우물쭈물하며 창밖을 내다보았다. 맞은편 서점이 제대로 보였다.

서점에 있던 알렉스는 창고로 내려갔다. 두꺼운 스웨터와 바람막이 차림이었다. 그는 바람막이의 오른쪽 주머니에 권총이 잘 들어 있는지 재차 확인했다. 파로아가 계단을 내려오며 펜즐러에게 작별 인사를 했다. 서점은 문 닫기 전에 크리스마스 선물을 사려는 사람들로 북적였는데 파로아가 양해를 구하면서 헤치고 나가는 바람에 손님들은 한쪽으로 물러서야 했다. 알렉스 기든스는 그만큼 정중하지 못해서 어떤 부인에게 핸드백으로 머리를 맞을 뻔했다.

서점 밖 거리는 사람들로 북적거렸다. 모두 남에게는 관심이 없었고 그저 아직 끝내지 못한 쇼핑이나 먹히길 기다리고 있을 빅맥에만 정신이 팔려 있었다. 파로아가 경찰차 앞에 서서 막 문을 열려는 순간 뒤에서 위협적인 목소리가 날아들었다. "꼼짝 말고 멈춰. 뒤돌아보지 마." 뭔가 잘못되었다고 느낀 행인은 하나도 없었다. 파로아는 뉴욕 거리에서 일어나는 어떤 일에도 놀라지 않을 만큼 사건을 많이 겪었는데도 사실 조금 놀랐다. 알렉스가 봉투를 빼앗아 왼쪽 겨드랑이에 끼웠다.

알렉스의 뒤에서 이상한 소리가 들려왔다. "꼼짝 말고 멈춰. 뒤돌아보지 마. 내 쿠키 다 부서져."

파로아가 말했다. "앨버트, 이번에도 톨 하우스 쿠키면 나 소리 지른다."

알렉스가 상처 입은 산짐승처럼 괴성을 지르며 파로아를 인도로 밀어붙인 후 앨버트를 쏘려고 몸을 틀었다. 그러나 앨버트가 한발 빨랐다. 방아쇠를 당기자 쿠키 봉지가 보도로 떨어졌다. 지나가던 사람들이 비명을 질렀다. 알렉스가 쿠키 봉지 위로 허물어졌다. 파로아가 재빨리 다가가 알렉스의 손에서 무기를 빼앗았다.

"맙소사! 왜 그래요?" 개를 산책시키던 늠름한 여자가 물었다.

"왜 그러냐고요? 저 사람이 내 쿠키를 다 찌그러뜨렸잖아요."

오토와 서점 직원이 거리로 뛰어나와서 봉투를 건네받았다. 그때 택시가 멈추더니 도라 레스터가 뒷좌석에서 내렸다. 앨버트가 등 뒤로 팔을 잡아당겨 수갑을 채우자 알렉스는 어깨에 박힌 총알 때문에 고통에 찬 신음을 내뱉었다. 행인들은 왜 도라 레스터가 마른 여자를 내놓으라고 소리를 지르는지 의아해 했다. "요즘에는 진짜 구별 못 하겠어. 저 여자는 아무리 봐도 레즈비언 같지 않은데. 안 그래?" 어떤 여자가 친구에게 말했다. 친구도 고개를 끄덕였다.

파로아가 도라 레스터의 팔을 붙들었다. "레스터 부인, 귀 좀 빌려주시죠. 미란다 원칙을 읊어 드려야 해서요." 앨버트는 이미 알렉스에게 미란다 원칙을 들려준 후였다.

"원고 줘! 원고 달라고!" 도라 레스터가 미쳐 날뛰었다. 펜즐러는 원고를 봉투에서 꺼내 도라가 보도록 높이 들어 올렸다.

"『어둠 속의 화살』?" 도라가 깽깽대며 읽었다. 그러더니 버럭 소리를 질렀다. "알렉스, 저 사람들이 원고를 가지고 있다며. 이건 아니잖아. 그건 어디 간 거야?"

파로아가 펜즐러에게 눈을 찡긋하고 도라 레스터를 경찰차에 태웠다. 이미 앞자리에는 고통스러워하는 알렉스 기든스가 문에 머리를 기댄 채 앉아 있었다.

파로아가 창문을 내리고 소리쳤다. "메리 크리스마스! 여러분, 행복하세요!"

와일리 에머슨은 주택가에 있는 아파트에서 자신과 타이런이 마실 와인을 한 잔씩 더 따랐다. "생각해 봐. 오토 펜즐러가 내 소설을 읽게 된다니까." 그는 잔을 타이론에게 건넸다. "그런데 타이론, 넌 내 가장 친한 친구이자 실은 유일한 친구잖아." 타이론은 잠자코 있었다. "그래서 하는 말인데 부디 펜즐러 씨가 그 원고에 숨은 가치를 찾아 줬으면 좋겠어. 참 당황스러운 일인데, 그건 알코올 중독자였지만 내가 여전히 사랑하는 친구가 쓴 거거든. 지금은 다른 제목이 붙어 있지만 말이야. 그 원고를 쫓는 악랄한 무리로부터 지키려고 새 제목을 붙였지. 과연 펜즐러 씨는 자기가 가져간 것의 진가를 알아볼까?"

녹슨 책갈피 도난 사건

에드워드 D. 호크

에드워드 D. 호크(Edward D. Hoch)/ 1930~2008

평생 900편이 넘는 단편 소설을 발표한 작가로 유명하다. 그는 1973년부터 34년간 매달《엘러리 퀸 미스터리 매거진》에 단편 하나씩을 선보이기도 했다. 의뢰인의 요구를 받아 일견 가치 없어 보이는 물건만 훔치는 도둑 '닉 벨벳(Nick Velvet)'이 등장하는 시리즈와 형사 레오폴드(Leopold)가 등장하는 시리즈 등을 집필하였다.

† The Theft of the Rusty Bookmark(1995)

12월의 어느 상쾌한 오후, 그리니치 빌리지의 진흙 길을 차로 달리던 닉 벨벳은 꽃가게 앞에서 담배를 피우고 있는 어떤 사내를 보았다. 닉이 이 마을에서 어린 시절을 보냈을 때에 저런 남자는 당연히 뒷방 도박사들에게 경찰의 급습을 알리기 위해 서 있는 파수꾼이었다. 시대가 흐른 지금은 그저 사무실에서 담배를 못 피워 밖으로 쫓겨난 사람임이 분명했다.

닉은 크리스마스 쇼핑을 피해 웨스트체스터에서 차를 몰고 가는 길이었다. 그날 아침, 학교 친구였던 찰스 오닐이 급히 일을 하나 처리해 주면 닉이 평소 수고료로 받는 2천5백 달러의 두 배를 주겠다고 전화했기 때문이다. 닉은 글로리아와 같이 쇼핑을 가기로 철석같이 약속했지만, 그런 조건이면 글로리아의 불평을 감수하고 핸들을 잡기에도, 화이트 호스 태번 바 근처 좁은 주차공간으로 억지로 비집고 들어가기에도 충분하다고 생각했다.

오닐은 닉보다 두어 살 어렸지만 고등학교 시절 함께 야구를 한 인연으로 지금껏 알고 지내는 친구였다. 오닐의 그리스 부흥 양식 주택은 몇 블록 뒤에 있었고, 닉은 꽃가게를 지나가면서 담배 피우는 사람에게 눈인사했다. 닉이 오닐의 집을 방문한 적은 이번이 처음은 아니었다. 오닐은 스포츠 출장 연회 사업을 했는데, 일 때문에 조직 폭력배들과 깊은 관계를 맺고 있었다. 예쁜 아내와 귀여운 두 아이가 있는 충실한 가장이었지만, 조직 폭력배들과의 문제가 끊이지 않았다. 그의 매제인 밥 템플이 1년 전 집에서 살해당했는데, 한 코카인 중독자가 무작위로 휘두른 칼에 당했다는 얘기를 곧이곧대로 믿는 사람은 아무도 없었다. 오닐은 폭력배들이 지금 하는 사업체를 팔고 다른 일을 하라는 경고를 우회적으로 보낸 것이라고 짐작했다.

"어서 와." 찰스 오닐이 현관에서 닉을 반갑게 맞았다. "메리 크리스마스."

"아직 닷새나 남았지만 축하주를 주면 사양은 안 할게. 무슨 일이야? 또 폭력배와 관계된 일?"

오닐은 으리으리한 거실로 닉을 안내했다. 원목으로 된 거실 바닥은 광이 났으며, 오닐의 아내 이다가 장식용으로 놓아 둔 무수한 양치식물과 종자식물들이 대형 거울에 비쳤다. "폭력배들과는 상관없는 일이야. 그건 알아줬으면 해." 오닐은 작은 보조 탁자 서랍에서 술병을 꺼냈다. "버번 마시기엔 너무 이른가?"

"좀 그렇지. 혹시 있으면 시원한 맥주나 줘."

찰스 오닐은 껄껄 웃고 보조 탁자 밑의 작은 냉장고에서 맥주 한 병을 꺼냈다. "우리가 처음 만났을 때도 맥주를 마시고 있었지. 그때 아마 열여덟 살이었을걸."

닉은 병을 기울여 한 모금 마셨다. 날씨가 추워도 역시 맥주는 시원해야 제맛이었다. "이다와 아이들은 잘 지내?"

"응. 다들 내 여동생 마시와 함께 산타클로스 보러 갔어."

닉은 맥주를 한 모금 더 마셨다. "그래, 문제가 뭔데?"

"서 56번가에 있는 '미스터리 서점' 알지?"

"방금도 거기를 지나왔지. 카네기 홀 뒷문 쪽에서 조금 내려가면 있잖아."

"응, 맞아. 오토 펜즐러라는 사람이 주인인데 새 책도 팔지만 중고 추리소설도 거래해. 특히 전 세계 곳곳에서 귀한 초판을 사들이지."

닉은 북클럽용 책들이 꽂힌 한 칸짜리 책장을 힐끗 쳐다보았다. "책 수집하는 줄 몰랐네."

"난 거의 안 읽어. 다 이다 책이야. 내 매제 밥이 추리소설 광이었는데, 밥 알아?"

"밥 템플? 그 사람은 만난 적 없지만 네 여동생은 한 번 본 적 있어."

"매제가 죽고 마시의 충격이 컸어. 폭력배가 죽였다는 소문까지 돌아서 더 그랬지. 물론 그건 사실이 아니야. 돈이 필요한 마약 중독자의 소행이었던 것 같아." 오닐이 씁쓸하게 웃었다. "그 집에는 돈은 없고 책만 많은데 말이야."

"미스터리 서점이 무슨 관계가 있지?"

"마시가 남편의 물건을 정리하고 싶어 하길래 나도 그러라고 했어. 그런데 아무래도 못 하더라고. 추수감사절 직후에 마시와 이다는 롱 아일랜드에 있는 온천에서 일주일을 지내게 됐고 그사이에 내가 추리소설들을 몽땅 포장해서 오토 펜즐러 씨에게 팔았지. 그 사람은 아주 비싸게 쳐 준 데다, 일단 책을 집에서 치울 수 있어서 좋았단 말이야. 거의 사백 권 정도였는데 상자 열 개에 들어가더군."

"그런데 뭐가 문제야?"

"팔면 안 되는 것까지 팔아 버렸어. 그걸 되가져와야 해. 나 대신 그걸 좀 훔쳐 줘."

"값나가는 책은 현금이나 보석과 마찬가지지. 그런데 내가 귀한 물건에는 손대지 않는다는 거 알잖아."

"책이 아니고 그 속에 끼워 둔 책갈피야."

"가서 펜즐러 씨한테 달라고 해."

"안 돼. 펜즐러 씨는 그걸 자신에게 굴러들어 온 행운이라고 생각할 거야."

"재산이 될 만한 것도 아닌데 나보고 훔쳐 달라고?"

오닐은 고통스러워 보였다. "책갈피에 셜록 홈즈의 실루엣이 작게 새겨져 있어. 펜즐러 씨는 그런 것도 수집하거든. 비싸게 쳐 준대도 팔려고 하지 않을 거야. 형이라면 이런 일을 부탁해도 입을 꽉 다물어 줄 것 같아, 그렇지?"

"좋아." 닉이 한숨을 쉬며 말했다. "어떻게 생겼고 어느 책에 들어 있는지 말해 줘."

"얇고 긴 구리판인데 녹이 좀 슬었어. 책갈피지만 편지 개봉 칼로도 쓸 수 있지. 그런데 그게 어느 책에 끼워져 있는지 몰라."

"책이 총 몇 권이라고?"

"그 서점에서 사백 권 넘는 양장본을 다 사들였어. 내가 밴에 실어 서점에 가지고 갔고, 직원들이 펜즐러 씨의 사무실에 올리는 걸 도왔으니 지금도 거기에 있을 거야. 이층에 있는 큰 방인데 안쪽에 서재도 있고. 크리스마스 후 가격을 매길 때까지 거기에 놔둘 거라고 했어. 지금은 서점이 한창 바쁜 철이니까. 덕분에 적어도 며칠의 여유가 있지."

"사백 권을 훑어보려면 밤에 잠입해야겠군."

찰스 오닐은 고개를 저었다. "그 서점은 보안 시설이 잘되어 있고, 펜즐러 씨가 위층에서 살기 때문에 들키지 않고 책을 찾기는 어려울 거야."

"그럼 영업시간에 가야 하나?"

"펜즐러 씨와 조수들이 항상 그 서재에 들락거리거든. 직원들도 마찬가지고. 하지만 외부인은 거기에 들어가지 못하게 해."

"방법을 찾아볼게."

"반드시 월요일, 크리스마스 전까지 찾아야 해. 아마 일요일에는 매장 문을 닫을 거야. 그러니까 토요일까지밖에 시간이 없어."

갑자기 현관이 열리고 여자와 아이들의 목소리가 들리는 바람에 오닐은 말을 멈췄다. 머리가 검고 얼굴이 흰 아름다운 이다 오닐이 어린 두 딸과 찰스의 여동생 마시와 함께 안으로 들어왔다. 닉은 빈 맥주병을 내려놓고 인사했다.

"아빠, 우리 산타 봤어!" 막내가 아빠에게 달려와 말했다. 뭘 좀 아는 큰아이는 히죽히죽 웃고만 있었다.

이다 오닐이 닉을 돌아봤다. "왔어요? 이쪽은 찰스 여동생 마시, 알죠?"

"몇 년 전에 한 번 만난 적이 있어요." 마시 템플은 자연이 다듬다 만 얼굴을 화장으로 보완해 예뻐진 여성이라고 할 수 있었다. 오닐과 이다보다 약간 젊은 마시를 보고 있자니 닉은 마시의 남편이 죽게 된 경위를 떠올리게 되었다. 마시 부부는 무슨 소리가 나서 새벽 3시에 잠에서 깼다. 밥이 무슨 일인지 보러 갔고 곧 몸싸움하는 소리가 나더니 그의 비명이 들렸다. 남편의 목에 난 상처를 본 마시는 바로 경찰에 신고했다. 경찰이 도착하고 몇 분 후 밥은 숨을 거두었다. 범인이 사용한 흉기는 발견되지 않았다.

"나도 기억나요. 우리 둘 다 많이 어릴 때였죠." 마시 템플이 닉과 악수했다.

"그런데 오늘은 어쩐 일이에요?" 이다가 딸들의 코트를 벗기며 물었다. "크리스마스 쇼핑하러 오신 건가?"

"그렇다고 할 수 있겠네요." 닉이 시계를 본 후 찰스 오닐을 쳐다보았다. "가 봐야겠다. 글로리아가 무슨 일인지 궁금해 하겠어."

"연락할 거지?"

"주말 전에 연락할게." 닉은 약속했고 오닐이 대문까지 바래다주었다. 아직도 그 남자가 꽃가게 앞에서 담배를 피우고 있었다. "저 남자는 니코틴 중독잔가 봐."

오닐이 씩 웃었다. "아니, 꽃가게 뒤에 불법 도박장이 있어서 경찰이 오나 안 오나 망을 보는 거야. 옛날하고 똑같아."

"아." 닉은 차 있는 쪽으로 걸어갔다.

★★

같은 날 오후, 닉은 먼저 서 56번가로 가서 주차장에 차를 세우고 6번 거리와 7번 거리 사이에서 블록을 반쯤 내려온 곳에 자리 잡은 붉고 좁은 건물 내 미스터리 서점을 방문했다. 크리스마스를 맞이해 쇼윈도에 진열된 책들 사이에 장식용 반짝이와 장신구가 배치되어 있었다. 모퉁이에 추리소설가 로렌스 블록의 '매튜 스커더 시리즈' 신간을 기념해서 다음 날 오후 4시부터 6시까지 사인회를 연다는 광고가 붙어 있었다.

닉은 문으로 걸어갔다. 문이 잠겨 있었기에 들어가려면 초인종을 눌러야 했다. 서점은 작고 복잡했으며 책장에는 페이퍼백이 가득 쌓여 있었고 가운데 테이블에는 신간 양장본이 놓여 있었다. 잠시 후 그는 위에 또 다른 층이 있음을 발견하고 나선 계단을 올라 양장본 코너로 갔다. 책장이 천장에 닿을 만큼 높아서 맨 위에 꽂힌 책을 보려면 사다리가 필요했다. 앉아서 책을 읽을 수 있는 푹신한 의자가 있었지만, 크리스마스가 다가오자 책을 훑어보는 사람보다 사는 사람이 더 많은지 의자들은 비어 있었다. 닉은 '셜록 홈즈' 코너에 있는 책들을 대충 훑고 〈엘러리 퀸 미스터리 매거진〉 과월호도 넘겨 봤는데, 그의 공적을 약간 소설화한 것들이 심심찮게 눈에 띄었다.닉 벨벳은

1966년 9월호 〈엘러리 퀸 미스터리 매거진〉에 처음으로 등장했고 이후 수많은 '닉 벨벳 단편'이 발표되었다.

누가 봐도 오토 펜즐러라고 알아볼 만한 남자가 책 수집가인 듯한 사람과 전화 통화를 하며 메모를 하고 있었다. 그는 전화를 끊은후 빠른 걸음으로 작은 객실을 통과해 안쪽에 있는 큰 서재로 갔다. 닉은 그곳 책장과 바닥에 쌓여 있는 상자들을 살짝 엿보았고 직원이와서 사적인 공간이라고 주의를 주었다. 그는 주위를 조금 더 둘러보며 건물 자체의 계단으로 통하는 큰 금속 방화문을 눈여겨 봐 두었다. 위층에는 집과 사무실들이 있었지만 출입구가 될 만한 곳은보이지 않았다. 닉이 수백 권이나 되는 책을 살펴보려면 안쪽 서재에 오랫동안 머물러야 했다. 바로 이게 문제였다. 훌륭한 경보 장치가 설치되어 있어서 밤에 방문하기는 힘들고 위험했다. 낮에 임무를수행하려면 펜즐러와 직원들이 그 방에서 30분 정도는 나가 있어야했다.

닉은 여러 아이디어를 머릿속으로 굴려 보았다. 미리 정해 놓은시간에 글로리아가 수집가인 척 전화를 걸어 팔 책이 있다며 오토의관심을 끌 수도 있다. 펜즐러가 전화에 집중하는 사이에 서재로 잠입하는 것이다. 그러나 곧 허점이 발견되었다. 당연히 서재에도 전화가 있을 테니 펜즐러가 전화를 받으러 서재 밖으로 나온다는 보장이 없었다. 서재에서 통화할 가능성이 더 컸다.

문득 다른 아이디어가 떠올랐다. 시간이 관건이지만 이를 해결할

만한 방법이 있을 것 같았다. 녹슨 책갈피는 종이나 천, 플라스틱이
아니라 금속이라는 점에 주목했다.

★★

다음 날 아침 닉은 모든 준비를 끝냈다. 로렌스 블록이 나타나면
서점에는 더 많은 사람이 모여들 것이고 그만큼 더 혼잡할 테니 반
드시 오늘 해내야만 했다. 닉은 공공 도서관에 전화해서 추리소설을
전문적으로 모으는 유명한 도서 수집가 예닐곱 명의 이름을 알아냈
다. 책장에서 글로리아가 구세군에 기증하려고 점찍어 둔 오래된 추
리소설들을 몰래 빼낸 후 작업에 필요한 특별한 장비를 사러 밖으로
나갔다.

닉이 큰 상자에 필요한 물품들을 담고 있는데 글로리아가 나타났
다. "그건 오늘 아침에 산 건데 벌써 치우는 거야?"

"일하는 데 필요해서 그래." 닉은 모호하게 대답했다. 그는 아침에
사 온 그 물품을 종이뭉치와 함께 상자에 넣고 그 위에 글로리아의
책을 여러 권 올려놓았다. 뒤이어 테이프로 상자를 봉한 뒤 컴퓨터
로 라벨지에 오토 펜즐러의 주소를 입력했고 발신인 주소란에는 어
느 책 수집가의 이름을 적었다. 수집가의 주소 아래에는 '추후 편지
발송'이라고 덧붙인 다음 밑줄을 그었다.

닉은 옷장에서 갈색 셔츠와 갈색 바지와 그 위에 입을 갈색 재킷
을 골랐다. 글로리아가 컴퓨터 작업을 하다가 닉을 보고 탄식했다.

"또 택배 기사야!"

"잘 먹히잖아? 다들 택배 기사는 믿으니까."

"차를 보고 의심하면 어쩌려고?"

"멀리 세워 둬야지. 가까이 몰고 가면 안 돼."

"크리스마스 주간에 일하는데 돈은 좀 넉넉히 준대?"

"두 배 준대."

글로리아는 고개를 끄덕이고 다시 컴퓨터로 눈길을 돌렸다. "잘해
봐."

★★

정확히 5시가 되기 10분 전에 닉 벨벳은 큰 갈색 상자를 들고 미스
터리 서점 앞 횡단보도를 건넜다. 그는 서점 문 계단에 상자를 내려
놓고 버저를 눌렀다. 서점 안은 책을 사러 온 고객들과 사인을 받으
려는 독자들로 혼잡했다.

문에서 응답 신호가 나자 닉은 머리를 들이밀며 말했다. "오토 펜
즐러 씨한테 온 소포입니다."

"사람들이 기다리고 있어서 안내해 드릴 수가 없네요." 책상 뒤에
앉은 턱수염 난 남자가 말했다. "오토 씨는 위층에 있습니다. 오늘
저자 사인회가 있어서요. 죄송하지만 상자를 위층으로 좀 가져다주
시겠습니까?"

"네, 그럼요." 닉은 선뜻 받아들인 뒤 나선 계단 쪽으로 갔다.

오토 펜즐러는 계단 위에 서서 손님들의 잔에 와인을 부어 주고 있었다. "누가 보낸 겁니까?" 오토가 주소를 읽으려고 몸을 굽히며 물었다. "칼 폭스! 그 사람이 뭘 보냈지? 몇 년 동안 연락도 없더니."

"곧 편지도 도착한다고 적혀 있네요. 크리스마스 시즌이라 좀 늦나 봅니다."

오토는 사람들을 뚫고 닉을 서재 쪽으로 안내했다. "뒤에 있는 방으로 좀 옮겨 줄래요? 벽에 딱 붙여서 놓아 주면 좋겠네요."

"넵, 문제없습니다!"

"우리 서점에 늘 오는 택배 기사가 아니네요."

"크리스마스라 2교대로 일합니다. 지금이 제일 바쁜 철이라서요."

오토는 사인중인 로렌스 블록의 탁자 주위에 몰려 있는 수많은 사람을 내려다보며 대꾸했다. "맞아요, 그렇죠!"

닉은 재빨리 문을 통과해 서재로 들어갔다. 방 여기저기에 상자들이 즐비했지만 오닐이 설명해 준 상자 열 개는 쉽게 눈에 띄었다. 닉은 자기가 들고 온 상자를 오토가 최소한 뜯어 보기는 할 줄 알았는데 그러기에 그는 너무 바빴다. 닉은 상자를 뜯은 후 글로리아의 책들 밑으로 손을 넣어 숨겨 둔 휴대용 금속 탐지기를 꺼냈다. 공항 같은 곳에서 무기를 탐색하기 위해 사용하는 것과 같은 종류였다. 닉은 탐지기를 가장 민감한 수준으로 설정한 뒤 책이 든 상자들을 재빨리 훑었다. 곧 오토 펜즐러나 누군가가 그를 찾으러 올 테니까.

처음에 탐색기로 상자들을 훑었을 때 경고음이 들리지 않아서 그는 몇몇 상자들을 움직인 다음 다른 면을 더듬었다. 이번에는 경고

음이 울리며 불이 반짝거렸다. 닉은 그 상자를 열고 책 두어 권을 꺼낸 뒤 페이지를 후루룩 넘겼다. 두 번째 책에서 한쪽 끝이 뾰족한 얇은 구리 조각이 나왔다. 모양이나 크기로 보아 책갈피라기보다는 편지 개봉 칼에 가까웠고, 확실히 가장자리가 부식되어 있었다. 닉은 책갈피를 비닐봉투에 담아 호주머니에 넣은 뒤 금속 탐지기를 끄고 재킷 속에 감췄다. 그러고는 테이프로 상자를 다시 봉한 다음 서재를 나왔다.

오토 펜즐러는 사인을 받으려는 사람들을 정렬하느라 정신이 없어서 닉이 계단을 내려와 정문을 통과해 거리로 나갈 때까지 쳐다보지도 않았다. 곧 닉은 크리스마스를 즐기는 군중 속에 섞여 들었다.

★★

닉이 주머니에서 비닐봉투를 꺼내 커피 탁자 위에 올려놓자 찰스 오닐은 조그만 한숨을 내쉬었다. "가져와 달라던 녹슨 책갈피야."

"형은 예나 지금이나 참 대단해." 오닐은 두툼한 돈 봉투를 꺼내서 탁자 위로 밀었다.

이후 저녁에 둘은 다시 거실에 함께 앉아 있었다. 이다는 아이들을 재우느라 위층에 있었고 웃음소리가 간간이 흘러나왔다. 크리스마스를 앞둔 아이들은 행복하기 마련이었다.

"근데 이상한 게 있어."

"뭐가?"

"책갈피 가장자리에 있는 얼룩 말이야. 구리는 녹슬지 않아. 쇠만 녹슬지. 구리는 천천히 부식하고, 부식한 부분도 초록빛을 띠지 녹슨 듯한 색깔을 띠지 않아. 이건 다른 거야. 말라붙은 피거나……."

오닐은 잠시 말이 없었다. "형, 아까 준 돈 받아. 충분히 받을 만하니까."

그러나 닉 벨벳은 아직 할 말이 있었다. "밥 템플은 저 책갈피 또는 편지 개봉 칼에 찔려 죽었어, 아니야? 강도 따윈 없었어. 살인자가 경찰이 도착하기 직전에 서둘러 범죄 도구를 치우려다가 템플의 수백 권이나 되는 책들 중 한 권에 숨긴 거지. 밥을 죽인 사람은 누구야? 누가 뾰족하고 얇은 구리 조각으로 목을 그었지? 물론 마시일 테지. 네 동생 마시. 다른 사람일 리 없어."

"형, 아무것도 묻지 말아 줘. 우린 오랜 친구잖아."

"아무에게나 이렇게 어마어마한 돈을 주진 않겠지. 그리고 네가 밥을 죽였다면 흉기를 어디에 숨겼는지 알 테니 그걸 없애지 않고 펜즐러 씨한테 책을 팔았을 리가 없어. 마찬가지로 이다가 그랬다면 작년에 마시의 집에 갔을 때 흉기를 없앴겠지. 피 묻은 책갈피를 거기 놔둘 사람은 마시밖에 없어. 밥이 죽었으니 이제 책은 마시의 것이고 집에 잘 있으니 안심했겠지. 네가 동생을 위한답시고 자기가 없는 동안 책을 팔아 버리리라고는 상상도 못 했을 거야."

고개를 젓는 찰스 오닐의 눈에 눈물이 고였다. "집에 돌아와서 책이 없어진 것을 발견한 마시는 무서워서 벌벌 떨었어. 그러고는 나한테 고백했지. 그날 둘은 같이 술을 마셨는데 매제가 동생을 때렸대. 그때가 처음이 아니었다더군. 마시가 그 책갈피, 애초에 편지 개봉 칼로도 쓸 수 있도록 만들어진 거였는데, 그걸 들고 매제한테 맞섰대. 죽일 생각은 없었다더라고."

"경찰한테 알려야 해, 찰스." 닉이 조용히 말했다. "의도가 있었는지 없었는지는 배심원들이 결정할 문제야."

위층에서 들리던 소리가 잠잠해지고 이다가 혼자 아래로 내려왔다. "다 잠들었어. 이제 크리스마스트리를 설치하자."

"크리스마스 후에 내가 마시한테 얘기할게. 어떡해야 할지." 오닐이 닉에게 속삭였다.

닉은 고개를 끄덕이며 봉투를 도로 내밀었다. "이 돈으로 좋은 변호사를 구해."

"형⋯⋯."

닉이 이다를 돌아봤다. "트리 세우는 거 좀 도와줄까요?"

★★

크리스마스가 지나서야 오토 펜즐러는 칼 폭스에게서 온 큰 상자를 들여다볼 짬이 났다. 온다던 편지는 오지 않았다. 상자 위쪽에는 책 십여 권이 있고 아래에는 종이뭉치가 수북이 쌓여 있어서 영 이상했다. 결국 그는 서해안 쪽에서 사는 칼에게 전화를 걸었는데, 칼은 소포에 대해 전혀 아는 바가 없다고 했다.

"오토, 그건 내가 보낸 게 아니야. 내가 그런 식으로 거래하지 않는다는 걸 알잖아."

"도통 뭐가 뭔지 모르겠네. 왜 자네 이름을 써서 내게 이런 걸 보냈을까?"

"안에 뭐 귀중한 거라도 있나?"

오토가 상자를 내려다보았다. "그게 또 웃긴다니까. 다른 책들은 다 그저 그런데 그중에 수 그래프턴이 쓴 『알리바이의 A』의 흠 하나 없는 초판본이 있더라고. 이 정도면 천 달러는 족히 받을 텐데. 왜 내게 거저 주는지 알다가도 모르겠군."

모작 살인 사건

론 굴라트

론 굴라트(Ron Goulart)/ 1933

사학자, 미스터리 · SF 소설가. 수많은 필명을 사용했고 '플래시 고든(Flash Gordon) 시리즈' 등을 집필했다. 펄프 픽션에 대해 쓴 『싸구려 스릴(Cheap Thrills)』을 비롯해 다수의 논픽션도 발표했다.

† Murder for Dummies(1996)

어떤 면에서 그가 범죄를 저지르도록 부추긴 것은 바로 미스터리 서점이었다.

루페 페티코드는 키가 크고 말랐으며 주근깨가 많은, 쉰이 조금 안 된 빨강 머리 사내였다. 루페는 편집자와 점심을 먹거나 저작권 에이전트와 실랑이를 하러 맨해튼에 갈 때마다 서 56번가에 있는 서점에 들르곤 했다.

작년 12월 말, 눈으로 온 세상이 하얗던 그 특별한 날 오후에 루페는 신간 양장본 추리소설이 진열된 곳에서 벌써 몇 권째 책을 휙휙 넘겨 보고 있었다. 루페의 낡은 외투는 녹은 눈 때문에 얼룩덜룩했고 입에서는 투정과 악담이 쏟아져 나왔다.

"오, 맙소사. 그래, 우리한테도 바로 이런 게 필요해." 루페가 가는 비음 섞인 목소리로 말했다. "또 여성 사립탐정이 주인공인 책이 벌써 4쇄를 찍었단 말이잖아?"

루페는 그 두꺼운 책을 탁 소리가 나게 덮은 뒤 다른 책을 골라 첫 페이지를 훑어보았다.

"어이구, 도입부부터 형편없군. 이 어색한 문체라니." 루페는 눈을 가늘게 뜨고 책을 살폈다. "인쇄도 엉망이잖아."

다시 책을 덮고 다른 책을 살펴보았다.

"이런, 내가 이거보다 훨씬 잘 쓴다. 젠장, 개코원숭이도 3년만 교육받으면 이 쓰레기보다 월등히 잘 쓰겠네."

그는 다음으로 훑어본 책을 보고 아무런 논평도 하지 않았다. "보잘것없군." 또 다른 책을 펴서 두 문단을 읽어 보고 한 말이었다.

수염이 희고 말쑥하게 차려입은 오토 펜즐러가 불평불만 많은 투덜이 작가를 바라보며 나선 계단을 내려왔다. "메리 크리스마스, 루페." 그는 마지막 단에 발을 디디며 인사했다.

"쓰레기." 루페가 베스트셀러 한 권을 들어 올렸다. "여기 진열해 놓은 책은 죄다 쓰레기네요."

"우리도 어린 양 떼와 구유를 더 좋아하지만 그 매대에 어울려야 말이죠."

몸을 돌린 루페는 앙상한 팔을 넓게 펼쳐서 성벽처럼 늘어선 책장들과 페이퍼백 수천 권을 가리켰다. "졸작들만 넘쳐나고 내 책은 한 권도 없어요."

"어린이용 추리소설은 찾는 사람이 별로 없거든요. 그리고 재고도 사실……."

"청소년입니다." 루페가 오토의 말을 정정했다. "나는 어린이용 소설을 쓰지 않습니다. 이래 봬도 청소년 독자들에게 인기 있는 추리소설가예요."

"청소년용 책도 수요가 그리 많지는 않습니다."

"내가 쓴 십대 탐정소설 '디블 세쌍둥이 시리즈'를 읽은 사람들이 뭐라는지 아세요?"

"당신 등 뒤에서요?"

"명망 있는 문학계 인사들이 쓴 비평 말입니다. 글 솜씨가 탁월하고 스토리가 독창적이라 일단 잡으면 내려놓을 수 없다고들 해요."

오토는 고개를 주억거렸다. "그건 그렇고, 루페, 한 번씩 와서 매대를 엉망으로 만드는 건 어쩔 수 없다 쳐도 당신의 응얼거림과 악담에 불만인 손님이 많아요."

"네, 진실은 늘 탄압받지요."

"음, 오히려……,"

"유겐트 하우스 북스에서 나온 '디블 세쌍둥이' 최신작,『오래된 공동묘지 미스터리』는 읽어 보지도 않았을 거예요, 그렇죠?"

"아직이요. 하지만 곧 읽으려고 침대맡에 두긴 했습니다."

"이 업계 사람들은 모조리 잘난 척만 하는 멍청이들이에요. 내가 얼마나 괜찮은 작가인지 결국 모두 인정하게 될 겁니다."

"혹시 성인용 추리소설을 써 볼 생각은 없습니까?"

"벌써 열일곱 권이나 썼습니다." 루페는 낡은 머플러를 꽉 조여 맸다. "부당하게도 나는 애들이 보는 소설 작가로 분류되기 때문에 그 책들은 팔리지 않아요. 거기다 얼간이 에이전트 빅스 그레터는 내가 청소년 소설 작가에서 벗어나도록 도와줄 생각조차 안 해요."

루페는 외투 단추를 채운 뒤 문으로 어슬렁어슬렁 걸어가며 힘주어 말했다. "어떻게 해서든 내 책을 베스트셀러 목록에 진입시킬 겁니다. 그러면 내 작품을 진열하지 않고는 못 배길걸요."

루페는 유리문을 확 잡아당겨 열고 눈보라 치는 오후의 거리로 나갔다.

"누구예요?" 계산대에 있던 청년이 물었다.

"별놈 아냐." 펜즐러가 대답했다.

루페가 9년 된 낡은 토요타를 몰고 기차역에서 집으로 향하는 사이에 가늘게 내리던 눈이 갑자기 싸락눈으로 변했다. 큰 눈송이가 녹슨 후드 위로 후두두 떨어졌다.

"완벽한 날에 걸맞은 훌륭한 엔딩이군."

윈드워드는 롱 아일랜드 해협을 마주한 코네티컷 쪽에 위치한 작은 마을이었다. 이곳에는 1930년대 모던 양식과 건축가 프랭크 로이드 라이트의 기본 이론을 심하게 왜곡해서 지은 듯한 육중한 빅토리아풍 건물들이 뒤섞여 있었다.

루페는 차를 돌려 삼 층짜리 빅토리아풍 저택으로 연결되는 흰 자갈길로 진입했다. 1,300평 남짓한 숲 뒤에 지어진 집은, 카리브 해의 따뜻한 휴양지에서 겨울을 보내고 있는 사촌의 소유였다.

루페가 크고 그늘진 차고 안으로 들어가 사촌의 번쩍거리는 메르세데스 두 대 사이에 차를 대고 있자니 집 안에서 전화벨 소리가 들렸다. 개도 따라 짖기 시작했다.

루페는 조심스럽게 집 안으로 발을 들여놓으며 개를 불렀다. "알도, 나야."

그러고는 긴 통로를 바삐 가로지른 후 응접실로 몸을 날려 전화기를 집어 들었다. "여보세요?"

"크리스마스 정신이 충만하시군, 친구." 에이전트 빅스였다.

"그래서 뭐? 나쁜 소식이라면 점심 먹으면서 다 전하지 않았나?"

"이봐, 너무 뭐라 그러지 마. 나라고 이런 것까지 전하고 싶겠어?" 빅스 그레터가 대답했다.

홀에서 알도가 짖으며 질주하는 소리가 들렸다.

"잠시만, 빅스. 알도, 이리 와. 나야, 너의 임시 주인. 어서 오라고, 이 멍청아!"

거대한 흰 개가 루페에게 돌진해서 사납게 으르렁거렸다.

그러더니 급기야 가슴팍을 발로 차서 그를 때려눕혔다.

루페는 머리 위에서 으르렁대는 녀석을 전화기로 때리며 빠져나오려고 안간힘을 썼다. "제기랄, 앉아. 얌전히 있어."

알도가 낑낑거리며 발을 머리에 문지르더니 빨강 머리 작가를 응시했다. 곧 하는 수 없다는 듯이 뒤로 몇 발 물러나 앉으며 루페를 째려보았다.

"미안, 빅스. 무슨 말을 하고 있었더라?"

"도대체 무슨 일이야, 친구?"

"늘 있는 귀가 환영식이야. 사촌의 개가 건망증이 심해서 말이지. 그래, 이번엔 또 무슨 일인데?"

"유겐트 북스의 제인 이모한테서 전화가 왔어. 막 돌아와서,"

"내가 문학계 어디에도 속하고 싶지 않은 이유가 그거야. 편집자 호칭이 제인 이모가 뭐야, 제인 이모가."

"아이들 책 다루는 출판사라 그런 걸 어쩌겠어. 최고 경영자인 밥 삼촌은,"

"그래 그 미련하고 늙어 빠진 할망구가 또 뭐랬는데?" 루페가 사나운 사냥개를 살피면서 조심조심 2인용 안락의자에 앉았다.

"우리가 좀 전에 넘긴 『으스스하고 오래된 흉가의 비밀』 원고가 마음에 들지 않나 봐."

"구체적으로 어디가?"

"이번 세쌍둥이 시리즈의 등장인물 묘사가 좀 이상하다고 느끼는 것 같아. 아이들이 다 너무 비슷하다고."

"당연히 그래야지. 세쌍둥이인데."

"편집자한테 그렇게 말해. 제인 이모 말이 돈과 딘이 비슷하게 똑똑한 소리를 하고, 여동생 도라도 마찬가지라는 거야."

루페는 앞에 앉아서 자기를 노려보는 개를 한 번 바라본 후 한숨을 쉬었다. "오케이, 알았어. 원고를 보고 어떻게 하면 좋을지 생각해 볼게. 다음 '디블 세쌍둥이' 책 세 권을 계약할 때 선금 올려 달라는 얘기는 했어?"

에이전트는 아무 말이 없었다.

"빅스?"

"화내지 마, 루페. 세 권 더 내는 일은 없을 거야."

"이런 제길, 왜 안 낸대? 판매가……."

"점점 줄어들고 있어. 더 정확하게 말하면 바닥을 기고 있지."

"난 전처 둘한테 이혼수당을 주고 있어. 빅스, 네가 어떻게 좀 해 봐."

"내가 말하려는 게 바로 그거야, 친구. 한 권만이라도 더 계약해 달라고 제인 이모를 설득했어."

"잘했네. 7천5백 달러 정도만 돼도 어떻게 해결할 수 있을 거야."

맨해튼에서 또다시 침묵이 흘렀다.

"빅스?"

"제인 이모는 앞으로 어떤 책이든 5천 달러 이상은 못 주겠대."

"5천? 이런, 햄버거 패티를 좀 더 뒤집어야겠군."

"직업 바꾸는 걸 심각하게 고민해 봐야 할 때인지도 몰라."

루페는 모퉁이에 있는 대형 괘종시계를 보았다. "6천으로 올려 달 라고 좀 해 봐. 이제 나 나가 봐야 해."

"또 정신병자 같은 여자와 엮인 거 아니지?"

"윈드워드 평생 교육 센터에서 창작 수업을 하나 맡았어. 1시간에 32달러를 준대."

"좋아. 너무 절망하지 마."

"이미 절망이라면 할 만큼 했지." 루페가 단언했다.

한 주에 한 번씩 열리는, 총 8회 수업 중 다섯 번째였던 그날 수업은 특히 엉망이었다. 출석률이 점점 줄어들긴 했지만 그날 밤 작고 썰렁한 지하 강의실에 나타난 학생은 달랑 두 명이었다.

루페가 이름을 기억하지 못하는 깡마른 십대 소년은 8시 휴식 시간이 지나자 잠들어 버렸고, 브리지포트에서 온 전직 약사 디안젤로 노인은 자신이 쓰고 있는 추리소설의 1장을 소리 내어 읽고 있는데 옆에서 소년이 계속 코를 골자 발끈했다.

디안젤로 노인이 갑자기 읽기를 포기하고 화를 내며 앉자 루페가 말했다. "디안젤로 씨, 꼭 그 거친 L.A. 사립탐정을 주인공으로 삼으셔야겠습니까?"

"또 시작이구먼. 우리 마누라도 그것 가지고 계속 바가지를 긁어 대는 통에……."

"제 말은 그러니까, 음, 선생님 소설 속의 탐정은 직유와 은유를 대개 약국 업무에 기반을 두는 것 같습니다."

"쳇." 전직 약사는 자기가 쓴 소설을 낡은 서류가방에 쑤셔 넣고 일어나 문으로 향했다. "당신은 허접스러운 작가에 쓰레기 같은 선생이야. 쥐뿔도 아는 게 없어."

"디안젤로 씨, 거지발싸개 같은 사람들이나 읽을 글을 쓰면 안 됩니다." 한쪽으로 기운 책상 뒤에서 루페가 맞받아쳤다. "유감스럽게도 출판사에서는 컴퓨터광이 쓴 책을 내려고 하지 멍청한 추리소설가가 쓴 것을 내고 싶어 하지 않습니다. 그러니 충고하건대 어서 나가서 『모작 살인 사건』이나 한 권 사서 읽어 보세요."

"염병!" 디안젤로는 어두침침한 복도의 리놀륨 타일을 탁탁 차며 밖으로 나갔다.

잠시 후 육십대 중반으로 보이는 살찌고 머리가 허연 여자가 문 앞에 나타났다. 바지와 두꺼운 모직 반코트를 입었고 큰 비닐 쇼핑백을 끌어안고 있었다. "페티코드 선생님, 지금 혹시 수강 신청할 수 있나요?" 노부인이 문턱을 넘어 와 눈이 묻은 쇼핑백에서 두꺼운 원고를 끄집어냈다. "저는 도라 윔블러 하프입니다."

"사무실에 물어보셨습니까?"

"날씨 때문인지 다 들어가고 없네요."

"그럼, 일단 들어와서 앉으세요."

부인은 코트에서 물기를 털어낸 후 잠자는 청춘 옆에 앉았다. 소년에게 엄마 같은 미소를 보내며 머리를 절레절레 젓고 루페를 향해 원고를 들어 보였다. "혹시 제가 쓴 서스펜스 소설을 좀 평가해 주실 수 있나요?"

"그게, 보통 저는……,"

"저는 선생님이 쓰신 '디블 세쌍둥이' 시리즈를 엄청나게 좋아하는 팬입니다. 특히 『오싹하고 낡은 교회 미스터리』는 너무 재밌어서 책을 내려놓을 수가 없었어요."

"그렇습니까? 정말 감사합니다." 루페는 환하게 웃었다. "물론 읽어 봐 드릴 수 있지만 명목상의 수수료는 받아야 합니다."

"백 달러 정도면 괜찮을까요?" 부인은 양손으로 원고를 들고 그의 책상으로 다가왔다. "제가 남편이 죽고 혼자 된 피부미용사라 아직 돈 들어갈 일이……."

"그 정도면 됩니다, 네." 두어 시간 들여 그 지긋지긋한 책을 대충 살핀 후 말도 안 되는 소리나 몇 장 써서 돌려주면 될 일이었다. 그러면 이 구린 수업을 하루 맡을 때보다 더 많은 돈을 벌게 된다.

"제가 처음 써 본 책이에요." 부인이 두꺼운 원고를 책상 위에 살포시 얹으며 설명을 덧붙였다. "제목은 『죽음으로의 긴 여행』입니다."

루페는 맨 앞장을 보며 고개를 끄덕였다. "더그 하프먼이라고 쓰여 있네요."

"필명을 사용하려고요. 책이 팔리는 느낌은 어떨지 정말 궁금해요. 작가로 벌어 먹고살 수 있다면 정말로 좋을 것 같아요."

"왜 안 그렇겠습니까." 루페가 동의했다.

★★

편집실의 높고 넓은 창가에 작고 마른 젊은 여자가 서 있었다. 여자는 미니스커트와 검은 민소매 옷을 입었고 왼쪽 콧방울에는 은색 링이 달려 있었다. 오른쪽 팔뚝에는 하강하는 독수리 문신을 새겨 놓았다. 머리색은 아주 검었고, 불붙이지 않은 작은 시가를 입에 물고 있었다. 여자가 창밖에 펼쳐진 2월의 흐린 오후 풍경에서 시선을 거두고 돌아서자 양쪽 귀에 매달린 큰 귀걸이가 짤랑거렸다. "들어오세요."

루페가 미소를 지으며 사무실 안으로 성큼 들어섰다. "어머니께선 어디 나가셨니?"

"우리 어머니? 그 할망구는 술을 많이 마셔서 내가 대학교 2학년 때 죽었어요. 지금은 글렌데일 지하 2미터에 고이 잠들어 있지요. 산페드로 선원들은 할망구가 죽었다고 엄청 슬퍼했지만 난 뭐 아무렇지도 않았어요." 여자는 방 한가운데 있는 큰 철제 책상 앞으로 가서 앉았다.

"아, 그러면 당신이 모거나 빈들로스군요."

"아니면 누구겠어요? 어디에 엉덩이 좀 걸쳐요, 페티코드 씨. 당신 같이 비실대는 늙다리 눈에는 내가 십대 같아 보이겠죠?"

"네, 젊어 보이네요."

"난 스물넷이고 2년 넘게 여기 맥스 북스의 책임 편집자로 일했어요. 그 독일인들이 출판사를 넘기자마자 내가 들어왔는데 그 후로 판매가 두 배나 늘었죠."

"어느새 편집자들보다 내가 더 나이가 많은 게 이제는 조금 적응이 됩니다만, 처음 시작할 때는, 세상에, 그때는……,"

"당신 구차하게 살아온 얘기는 집어치워요. 그래도 당신이 쓴 『죽음으로의 긴 여행』은 마음에 들었어요. 그래서 당신을 맨해튼으로 불러 달라고 얼빠진 당신 에이전트한테 부탁한 겁니다."

"네, 빅스가 그러더군요."

"무척 마음에 들었어요."

"빅스는 영국 고전 추리소설 느낌이 난다고 하더군요." 루페가 작고 젊은 편집자에게 설명했다. "아시겠지만, 에릭 앰블러, 빅터 캐닝, 데스먼드 배글리와 비슷한 유형의……."

"퀴퀴해. 그렇게 구린 것들은 안 읽어요."

빅스도 똑같은 소리를 했다. 그러면서도 그런 이름들을 읊으면 책 파는 데 도움이 될 거라고 했다.

모거나가 계속 말을 이었다. "페티코드 씨, 이 책은 유겐트 북스에서 당신이 여태 낸 쓰레기들보다 수십만 배 나아요."

"'디블 세쌍둥이' 시리즈 읽어 보셨습니까?"

모거나는 검지를 들어 올렸다. "아주 구렸어요. 어릴 때 이모가 억지로 읽게 했죠." 그러고는 코를 찡그렸다. "그 뒤로 엄청나게 발전했네요. 30만 달러 어떻습니까?"

"좋습니다만, 뭐로?"

"선금이지 뭐겠어요, 바보 같기는. 이 책을 세게 밀어 볼까 싶어요. 새 카테고리에도 넣고요. 역사 추리소설로 할 거예요."

"1970년대 이야긴데요."

"그 정도면 까마득한 옛날이죠."

"역사 추리소설. 좋네요."

"이렇게 합시다. 이 책은 잠재력이 있으니 40만 달러로 하죠."

루페가 마른 침을 꿀꺽 삼켰다. "이, 이 책에 40만 달러를 준다고요?"

"그럼 뭐겠어요? 설마 당신 몸값이겠어요?"

루페는 헛기침을 하며 볼을 문질렀다. "빅스와 얘기해 보십시오. 돈과 관련된 일은 빅스가 다 처리하거든요."

모거나가 책상 위에 팔꿈치를 올려놓았다. "바꾸고 싶은 게 두어 가지 있네요."

"아, 그래요?"

"먼저 제목이요. 『죽음으로의 긴 여행』은 너무 구려요."

"그럼 뭐로?"

"더 좋은 거로요. 당신이 반대하지 않는다면."

"괜찮습니다. 뭐든 좋을 대로 지어요."

"더그 하프먼이라는 필명도 집어치워요. 당신 이름 그대로 가죠."

"내 이름을요?"

"드리블인가 디블인가 하는 형편없는 책들만큼이나 끔찍하긴 하지만, 그 시리즈를 읽은 수천 명은 적어도 당신 이름을 알 거잖아요."

"판매 지수를 보면……."

"판매 지수를 보니 당신과 유겐트 북스는 3단계를 거쳐 똥통으로 떨어지고 있더군요. 그래도 당신 이름은 지명도가 있다고 봐요." 모거나가 물고 있던 시가를 펜 삼아 책상 위 허공에 광고 문구를 썼다. "여태 이런 책은 없었다. 루페 페티코드 멋지게 비상하다!"

"오, 멋지군요."

"그럼 책에 당신 이름 넣는 데 동의한 겁니다."

여기서 루페는 뒷걸음을 치며 진실을 밝혔어야 했다. 그는 잠시 젊은 편집자의 독수리 문신을 보며 말없이 앉아 있다가 대답했다. "네. 그게 좋겠네요."

3월 초 어느 비 내리는 저녁, 루페는 마침내 도라 윔블러 하프를 찾아갔다. 도라는 브림스톤 근처에 9만 평쯤 펼쳐진 자연 보호구 끝에 덩그맣게 자리한 작은 오두막에서 혼자 살았다.

루페는 갈색 너와집 부근에 자리한 단풍나무 군락 뒤에 차를 세운 다음 억수같이 내리는 비를 뚫고 대문으로 달려갔다.

막 퇴근했는지 연푸른색 미용사 가운을 걸친 도라가 문을 활짝 열고 미소를 지으며 환영했다. "아, 페티코드 씨. 드디어 오셨군요. 언제쯤 연락이 올까 목이 빠지도록 기다렸어요."

"부인을 피하는 것처럼 보였다면 죄송합니다. 실은,"

"신경 쓰실 일이 많은 줄 압니다. 수업이 폐강된 일도 그렇고요." 도라가 루페를 안으로 안내하며 말했다. "하지만 작년 크리스마스가 다가오기 한참 전에 원고와 돈을 드렸는데……."

"그 점은 진심으로 사과드립니다." 루페는 머리가 희끗희끗하고 살찐 여자를 따라 작고 안락하지만 다소 어수선한 응접실로 들어섰다.

"자동 응답기에 여러 번 메시지를 남기긴 했는데 제가 선생님을 따라다니면서 괴롭히는 것처럼 느끼실까 봐 걱정했어요." 도라가 푹신한 모리스 의자를 가리켰다. "커피 드실래요?"

"아뇨, 이따가요."

도라가 미간을 좁히며 루페를 바라보았다. "제 책이 형편없어서 나쁜 소식을 전해 주기가 뭣하셨나 봐요."

"아뇨, 전혀 그렇지 않습니다. 실은 아주 좋았습니다."

"정말요? 그냥 하시는 소리는 아니죠?"

"아주 훌륭합니다."

도라는 맞은편 안락의자에 앉았다. "그럼 출판사에 팔릴 가능성도 있나요?"

루페는 의자에서 일어나 벽난로 쪽으로 가서 대리석으로 된 에드거 앨런 포 흉상을 손가락으로 툭툭 두드렸다. "음, 사실은……, 저, 그게……,"

도라가 몸을 앞으로 기울였다. "선생님, 잘 안 들려요. 크게 좀 말씀해 주세요."

루페가 의자로 돌아와 앉았다. "네. 실은 이렇습니다." 루페는 도라의 눈을 피하며 천천히 입을 열었다. "부인이 원고를 건네주신 그날 밤에 바로 읽기 시작했습니다. 아마추어의 평범한 소설을 기대했다가 어안이 벙벙해졌지요."

도라가 싱긋 웃었다. "그래요? 참 듣기 좋은 소리군요." 도라는 커피 탁자에서 커다란 액자를 집어 들었다. "얘는 찰리 웜블러라고 제 조카예요."

"잘생긴 청년이네요. 이제 설명을……."

"턱수염이 곱슬하지 않았다면 쟤를 더 좋아했을 거예요." 도라가 사진을 내려놓았다. "찰리는 프리랜서 이집트학 학잔데 지금은 어디 있는지 모르겠네요. 미국에 있을 때는 늘 여기서 저랑 함께 지내죠.

제 소설에 대해 다 들려주었으니 걔도 당신이 무슨 얘기를 할지 듣고 싶어 할 것 같네요."

"아, 네." 루페가 다시 헛기침을 했다. "부인의 책을 읽느라 밤을 꼴딱 새웠습니다. 정말……."

"손에서 놓을 수가 없었나요?"

"네. 그래서 제 에이전트에게 보여 주기로 작심했습니다."

"아, 정말 사려 깊으시네요. 잘나가는 문학 에이전트가 제 소설을 보리라고는 꿈도 못 꿨어요."

"그런데 핵심은요, 하프 부인." 루페가 포 흉상을 쳐다보며 말했다. "저, 믿어 주셨으면 합니다. 처음부터 속일 생각은 절대로 없었는데……."

"무슨 말씀이신지 통 이해가 안 되네요."

"책에 더그 하프먼이라고 서명했던 거 기억하시죠? 제가 그 원고를 에이전트 사무실 책상 위에 올려놓고 '빅스, 이 책 어떤지 좀 봐 주게'라고 메모를 남겼습니다."

"빅스, 드문 이름이네요."

"그게, 네. 하여튼 빅스는 그때 잡지 편집자와 중요한 점심 약속이 있어서 나갔기에 그가 보게 될 원고가 부인 것이라고 말하지 못했습니다."

"뉴욕 에이전트들은 다들 그렇게 바쁜가 보더라고요."

"한 달쯤 후에 빅스가 드디어 그 원고를 들여다봤답니다. 너무 훌륭해서 밤새 뜬눈으로 지새울 정도로 도저히……"

"역시 손에서 놓을 수 없었단 말이죠?"

"네. 그리고 그 친구는 저한테 말도 없이 맥스 북스의 책임 편집자에게 원고를 보냈습니다."

"아, 거기는 굉장히 권위 있는 출판사잖아요. 윌리엄 F. 놀런의 베스트셀러 추리소설을 다 거기서 펴내던데."

"그렇습니다. 맥스의 편집자가 작품을 굉장히 마음에 들어 해서 파격적인 제안을 했습니다."

도라가 손뼉을 치며 또 환하게 웃었다. "얼마나 파격적이었는데요?"

루페가 신발을 내려다보며 말했다. "50만 달러."

도라는 손바닥으로 가슴을 누르며 호흡을 가다듬었다. "세상에, 그렇게 엄청난 돈을."

루페도 동의의 뜻으로 고개를 끄덕였다. "하프 부인, 지금부터 부끄러운 얘기가 등장합니다." 루페가 다 꺼져 들어가는 목소리로 말했다. "코미디 같은 실수입니다만, 결론을 말씀드리자면 제 에이전트와 맥스 북스 사람들 모두 그 책을 제가 썼다고 알고 있습니다."

도라가 얼굴을 찡그리며 천천히 자리에서 일어났다. "바로잡으셨겠죠, 그렇죠?"

루페도 일어나 도라를 마주 보았다. "저는 사반세기 동안이나 글을 쓰면서 1년에 4만6천 달러 이상을 번 적이 없습니다. 그런데 50만 달러를 제안받다니요."

도라가 목소리를 확 낮췄다. "사실을 말하지 않았나요?"

"말하지 않았습니다. 그리고 사흘 전에 계약서에 서명했습니다."

"완전 사기네요."

"그래서 지금 자백하는 겁니다. 이 딜레마를 해결하기 위해 제안을 하겠습니다." 루페가 벽난로 앞으로 간 뒤 몸을 돌려 살찐 여자를 바라보았다. "제가 도와 드리지 않았다면 부인은 출판업자를 만날 기회도 없었을 겁니다. 그러니 반반으로 가르는 게 공평하다고 봅니다. 제가 25만, 부인이 25만."

"책은 누구 이름으로 나오죠?"

루페가 왼손으로 입을 막고 헛기침을 했다. "이미 저를 저자로 출판 작업을 진행중입니다. 하지만 들어 보세요. 부인에게 그 책을 바친다고 쓸 겁니다. '도라 윔블러 하프에게, 당신이 없었다면 이 소설은 결코 나오지 못했을 겁니다'라고."

도라가 엉덩이에 손을 얹고 "장난하나"라고 말했다.

"좋습니다, 이건 어때요. '친애하는 내 친구 도라⋯⋯,'"

"이런 맹추 같은 양반아, 50만 달러 중 단 1페니도 당신한테 갈 이유가 없어." 도라가 두툼한 엄지로 자신의 가슴을 찌르며 말했다. "머저리 같은 놈, 그 책에는 내 이름만 실려야 해."

"이것 보세요. 이 계약이 성사되게 한 사람은 접니다."

"내 책을 훔쳐다 자기 이름으로 내? 이런 미친."

"하프 부인, 엄밀히 따지자면 제가 당신의 에이전트로 행동해서 좋은 거래를 성사시킨 겁니다. 그런데 어쩌다 보니⋯⋯."

"개소리 집어치워." 도라는 루페를 쏘아보다가 문간으로 향했다.

"당장 변호사를 불러야겠어."

"안 됩니다. 그러시면 안 돼요." 루페가 벽난로 위 포의 흉상을 집어 들고 도라의 뒤를 다급히 쫓았다.

마침내 따라잡은 루페는 흉상으로 도라의 머리를 내리쳤다.

도라는 꿍 하는 소리를 내며 세 걸음 정도 비틀거리다가 작은 깔개 위에 무릎을 꿇고 쓰러졌다.

루페는 달려들어 도라의 머리를 두 번 더 사정없이 내리쳤다.

도라는 깔개 위에 납작하게 뻗은 채 죽었다.

★★

올해 크리스마스 주간에는 미스터리 서점에서 사인회가 열렸다. 루페의 소설은 『죽음 비행』이라는 제목을 달았고, 서점 이층 책상 옆에는 방금 인쇄를 마친 책이 산더미처럼 쌓여 있었다.

평소 아끼는 비싼 이탈리아제 정장을 입고 색안경을 낀 루페는 샴페인을 홀짝거렸다. 작은 방으로 구름처럼 몰려드는 사람들을 보며 만족스러운 미소를 지었다.

턱시도 차림의 펜즐러가 루페 옆에 와서 섰다. "드디어 사인을 만들었군요."

"안 만들 수가 있어야죠." 루페가 샴페인을 한 모금 마신 후 물었다. "그건 그렇고 책은 어떻던가요?"

"아직 읽어 보지 못했지만……."

"또 침대 옆 탁자에 있겠죠. 암요, 그러시겠죠."

진홍색 드레스를 입은 모거나가 나선 계단을 밟고 올라오는 모습이 보였다. 모거나는 루페에게 손 키스를 날린 후 소리쳤다. "5쇄예요, 우리 작가님."

펜즐러는 루페가 알지 못하는 키 작고 콧수염 기른 늙은 작가와 악수하려고 가 버렸다. 별로 중요한 인물은 아니었다.

누군가 루페의 팔꿈치를 툭 쳤다.

뒤를 돌아보니 약간 안면 있는 턱수염 남자가 루페를 향해 웃고 있었다. "축하합니다, 페티코드 씨." 남자가 루페의 팔을 잡고 '셜록 홈즈' 책과 관련 물건들이 있는 곳으로 데려갔다. "이거요." 남자가 황갈색 봉투를 내밀었다.

"죄송합니다만, 저는 책에만 사인해 드립니다."

"아뇨. 선생이 보고 싶어 할 것이 안에 들어 있습니다."

루페는 잔을 옆에 내려놓고 봉하지 않은 봉투에 손을 집어넣어 폴라로이드 사진을 꺼냈다. "맙소사." 그는 터져 나오는 비명을 참으며 사진을 얼른 코트 주머니에 넣었다.

사진에는 죽은 도라 윔블러 하프가 벽돌담 앞 크고 흰 고리버들 의자에 앉아 있었다. 도라는 눈을 뜬 채 멍하니 앞을 노려보고 있었다. 누렇고 가죽 같은 얼굴이었다.

"나는 찰리 윔블러입니다." 턱수염 남자가 말했다.

"그 프리랜서 이집트학 학자?" 루페는 기억을 더듬었다. "그런데 어떻게 사진을……."

"선생이 3월에 자연 보호구 뒤편에 깊이 묻은 시체를 어떻게 내가 찍었느냐 말이죠?"

"네, 바로 그겁니다."

"일 처리를 아주 꼼꼼하게 했더군요." 조카는 둘만 들리도록 잔뜩 목소리를 낮춰 말했다. "이모를 묻고 주변을 정리한 다음 이모 컴퓨터로 자살하겠다는 유서를 썼지요. 그러고는 프린트한 유서를 잘 접은 유니폼과 속옷과 함께 롱 아일랜드 해협 가장자리에 가져다 놓은 겁니다. 도라 이모는 뻔질나게 미용실을 드나드는 얼빠진 숙녀분들에게 널리 알려진 인물이라 소문은 삽시간에 퍼졌죠."

"당신 어디 멀리 가 있었던 거 아닙니까?"

찰리가 픽 웃었다. "아뇨. 뉴헤이번에서 몹쓸 여자와 동거를 하고 있었지요. 운명의 신이 도왔는지 그날 선생이 도라 이모에게 책과 관련해 합의를 보자고 했을 때 오두막으로 돌아왔지요."

"왜 들어오지 않고……."

"나는 어떤 모임이든 끼어들기 전에 먼저 분위기를 파악하는 습성이 있어요. 가만 계산해 보니 미련한 이모보다 선생한테서 한몫 뜯어내는 편이 더 낫겠더군요."

"그래서 그냥 지켜보며 기다렸다?"

"당연하죠. 책이 나오고 선생한테 돈이 쏟아져 들어와서 도저히 무를 수 없을 때까지."

루페는 주머니에 손을 가져다 댔다. "이 사진은 어떻게 된 겁니까?"

"아, 선생이 이모를 고이 잠들게 한 후 내가 금세 파내서 미라로 만들어 안전한 장소에 보관해 뒀습니다."

"그래서 뭐 어쩌겠다는 겁니까?"

"선생이 책으로 올리는 총수입의 60퍼센트를 주시죠."

"50."

"60."

"네, 좋습니다." 도라 윔블러 하프를 죽인 후 수개월 동안 아무도 루페를 의심하지 않았다. 수백만 달러 중 40퍼센트면 나쁘지 않았다. 사실 그게 썩어 빠진 '디블 세쌍둥이' 책을 내는 것보다 훨씬 나았다. 그 돈으로 몇 년 동안 수월하게 살다가 나중에 자기 힘으로 진짜 좋은 책을 펴내면 될 일이었다. 일단 찰리 윔블러에게 돈을 주면 어떤 범죄에 연루될 일도 없을 터였다. "좋습니다. 그렇게 합시다."

악수한 후 찰리가 말했다. "아, 한 가지 더 있습니다."

루페는 손을 빼냈다. "또 뭡니까?"

"선생은 이 책을 시리즈로 내야 합니다. 그리고 그에 대한 수익금도 나와 나눠야 해요."

"그걸 어찌 한단 말이오, 도대체. 이게 당신 이모의 첫 책이고 지금은 죽고 없는데."

찰리가 또 한 번 껄껄 웃었다. "그야 쉬운 일이지. 이모가 했던 것처럼 데스먼드 배글리의 책을 모조리 베끼면 되니까 데스먼드 배글리는 영국의 저널리스트이자 스릴러 소설가로, 도라가 베낀 작품은 『플라이어웨이(Flyaway, 1978)』로 추정된다."

이보다 더 어두울 순 없다

로렌스 블록

로렌스 블록(Lawrence Block) / 1938

알코올 중독자이자 전 경찰이었던 매튜 스커더가 주인공으로 등장하는 작품들과 '버니 로든바 시리즈'로 유명하다. 그의 유머러스한 '칩 해리슨 시리즈'는 총 네 권 발간되었다. 세 번째 작품 「살인 성공기(Make Out With Murder)」에서 탐정 헤이그가 처음으로 등장하고 칩은 그의 조수가 된다.

† As Dark as Christmas Gets(1997)

서 56번가의 작은 서점에 도착했을 때 오전 9시 5분이었다. 레오 헤이그의 조수로 일하기 전에는 시계를 끼고 있어도 들여다볼 필요가 없었고, 봤더라도 10시가 다 되어간다는 것만 확인하면 됐다. 그러나 헤이그는 내가 자신의 다리와 눈, 가끔은 귀와 코와 목이 되기를 바랐고, 그가 네로 울프1934년에 렉스 스타우트가 창조한 거구의 안락의자 탐정. 난과 맥주와 음식을 사랑하고 웬만해서는 몸을 잘 움직이지 않는다. 조수인 아치 굿윈이 사건에 대해 조사한 뒤 그에게 보고한다 모드에 돌입하면, 맙소사, 나도 네로 울프의 조수인 아치 굿윈이 되어 주변 모든 것에 관심을 기울이고 시시콜콜한 것을 하나도 빠짐없이 기억했다가 그에게 대화식으로 보고해야 한다.

음, 마지막 부분은 취소하겠다. 헤이그도 인정하듯 내 기억력이 좋아지고는 있지만, 나도 인간인지라 단어 하나하나까지 다 보고할 수는 없다. 차라리 녹음기를 하나 사는 게 낫지.

가짜 눈이 소복한 서점 쇼윈도에는 수갑을 찬 산타클로스 인형과 장난감 총과 칼 몇 점, 백화점 산타로 분장한 살인범이 등장하는 프레더릭 브라운의 책을 비롯해 크리스마스를 소재로 삼은 추리소설 여러 권이 놓여 있었다. 1년 전에 누군가 빨간 옷을 입고 흰 수염을 붙인 후 브로드웨이와 37번가의 모퉁이에서 사람을 쏘았을 때 나는 헤이그에게 정말 기발한 아이디어라고 말했다. 헤이그는 나에게 눈을 찡긋하고 방을 나가더니 책 한 권을 들고 돌아왔다. 헤이그가 책을 건네면 나는 무조건 읽어야 하고, 이번에도 그가 준 책을 읽고 나서야 브라운이 이미 50년 전에 그 아이디어를 범행에 이용했다는 사실을 알게 되었다. 그렇다고 살인범이 그 책에서 아이디어를 얻었다는 말은 아니다. 내가 읽은 책은 쇼윈도에 진열된 멋진 양장본과는 거리가 먼, 절판된 지 오래된 너덜너덜한 페이퍼백이었다. 몇이나 되는 살인범들이 오래된 책에서 범죄 아이디어를 얻겠는가?

자, 당신이 탐정이라면 지금쯤 두 가지를 알아냈을 것이다. 그 서점은 추리소설을 전문적으로 취급하며 지금은 크리스마스 시즌이다. 그리고 창문에 걸린 표지판을 보고 한 가지를 더 유추해 낼 수 있을 것이다. 즉, 지금은 영업시간이 아니다.

나는 다시 계단을 살짝 내려가 버저를 꾹 눌렀다. 아무 반응이 없어 다시 누르자 마침내 머리가 희고 흰 턱수염을 기른 키 작은 남자가 문을 열었다. 그에게 필요한 것은 푹신한 충전재, 빨간 옷, 즐거움을 가르쳐 줄 사람뿐이었다. "참으로 미안하지만 지금은 영업시간이 아닙니다. 크리스마스 아침이고 아직 10시도 안 됐잖습니까?"

"선생님께서 전화하셨고 그땐 9시도 안 됐습니다."

남자는 나를 자세히 보고 반색했다. "자네가 해리슨이로군. 이름이 뭐였더라."

"칩입니다."

"아, 맞아. 그런데 헤이그는 어디 갔나? 자기를 네로 울프라고 생각하는 건 알지만 그렇다고 바깥출입을 영 안 하지는 않을 텐데. 예전에는 여기에 꽤 자주 오곤 했거든."

"물론 사장님은 외출하십니다." 내가 동의했다. "울프도 실제로 딱한 번 몬태나에 간 적이 있구요. 그리고 울프는 '일 때문에' 집에서 나오는 걸 싫어했고 사장님도 마찬가지입니다. 게다가 사장님은 차드 호수에서 알을 낳지 못하는 시클리드 몇 마리를 가져와 알을 낳게 하는 데 성공했습니다. 사장님에게 수족관은 울프의 텔레비전이고, 시클리드가 노는 모습은 TV 프로그램 〈미드나잇 블루〉라고 생각하시면 되겠습니다."

"물고기라." 흰머리 남자는 비웃기보다는 뭔가를 떠올리는 듯한 투로 말했다. "뭐, 어쨌든 자네가 왔으니 그걸로 됐네." 남자는 문을 잠그고 나선 계단을 올라가 책과 파티의 흔적이 가득한 방으로 안내했다. 여기저기에 빈 유리잔과 부스러기만 남은 전채요리 쟁반과 캐슈너트가 담긴 커트 무늬 접시가 나뒹굴었다.

"어젯밤에 크리스마스를 기념하는 사람들로 가득했어. 먹고 마시고, 노래하고 난리도 아니었지." 남자가 인상을 찡그렸다. "노래는 안 했지만 나도 먹고 마시긴 했어. 그 뒤 모두 돌아가자 자러 위층으로 갔고. 분명 그랬을 거야. 2시간 전에 깨어나니 거기였으니까."

"기억은 안 나시고요?"

"그게, 웅, 안 나. 기억할 게 뭐 있겠나? 손님들이 다 떠나 버리고 나만 혼자 남겨지니 좀 슬펐어." 남자는 잠시 뭔가 생각하는 눈빛을 띠었다. "그 여자가 있었으면 기억이 났을지도 모르지."

"여자요?"

"신경 쓰지 말게. 오늘 아침에 깨어 보니 나 혼자 침대에 누워 있더군. 아스피린 몇 알 먹고 아래층으로 내려와 서재로 갔어."

"이 방 말씀입니까?"

"여기는 매장일세. 이 책들은 판매용이고."

"아, 그렇죠. 여기는 서점이니까."

"서재를 본 적이 없나?" 남자는 대답을 듣지 않은 채 문을 열었다. 그는 연결 통로를 지나 처음 있던 방의 두 배 정도 되는 방으로 나를 안내했다. 천장에 닿을 듯한 단단한 목제 책장들이 늘어서 있었고 책장마다 양장본들이 두 줄로 꽂혀 있었다. 한 구역 말고는 모두 비닐 시트를 씌워 놓아서 어떤 책들인지 알 수 없었다.

"이건 내 장서들이야. 이 책들은 팔지 않아. 상태가 더 좋은 책으로 바꿀 때만 꺼내곤 하지. 헤이그는 책 모으지 않지?"

"사장님요? 몇천 권은 가지고 계십니다."

"맞다, 나한테서도 몇 권 사간 적 있지. 그래도 초판에는 관심을 안 두더군. 판형도 별로 신경 안 쓰고, 책 커버가 있든 없든 상관 안 했어. 재판본, 북클럽용 책, 페이퍼백, 뭐든 가리지 않았지."

"그저 읽고 싶어 사는 거죠."

"뭐든 다 좋다 이거지?" 남자는 어이없다는 듯 고개를 저었다. "어젯밤에는 매장뿐만 아니라 이 방도 꽉 찼네. 나는 사람들이 만져서 혹시 책이 상할까 봐 비닐을 씌워 놨지. 그런데 이 상황을 어떻게 설명하면 좋을까?"

뭐든 말씀하십쇼, 당신은 의뢰인이시니까요, 라고 나는 생각했다.

"이 책들 중 몇 권은 정말 가치 있거든. 물론 내 손님들도 아주 덕망 있는 사람들이고 대다수는 좋은 손님이기도 해. 즉, 귀한 책을 모으는 사람들이란 말이지. 열정적이다 못해 광적인."

"손님들이 책을 훔쳐 가지 않기를 바라셨단 말씀이지요?"

"아주 직설적이군. 자네 일을 하려면 그래야겠지. 책을 훔쳐 갈까 봐 걱정했던 게 아니라, 사람들을 시험에 빠뜨리고 싶지 않았네. 특히나 술을 마시면 유혹을 이겨 내기 어려울 수도 있으니까."

"그래서 비닐 시트를 씌우셨단 말씀이시네요."

"오늘 아침에 아래층으로 내려와서 비닐을 걷은 후 빈 유리잔과 쓰레기를 치웠지. 아주 느릿느릿 움직였어. 보다시피 이 구역의 비닐만 치웠네. 그런 다음 정리를 좀 했고. 그러다가 보게 되었지."

"뭘 봤다는 말씀이신지요?"

남자는 유리를 끼운 책장을 가리켰다. 그 위에 가죽 장정 도서들이 1미터가량의 열을 이루며 늘어서 있었다. "저기. 보이나?"

"가죽 장정 도서들 같긴 한데……."

"상자들일세." 남자가 바로잡아 주었다. "가죽을 씌우고 금색 활자를 새긴 상자들에 원고를 보관해 두었지. 깔끔하게 제본된 책처럼 보이게 한 거지만 실은 원본 원고들이라네."

"멋지네요. 아주 귀한 거겠네요."

"세상에 하나밖에 없지."

"당연히 그렇겠군요."

남자가 침울한 표정을 띠었다. "특별한 원고들이야. 작가들이 직접 수정한 것이니까. 원고는 대개 타자되지만 엘모어 레너드는 손으로 직접 글을 썼어. 물론 웨스트레이크의 원고는 스미스-코로나라는 유명한 휴대용 수동 타자기로 쓰였고. 폴 카바나의 원고는 그의 첫 소설의 원고지. 자네도 알다시피 이 작가는 책을 세 권밖에 안 썼어 폴 카바나는 로렌스 블록의 필명이며 그는 이 이름으로 세 작품을 발표했다."

나는 몰랐지만 헤이그는 알 것이다.

"멋지네요. 판매용은 아닐 테지요?" 나는 공손하게 말했다.

"물론 아니라네. 이렇게 서재에 잘 모셔 놨지. 다 특별한 소장 도서니까."

"그렇군요." 나는 남자가 말을 하도록 잠시 뜸을 들였지만 잠잠히 있자 다시 말을 이었다. "음, 아마 저를……."

"내가 자네를 부른 이유는 말이지." 남자가 한숨을 쉬었다. "웨스트레이크 상자와 카바나 상자 사이를 보게."

"둘 사이요?"

"그래."

"카바나가 『그런 남자들은 위험하다』를 썼고 웨스트레이크가 『가라앉은 희망』을 썼군요. 그런데 둘 사이에는 아무것도 없고 7센티 정도 공간이 비어 있습니다."

"바로 그거야." 남자가 말했다.

★★

"코넬 울리치가 쓴 『이보다 더 어두울 순 없다』입니다." 내가 말했다.

헤이그는 인상을 찌푸렸다. "난 그런 책 몰라. 제목도 들어본 적 없고 본명 울리치로는 물론이고 윌리엄 아이리시나 조지 호플리 명의로 나온 책도 본 적 없어. 이 두 이름은 필명이지."

"저도 압니다. 그리고 출판된 적이 없으니 이 작품을 모르시겠죠. 작가가 죽은 후 소지품 중에서 원고가 발견되었답니다."

"유고는 따로 있는데."

"『밤으로』 말씀이죠? 그건 원래 원고에서 사라진 부분을 다른 작가가 보충해서 '출판할 수 있게 된' 거였대요."

"'출판된' 거겠지. 이 두 표현은 같지 않아. 하지만 이 어두운…,"

"『이보다 더 어두울 순 없다』입니다. 우리 의뢰인 말이 이 원고는 '출판할 수' 없었답니다. 울리치가 몇 년이나 공을 들였지만 죽는 바람에 작품의 몇몇 부분이 해결되지 않았던 거죠. 일테면 어떤 등장 인물은 초반에 죽었는데 나중에 아무 설명 없이 다시 나타나기도 한답니다. 울리치의 주특기인 편집증적인 긴장감과 필력이 드러나야 하는데 그게 없으니 결국 책으로 편집되기에는 뭔가 부족했던 거죠. 하지만 수집가한테는,"

"수집가들이라고 해야지." 헤이그가 강조했다.

"맞습니다, 대장. 아무튼 저는 의뢰인에게 그 원고는 얼마나 하냐고 물었습니다. 5천 달러를 지급했다고 하더군요. 그대로 전하는 거니까 그보다 적거나 많은 게 아니냐고 묻지 마십시오. 저야 뭐 그 사람이 통이 커서 돈을 많이 쓴 건지, 구변이 좋아 가격을 후려친 건지도 모르니까요."

"중요하지 않아. 돈은 별것 아니라고. 의뢰인이 그 원고를 소장했고, 지금 그것을 돌려받고자 한다는 게 중요해."

"그리고 원고를 훔친 사람은 친구이거나 고객이거나, 아니면 친구이자 고객이라는 사실이 중요하죠."

"그래서 경찰이 아니라 우리를 부른 거지. 파티가 시작될 때는 원고가 있었대?"

"네."

"아침에 보니 사라졌고?"

"네."

"파티 참석 인원은 얼마나 됐는데?"

"출장 연회 업체 사장과 직원들을 포함해 사오십 명 정도입니다."

"출장 업체에서 음식을 담당했는데 왜 방이 지저분했지? 파티가 끝나면 업체에서 청소해 주지 않나?"

"저도 그 점이 궁금해서 물어봤습니다. 업체와 계약한 시간보다 파티가 길어진 모양이더군요. 연회 업체 사장은 직원들이 그릇을 싸서 돌아간 후에도 한참 거기에 있었답니다. 일을 끝내고 손님 자격으로 함께했던 거죠. 우리 의뢰인은 그 사장이 같이 있었다면 하고 바라더라고요."

"직원들이 떠난 후에도 사장은 가지 않았다고 방금 말했잖아?"

"다른 참석자들이 다 떠난 후에도 말입니다. 의뢰인은 서점 위층에 사는데 그 여자에게 자신의 숙소를 보여 주고 싶어 했지요."

헤이그는 어깨를 으쓱했다. 그는 딱히 여성을 혐오하는 사람이 아니었지만 그의 우상은 그랬기에 한동안 말이 없었다. 시간이 필요했다. 이윽고 헤이그가 입을 뗐다. "칩, 가망이 없어. 용의자가 오십 명이나 된다며?"

"여섯이에요."

"왜?"

"파티는 2시경에 대충 끝났습니다. 남아 있는 사람들에게 특별한 포상이 있었죠."

"뭐였는데?"

"워터포드제 포니 글라스에 따른 50년산 아르마냑. 유리잔을 세어 보니 모두 일곱 개였습니다. 손님 여섯 명과 주인."

"그럼 원고는?"

"그때까지는 비닐에 잘 덮여 있었습니다. 의뢰인이 다른 책들을 덮으면서 원고도 직접 덮었기 때문에 틀림없습니다. 그러다가 북엔드로 사용한 무늬 있는 배 모양의 유리 디캔터를 가지고 오려고 비닐을 벗겼답니다. 그 김에 원고도 하나 꺼내서 손님들에게 자랑했습니다."

"설마 울리치의 원고는 아니겠지?"

"네. 가죽 공책에 우아한 필체로 쓰인 피터 스트라우브의 작품이었어요. 스트라우브는 챈들러의 작품을 수집하기 때문에 우리 의뢰인이 챈들러의 초기 작품들 몇 개와 그 원고를 맞바꾸고 아주 흡족해했답니다."

"당연히 그랬겠군."

"비닐 포장을 뜯을 때 울리치의 원고가 있었고 의뢰인이 스트라우브의 원고를 가져다 놓을 때도 거기 있었을 겁니다. 그때 없어졌으면 눈에 띄었을 테니까요."

"그런데 오늘 아침에 보니 사라지고 없었다?"

"네."

"용의자 여섯은 누구누구지?"

나는 수첩을 꺼냈다. "존과 제인 콘―윌러스 부부. 존 씨는 은퇴한 주식중개인이고 제인 씨는 아침 드라마에 출연하는 배우입니다. 통속극 같은 거죠."

"식상하기 짝이 없는."

"네. 부부는 의뢰인과 여러 해 동안 친구이자 고객의 관계를 유지해 왔습니다. 부부는 추리소설 팬이고 부부에게 초판을 모으게 한 사람이 바로 의뢰인입니다."

"울리치에게도 관심이 있겠지?"

"제인 씨가 가장 좋아하는 작가가 울리치입니다. 존 씨는 그 작가 책을 봐도 그만 안 봐도 그만이라고 했습니다."

"어젯밤에는 어느 쪽을 택했는지 궁금하군. 콘-월러스 부부는 원고에도 관심이 있나?"

"책만 수집합니다. 처음에는 표지가 괜찮은 책과 한정판에 관심이 있었지만 지금은 초판만 수집합니다. 원고에 각별한 관심이 있는 사람은 졸탄 미하이 씨이지요."

"바이올리니스트 말이지?"

역시 헤이그는 알고 있었다. 나는 그의 이름을 들어본 적이 없었다. "추리소설 광팬이랍니다. 장거리 콘서트 투어를 할 때 추리소설을 읽으며 시간을 보내는 것 같습니다."

"시간이 난다고 늘 남의 아내와 노닥거릴 수는 없겠지. 하긴 그런 얘기가 다 사실일 리 없을 테고. 그 사람도 원고를 수집하겠지?"

"스트라우브의 원고에 안달한 모양이지만 의뢰인이 팔려고 하지 않았답니다."

"그렇다면 그자가 유력 용의자일 수 있겠군. 다른 사람은?"

"필립 페리고르 씨."

"작가?"

"맞습니다. 저는 그 사람이 여태 살아 있는 줄도 몰랐습니다. 몇 년 동안 아무것도 쓰지 않았잖아요."

"20년가량 책을 쓰지 않은 것 같아. 『살인 이상의 무엇』이 1980년에 출간되었지."

믿음직한 보스는 이 점도 알고 있었다. "어쨌든 그는 죽지 않았고 절필하지도 않았습니다. 그저 잠시 책을 안 내고 있었을 뿐이죠. 할

리우드에 가서 시나리오를 썼다더군요."

"그게 절필하는 거랑 뭐가 달라?" 헤이그가 잠시 생각에 잠겼다. "죽은 것과 조금도 다를 바 없어. 그자는 책을 수집하나?"

"아뇨."

"원고는?"

"원고도요."

"폐지를 모으거나 책 뒤에 메모할 일이 있지 않은 한 원고를 수집할 일은 없겠군. 또 다른 사람은?"

"에드워드 에버렛 스토크스 씨."

"소규모 출판업자. 파트너였던 제프리 포지스한테서 출판사를 사들여 스토크스-포지스 출판사의 단독 소유자가 되었지."

"의뢰인의 말에 따르면 그 출판사에서도 한정판을 냅니다. 가죽장정 도서, 소규모 생산 도서, 특별하게 제본한 도서 등등을요."

"그런 책들도 괜찮지만, 스토크스-포지스는 합리적인 가격의 보급판을 내고 한데 모을 수 없는 작가들의 단편을 모아 책으로 펴내는 등, 다른 데서는 구하기 힘든 작품들을 출간하는 쓸모 있는 출판사지."

"울리치의 작품도 출간했습니까?"

"울리치의 책은 전부 큰 출판사에서 간행되었고 단편소설도 다 마찬가지야. 스토크스도 책을 수집하나?"

"의뢰인이 말하지 않아서 모르겠습니다."

"뭐, 어쨌든. 그러니 모두 몇 명이지? 콘-월러스 부부, 졸탄 미하이, 필립 페리고르, E. E. 스토크스. 여섯 번째는······."

"해리엇 퀸런 씨입니다."

헤이그는 긴가민가하다가 마침내 기억해 낸 듯 고개를 끄덕였다. "저작권 에이전트로군."

"페리고르 씨의 에이전트입니다. 아니, 페리고르 씨가 다시 소설을 쓰게 된다면 일을 맡을 거라네요. 해리엇 씨는 스토크스-포지스사와 거래를 합니다. 파티가 끝난 뒤에는 졸탄 미하이 씨와 함께 갔을 겁니다."

"해리엇 씨가 울리치 작품들의 저작권을 관리하거나, 혹은 책이나 원고를 수집하는 데 혈안이 된 사람은 아니겠지?"

"그것도 말해 주지 않아서 모르겠습니다."

"아무튼 상관 없어. 칩, 의심 가는 사람이 여섯이라고 했지? 나는 일곱이라고 봐."

내가 다시 점검해 보았다. "존 콘-월러스. 제인 콘-월러스. 졸탄 미하이. 필립 페리고르. 에드워드 에버렛 스토크스. 해리엇 퀸런. 이렇게 여섯 아닙니까? 아니면 이름이 특이하고 키가 짤막한 우리 의뢰인도 포함하시겠다는 겁니까? 그건 좀 억지스러운······,"

"연회 업체 사장 말이야, 칩."

"글쎄요, 의뢰인 말로는 그저 일하러 왔다고 했어요. 책이나 원고에는 관심이 없고, 추리소설의 세계에는 빠져 본 적도 없다고 했으니 당연히 코넬 울리치한테도 관심이 없지 않을까요?"

"직원들이 집에 간 후에도 그 여자는 남았다며?"

"술이나 한잔하면서 어울리려고 그랬겠죠. 의뢰인은 그 여자가 밤을 함께 보내 주기를 바랐지만 그런 일은 일어나지 않았습니다. 저도 엄밀히 따지자면 그 여자도 용의 선상에 올려야 한다고."

"적어도 목격자이긴 하잖아. 데려와."

"네? 그 여자를 데려와요?"

헤이그가 고개를 끄덕였다. "다 데려와."

★★

이 글이 단편이어서 아쉽다. 만약 장편이었다면 서 20번가 뒷길에 있는 마굿간 딸린 집을 세세하게 묘사했을 텐데 말이다. 이 건물은 주인인 헤이그가 위의 두 층을 쓰고, 아래 두 층은 후아나 부인이 운영하는 '올걸 엔터프라이즈'에 세 놓았다. 헤이그는 여러 해 동안 브롱크스에 있는 방 두 개짜리 건물에서 열대어를 기르고 탐정소설을 읽으며 살다가 가난한 사람들의 영웅인 네로 울프처럼 그에게도 소소한 유산이 떨어지는 바람에 그 건물을 지었다고 한다.

헤이그는 사람이 어찌나 별난지 그의 기행만으로도 몇 페이지는 족히 채울 수 있다. 나를 채용할 때 탐정으로서의 잠재력 못지않게 글쓰기 능력도 고려했다는 점부터가 그랬다. 아치 굿윈이 네로 울프의 이야기를 썼던 것처럼 나도 자신의 사건을 기록해 주기를 기대했던 것이다. 이 사건은 성공적으로 해결한 건이지만 장편으로 늘리기보다는 단편으로 쓰는 게 낫다고 말한 이도 헤이그였다.

아무리 분량의 압박이 있어도 이 말만은 해야겠다. 헤이그의 가장 기이한 점은 바로 네로 울프가 실존한다고 철석같이 믿는 부분이다. 네로 울프가 사생활을 보호하기 위해서 다른 이름으로 살고 있고, 전설적인 적갈색 건물도 서 35번가가 아닌 다른 거리와 번지, 도시의 다른 곳에 버젓이 존재하리라는 게 헤이그의 주장이다.

그리고 언젠가 레오 헤이그가 사설탐정으로 널리 이름을 드높이는 날, 네로 울프의 저녁 식사에 초대되는 궁극의 보상을 받으리란 원대한 꿈을 꾼다.

음, 이제 서서히 배경 그림이 그려질 줄 안다. 혹시 더 궁금할까 봐 내 이전 저술 활동을 언급하겠다. 나는 지금까지 『살인 성공기』와 『반라의 튤립 봉오리』라는 두 장편을 썼고 레오 헤이그에 대한 내밀한 내용이 담겨 있다(헤이그를 만나기 전에 『무득점』과 『칩 해리슨 다시 득점하다』란 작품을 썼지만 추리소설도 아니고 헤이그가 등장하지도 않는다. 혹시 나에 대해 궁금한 사람은 그 책들을 찾아보시길).

자, 광고는 이쯤 하기로 하자. 헤이그가 이 이야기를 써야 한다고 했고 나야 뭐 대장이 하라는 대로 한다. 어차피 봉급은 그 남자가 주는 거니까.

그리고 헤이그는 자신만의 방식을 고수하는 천재이다. 여러분도 이제 곧 확인하게 될 것이다.

★★

"그 사람들이 이리로 올 리가 없어요. 더구나 오늘은요. 대장이야 크리스마스를 '시클리드가 산란한 날'로 기리지만, 다른 사람들은 가족끼리 오순도순 모여 시간을 보내고 싶어 하는 날이에요." 나는 헤이그에게 말했다.

"다 가족이 있는 것도 아니고, 있다 해도 다 도란도란 정답지는 않아."

"콘−윌러스 부부는 가족이 있어요. 졸탄 미하이 씨는 가정이 없지만 같이 크리스마스를 보내고 싶어 하는 여자들이 줄을 설 거예요. 다른 사람들이야 모르겠지만……."

"데리고 와. 하지만 여기로 말고. 오늘 오후 5시에 그 사람들 모두 범죄 현장에 모일 수 있게 해."

"서점에요? 대장이 집에서 나가시려고요?"

"이게 순전히 일만은 아니잖아. 우리 의뢰인은 단순한 고객 이상이지. 친구이자 책 공급자라고. 그 친구가 무시하는 헌책으로 우리 서재는 날로 풍성해지고 있어. 그게 얼마나 중요한지 자네도 알지?"

'뭔가 알고 싶은 게 있으면 탐정소설을 펼치면 된다.' 이것이 헤이그의 개인적인 신념이고 나도 어느새 그 말이 옳다고 믿기 시작했다.

"내 친히 방문하지. 난 4시 반 정도에 도착해서 우리 서재에 가져다 놓기 좋은 책을 한두 권 고르고 있겠네. 다른 사람들은 5시경에

다. 도착하도록 해 줘. 우리가 이 건을 말끔히 해결해 주자고." 헤이그는 미간을 찌푸리며 생각에 잠겼다. "윙한테 오늘 밤 8시에 크리스마스 만찬을 할 거라고 해야겠어. 그 정도면 시간이 충분하고도 남겠지?"

★★

다시 말하지만, 이것이 장편 소설이었다면 챕터 하나에 그 사람들을 전원 출석시키기 위해 내가 들인 노력을 미주알고주알 읊었을 것이다. 그들을 찾기도 만만찮게 힘들었지만 참석하게 하느라 진땀을 뺐다. 나는 우리 의뢰인이 그들에게 즐거움과 유익함을 주기 위해 전날 밤 파티의 2부를 깜짝 이벤트로 마련했다고 홍보하면서, 사립 탐정이 눈앞에서 실제 사건을 해결하는 장면을 목격하게 될 것이라고 했다.

헤이그는 이 얘기를 장편 소설로 풀어내려면 시체 하나는 있어야 할 거라고 말했다. 둘이면 더 좋고. 만약 우리 의뢰인이 그날 아침 서재에 들어갔다가 평소 자신이 아끼는 의자에서 시체를 발견하고 곧 울리치의 원고도 사라졌다는 사실을 알게 됐다면 이 이야기를 6만 단어로 족히 늘여 쓸 수 있을 것이다. 죽은 남자가 사냥 모자를 쓰고 바이올린을 들고 있다면 금상첨화겠지. 그러면 책이 출판되고 탐정 소설에 미친 수집가들이 사지 않고는 못 배겼을 거다.

그러나 죄송하게도 살인자는 없고, 베이커 가를 침입한 괴한도 없으며 짖어 대거나 혹은 짖지 않는 개도 없다. 그러나 어쨌든 나는 그 사람들을 서점으로 집합시켜야 했고 그래서 모두 모았다. 부디 어떻게 했느냐고는 묻지 마시라. 말해 줄 시간이 없다.

★★

"이제 다 모였네요. 우리가 왜 여기에 있어야 하는지 누가 얘기 좀 해 주시겠습니까?" 졸탄 미하이가 알 만하다는 미소를 띤 채 검은 눈을 반짝이며 물었다. 졸탄은 궁금해 죽을 지경이어도 매력만큼은 유지할 사람이었다. 여자들이 그의 앞에서 맥을 못 추고 쓰러진다는 소문은 과연 그럴싸했다.

"우선 에그노그계란, 우유 등을 섞어 만든 술 한 잔씩들 하세요. 크리스마슨데 그거라도 마셔야 분위기가 좀 살겠죠?" 진 보트레이가 말했다.

진은 연회 업체 사장으로 퍽 사랑스러운 여자였다. 작은 계란형 얼굴에 짧게 자른 갈색 머리가 잘 어울렸고 밝은 녹청색 눈이 매력적이었다. 뉴욕에서 10년 정도 굴러먹었는데도 여전히 영국식 발음을 구사했고, 작고 말랐지만 몸매는 훌륭해서 우리 의뢰인이 그녀를 오래 곁에 두고 싶어 한 이유를 알 것 같았다.

진이 에그노그를 잘 섞어서 우리에게 한 잔씩 나눠 주었다. 헤이그가 강제로 읽힌 추리소설들 때문에 상상력이 늘어난 나는, 누군가가 에그노그를 맛볼 때까지 기다렸다가 일단 콘-윌러스 부부가 별 탈 없이 잔을 비우자 겨우 한 모금 마셨다. 부드럽고 맛있어서 온몸이 쫙 풀리는 것 같았다. 술을 잘 못하는 헤이그를 건너다보니 입맛만 다시고 있었다.

"우리가 왜 여기 모였느냐." 헤이그가 졸탄의 질문을 되뇌며 말을 시작했다. "네, 말씀드리죠. 우리는 의뢰인의 친구이자 고객으로 이 자리에 모였습니다. 우리는 의뢰인의 수수께끼를 푸는 데 도움을 줄 수 있을 것입니다. 나와 내 젊은 조수를 제외한 여러분 모두 어젯밤 바로 이 방에 있었습니다. 코넬 울리치가 쓴 미출간 소설의 원고도 있었습니다. 오늘 새벽 여러분이 방에서 사라지면서 그 원고도 사라졌습니다. 지금 우리는 여기 돌아왔지만, 아뿔싸, 원고는 돌아오지 않았습니다."

"잠시만요. 그럼 우리 중 누군가가 그걸 가져갔단 말씀입니까?" 존 콘-윌러스가 물었다.

"나는 단지 그게 사라졌다고만 했습니다. 이 방에 있는 누군가가 원고의 행방에 관여했을 수도 있지만 다른 가능성도 큽니다. 내가 여러분을 이 자리에 모시지 않을 수 없었던 이유는 한두 분이 사건 해결의 실마리를 주지 않을까 싶어서입니다."

"하지만 원고를 가져간 사람만이 뭔가를 알잖아요." 해리엇 퀸런이 말했다. 해리엇은 이른바 한창나이로 보였는데 일반적으로 이 표현은 연령대를 짐작하기 어렵다는 뜻이다. 외모로 보아 소녀 같다고 하기는 좀 어려웠다. 머리를 염색했고 수시로 주름 제거 수술을 받은 듯했지만 뭘 했든 상당히 성공한 경우였다. 이 여자는 우리 엄마의 언니 정도 되는 나이일 텐데 나는 조카로서 하면 안 되는 종류의 생각을 자꾸만 떠올렸다.

헤이그가 범행을 저지르지 않았지만 뭔가를 목격한 사람이 있을 수 있다고 얘기하자 필립 페리고르가 질문하기 시작했고 헤이그는 손을 들어 말을 딱 잘랐다. 다른 사람 같으면 할 말을 다 끝냈겠지만, 페리고르는 홍보 회의 중에 영화사 간부한테서 말허리를 잘리는 게 익숙했던지 미처 음절도 다 내뱉지 않고 입을 다물었다.

"휴일이고 우리는 할 일이 많습니다. 그러니 최대한 주의 · 집중합시다. 내가 질문을 드릴 테니 여러분은 대답하시면 됩니다. 존 씨는 책을 수집하시죠? 원고를 모을 생각도 해 보셨나요?"

"그런 생각을 해 보기는 했죠." 존 콘─월러스가 말했다. 그는 방에 모인 남자 중 가장 옷을 잘 입었는데 남색 정장에 맨 줄무늬 타이가 퍽 자연스러웠다. 황소와 곰 모양 커프스단추를 달았고, 진품이라면 5천 달러는 족히 나갈 것이고 나이지리아인의 노점상에서 사면 25달러면 충분할 시계를 차고 있었다. "저분이 계속 미끼를 던지긴 합니다만, 나는 일테면 상장주식에만 집착하는 투자자입니다." 존은 우리 의뢰인을 향해 머리를 까딱하며 말했다.

"무슨 뜻이죠?"

"원고 같은 독특한 물건의 시장 가치는 잘 알지 못합니다. 어림짐작이 많이 필요하잖아요. 나는 책을 팔 목적으로 사지 않고 내 상속인이 그것 때문에 걱정하게 되는 것도 싫습니다. 하지만 만약 소장하게 된다면 가치가 어느 정도인지, 훌륭한 투자를 했는지 어떤지 정도는 당연히 알고 싶죠. 그게 바로 물건을 수집하는 기쁨이니까요. 어쨌든 그래서 원고는 멀리해 왔습니다. 너무 불확실해서요."

"『이보다 더 어두울 순 없다』를 보긴 하셨습니까?"

"아뇨. 원고에는 관심이 없고 울리치는 좋아하지도 않습니다."

"남편은 하드보일드를 좋아해요." 제인이 끼어들었다. "울리치는 좀 기괴해서 남편의 취향이 아니에요. 나는 울리치를 천재라고 생각하지만요. 천재들이 흔히 그렇듯 기이하고 고뇌에 차 있죠."

딱 헤이그군, 하고 나는 생각했다. 헤이그를 고뇌에 찬 사람이라고 할 수는 없지만 평소의 기괴함이 도를 지나치면 충분히 그럴 수 있을 것 같았다.

"아무튼 우리 집에서는 내가 울리치의 팬이에요. 원고에 관해서는 남편과 같은 의견이지만요. 가치가 정해진 게 아니잖아요. 게다가 물건을 사서 거기에 맞는 상자까지 맞추고 싶은 사람이 어디 있겠어요. 꼭 일부러 틀 없는 캔버스를 사서 틀에 씌우는 것 같잖아요."

"울리치의 원고는 이미 상자에 들어 있었습니다만." 헤이그가 그 점을 지적했다.

"수집의 영역에서 볼 때 일반적으로 그렇다는 말이죠. 수집가로서 나는 『이보다 더 어두울 순 없다』에 관심 없어요. 누군가 다듬고 완성해서 출판까지 하면 기꺼이 살 의향이 있어요. 아, 두 권은 사겠네요."

"두 권을요?"

"독서용으로 한 권, 소장용으로 한 권."

헤이그의 표정이 어두워졌다. 평소 헤이그는 독서하면서 책에 흠

생기는 것을 두려워하는 사람들을 좀 이상하게 여겼으므로 이쯤에서 한마디 하겠구나 싶었다. 그러나 다행히 말하지 않고 참았다. 제인 콘─월러스는 키가 크고 아름다운 데다 자신감마저 넘쳐서 헤이그와 의견 교환을 했어도 절대 꿀리지 않았을 것 같았다.

"그 원고가 보고 싶긴 했겠군요." 헤이그가 넌지시 미끼를 던졌다.

제인은 고개를 저었다. "울리치를 좋아하지만 그의 문장은 많이 고치고 다듬은 후에도 전체적으로 상태가 고르지 못한 편이에요. 그러니 『이보다 더 어두울 순 없다』처럼 미완성 작품은 물론이고 원고 상태의 소설은 읽고 싶지 않아요."

"미하이 씨는 원고를 수집하십니까?"

"네."

"울리치를 좋아하시고요?"

미하이가 빙긋 웃었다. "『검은 옷의 신부』 원고를 살 기회가 있다면 덥석 잡았겠죠. 그게 손닿을 만큼 가까이 있고 제가 술을 많이 마셔서 도덕심이 약해졌다면 코트 속에 숨겨서 가지고 나갔을지도 모릅니다." 슬쩍 윙크하는 것으로 보아 농담인 듯했다. "슬쩍하지는 않더라도 꽤 유혹을 느꼈겠죠. 하지만 문제의 작품에는 전혀 회가 동하지 않습니다."

"이유는 뭐죠?"

미하이가 얼굴을 찌푸렸다. "공개 리허설에 참석해서 음악을 슬쩍 녹음하는 사람들이 있어요. 그자들은 그걸 소중하게 여기고 비슷한 생각을 하는 다른 팬들에게 몰래 팔기도 합니다. 저는 그런 사람들을 경멸해요."

"왜죠?"

"예술가의 사생활을 침해하잖아요. 리허설은 더 좋은 연주에 도달하기 위해 갈고 닦는 시간입니다. 그냥 하는 사람도 있지만, 미술가의 스케치북처럼 리허설을 이용하는 연주자도 있죠. 따라서 리허설을 녹음하는 사람은 미술가가 대충 그린 스케치에 정착액을 뿌려서 개인 박물관에 걸어 두는 짓을 하는 겁니다. 콘서트 공연을 녹음해서 일시적인 경험이어야 할 것을 영구적으로 만들면 불편하게 마련이지요. 그에 더해 리허설을 녹음하는 것은 잔혹 행위예요."

"원고는요?"

"원고는 작가의 완성작입니다. 그건 작가가 어떻게 생각을 정리하고 수정했는지, 어떻게 편집자가 더 좋게, 아니면 더 나쁘게 교정했는지 보여 줍니다. 그러나 그건 결말까지 쓰인 작품의 원고일 때나 그렇고 미완성 작품의 원고는……."

"리허설과 같은 건가요?"

"비슷하거나 더 안 좋은 경우죠. 울리치는 자기 작품이 어떻게 되길 원했을지 자문해 보게 되는군요."

"한잔 더 마셔야겠네." 에드워드 에버렛 스토크스 씨가 몸을 굽혀 에그노그를 더 따랐다. "같은 생각입니다, 미하이 씨. 그리고 울리치는 자신이 죽자마자 미완성 작품이 폐기되기를 바랐을 것 같습니다만, 그에 대해 어떤 지시도 남기지 않았으니 우리가 어찌 그 사람의 바람을 짐작하겠습니까? 그러나 모두 알다시피 아마 그 책에는 울리치가 쓴 그 어떤 것보다 의미 있는 장면이 있을지도 모릅니다. 어쩌면 장면 하나도 안 되는 짧은 대화, 묘사를 위한 문단 하나, 어쩌면 문장 하나도 안 되는 것일 수도 있지요. 그걸 되살리지 말아야 한다고 누가 주장할 수 있겠습니까?"

"페리고르 씨, 작가로서 말해 보세요. 당신 같으면 죽고 난 다음에 미완성 작품이 출간되기를 원합니까? 그대로 출판되거나 다른 사람 손으로 완성된다고 생각하면 좀 끔찍하지 않습니까?" 미하이가 물었다.

필립 페리고르는 눈을 똑바로 떴다. "나는 그 대답을 할 적임자가 아닙니다. 할리우드에서 20년을 보냈으니까요. 미완성 작품에 대해서는 물어보지 마세요. 내 완성작은 드러나지 않게 거래될 뿐, 출판되거나 밖으로 나오지 않습니다. 나는 대가를 받고, 작품은 필름이 되어 선반에 놓이죠. 작품이 다른 이의 손으로 완성되는 문제와 관련해서도, 할리우드에서는 당사자가 죽을 때까지 기다릴 필요가 없답니다. 살아 있는 동안 다 해결되니 작가는 그 방식을 받아들이는 법을 배우게 되지요."

"우리는 울리치의 소망이 무엇인지 모르잖아요. 그리고 난 그 소망에 무슨 의미가 있는지 모르겠군요." 해리엇 퀸런이 끼어들었다.

"하지만 울리치의 작품이잖아요." 미하이가 지적했다.

"그럴까요? 작품은 세대에 속하는 건 아닐까요? 완성이 되었든 안되었든 작가는 우리에게 작품을 남겼습니다. 슈베르트도 최고의 교향곡 하나를 완성하지 못했지요. 당신 같으면 그 두 악장을 그저 관

속에 묻어 두겠어요?"

"원래 두 악장으로만 만들려고 의도했다는 설도 있습니다."

"그렇다고 볼 수도 있겠죠, 졸탄."

"그렇습니다." 졸탄이 윙크하며 말했다. "저는 미완성이라기보다는 처음부터 미완성곡인지 아닌지 의문을 가지도록 계획했다고 보는 쪽입니다. 저라면 제 작곡 리스트에 미완성 교향곡도 올려 둘 겁니다. 누군가가 그것을 완성해 보겠다는 어리석은 시도를 하는 건 보고 싶지 않을 거예요."

"누구나 다 그렇게 생각할 것 같군요."

"제가 알기로도 그래요. 하지만 뻔뻔하게도 『에드윈 드루드의 비밀』을 완성하려 한 작가가 여럿 있었죠. 원고를 상자에 넣어 뼈와 함께 묻었다면 디킨스에게 더 나은 일이지 않았을까 싶습니다. 또, 속편의 경우로 보자면 『오만과 편견』이나 『깊은 잠』의 속편들이 있지요. 렉스 스타우트의 영원불멸한 발자국을 따라가고자 독필을 휘두르는 젊은이도 있고요."

이제 우리는 민감한 부분에 관해 얘기하기 시작했다. 레오 헤이그가 아는 바대로라면 아치 굿윈은 렉스 스타우트라는 뻔한 필명으로 울프가 맡은 사건에 관해서만 글을 썼다(렉스 스타우트Rex Stout란 이름은 '뚱뚱한 왕'을 의미하기도 하니 울프의 제왕적 거구를 암시한 거라고 한다). 스타우트의 사후부터 책을 썼다고 알려진 로버트 골즈버러는 글 짜내는 일에 신물이 난 굿윈이 고용한 대필 작가였다는 게 헤이그의 생각이다. 굿윈이 사건 내용을 골즈버러에게 전달하면 골즈버러는 그것을 옮겨·적은 뒤 다듬었다. 굿윈만큼 서술이 생기발랄하지는 않았지만 울프가 최근에 맡았던 중요한 사건을 꽤 정확하게 풀어냈다.

그래서 헤이그는 그 위대한 사내가 여전히 난을 키우며 살인범들을 밝혀내고 있다고 믿는다. 어퍼이스트 사이드 어디쯤이거나 머레이 힐, 혹은 그래머시 파크를 약간 벗어난 곳에서.

골즈버러와 속편 전반에 대한 토론은 울프마저 부러워할 정도로 무기력해져 가고 있던 헤이그를 퍼뜩 정신 차리게 했다. "그만하면 됐습니다." 헤이그가 권위 있게 말했다. "한가하게 문학 얘기나 하고 있을 시간이 없습니다. 칩이 단편 분량의 보고서를 써야 하니 그쪽 지면에도 여유가 없고요. 그러니 바로 본론으로 들어갑시다. 여기 계신 한 분이 원고를 상자째 선반에서 빼냈습니다. 미하이 씨, 선생이 뭔가 항의하는 듯한 분위기를 가장 많이 풍겼습니다. 미완성 소설의 원고에는 관심이 없다고 했으니 『이보다 더 어두울 순 없다』를 탐내지 않았을 거라고 봅니다만, 한번 보고 싶진 않았습니까?'

"울리치의 원고를 원하진 않지만 물론 어떤지 보고 싶기는 했습니다. 어떻게 타자를 쳤는지, 수정은 어떤 식으로 했는지……."

"그래서 원고를 선반에서 꺼내셨군요."

"네, 다른 방으로 가지고 가서 상자를 열고 원고를 휙휙 넘겨 봤습니다. 원고를 직접 보면 작가가 작품을 쓸 때의 정취를 느낄 수 있습니다. 지워진 단어와 어구, 연필로 표기해 놓은 곳, 삭제한 부분, 심지어 오자까지. 컴퓨터 시대가 전부 망쳐 버렸어요. 챈들러가 맞춤

법 검사기를 돌리거나 해밋이 여백을 맞추는 광경을 상상해 보세요." 미하이가 한숨을 쉬었다. "『이보다 더 어두울 순 없다』의 원고를 잠시 살펴보니 울리치의 원고를 하나쯤 소장하고 싶긴 했습니다. 하지만 이미 말씀드린 이유로 그 작품은 말고요."

"얼마나 오래 원고를 가지고 있었습니까?"

"길어 봤자 15분. 아마 10분 정도 됐던 것 같습니다."

"그러고는 이 방에 돌아왔습니까?"

"네."

"원고는 가지고 왔고요?"

"네. 원고를 선반에 도로 가져다 놓으려고 했는데 앞쪽에 누가 있었습니다. 존 씨, 당신이었을지도 모르겠군요. 키가 컸는데, 이제 보니 당신이 여기서 제일 커요." 미하이가 우리 의뢰인을 쳐다봤다. "당신은 아니었어요. 하지만 당신이 존 씨와 이야기를 나누고 있었을 수도 있죠. 어쨌든 어떤 사람들이 있어서 상자를 다시 제자리에 가져다 놓으려면 그 사이로 끼어들어야 했고, 그러면 공연히 왜 내가 원고를 가져갔는지 의심을 살 수도 있겠다 싶었습니다. 그래서 원고를 내려놓았어요."

"어디에요?"

"탁자 위에요. 저거 같습니다."

"지금은 거기에 없네요." 존 콘─윌러스가 말했다.

"네, 없군요." 헤이그도 맞장구를 쳤다. "누군가가 저 탁자 위의 원고를 가져갔습니다. 이제 하나하나 꼬치꼬치 따지는 피곤한 과정을 거쳐서 그 사람이 누군지 알아낼 수 있습니다. 하지만 다음에 일어난 일을 미리 누가 알려 주면 우리 모두의 시간이 절약되겠군요."

모두 서로를 바라보는 사이에 침묵이 흘렀다. "음, 내가 끼어들 참인 것 같네요." 제인 콘―월러스가 말했다. "나는 지금 필 페리고르 씨가 앉아 있는 빨간 의자에 앉아 있었어요. 나랑 얘기하던 사람이 술을 한 잔 더 가지러 간 사이 주변을 둘러보는데 탁자에 그게 있었어요."

"원고 말이죠, 부인?"

"네, 하지만 그게 그건지 몰랐어요. 처음에는 몰랐다고요. 그저 잘 만든 한정판이라고 생각했죠. 다른 원고는 다 선반에 모셔져 있는데 이건 아니었으니까요. 게다가 몇 분 전에는 그 탁자에 있지도 않았고요. 그래서 누가 뒤적이다 만 책이구나 싶었는데 알고 보니 코넬 울리치가 쓴 거였더라구요. 제목이 없길래 뭔지 한번 훑어보고 싶었죠."

"그러다가 그게 원고인 줄 알게 됐을 테고요."

"열심히 안 봐도 알겠던데요. 주변에서는 파티가 한창이었고 나는 한 스무 페이지쯤 휙휙 넘기며 한 챕터 정도 본 후에 그만뒀어요. 그걸로 충분했어요."

"별로 마음에 들지 않았습니까?"

"수정이 많이 되어 있었어요." 제인은 내뱉듯이 대답했다. "단어와 문장 위에 줄을 긋고 그 자리에 새 표현을 적어 놓았어요. 작가들이 그런 식으로 일한다는 걸 알지만, 왠지 나는 작가의 완성작을 읽는 게 좋아요."

"그 누구지, 그 작자 머리에서 아테나가 나온 것처럼?" 제인의 남편이 물었다.

"제우스야. 난 작가가 무슨 얘기를 쓸지 결정하고 글을 써 내려간 후에 고치는 과정이 있다는 걸 알고 싶지 않아요. 작가가 글을 완성하는 과정 따위는 완전히 잊어버리고 이야기에만 몰입하고 싶어요."

"독자는 보통 작가 말고 이야기에만 몰입하고 싶어 하지요." 필립 페리고르가 에그노그를 더 따르며 말했다. "매년 오스카 상 시상식 때 각본상을 시상하러 나와 '영화의 시작은 대본에 있죠'라고 감정 없이 읊조리는 멍청이들이 있습니다. 나 같은 치들이 언어를 만들어 낸 덕분에 배우가 연기할 수 있다고 공치사하는 쓰레기들 말입니다. 입으로야 그렇게 말하지만 그걸 믿는 사람은 아무도 없죠. 잭 워너는 우리를 '발육이 덜 된 멍청이'라고 부릅니다. 음, 세월이 좀 흘렀으니 이제는 좀 진화해서 '파워 매킨토시를 다룰 줄 아는 멍청이' 정도 되려나?"

"그렇군요." 헤이그가 말했다. "페리고르 씨도 원고를 보셨지요?"

"난 미발표 작품은 읽지 않습니다. 공연히 표절 의혹 위험에 나를 노출할 필요가 없잖습니까?"

"아, 하지만 울리치에게는 각별한 관심이 있지 않나요? 일전에 울리치의 작품을 각색한 적도 있잖아요."

"어떻게 그걸 아십니까? 나도 그런 쓰레기 같은 작품으로 밥 빌어먹고 사는 사람이었지만, 그 작품은 영화로 나오지 않았습니다."

"그래도 혹시 또 각색할 수 없을까 싶어서 그 원고를 보셨겠죠?"

페리고르는 고개를 저었다. "할리우드에서 나 자신을 소모하는 일에 넌더리가 나서 시나리오 일을 그만뒀습니다."

"할리우드에서 당신을 정리했겠죠." 해리엇 퀸런이 말했다. "걱정하지 말아요, 필. 거기는 원래 작가를 써먹을 대로 써먹고 나면 버리는 곳이잖아요. 당신은 거기서 썩을 사람이 아니에요. 그래서 책을 쓰려고 동부로 돌아온 걸 테구요."

"부인이 페리고르 씨의 에이전트가 될 생각이시죠?"

"나한테 잘 팔릴 만한 걸 주면 그럴 수도 있죠. 나는 페리고르 씨가 원고를 대충 넘기고 있길래 뭐 건질 만한 게 있는지 찾나 보다고 생각했어요. 너무 그렇게 역정 내지 말아요, 필. 울리치한테서 뭐 좀 가져오면 어때요? 고소도 안 할 텐데. 울리치는 모든 것을 콜롬비아 대학에 남겼고, 그 대학은 출판된 작품에서든 아니든 당신이 슬쩍 가져 쓴다 해도 모를걸요. 당신이 원고를 읽는 모습을 본 후로 계속 궁금했어요. 쓸 만한 게 있던가요?"

"도둑질은 안 합니다. 하지만 다른 사람의 작품을 언뜻 보기만 해도 기막힌 영감을 얻을 수 있긴……,"

"그럴 수 있죠. 그래서 영감을 얻었냐구요?"

페리고르는 고개를 저었다. "몇 분 안 읽었지만 매력적인 부분이 있었다면 알아보았을 텐데, 별로였어요. 당신은 어땠습니까, 해리엇? 당신도 읽었던데."

"당신이 뭣에 그렇게 홀딱 빠졌는지 보고 싶었어요. 그 원고가 소생 가능한지도 궁금했고요. 내가 아는 작가 중에 그 원고로 『밤으로』
를 능가하는 소설을 만들 수 있는 사람이 있을지도 모르니까요."

"아, 그래서 마음은 정했습니까?"

"판단을 내릴 만큼 읽지 못했어요. 어쨌든 『밤으로』도 상업적인
성공을 거두지 못했으니 그 전철을 또 밟을 필요야 없겠죠."

"그래서 원고는 어떻게 하셨습니까?"

"상자에 도로 넣어서 원래 있던 탁자 위에 놔뒀죠."

우리 의뢰인은 놀랍다는 듯 고개를 절레절레 저었다. "이거야 원,
영국인이냐 미국인이냐에 따라 다르게 알고 있겠지만 『오리엔트 특
급 살인』이나 『칼네 해변의 살인』 같네요 애거서 크리스티의 이 작품은 영국에서는 '오
리엔트 특급 살인', 미국에서는 '칼네 해변의 살인'이란 제목으로 출간되었다. 원고를 읽지 않은 사
람이 아무도 없는데 정작 나는 전혀 눈치채지 못했단 말입니까!"

"음, 당신은 술독에 빠져 있었죠, 아마." 존 콘―월러스가 우리 의
뢰인의 기억을 도왔다. "그리고 모든 사교적 에너지를 한곳에 집중
시켰어요."

"어디에요?"

존이 다른 사람의 잔에 술을 채우고 있는 진 보트레이를 향해 고
갯짓했다. "당신 눈에는 오직 사랑스러운 외식 업체 사장밖에 들어
오지 않았잖아요."

순식간에 어색한 침묵이 감돌았다. 의뢰인은 얼굴을 붉혔고 진은
얌전히 고개를 떨구었다. 헤이그가 침묵을 깼다. "계속해 봅시다. 퀸
런 씨가 원고를 상자에 넣어 탁자 위에 두었습니다. 그 뒤에……."

"해리엇은 원고를 돌려놓지 않았어요." 페리고르가 대답했다. "해리엇, 난 원고를 좀 더 보고 싶었어요. 뭔가 빠트린 것 같았거든. 좀 전에 당신이 읽고 있는 걸 봤는데 다시 보니 사라져 있었죠. 당신이 읽고 있지도 않았고 탁자 위에도 없더란 말이죠."

"난 가져다 놓았어요."

"당신이 원래 발견한 위치에 두지는 않았잖아요." 이번에는 에드워드 에버렛 스토크스가 말했다. "탁자가 아니라 회전식 서가 위에 두던데요."

"내가요? 그럴 수도 있겠네요. 그런데 그걸 어떻게 알아요?"

"내가 봤거든요." 소규모 출판업자가 대답했다. "나도 원고를 보고 싶었어요. 『밤으로』 식으로는 부활이 어렵다는 것도 알았고요. 상업 출판업자에게는 가치가 없을 테지만, 울리치의 소설이 출판되지 않는다고 생각하니 마음이 조마조마해서 견딜 수가 없었지요. 우리가 얘기하고 있는 건 다른 누구도 아닌 바로 코넬 울리치 아닙니까."

"그럼 당신은……."

"원고를 있는 그대로 출판하면 왜 안 되느냐고 생각했습니다. 앞뒤가 다소 맞지 않고 빠진 부분이 있더라도, 책으로 나오는 게 어디냐고 여길 골수 수집가들을 위해 이삼백 부 정도 찍어 내도 괜찮지 않을까 싶었어요. 그래서 단 몇 분간이라도 조용히 보고 싶어서 원고를 가지고 화장실로 갔습니다."

"그래서요?"

"읽었죠. 아니, 죽 훑어봤습니다. 화장실에 한 30분 정도 있었던 것 같네요."

"잠시 당신이 사라진 적이 있었어요. 나는 집에 간 줄 알았죠." 존이 말했다.

"나는 여기 있는 해리엇 씨와 다른 방에서 옷더미 위를 신나게 뛰어다닌다고 생각했어요. 다른 사람이었던 모양이네요." 제인이 덧붙였다.

"졸탄 씨였어요. 그리고 신나게 뛰지도 않았어요." 해리엇이 말했다.

"그럼 애무인가……."

"졸탄 씨가 요가 호흡법을 가르쳐 줬어요. 당신이 상관할 일이 아니라구요. 스토크스 씨, 원고를 화장실로 가져갔다가 도로 가져다 놓았겠죠?"

"아뇨."

"집에 가져갔어요? 원고 실종 사건은 당신이 저지른 일이에요?"

"결단코 아닙니다. 집에 가져가지 않았으니 원고가 없어진 데 대한 책임은 없습니다. 나는 그걸 화장실에 두었습니다."

"거기에 놔두었다고요?"

"상자에 넣어서 선반에 두었습니다. 손 씻느라 거기에 두고 깜빡했지 뭐예요. 그런데 지금은 그 자리에 없네요. 돌아가는 사정을 깨닫자마자 얼른 확인하러 가 봤는데 누군가가 옮겼는지 없었습니다. 그리고 나는 이 말을 하고 싶네요. 원고가 나타나면 꼭 출판하고 싶습니다."

"원고가 나타나면, 이라……." 우리 의뢰인이 험악한 어조로 말했다. "스토크스 씨가 원고를 화장실에 두었으니 누구라도 남의 눈에 띄지 않은 채 코트 속에 숨길 수 있었겠네요. 그리고 나는 그걸 다시는 못 볼 테고."

"그리고 우리 중에 도둑이 있다는 말이고요." 누군가가 말했다.

"네, 하지만 그런 일이 있어서는 안 됩니다. 여러분은 모두 내 친구예요. 다만 우리는 어젯밤에 모두 거나하게 마셨고 술을 마시다 보면 헷갈릴 수 있습니다. 여러분 중 누군가가 화장실에서 원고를 가지고 나와 장난삼아 집에 가져갔다고 가정해 보세요. 술이 두어 잔 들어가고 나면 왜 그런 장난이 재미있어 보이기도 하잖아요. 만약 정체를 들키지 않을 방법으로 원고를 되가져다 놓으려 한다면……. 헤이그, 당신이 그걸 가능하게 해 줘요."

"그렇게 벌어진 사건이라면 할 수 있습니다. 하지만 일이 그렇게 돌아간 건 아닌 것 같군요."

"아니라니요?"

"가장 의심하기 어려운 용의자가 누구겠습니까?"

"혹시 나 말입니까? 맙소사. 헤이그, 당신 지금 내가 내 원고를 훔쳤다고 말하는 겁니까?"

"집사가 그랬다는 말입니다. 아니면 집사와 가장 비슷한 일을 하는 사람이거나. 보트레이 씨. 우리가 자리를 잡고 앉았을 때부터 당신은 계속 아랫입술을 떨었습니다. 내내 뭔가 말할 듯하면서도 한마디도 하지 않았어요. 『이보다 더 어두울 순 없다』 원고를 읽었지요?"

"네."

의뢰인은 말도 제대로 못 할 정도로 놀랐다. "읽었다고요? 언제?"

"어젯밤에요."

"하지만……."

"화장실에 갔는데 거기에 원고가 있었어요. 일반적인 양장본이 아니라 상자에 담긴 종이들이었지만요. 좀 본다고 닳을 것 같진 않았지요. 거기에 앉아서 두 챕터를 읽었습니다."

"그래, 어땠습니까?" 헤이그가 진에게 물었다.

"아주 강렬했어요. 이해하기 어려운 부분도 있었지만, 장면들이 생생해서 금세 빠져들었죠."

"그게 울리치의 매력이죠. 당신을 사로잡았을 거예요, 암요." 제인 콘—윌러스의 말이었다.

"그래서 집에 가지고 간 거로군. 너무 깊이 빠져서 도저히 다 읽지 않고는 배길 수가 없었겠지. 그래서 빌려 간 거요." 의뢰인은 손을 뻗어 진의 손을 토닥토닥 두드렸다. "이해할 수 있어요. 악의는 조금도 없었잖아요. 다 읽은 뒤에 되가져다 놓으려 했을 거예요. 이 모든 소동은 별것 아니었군요."

"그런 게 아니에요."

"아니라니?"

"나는 두 챕터를 읽은 후 나중에 빌려 달라고 부탁하든지 아니면 읽지 말아야겠다고 생각했어요. 그래서 원고를 다시 상자 안에 넣어서 그곳에 두고 나왔어요."

"화장실에요?"

"네."

"그럼 다 읽지 못했네요. 음, 원고가 나타나면 기꺼이 빌려줄게요. 하지만 그때까지는……,"

"아마 보트레이 씨는 원고를 다 읽었을 겁니다." 헤이그가 말했다.

"어떻게요? 욕실에 그냥 놔뒀다고 했잖소."

헤이그가 불렀다. "보트레이 씨?"

"난 그 원고를 다 읽었어요. 다른 분들이 집에 가고 난 후에도 여기에 있었거든요."

"세상에." 미하이가 말했다. "울리치한테 아주 헌신적이고 아름다운 팬이 나타났군요."

"원고를 마저 읽으려고 남았던 게 아니에요." 진이 의뢰인에게 고개를 돌렸다. "당신이 나더러 있으라고 했잖아요."

"당신이 가지 말았으면 했지. 곁에 있어 달라고 말하고 싶었어요. 그런데 기억이……."

"술이 좀 과한 것 같긴 했어요. 당시에는 그래 보이지 않았지만요. 하지만 분명 곁에 있어 달라고 말했고 나도 그 말을 기다렸어요."

"당신도 술이 과했던 모양이네요." 해리엇 퀸런이 웅얼거렸다.

"그렇게 많이 마시진 않았어요. 나는 그에게 매력을 느껴서 여기에 있고 싶었던 거예요." 진이 대답했다.

순간 우리 의뢰인의 얼굴이 환하게 밝아졌다가 곧 당혹감으로 새빨개졌다. "중간중간 기억이 나지 않지만 중요한 일은 일어나지 않

왔겠죠? 정말 여기 있었어요? 맙소사, 그래서 무슨 일이 일어났나
요?"

"함께 위층으로 올라갔어요. 침실에 가서 잠자리에 들었죠."

"과연." 헤이그가 말했다.

"그리고 그게……."

"정말 멋졌어요."

"그런데 기억이 나지 않다니. 자살이라도 해야겠소."

"크리스마스에는 죽지 마세요. 수수께끼도 아직 덜 풀렸고요. 헤
이그 씨, 그럼 그 빌어먹을 원고는 어찌 된 겁니까?" 스토크스가 물
었다.

"보트레이 씨?"

진은 의뢰인을 한 번 쳐다보고 눈을 아래로 내리깔았다. "그 후에
당신은 바로 잠들어 버렸어요. 나는 완전히 들뜬 상태가 되어 쉽사
리 잠을 이룰 수 없었죠. 그래서 뭐 좀 읽어야겠다고 생각했어요. 그
러다 원고가 떠올라서 이리로 내려와 가져갔지요."

"그래서 다 읽었습니까?"

"네, 침대에서요. 난 당신이 깨어날지도 모른다고 생각했어요. 더
솔직히 말하면 깨어나기를 바랐죠. 그런데 그냥 잠만 자더군요."

"제기랄." 의뢰인이 아쉬움을 담아 말했다.

"원고를 다 읽고도 잠이 오지 않아서 옷을 입고 밖으로 나와 집에
갔어요."

잠시 침묵이 흐른 후 마침내 졸탄 미하이가 우리 의뢰인에게 축

하와 동정을 보냈다. 성공에 대한 축하와 기억 상실에 대한 동정을.

"회고록 쓰실 때 그 챕터는 비워 두셔야겠습니다."

"아니면 대필작가를 고용하시든지." 필립 페리고르가 제안했다.

"원고는 어떻게 됐습니까?" 스토크스가 물었다.

"모르겠어요. 난 다 읽은 뒤,"

"울리치가 더 답하기 곤란해할 만한 질문인 듯한데." 제인 콘—윌 러스가 끼어들었다.

"거기에 놔뒀어요."

"거기라면?"

"상자 안에 넣어서 침대 옆 탁자에 두었어요. 거기 두면 아침에 당신이 일어나자마자 볼 것 같아서요. 근데 못 봤나 보군요."

★★

"원고요, 헤이그? 그 원고를 원한다고요?"

"내 수고료가 좀 과하다고 생각하십니까?"

"하지만 원고를 잃어버린 것도 아니고, 누가 가져간 것도 아니잖소. 내 침대 옆에 있었으니 조만간 발견했을 테고."

"나와 내 젊은 조수가 휴일의 대부분을 날릴 때까지도 못 찾았잖아요?" 헤이그가 말했다. "평생 추리소설을 읽었으니 잘 알겠지요. 지금 당신 눈앞에서, 이 멋진 서재에서 문제가 해결됐습니다."

의뢰인의 얼굴이 환해졌다. "멋진 방이긴 하죠?"

"최고급입니다."

"고맙소. 하지만 헤이그, 이유를 좀 들어 봐요. 당신이 수수께끼를 풀고 원고도 찾아 주었죠. 그런데 지금 당신은 찾은 물건을 보상금으로 달라고 요구하고 있어요. 그건 마치 유괴당한 아이를 구해 준 뒤 그 아이를 입양하겠다고 떼쓰는 것과 다를 바 없어요."

"억지입니다. 그런 게 아니지 않습니까?"

"좋아요. 그럼 도난당한 보석을 찾아주고 보상으로 그 보석을 요구하는 격이라고 하죠. 그거라면 말도 안 되는 이 상황을 잘 설명해 주겠군요. 내 장서 목록에 그 원고를 되돌려 놓고 싶어서 당신을 고용했는데, 지금 당신은 당신의 장서 목록에 그것을 끼워 넣겠다고 하니……."

나도 좀 이상하다고 생각했지만 잠자코 있었다. 헤이그에게 공이 넘어오면 그가 그것을 가지고 어느 방향으로 튈지 보고 싶었다.

헤이그는 양 손끝을 마주 대고 말했다. "『검은 난초』에서 울프의 의뢰인은 친구 루이스 휴잇이었습니다. 일에 대한 보상으로 울프는 휴잇이 키우던 검은 난초를 다 달라고 했습니다. 하나가 아니고 전부 다."

"그걸 볼 때마다 나는 욕심이 과하다고 생각했죠."

"우리가 물고기에 관해 얘기하는 거라면 비슷하게 수긍했을 겁니다. 그러나 내게 책은 오직 읽을거리로 의미가 있습니다. 난 저 책을 읽고 싶고, 봐야 할 때 언제든 볼 수 있게 가까이 두고 싶어요." 헤이그가 어깨를 으쓱한 후 제안했다. "하지만 당신이 그렇게 소중하게 여기는 원품을 달라고 하진 않겠습니다. 복사본을 만들어 주세요."

"복사본?"

"네. 원고를 복사해 주세요."

"보, 복사본으로 만족할 수 있겠소?"

"그리고 쿠폰도 주세요." 헤이그가 지나친 거래를 하기 전에 내가 서둘러 말했다. 우리는 하루를 고스란히 투자했는데 고작 몇 시간짜리 읽을거리만 받을 수 없지 않은가. "2천 달러짜리 쿠폰이요. 헤이그 씨가 이 서점에서 원하는 만큼 책을 가져갈 수 있게 해 주세요."

"페이퍼백과 북클럽용 책만 산다면 몇 년은 가겠는걸." 우리 의뢰인이 한숨을 훅 내쉬었다. "복사본과 쿠폰이라. 그래야 만족하겠다면⋯⋯."

그렇게 대충 마무리되었다. 나는 곧장 집으로 달려와서 타자기 앞에 앉았다. 이야기가 좀 급하게 진행된다 싶은 느낌이 있다면 내가 지금 아주 바쁜 상황이기 때문이다. 우리 의뢰인은 진 보트레이와의 두 번째 데이트를 시도했다. 기억을 되살리고 싶어서였겠지만, 여자는 자기와 잠자리한 것조차 모르는 사람을 기꺼워할 리 없으니 데이트하지 않을 것이다.

그래서 나는 집에 오자마자 진에게 전화를 걸어 이것저것 얘기한 다음 1시간 반 후에 데이트하기로 약속했다. 운이 좋으면 상세하게 얘기하겠다. 나는 다 기억할 테니까. 그러니 행운을 빌어 주시라.

그건 그렇고⋯⋯;

메리 크리스마스!

요정들의 선물

예레미야 힐리

예레미야 힐리(Jeremiah Healy)/ 1948~2014

18년간 뉴잉글랜드 로스쿨(New England School of Law)에 교수로 재직했다. 1984년부터 보스턴 탐정 존 프랜시스 커디(John Francis Cuddy)가 활약하는 시리즈를 발표하면서 이름이 널리 알려졌다. 이 시리즈로 장편 열세 권과 단편집 두 권이 출간되었다.

† The Holiday Fairy(1998)

"보스턴에서 오신 사설탐정이시군요." 키 크고 날씬한 여자가 서 56번가 129번지에 있는 서점 안으로 안내하며 말했다.

나는 12월 말의 냉기를 털어내며 계산대와 경비실을 겸하는 듯한 여자의 책상 위에 골판지 상자를 내려놓았다. "크리스마스 택배 기사일 뿐입니다."

여자가 상자를 내려다보았다. "펜즐러 씨 불러 드릴게요."

여자가 수화기를 들자 나는 오래된 적갈색 벽돌 건물의 일층 내부를 훑어보며 책장과 조형물이 발산하는 편안하고 그윽한 세월의 향취를 호흡했다. 책은 대부분 범죄소설 페이퍼백이었는데, 진열된 책의 제목만 봐도 이곳이 영락없는 '미스터리 서점'이란 걸 잘 알 수 있었다. 나는 가끔 개인 면허와 소지 허가를 가진 확실한 사람이 물건을 가져다주기를 원하는 고객들을 위해 귀금속이나 유통 채권 따위를 뉴욕으로 배달했다. 그런데 그날은 희귀본 중개인으로부터 오토 펜즐러라는 사람에게 초판본을 가져다 달라는 부탁을 받았다.

여자가 전화를 끊자마자 검은 나선 계단의 맨 위 금속 가로대를 밟는 소리가 머리 위에서 들려왔다. 남자가 아래를 내려다보며 저녁 뉴스 프로그램에서 들음 직한 목소리로 말했다. "커디 씨, 소포는 아래층에 놔두고 위로 올라오시죠."

좁고 구불구불한 계단을 올라가니 희끗희끗한 머리와 턱수염을 정성스럽게 손질한 오십대 남자가 눈에 들어왔다. 남자는 와이셔츠와 바지를 몸에 딱 맞게 잘 차려입었지만, 푸른 눈은 왠지 근심에 차 있었다.

"펜즐러 씨." 내가 맨 위 계단에서 남자의 이름을 부르자마자 그가 내게 악수를 청했다.

"존이 편하죠? 그럼 나도 오토로 불러 주세요."

내가 멈칫했다. "보통 처음 본 택배 기사를 이름으로 부르십니까?"

오토가 의미심장한 미소를 지었다. "당신한테 의견을 구할 일이 있어서 그럽니다. 이리 따라오세요."

계단이 끝나는 곳에는 천장이 매우 높고, 척 보기에도 상당히 오래된 양장본들로 빽빽한 응접실이 있었다. 펜즐러는 냉장고와 싱크대가 놓인 짧은 통로 너머 안쪽 방으로 나를 안내했다. 회원제로 운영하는 사교 클럽처럼 좀 더 특별한 분위기를 풍기는 거대한 서재였다. 책장에 정렬된 책들은 캐딜락에서 메르세데스까지 진열된 듯 품격이 느껴졌다.

펜즐러가 문을 닫았다. "앉아요, 존."

나는 가죽 의자에 앉았고 펜즐러는 반대편 의자 팔걸이에 엉덩이를 걸쳤다.

펜즐러가 말했다. "케이트와 윌키 콜린스의 책을 어떻게 전해 받을지 의논하다가 내가 사람을 꼭 이리 보내 줬으면 좋겠다고 부탁했습니다."

"'윌키 콜린스' 말고 다른 일도 있나요?"

펜즐러가 또 한 번 의미심장한 미소를 지었다. "실은 희귀본 배달은 구실일 뿐, 당신을 모신 데는 이유가 있습니다."

"뭡니까?"

펜즐러는 자리에서 일어나 초조한 듯 방 안을 서성거렸다. "지난 몇 주 사이에 이상한 일을 세 가지나 경험했어요. 그래서 누가 나를 대신해서 그 일을 조사해 주었으면 합니다. 조심스럽게요."

"오토 씨, 이 지역에 공인된 사설탐정이 수천은 있는,"

"압니다. 당신도 혹시……."

"아뇨, 나는 아닙니다."

"그럼 됐습니다. 그게 내 딜레마거든요. 실은 전문가가 내 친구 셋을 조사해 줬음 하는데, 친구들은 그자가 내가 고용한 사람이란 걸 몰라야 합니다. 근데 친구들은 이 지역 사립탐정을 꽤 많이 알고 있어서 내 개인적인 일을 맡길 사람이 없어요."

"친구분들은 어떤 분들입니까?"

"곧 말씀드리죠. 지금은 그냥 맨해튼에 사는 저명한 추리소설 작가들이라고만 해 둡시다."

"오토 씨, 아무리 범죄소설 작가라도 도시의 믿을 만한 탐정을 다 알 수는 없습니다. 그리고 내가 매사추세츠 탐정 면허를 가지고 있다 해도 당신한테 기밀 보호에 대한 신뢰를 줄 수 없을 테고요."

펜즐러가 세 번째로 의미심장한 미소를 지었다. "케이트가 당신이라면 내 마음에 들 거라고 했어요. '신뢰의 결정체'라고 하던데요." 그는 꽃병을 놓을 수 있을 만한 크기의 빈 탁자 옆에 멈춰 섰다. "그럼 이렇게 합시다. 내 얘기를 들어 보고 공연히 쩝쩝하면 안 맡으면 돼요. 만약 관심이 생기면, 분명 그럴 테지만, 보통 받는 금액의 50퍼센트를 더 받고 일해 주는 걸로."

나는 실랑이하기보다 일단 들어 보는 게 좋겠다고 생각했다. "그러죠."

펜즐러가 탁자 위를 툭툭 쳤다. "여기에 해골이 하나 있었어요. 애거서 크리스티가 소유했던 해골이죠. 그런데 이틀 전에 없어지고 대신 흰 봉투가 남아 있었어요." 펜즐러는 탁자 서랍을 열고 봉투 세 개를 끄집어냈다. "봉투 안에는 수집가용 안내서에 실린 이런 류 물건의 현 시가와 정확히 일치하는 금액이 들어 있었어요."

"이의 요정^{밤에 아이의 머리맡에 빠진 유치를 두면 요정이 가져가면서 대신 동전을 두고 간다는 이야기가 있다}이라도 다녀갔다고 보십니까?"

이번에 펜즐러는 웃지 않았다. "성탄절 요정쯤 되는 줄 알았지요."

나는 머리를 다른 두 봉투 쪽으로 기울였다. "나머지 두 개는 뭡니까?"

펜즐러가 책상으로 다가갔다. "2주 전에 얼 스탠리 가드너가 썼던 경기병 기병도 모양의 편지 개봉 칼도 없어졌어요."

"'페리 메이슨 시리즈'를 쓴 사람, 맞죠?"

"그것 말고도 여러 시리즈가 있죠." 이번에는 펜즐러가 가로 20센티, 세로 25센티짜리 밝은 그림 액자가 걸린 벽으로 다가갔다.

"일주일 후, 세 번째 물건이 사라졌어요. 에드거 앨런 포의 유언 첫 페이지 복사본이었어요."

"각각 물건 대신 돈이 남아 있었구요?"

펜즐러가 봉투 세 개를 손에 들고 트럼프라도 되는 양 앞뒤로 흔들었다. "수집가 입장에서 계산했을 때 한 치의 오차도 없이 정확한 금액이었어요."

"오토 씨, 예술 작품을 훔치려고 조직을 동원하는 사람들이 있다고……."

"하지만 훔칠지언정 강제 교환은 하지 않죠."

"'구매사'가 관련된 물건으로 돈을 벌 생각이 없을 때는 특히 더 그렇겠군요."

마침내 펜즐러는 맞은편 의자에 편안히 앉았다. "이제 전문가가 필요하다는 내 말을 이해하겠죠?"

"글쎄요, 당신이 어쨌든 용의자를 셋으로 줄여 놓긴 했지만……."

"사실 그건 어렵지 않았어요. 고객 대부분을 용의 선상에서 제외할 수 있었지요. 내 개인 서재에 들어오지 못하니까요. 그리고 물건들이 없어진 2주 동안 이곳을 방문했던 세 사람을 확실히 기억하거든요."

"기병도, 유언, 해골."

"네." 펜즐러가 확인해 주었다. "그러니까 편지 개봉 칼을 쓴 다음 날에 그게 안 보이는 거예요. 첨엔 다른 데 뒀나 했죠. 그다음에는 직원 하나가 크리스마스 청소를 한답시고 액자들을 몽땅 가지고 내려 갔어요. 다른 건 다 돌아왔는데 포의 유언은 보이지 않았죠."

"좀 뼈아픈 얘기겠지만, 혹시 직원 중에……?"

"아니요, 아닙니다. 직원이 몇 안 되기도 하고 다들 근무시간을 자 유롭게 선택하기 때문에 물건이 없어진 사흘의 적절한 순간마다 여 기에 있었던 사람은 없어요."

"친구 세 분은 계셨고요?"

"네, 각자 따로따로 왔어요." 펜즐러는 이맛살을 찌푸렸다. "없어 진 물건들의 가치 때문에 이러는 건 아닙니다. 그거라면 이미 '성탄 절 요정'이 준 셈이니까요. 내가 속을 끓이는 건, 뚜렷한 이유 없이 친구들이 이런 짓을 할 리가 없기 때문입니다."

"그분들이 누군지 말해 주세요."

"도와주는 겁니까?"

"내가 그분들을 만날 그럴듯한 명분을 생각해 낼 수 있다면요."

펜즐러는 리처드 시먼스_{많은 미국인이 살을 빼는 데 공헌한 피트니스 · 다이어트 전문가}가 살을 빼게 해 준 후의 산타클로스처럼 기쁨과 흥분으로 눈을 반짝였 다. "내게 좋은 생각이 있어요."

센트럴 파크를 내려다보는 삼십 층짜리 고층 건물 밖에 선 나는 서점에서 적은 메모를 꺼내 보았다. 첫 번째로 만날 사람은 모리 브론스타인인데, 독자들에게는 대개 '에이스 스타크'라는 필명으로 알려졌고, 유명 테니스 선수들과 협력하여 미스터리 소설을 집필하는 작가라고 펜즐러가 말해 주었다. 모리는 크리스 에버트 로이드Chris Evert Lloyd 1972년부터 1989년까지 활약한 미국 테니스 선수가 관광용 목장으로 모험을 가는 『마운트 에버트Mount Evert』에베레스트 산(Mount Everest)을 비틀어 지은 제목와 마이클 스티치Michael Stich 1988년부터 1997년까지 활약한 독일 테니스 선수가 패션 디자이너의 목숨을 구하는 『제때의 바늘 한 땀A Stich In Time』처럼 책 제목으로 말장난하기를 좋아했다. 또한 '브론스타인/스타크'는 여러 해 동안 펜즐러에게 그 세 가지 물건에 대한 관심을 줄기차게 피력한 유일한 인물이었다. 이중 출입문 안쪽에 있던 문지기가 나를 엘리베이터로 안내했다. 이십칠층에서 내린 후 조금 열린 문에 대고 노크했다.

"그냥 밀고 들어와요." 거칠지만 유쾌한 남자의 목소리였다.

문에 강한 용수철 장치가 설치되어 있어서 어깨로 힘껏 밀어야 했다. 유리창 일곱 개를 통해 약한 12월 햇볕이 맞은편 벽으로 흘러들어와 처음 방문하는 사람들에게는 마치 센트럴 파크가 도시이고 빌딩들은 도시를 둘러싼 목걸이 같다는 어리둥절한 기분을 맛보게 했다.

"갑자기 세상이 정말로 둥글다는 사실을 깨달은 것 같죠?"

안으로 몇 발자국 들어서자 스트레치 리무진보다 긴 벽과 그 안쪽에 설치된 컴퓨터가 보였고, 곧 컴퓨터 앞에 앉은 남자도 눈에 들어왔다. 남자는 어깨가 구부정했고 입고 있는 스웨터가 지나치게 커 보였다. 칠흑 같은 머리칼도 머리통보다 좀 더 컸다. 눈과 뺨 아래는 움푹해서, 내가 아내 베스를 만나러 병원에 갔을 때마다 만나는 사람들을 연상시켰다.

그러니까 암 병동에서 볼 수 있는 사람 말이다.

"오토가 전화로 당신 얘기를 해 줬습니다." 남자가 일어서지도 않고 말했다. "그런데 표정을 보니 내 병에 관해서는 얘기하지 않았나 봅니다. 림프종이죠. 참, 에이스 스타크입니다."

필명을 쓰고 싶어 하면 나도 굳이 고쳐 부를 이유가 없었다. "존 커디입니다, 스타크 씨."

"그냥 에이스라고 하세요. 그렇게 불리는 편이 좋습니다." 스타크가 잠시 말을 멈췄다. "오토가 테니스 미스터리에 관한 얘기를 하던가요?"

"네." 내가 벽 앞에 놓인 의자에 앉자 스타크는 자신이 앉은 의자를 돌려서 나와 마주 보았다. "그런데 전망에 관해서는 말해 주지 않았습니다."

스타크가 다시 몸을 반쯤 돌려 창밖을 바라보았다. "그랬군요. 이곳을 처음 샀을 때는 마치 하늘에서 도시를 내려다보는 기분이었죠. 운이 좋은 시절이었습니다." 그는 또 잠시 말을 멈췄다. "불행하게도 이제 곧 운도 끝이 나겠네요. 근데 전망 보려고 온 건 아닐 테고, 오토 말로는 당신이 그에 관해 꼭 필요한 조사를 하고 있다고요."

"네, 그렇습니다." 나는 빈 메모지를 꺼내며 대답했다. "오토 펜즐러 씨가 문학계의 무슨 자리 하나를 제안받았는데, 작년에 워싱턴에서 일어난 사건들 때문에 후보들은 모두 검증받아야 하거든요."

"당연히 그렇겠죠. 물론 나는 오토를 강력 추천합니다만. 구체적인 질문이 있을 것 같은데요."

"네, 몇 가지 됩니다. 우선 펜즐러 씨를 어떻게 알게 되셨습니까?"

스타크는 뛰어난 테니스 선수였고 프로 투어를 돌면서 짬짬이 글을 썼다. 그러다 잡지에 투고한 그의 글을 보고 펜즐러가 연락을 했고 그 인연으로 책을 출판하게 되었다.

"그러면 펜즐러 씨를 잘 아시겠군요."

"아주 잘 알죠. 앞서 말했다시피 아주 편향적으로 좋아하는 편이죠."

"혹시 그 반대인 사람은 없습니까?"

스타크가 미간을 찌푸렸다. "그러니까 부정적인 견해를 가지고 있을 만한 사람 말이죠?"

"네, 그런 사람도 만나 봐야 하니까요."

"음, 몇 있긴 할 겁니다. 반세기를 살면서 싫은 소리 한 번 안 하고 열정적으로 전문적인 견해를 피력할 수 있는 사람은 없으니까요."

나는 펜즐러가 알려 준 다른 두 이름을 흘깃 내려다보는 척했다. "타냐 워싱턴 씨와 카일 맥크레이 씨는 어떻습니까?"

"타냐와 카일? 음, 둘은 좀 스타일이 달라요. 타냐는 흑인 여성 강력계 형사가 주인공인 경찰 소설 시리즈를 쓰고, 카일은 아일랜드계 미국 남성 사설탐정이 나오는 소설을 씁니다."

마지막 말을 하는 동안 입꼬리에 희미한 미소가 스치고 지나갔지만 나는 굳이 반응하지 않았다. "그분들이 펜즐러 씨를 어떻게 생각하는지 더 알고 싶다는 질문이었습니다만."

"아, 퍽 호의적이라고 할 수 있어요. 오토는 불편한 현실을 가감없이 드러내는 타냐의 사실주의와 카일의 재치 있는 대화를 늘 청찬했죠. 그 두 사람과도 얘기할 겁니까?"

"아마도요."

"혹시 하게 되면 내 안부도 전해 주세요."

"두 분 다 개인적으로 잘 아시는군요."

"네, 몇 년 전에 에드거 상 심사위원으로 함께 일한 적이 있습니다."

"에드거?"

"에드거 앨런 포의 흉상으로 트로피를 만든 미스터리 소설계의 오스카 상이죠. 에드거는……,"

"네, 압니다." 내가 말했다.

★★

내 거짓 이유를 믿게 하려고 세세한 질문을 몇 가지 더 던진 후 '브론스타인/스타크'의 사무실을 떠나 어퍼이스트 사이드로 향했다. 택시 기사도 주소를 찾느라 애를 먹었는데, 도착하고 보니 허드슨 강쪽에서 뻗어 나온 나무 많은 번화가를 내려다보는 대저택이었다. 펜즐러의 명단에 있는 두 사람의 집을 이렇게 보고 나니 내가 직업을 잘못 택한 것은 아닐까 싶었다.

그러나 현관 입구 층계를 올라가 보자 문설주 위 정교한 버저 위에 열 몇 명의 이름이 새겨져 있었다. 그래도 어쨌든 워싱턴의 집인 5A는 건물의 노른자인 꼭대기 층 정면에 있었다. 5A라고 적힌 버저를 누르고 1분이 지나자 문이 열리며 노란색과 검은색 스판덱스를 입은 호리호리한 여자가 담배를 피우며 모습을 드러냈다. 그녀는 아프로 헤어스타일을 타월 밴드로 고정해 뒤로 넘겼지만 눈빛만은 표범의 황금빛 눈처럼 이글거려 아주 인상적이었다.

"워싱턴 씨이십니까?"

"오토가 설명을 제대로 했네요. 존 커디 씨죠?"

"네."

"타냐 워싱턴이에요. 가시죠."

전쟁 전에 유행한 스페인식 계단을 통해 네 층을 올라간 후 강 건너 뉴저지의 고층 건물 일부가 보이는 전망이 멋진 집에 도착했다.

전반적으로 앞서 봤던 센트럴 파크의 전망이 더 마음에 들었다.

"편히 앉아요."

다시키^{서아프리카 남자들이 입는 화려한 무늬의 전통 의복} 무늬 덮개가 깔린 소파에 앉자 타냐 워싱턴이 레모네이드로 보이는 음료 두 잔을 들고 왔다.

타냐가 잔을 건넸다. "금방 짜서 만든 거예요."

나는 맛을 보았다. "우리 할머니가 집 뒤 베란다에서 만들어 주시던 것과 비슷하네요."

타냐는 다른 다시키 무늬 안락의자에 앉았다. "할머니 댁은 어디에 있었나요?"

"사우스 보스턴이요."

"통학 버스^{1970년대 사우스 보스턴에서 흑인 학생들을 버스 통학시켜 격리한 인종 차별 사건} 논쟁은 어떻게 되었죠?"

"20년도 더 된 일인 걸요. 지금은 많이 나아지고 있습니다."

타냐는 믿을 수 없다는 표정을 지었다. "당신이 문학 협회를 대신해서 오토에 대해 조사한다구요."

"네. 어떤 말을 해 주시겠습니까?"

타냐가 어깨를 으쓱했다. "나한테는 항상 좋은 사람이었어요."

강력한 지지는 아닌 듯했다. "다른 사람들에게는 그렇지 않았다는 말 같네요."

"오토는 코지 미스터리를 그다지 좋아하지 않아요. 애거서 크리스티 같은……. 아시죠?"

크리스티의 해골은 맨 마지막에 없어진 물건이었다. "펜즐러 씨는 그럼 뭘 좋아합니까?"

"미스터리 말씀이죠? 오, 얼 스탠리 가드너가 쓴 법정 스릴러물을 좋아하죠."

음, 가드너의 기병도 모형. "에드거 앨런 포는요?"

"네, 그의 작품도 좋아해요." 타냐의 눈은 여전히 이글거렸지만 얼굴에는 어떤 표정도 없었다.

나는 이번에도 명분상 이런저런 질문을 했다.

타냐가 의자에서 몸을 앞으로 기울이며 물었다. "나 말고 또 누구를 만나나요?"

"모리 브론스타인 씨와 카일 맥크레이 씨입니다."

타냐가 입천장에 대고 혀를 찼다. "모리는 참 안됐어요. 카일은 마음에 들 거예요. 요즘 보기 드문 신사거든요."

나는 혼자 아래층으로 내려갔다. 택시를 타려고 오른쪽으로 돌아 브로드웨이를 향해 걸어가다가 이상한 생각이 들었다. 나는 먼저 '브론스타인/스타크'를 만났다는 얘기를 하지 않았는데 어떻게 타냐는 그의 병을 암시하는 말을 내가 알아들을 거라 생각한 걸까.

★★

카일 맥크레이는 워싱턴 스퀘어 파크와 뉴욕 대학에서 야구공을 힘껏 던지면 닿을 것 같은 웨스트 빌리지에 살았다. 건물 전체가 카일의 소유인 듯한 작은 흰 벽돌 연립주택의 초인종을 누르자 아주 거슬리는 여자의 목소리가 스피커를 통해 들렸다.

"네."

"존 커디라고 하는데요, 카일 맥크레이 씨를 만나러 왔습니다."

"'양의 머리'로 가 봐요."

"네?"

"술집이에요. 동쪽으로 한 블록, 남쪽으로 세 블록 가면 있죠."

시계를 보니 오후 2시 반이었다. "거기 계십니까?"

"모르지. 일단 여기엔 없고, 어젯밤 우리 자기가 나를 거기에서 데려왔으니 오늘도 거기 있겠지."

★★

출입구 위에 양 머리 일부가 부서진 나무 명판이 보였다. 보도에서 지하로 반 층 정도 꺼진 그곳에서는, 싼값에 진탕 마실 수 있는 술집에서 나는 땅콩과 김빠진 맥주 냄새가 났다. 동굴처럼 어두운 실내에는 바텐더를 포함해 여섯 명 정도가 있었다. 내가 황동 가로대로 다가가 '우리 자기'의 이름을 대며 와 있는지 묻자 바텐더가 구석 자리에 앉은 남자를 향해 타월을 흔들었다.

앉아 있는 맥크레이는 키가 크다기보다는 덩치가 컸고, 한쪽 눈썹은 상처로 삐끔했으며 코는 워터게이트 사건 이후로 한 번도 펴어 본 적 없는 듯이 잔뜩 휘어 있었다. 밖에서는 12월 추위가 기승을 부렸는데 그는 주황색과 파란색이 들어간 뉴욕메츠 야구 셔츠와 밑단 자른 반바지를 입고 있었다. 앞에는 얼음을 넣지 않은, 손가락 세 마디 높이의 호박색 액체가 담긴 작은 텀블러가 놓여 있었다. 내가 다가갔을 때 잔이 비어 버렸다.

"주인장, 주인장! 짐 빔버번 위스키의 하나 한 잔 더 주슈."

예산 때문에 배우들의 사투리를 교정하지 못한 채 찍은 C급 영화에 나옴 직한 굵고 듣기 싫은 말투였다. "카일 맥크레이 씨입니까?"

"그러는 자네는 누군고?"

내가 맥크레이보다 열 살은 더 많을 듯했지만 무시했다. "존 커디입니다."

"아, 누군지 알겠다. 당신도 아일랜드 사람이군. 척 보면 내 알지."

바텐더가 맥크레이에게 버번을 가져다주었다. 나는 하프 라거를 주문했다.

"아, 라거. 갑자기 쓰려고 생각만 하다가 결국 쓰지 못한 글감이 생각나는군."

"맥주에 관해 쓸 생각이었습니까?"

"아니, 당신처럼 하프 라거를 굉장히 좋아하는 청년에 관해 쓸 생각이었지. 그 남자는 자기가 눈을 감을 때 하프 라거가 옆에 있기를 바랐어. 메멘토 모리Memento mori '언젠가 반드시 죽는다는 사실을 기억하라'는 뜻의 로마어! 로마인들은 그렇게 말했지."

나는 맥크레이의 말이 앞뒤가 맞는지 의심스러웠지만 별로 중요해 보이지 않아서 크게 신경 쓰지 않았다. 맥주가 도착하자 잔을 들어 그의 텀블러에 부딪혔다. "문학을 위하여!"

"오, 이보다 더 좋은 건배사가 또 있을까!"

맥크레이가 단숨에 버번을 절반이나 마시는 걸 보고 소기의 목적을 달성하기 위해 바로 본론으로 들어갔다. "미스터리 작가시죠?"

"'소설가'지, 친구. '작가'는 너무 가식적이지 않나?"

"나는 애거서 크리스티나⋯⋯,"

"영국 쓰레기."

"얼 스탠리 가드너⋯⋯,"

"저질 법률가."

"그리고 에드거 앨런 포 같은 작가를 좋아해요."

"과대평가됐어. 다른 작자들처럼 이미 죽었고."

"다른 작자들?"

"크리스티와 가드너. 방금 그 사람들 얘기한 거 아니여?"

맥크레이는 어설픈 연기자이거나 방금 얘기한 그 이름들이 그에게는 백과사전에 붙은 표제만큼 의미가 없거나, 둘 중 하나였다. "혹시 오늘 오토 펜즐러 씨와 통화했습니까?"

"오토? 좋은 친구지. 하지만 아니. 오늘 아침에는 바빴기 때문에, 어젯밤 여기서 만난 멋진 여자와 나한테 짐 빔을 한 잔 더 가져다줄, 역시 멋진 바텐더와 자네 말고는 온종일 말 한마디 섞은 사람이 없는디."

카일 맥크레이는 그렇게 말하면서 뭔가 공모하는 듯이 내게 눈을 찡긋한 후 남은 버번을 다 마셔 버렸다.

★★

아직 하늘에 해가 남아 있어서 세 사람이 했던 말을 되새기고 정리하기 위해 미드타운까지 걸어가기로 했다. 7번 거리와 54번가의 교차로에서 신호등을 기다리면서 정보를 이리저리 조합하고 앞뒤를 맞춰 봤고, 거기서 미스터리 서점까지 가는 두 블록 반 동안 머릿속으로 정리를 마쳤다.

★★

나선 계단 맨 위에 도착하자 빨강 머리 여자가 펜즐러에게서 내게로 무용수처럼 사뿐사뿐 걸어왔다.

"펜즐러 씨가 목이 빠져라 기다리고 계십니다."

나를 서재로 안내한 펜즐러는 이번에도 문을 꼭 닫는데, 이제 보니 이런 일은 그리 흔치 않은 것 같았다.

나는 의자에 앉은 뒤 말했다. "모리 브론스타인, 혹은 에이스 스타크 씨는 당신이 전화로 내가 갈 거라고 전했다고 하더군요."

"타냐 워싱턴한테도 얘기했는데, 카일 맥크레이하고는 통화하지 못했지요."

"무슨 뜻입니까?"

펜즐러가 이상하다는 듯한 표정으로 나를 바라보았다. "집에 전화했더니 자동 응답으로 넘어 갔어요."

"그래서 메시지를 남기셨군요."

"네."

"침대에 누워서 메시지를 들었을 가능성도 있을까요?" 이번에도 그걸 왜 묻는지 의아하다는 표정이었다. "그랬을 수도 있겠죠. 그 집에 가 봤는데 침실 바로 옆에 집필실 문이 있었어요."

나는 고개를 끄덕였다.

펜즐러는 초조해 했지만 점잖게 기다렸다가 물었다. "그래, 뭐라도 찾았습니까?"

"네."

"그런데요?"

"알아낸 것 같긴 합니다. 그런데 내가 생각한 결론을 말씀드리기 전에 뜸을 좀 들이려고요."

"오, 세상에. 뜸이라면 지금까지도 많이 들였잖아요."

"마음의 준비가 되면 말씀하세요."

펜즐러가 진정하려고 애쓰며 말했다. "됐어요. 말해 줘요."

나는 좀 전에 메모해 놓은 종이를 꺼냈다. "물건 세 개가 없어졌습니다. 각각 유명한 미스터리 작가들이 소장했던 물건이었죠. 현재 저자로 활동하는 세 사람이 의심스러웠습니다. 심지어 그중 한 명은 수년 동안 그 물건들에 관심을 보이기도 했지요. 자, 그 친구분들은 자기 외에 달리 의심받는 사람이 있는지 알 수 없었을 겁니다. 물건이 없어진 날 서재에 온 사람은 다른 두 사람의 존재를 모를 거라는 뜻이지요."

"네, 다시 정리해 볼게요. 모리, 타냐, 카일은 따로따로 여기에 왔습니다. 그러니 다른 이가 여기에 왔다는 사실을 몰랐을 겁니다."

"바로 그 점에 주목했습니다. 셋은 서로 아는 사이입니다. 첫 번째 만난 사람은 시상 위원회에서 함께 일한 적이 있다고 했습니다. 두 번째 사람은 내가 이미 첫 번째 사람을 만나고 왔다는 걸 아는 눈치였고, '우연히도' 당신이 잃어버린 물건들의 전 소유자인 유명 작가 셋을 다 언급했습니다. 세 번째 사람은 오늘 당신과 통화한 적이 없다고 해 놓고선 난데없이 생각만 하고 몇 년 동안 쓰지 않은 소설에 대해 들려주었습니다. 자신이 죽으리란 것을 아는 사람이 임종 때 좋아하는 물건을 가지고 싶어 하는 소설이라더군요. 메멘토."

"잠깐만요, 존. 세 번째 사람은 확실히 카일인데, 첫 번째 사람은 타냐입니까, 모리입니까?"

"순서는 딱히 중요하지 않습니다. 왜냐하면 그 사람들도 누가 될지 몰랐을 테니까요."

"도대체 무슨 말입니까?"

"당신, 혹은 어쩌다 대리인이 된 내가 누구와 먼저 얘기를 시작할지 그 사람들도 몰랐을 거라는 말입니다."

펜즐러가 고개를 절레절레 저었다. "그럼, 셋의 합작이란 말인가요?"

"네."

"물건을 훔치는, 아니 내가 의도치 않게 물건을 '파는' 일을 세 사람이 공모했다구요?"

"아뇨. 물건은 핑계일 뿐, 이유가 아닙니다. 내가 당신을 위해 보스턴에서 희귀본을 가지고 온 것처럼."

"핑…… 계요? 근데 도대체 왜 그런 짓을 한 겁니까?"

"당신한테 선물을 주려고요."

"뭐요?"

"선물이요. 크리스마스 선물."

"존, 지금 제정신이에요?"

"오토 씨, 당신은 그 세 사람에게 항상 친절했어요. 그들은 위원회를 통해 서로 아는 사이였는데, 한 명이 내년 12월을 못 맞을지도 모르게 됐지요……. 당신한테 생생한 추리소설보다 더 좋은 선물이 어디 있겠어요."

"생생한 추리소설이라니?"

"당신이 피해자로 참여하는 추리소설 말이에요."

펜즐러는 앉아서 눈만 껌뻑거렸다. 뭔가 말을 꺼내려고 두 번이나 입을 벌렸다가 확신이 없는지 다물었다.

마침내 그는 의미심장한 미소를 지었다. "모리의 아이디어였겠군요."

"내 생각도 그렇습니다. 다른 두 사람은 아마 그 세 가지 물건에 모리 씨가 관심이 있는 줄도 몰랐을 거예요"

"거기다 주요 배역도 모리다운 방식으로 배치했군요. 남자 둘과 여자 하나의 소장품들을 훔쳤다고 의심되는 자들도 역시 남자 둘에 여자 하나."

"그리고 셋 다 미스터리 작가이니 누구한테 먼저 가든, 사건 해결에 적당한 실마리를 만들기도 쉬웠을 테고요."

펜즐러가 이번에는 놀라워하면서 고개를 절레절레 저었다. "지금 분명 모리가 기병도와 유언, 해골을 다 가지고 있겠군요."

"모리 씨는 그 작가들을 존경했어요. 그리고 자신이 더는 살 수 없을 거라고 생각했을 테고요." 내가 나지막이 말했다.

"맞아요. 그리고 모리가 좋아하는 스타일의 제목도 만들 수 있는 일이니 더 마음에 들었을 겁니다."

이번에는 내가 당황해서 물었다. "제목이라니요?"

"오늘 아침에 에이스 스타크의 책 제목들을 알려 주었죠. 기억납니까? 『마운트 에버트』와 『제때의 바늘 한 땀』 말입니다."

"말장난이요."

"그리고 카일 맥크레이가 쓰려다 못 쓴 책 얘기를 했다고 했죠?"

나는 아직도 갈피를 못 잡았다. "그런데요?"

펜즐러가 의자 깊숙이 앉아서 '성탄절 요정' 친구들이 준 크리스마스 선물과 수수께끼를 푼 자신에게 아주 만족한 듯 머리 뒤로 깍지를 꼈다.

"자, 존, 에이스 스타크가 제목을 짓는 스타일과 카일이 쓰려는 책의 주제를 합해 봐요. 그러면……,"

마침내 알아냈다. "메멘토 모리Memento Maury모리를 기억하라는 뜻."

오토 펜즐러는 서재의 높은 천장을 올려다보며 호탕하게 껄껄 웃었다. "맙소사, 난 이 일이 정말 좋아!"

엄마가 산타클로스
아저씨를 죽였어요

에드 맥베인

에드 맥베인(Ed McBain)/ 1926~2005

본명 에반 헌터(Evan Hunter) 이외에도 수많은 필명을 사용한 작가로 유명하다. 1954년에 발표한 『블랙보드 정글(Blackboard Jungle)』로 작가로서 명성을 얻기 시작했고 이 작품은 1955년에 영화로 만들어졌다. 그는 히치콕 감독의 영화 〈새〉의 각본을 쓰는 등 각본가로도 활약했고, 필명 '에드 맥베인'으로 발표한 '87분서 시리즈'는 경찰 소설계의 대표적인 시리즈로서 오랫동안 사랑받아 왔다.

† I Saw Mommy Killing Santa Claus(1999)_ 캐럴 〈엄마가 산타클로스 아저씨에게 키스했어요(I Saw Mommy Kissing Santa Claus)〉를 패러디한 제목이다.

미스터리 서점의 크리스마스이브 날 광경은 보통 붐빌 때 모습과 사뭇 다르다. 추리소설을 읽는 먼 이모나 삼촌이 좋아할 만한 책을 사기에 혈안이 된 고객들이 문 닫기 직전에도 몸을 날려 서점에 들어오지만, 우리 서점이 5시에 문을 닫는다는 사실을 아는 고객은 십 몇 명 정도 될까 말까 한다.

나는 이곳에서 2년 조금 넘게 일했고 여기서 일하는 것을 꽤 좋아한다. 나는 전 직장도 서점이었을 정도로 늘 책을 사랑해 왔다. 하지만 추리소설 애호가들의 사랑에는 남다른 데가 있다. 나는 미스터리 서점에서 일하는 동안 공공 서비스를 제공하는 듯한 기분이 종종 들었다. 독자들에게 꼭 맞는 책을 찾아 주어야 한다는 의무감이 강박으로 변할 정도였다. 이는 고객이 선물로 책을 산다는 것을 알고, 크리스마스 아침에 선물 풀어 보는 기쁨을 상상할 수 있는 크리스마스 시즌이 되면 한층 절실해진다. 어떤 손님이 자기 사촌은 '수수께끼는 좋아하지만 폭력적인 것은 좋아하지 않는다'라거나, 또 어떤 손님이 자기 형부가 '레너드 엘모어라는 사람이 쓴 책을 읽고 싶어 하는데 들어본 적 있느냐'고 물어오면 나는 마치 산타의 조수라도 된 기분이 들면서 뭐든 도와주고 싶어진다.

그해 크리스마스이브 4시 15분경, 대략 손님 열 명가량이 더러는 위층에서, 더러는 아래층에서 돌아다니고 있었다. 45분 후면 문을 닫는데 딱히 아무도 서두르지 않았다. 곧 문을 닫는다고 하면 손님들을 차가운 바깥세상으로 내모는 것 같았기에 그로기 한 잔씩을 권함으로써 하기 싫은 말을 대신했다. 그때 나는 나선 계단을 걸어 내려오는 아이를 보고 깜짝 놀랐다. 그 아이가 서점 안으로 들어오는 것을 보지 못했기 때문이다. 서점에 부모와 함께 오는 아이들은 대개 행동이 반듯한 편이다. 아마 내가 조금 전에 언급했듯이 추리소설에 대한 경외감 같은 것을 느끼기 때문이 아닐까 싶다. 이 깡마른 아이는 여덟 살 정도로 금발머리에 파란 털모자를 썼고, 진한 파란색 코듀로이 바지와 하늘색 파카를 입었으며 브랜드 '엘엘빈'의 부츠를 신었다. 아이는 난간 잡은 손을 내려다보며 아래층으로 미끄러지듯 내려왔다. 그런 다음 약간 쑥스러운지 씩 웃더니 서가로 가서 책 제목을 훑어보기 시작했다. 마침내 삽화가 실린 책을 꺼내어 휘리릭 넘겨 본 뒤 다시 제자리에 얌전히 꽂았다.

"안녕. 도와줄까?" 내가 물었다.

"괜찮아요."

"엄마는 어디 계시니?"

"위층에요." 아이가 갑자기 튀어나갈 것처럼 앞문 쪽을 흘낏 쳐다보았다.

"괜찮아. 걱정하지 말고 편하게 봐."

"감사합니다." 아이는 머뭇거리며 다시 책장에 다가갔다.

"추리소설 좋아하니?" 내가 물었다.

"조금요."

"어떤 이야기를 좋아하니?"

"꼬마가 사건 해결하는 거요."

서가 앞에 서 있던 어떤 여자가 이 얘기를 듣고 빙그레 웃더니 이제 막 신장 결석 제거 수술을 한 여자에게 로렌스 블록 책이 괜찮을지 물었다.

"아니면 도널드 웨스트레이크가 더 나을까요?" 여자가 덧붙였다.

"어느 쪽도 놓치시면 안 되죠."

"각각 한 권씩 사야겠네요, 그럼?"

"그분이 신장 결석 두 개를 제거하셨나요?" 이렇게 물으니 여자가 또 웃었다.

"몇 개를 제거했는지는 모르겠네요. 남편의 상사거든요."

"그러면 모험은 하시지 않는 게 좋을 것 같아요."

"만약 총각이 신장 결석 제거 수술을 받았다면 둘 중에 뭘 읽겠어요?"

"둘 다 좋아서 아무거나 읽어도 후회하지 않으실 겁니다."

"버그도프 백화점은 아직 열려 있을까요?" 여자는 책 두 권을 도로 올려놓고 밖으로 나가 버렸다.

"저 아줌마는 왜 한 권도 안 사요?" 아이가 물었다.

"글쎄다. 내 말을 믿을 수가 없었나 보지."

"두 권을 사고 싶다고 해 놓고 한 권도 안 샀어요."

"정하기가 어려웠겠지."

"상사가 뭐예요?"

"윗사람."

"아저씨는 윗사람인가요?"

"아니, 난 그냥 여기서 일하는 사람이야."

"아저씬 이름이 뭐예요?"

"앨런. 넌?"

"맥스예요. 신장 결석은 뭐예요?"

"콩팥에 돌이 만들어지는 거야."

"왜요?"

"글쎄다."

"아저씨는 산타클로스를 믿어요?"

별안간 아이의 얼굴이 심각해졌다. 나는 아이들이 어른들만큼 진지하지 않다고 믿는 실수를 범해선 안 된다는 점을 오래전에 배웠다. 물론 맥스의 질문이 중동 아시아의 평화나 환경 오염 문제만큼 중요하다는 것은 아니다. 아무튼 표정으로 보아 맥스는 수염을 기르고 빨간 옷을 입은 존재에 대해 유보적인 입장인 것 같았다.

"너는 산타클로스를 믿니?"

"전에는 그랬어요."

"언제부터 믿지 않게 됐는데?"

"산타클로스가 죽은 후부터요."

버버리 코트를 입은 옅은 갈색 머리 남자가 재닛 에바노비치의 최신작을 들고 다가왔다.

"이거 필명입니까?" 남자가 물었다.

"아닙니다."

"에바노비치가 필명 아니오?"

"아닙니다, 손님."

"에반 헌터가 쓰는 필명 가운데 하나 아니오?"

"작가의 실명이 재닛 에바노비치입니다."

"샀는데 그 빌어먹을 에반 헌터에드 맥베인의 본명의 또 다른 필명인 줄 알게 되면 기분이 영 안 좋을 것 같거든."

"거기에 작가의 사진과 약력이 다 나와 있습니다."

남자가 뒤표지에 있는 사진을 보았다.

"이 책 재밌소?"

"아주 재밌습니다."

"유머 감각 없는 내 딸애한테 줄 거거든."

"분명 따님이 웃을 겁니다."

"뭘 봐도 웃지를 않는 애라서."

"가져가 보십시오. 아주 재밌어요. 재닛 에바노비치의 책은 정말 재밌습니다."

"어디서 계산합니까?" 남자는 계산대에서 불과 1미터도 떨어지지 않은 곳에 서 있으면서도 그렇게 물었다. 남자가 몸을 돌리자 맥스가 길을 비켜 주었다. 맥스의 얼굴은 여전히 심각했다.

"너는 어떨 때 웃니?" 내가 맥스에게 물었다.

"지저분한 농담 들었을 때요."

"네가 좋아하는 농담은 어떤 건데?"

"그런 얘기 하면 엄마가 싫어할 거예요."

"뭐 어때. 엄마는 위층에 계시잖아."

"알게 될 거예요." 맥스가 푸른 눈을 크게 뜨고 나를 올려다보았다. "아저씨는 산타가 죽었다는 걸 알아도 계속 믿을 건가요?"

"산타는 죽을 수 없어."

"그런데 죽었어요."

"아니야. 산타는 죽을 수 없다니까."

"왜 죽을 수 없어요?"

"마법의 존재니까. 그래서 같은 시간에 거리 곳곳에서 볼 수 있는 거야."

"내가 산타가 죽는 것을 보면 아무 데서도 안 나타나겠죠?"

"그럼, 그러니까 너는 산타가 죽는 것을 봤을 리가 없어."

"근데 봤단 말이에요." 맥스가 대답했다.

"실례합니다." 내 팔꿈치 가까이에 서 있던 남자가 말했다.

남자는 옷깃이 벨벳으로 된 갈색 코트를 입고 중절모자를 썼으며 접이식 검은 우산을 들고 있었다. 다소 뭉툭한 코 아래 깔끔한 콧수염을 길렀다.

"『독약 요리법』이라는 책을 찾고 있는데 들어본 적 있습니까?"

"그런 제목은 들어본 적이 없습니다, 손님."

"그래요?"

"네, 혹시 소설인지 아닌지 아십니까?

"독 든 음식 조리법을 모아 놓은 겁니다."

"그런 책은 없는 것 같습니다, 손님."

"여기는 미스터리 서점 아닙니까?"

"네, 미스터리 서점 맞습니다."

"그런데 왜 이 책이 없나요?"

"그런 책은 존재할 수 없을 것 같습니다."

"그렇다면 내가 어떻게 그 제목을 알겠습니까?"

"그런 책이 합법적으로 출판될 수 있을까요?"

"음, 내가 그걸로 누굴 죽이려는 게 아닙니다."

"산타클로스는 죽었어요." 맥스가 남자에게 진지하게 말했다.

"미안하지만 내 알 바 아니구나." 남자가 대답했다. "그 책이 없는 거 확실합니까? 친구놈 하나가 그 책을 몹시 갖고 싶어 해서요."

"네, 틀림없습니다."

남자는 맥스를 내려다보며 말했다. "아직도 산타클로스를 믿는 건 아니겠지? 너처럼 어엿한 소년이."

"이제 믿지 않아요."

"그럼, 그래야지." 남자는 이 말을 남긴 후 서점 밖으로 나갔다.

4시 30분이 다 되어 갔다.

"꼬마야, 사람들한테 산타클로스가 죽었다는 얘기 좀 그만할래?"

"하지만 산타클로스는 죽었는걸요."

"계속 그 소리만 하는구나. 네가 자꾸 그러면 이렇게 기쁜 성탄절 분위기를 망치잖니."

"미안하지만 사실이에요."

"뭘 봤는데 그러니. 길거리에서 사고 나는 거라도 봤어?"

"아뇨."

"거리에 있던 산타가 차에 치였거나 뭐 그런 거 아니야?"

"아니에요."

"그럼 뭔데? 왜 산타클로스가 죽었다고 생각하는 거니?"

"내가 봤어요."

"으응."

"봤다고요."

나선 계단을 내려오던 금발 여자가 말했다. "어렸을 때 나도 산타가 죽은 걸 봤어." 여자는 발목까지 내려오는 흑담비 모피코트를 입었고 거기에 잘 어울리는 모자를 한쪽 눈 위로 비스듬히 내려썼다.

"아줌마도 봤어요?" 맥스가 물었다.

"그렇단다, 꼬마야. 이거 어디서 계산하면 되나요?"

"계산대에서요." 맥스가 대답하더니 계산대 쪽으로 고개를 까딱했다. "그런데 어디에서요?"

"메이시 백화점에서."

"그때 아줌마는 몇 살이었어요?"

"여자 나이는 함부로 묻는 게 아니지만 말해 줄게. 여섯 살이었어."

"무슨 일이 있었어요?"

"산타의 무릎에 앉아 있었는데 갑자기 심장마비를 일으켰어."

"아주 무서웠겠네요." 내가 말했다.

"네." 여자가 심드렁하게 대답했다. "내가 그렇게 만들었다고 생각했지요."

"물론 그렇지는 않았겠죠?"

"음, 잘 모르겠어요. 나는 아주 섹시한 꼬마였거든요." 여자는 윙크를 하더니 맥스를 돌아보았다. "꼬마야, 기억해. 우리 모두는 머지 않아 산타가 죽는 것을 경험한단다. 그래서 난 그걸 오래 마음에 담아 두지 않았어. 선물 포장해 주시나요?" 여자가 계산원에게 물었다.

나는 맥스의 옆에서 무릎을 꿇었다. "봤지? 저 멋진 아가씨도 산타가 죽는 걸 봤다고 생각하잖아. 그런데 물론 그런 일은 있을 수 없어. 산타는 아직도 네 주변 모든 곳에 있거든."

"이제 못 볼 거예요. 30분 전에 죽었으니까요."

그때 로지 프로책이 서점으로 들어섰다.

"누가 30분 전에 죽었다고?"

"산타클로스요." 맥스가 대답했다.

"아." 로지는 그 말을 무시하고 내게 손을 흔들었다. "안녕, 앨런. 메리 크리스마스."

"메리 크리스마스, 로지."

로지는 도심 제5구역에서 일하는 2급 수사관이다. 키는 170센티미터이고 쭉 뻗은 다리와 아름다운 가슴을 지녔으며, 머리색은 빨갛고 눈은 초록색이다. 폴란드계라기보다 아일랜드계 같아 보이지만 아직 물어보지는 않았다. 로지는 교대 근무를 마친 뒤 시 외곽으로 가는 지하철을 타고 고양이 세 마리가 있는 집으로 가기 전에 늘 1시간 정도 서점을 둘러본다. 매일 같은 시각에 나타나기 때문에 사람들은 로지의 도착 시각에 맞춰 시곗바늘을 조절해도 될 정도였다. 그리고 로지는 경찰 소설을 싫어했다. 경찰 소설을 쓰는 작가 중에 정작 경찰을 제대로 이해하는 사람은 아무도 없다고 내게 따로 얘기한 적이 있었다. 로지는 고양이가 등장하는 추리소설도 싫어했다. 살인 사건을 해결하는 고양이는 한 번도 본 적이 없다고 했다. 결코. 심지어 로지가 데리고 있는 훌륭한 혈통의 고양이들이라 할지라도. 로지에게는 사람을 들뜨게 하는 무언가가 있었다. 내가 아는 한 비싼 향수를 바르는 유일한 경찰이기 때문일 수도 있고, 토트백에 자동 권총을 넣고 다니기 때문일지도 모른다.

"오늘은 5시에 문 닫습니다." 내가 말했다.

"5만 달러짜리 희귀본이 필요한데도?"

"문 열어 놓겠습니다."

"실은 할머니에게 가져다 드릴 책이 필요해요. 병원에 계시거든요."

"신장 결석을 제거하셨나요?"

"욕조에서 나오다 넘어지셨어요. 1달러 95센트짜리 책 없어요?"

"산타가 칼에 찔렸어요." 맥스가 말했다.

"할머니께서는 어떤 추리소설을 좋아하시는데요?" 나는 물었다.

"경찰이나 고양이가 등장하지 않는 거요."

"그 할머니에 그 손녀로군요."

"아까 산타 뭐랬니?" 로지가 맥스에게 물었다.

"칼에 찔렸어요."

"이런, 정말이니? 그걸 어떻게 아니?"

"내가 봤어요."

"그래?" 로지가 맥스를 의심스럽게 바라보았다. "어디서 봤는데?"

"위층에서요."

"언제 돌아올 예정이에요?" 나는 로지에게 물었다.

"언제 다시 출근하냐는 말이에요?"

"네."

"월요일 아침에요. 근데 왜요?"

"그냥 궁금해서요."

"흠." 로지와 눈이 마주치자 갑자기 비싼 향수 냄새가 풍기는 듯했고, 나는 어느새 키 큰 빨강 머리 형사는 치마 밑에 어떤 란제리를 입었을지 궁금했다. 맥스가 우리를 빤히 올려다보았다.

"너 엄마한테 가서 30분 있으면 문 닫을 거라고 얘기해야겠다."

맥스는 당황한 듯이 보였다.

"엄마 말이야. 위층에 계신다며?" 나는 맥스에게 눈을 찡긋하고 나선 계단을 향해 고갯짓했다. 맥스는 고개를 끄덕이더니 위로 올라가기 시작했다. 올라가면서 앞문을 힐끔거렸고 파란 눈에는 초조와 공포가 어렸다.

"갑자기 뭐하는 거예요?" 로지가 물었다.

과연 로지는 형사였다.

"뭐가요?"

"나랑 데이트라도 하고 싶어요?"

"네, 그래요."

"그럼 데이트 신청을 해요."

"지금 하고 있는데요."

"언제?"

"오늘 밤 어때요?"

"오늘 밤은 크리스마스이브인걸요."

"그래서요?"

"할머니 뵈러 가야 해요."

"대신 나를 봐요."

"몇 시에요?"

"8시?"

"뭐 할 건데요?"

"춤추는 거 좋아해요?"

"엄청 좋아하죠."

"좋아요."

로지가 활짝 웃었다.

"네, 좋아요. 그런데 저 꼬마는 왜 저래요? 위층에 칼에 찔린 산타라도 있어요?"

"아뇨."

"그럼 대체 무슨 소리를 하는 걸까요?"

"글쎄요."

"나는 으스스한 애들 싫던데. 참, 할머니한테는 뭘 가져다 드리죠?"

"스카치 한 병 어때요?"

"솔직히 말하면 할머니도 책보다는 그걸 더 좋아하실 거예요. 새로 나온 수 그래프튼 책은 어때요?"

"끝내줘요. 한 권 가져다줄게요."

"대충 훑어보기만 할게요."

나는 나선 계단을 오르다가 고개를 돌려 로지를 내려다보고 미소를 지었다. 로지도 웃음으로 화답했다. 나는 산타클로스가 절대로 죽었을 리 없다고 생각했다. 산타가 로지 프로책을 크리스마스이브 선물로 내 무릎에 던져준 것이 아니라면 어떻게 이런 행운이 내게……

맥스는 이층 '셜록 홈즈' 서가에서 빼내 온 책을 보고 있었다. 맥스 옆에서 빨간색과 검은색 체크무늬 셔츠 위에 빨간색 파카를 입은 남자가 책을 뒤적이고 있었다. 위층에는 우리 직원 데이지 말고도 여자가 셋 있었다. 그중 누가 맥스의 엄마인지 궁금했다. 내가 이층에 들어서자 막 사냥에서 돌아온 것 같은 남자가 물었다. "실례지만 여기 직원입니까?"

"네, 그렇습니다."

"『배스커빌 가의 개』 초판본은 얼마나 합니까?"

"손님이 지금 가지고 계신 책은 초판본이 아닙니다."

"네, 그렇더군요. 초판본이라면 얼마입니까? 대충."

"3천에서 8천 달러 사이일 겁니다. 상태에 따라 다르겠지요. 그런 것들에 관심이 있으십니까?"

"네."

"사장님이 사무실에 계십니다. 초판본에 관해서라면 사장님과 얘기하시는 편이 좋습니다."

"8천 달러란 말이죠."

"사장님께 뵙고 싶어 하신다고 전해 드릴까요?"

"다음 크리스마스를 기약해야겠네요." 남자는 땅이 꺼져라 한숨을 쉬며 계단 아래로 내려갔다.

데이지가 내게 눈짓을 보냈다. 사십대인 데이지는 단정한 치마와 블라우스 위에 프랑스 정육점 주인의 앞치마 같은 푸른색 겉옷을 걸치고 있었다. 데이지는 작은 이중 초점 안경 너머로 맥스를 흘깃 쳐다본 후 물었다. "저 애는 누구야?"

"맥스예요."

"쟤 엄마는 아래층에 있나?"

"저는 여기 있는 줄 알았는데요."

"아니. 쟤 혼자 여기 올라왔어."

"언제요?"

"15분, 20분 정도 전에? 나한테 산타가 죽었다고 하던걸."

"그러더라구요."

"애가 정상일까?"

"글쎄요."

나는 책꽂이에서 그래프톤의 신작을 뽑아 들고 셜록 홈즈에 몰두하는 체하는 맥스에게 다가갔다.

"맥스, 엄마가 위층에 계신다고 하지 않았니?"

"네?" 맥스가 조심스럽게 대답했다.

"어떤 분이 엄마시니?"

맥스가 사람들을 쳐다보았다.

"우리 엄마가 누군지 왜 궁금해요?"

"넌 어린아이니까. 그리고 혼자 밤에 나다니면……."

"엄마는 여기 없어요, 됐어요?"

"엄마가 여기 안 계신다고?"

"네."

"아까는 위층에 계신다며?"

"우리 집 위층이요."

데이지가 우리를 유심히 살폈다. 나는 아래층으로 내려가서 로지에게 길을 잃은 꼬마가 있다고 말해야 하나 어쩌나 고민했다.

"집은 어딘데?"

"55번가요."

"55번가에 산다고?"

맥스가 고개를 끄덕였다.

"여기는 어떻게 왔니?"

"걸어서요."

"그럼 걸어서 돌아가면 되겠구나. 가자, 내가 집에 데려다줄게."

"집에 가기 싫어요."

"맥스, 내 말 들어."

"싫어요!"

짧은 모조 레오파드 코트를 입고 검은 바지 위로 긴 부츠를 신었으며 긴 초록 스카프를 거의 무릎까지 치렁치렁 드리우고 크리스마스이브에, 그것도 실내에서 선글라스를 낀 여자애가 맥스 앞에 무릎을 꿇고 앉아 있는 내게 다가왔다.

"실례지만 아저씨가 이 아이의 아빠인가요?"

사자 갈기나 인조털을 연상시키는 곱슬머리를 가진, 열아홉 정도 됐을까 말까 한 여자아이였다. 오른손에는 조나선 켈러먼의 중고 책을 들고 있었는데 아마 그 책이 어른과 아이의 관계에 대해 내게 물어볼 수 있는 권위를 준 모양이었다.

"괜찮아. 나 여기서 일하는 사람이야."

"아뇨, 안 괜찮아요. 저 애가 아저씨 때문에 공포에 떨고 있잖아요."

"아가씨, 이건 아가씨가 상관할 바가 아니에요. 내가 아는 애니까 괜찮다고."

"너 이 아저씨 알아?" 여자아이가 맥스에게 물었다.

"아니."

"봤죠? 애를 보내 줘요."

"이봐, 아가씨."

"당장 보내 주지 않으면 경찰을 부르겠어요!"

순식간에 실내는 아수라장이 되었다. 다음 순간 맥스는 어느새 나선 계단 위에 서 있었다. "경찰 불러!" 여자아이가 소리쳤고 나는 "로지 씨, 애 잡아요!"하고 외쳤다. 그러나 맥스는 벌써 계단을 내려가 쏜살같이 서점을 가로질러 앞문에 도착했다. 마침 문이 벌컥 열리더니 차가운 겨울 공기와 함께 파란 코트를 입은 키 큰 금발 여자가 들어섰다.

"여기 있었구나!" 금발 여자가 말했다.

맥스가 멈춰 섰다.

맥스는 방금 서점으로 들어온, 맥스를 꼭 빼닮은 푸른 눈으로 미소 짓는 여자를 피해 나선 계단으로 다시 도망치려고 했다.

"너 땜에 무서워 죽을 뻔했잖아." 금발 여자가 맥스를 향해 두 팔을 벌렸지만 맥스는 가지 않았다. 대신 놀랍게도 로지에게 가서 그녀의 치마에 엉겨 붙었다. 선글라스를 낀 사자 머리 여자아이가 계단을 내려오면서 경찰을 부르라고 소리를 질러 댔다. 로지가 여자아이를 말리며 금색과 푸른색을 띤 경찰 배지를 보여 주었고, 이제 막 문 안에 들어선 금발 여자는 차갑고 침착한 표정을 띠며 이 상황을 받아들였다. 사자 머리 여자아이가 배지를 보고 말했다. "상황이 제대로 수습되고 있나요, 경찰관님?"

"형사가 더 정확한 호칭이야." 로지가 쳐다보자 여자애는 서둘러 서점을 나가 버렸다.

"이제 집에 가자, 맥스." 금발 머리 여자가 말했다.

"어머니 되십니까?" 로지가 물었다.

"네. 가자, 맥스."

"나 안 가." 맥스가 대답했다.

"산타 할아버지가 곧 오실 텐데. 크리스마스이브잖아, 맥스."

맥스가 고개를 가로저었다.

"매애액스." 여자가 이름을 길게 죽 늘어뜨리며 경고하듯 말했다.

"산타는 벌써 집에 왔어."

"맥스, 제발 내 인내심을……."

"산타는 죽었잖아." 맥스가 말했다.

"알았어, 그만하면 됐어." 금발 여자가 팔을 잡고 로지에게서 떼어 내려는 순간 맥스가 말했다. "엄마가 산타를 죽였잖아."

★★

맥스는 오늘 오후 서점에 들어선 3시 45분부터 틈만 나면 하려고 했던 이야기를 들려주었다.

크리스마스이브라 수업이 빨리 끝났다. 맥스는 55번가와 7번 거리 사이 모퉁이에서 버스를 내렸다. 붉은 벽돌 건물로 걸어가서 열쇠로 현관문을 열고 들어간 다음, 가끔 낮잠을 자는 엄마를 깨우지 않으려고 발꿈치를 들고 조심스럽게 위층으로 향했다. 이층에 있는 크리스마스트리가 거실 불빛을 받아 환하게 빛났다. 맥스는 트리 앞을 지나가면서 오늘 밤 산타가 오리라는 기대에 활짝 웃었다. 작년에 몰래 염탐한 결과, 산타는 트리 아래에 선물을 놓은 뒤 맥스가 준비해 둔 우유를 마시고 초콜릿 칩 쿠키를 먹었다. 그런데 맥스가 계단을 통해 삼층으로 올라간 순간 엄마가 누군가에게 비명을 질렀다. 맥스는 계단에 우뚝 서서 층계참을 올려다보았다. 빨간 옷, 검정 부츠, 흰 털이 달린 빨간 모자를 착용하고 흰 턱수염과 구레나룻을 기른 산타클로스가 불룩한 배를 실룩거리며 복도를 달려왔고 엄마는 그에게 소리를 지르고 있었다. 산타가 달리자 흰 털이 퐁퐁 날렸다. 이렇게 이른 시각에 산타가 여기서 뭘 하는 거지?

곧 산타를 쫓아온 엄마가 보였다. 엄마의 손에는 가위가 들려 있었다. 엄마는 비명을 지르며 연신 허공에 가위를 휘저었다. 마침내 새파랗게 질린 맥스로부터 불과 1, 2미터도 떨어지지 않은 계단 꼭대기에서 산타를 붙잡았다. 가위의 양쪽 날이 산타의 어깨뼈 사이에 박혔다. 산타는 손으로 허공을 더듬다가 눈을 부릅뜨고 고꾸라졌다. 엄마는 바닥에 누운 산타 위에 올라타서 맹렬한 기세로 '이 개자식아'라고 악다구니를 쓰며 가위로 산타의 등을 찍고 또 찍었다. 피가 통로의 벽으로 튀었다. 엄마의 얼굴과 손도 피로 홍건했다.

맥스는 몸을 돌려 내달렸다.

계단을 달려 내려온 뒤 문도 채 닫지 못하고 밖으로 뛰쳐나와 무

작정 뛰고 또 뛰었다. 이윽고 서점의 밝은 불빛을 발견했고 안전할 것 같아 안으로 들어갔다.

이제 6시가 되어 서점은 고요해졌고 밖에는 경찰차가 경광등을 밝힌 채 비스듬하게 주차되어 있었다. 맥스의 엄마는 이상하리만큼 차분해 보였다. 무릎 위에 손을 얌전히 포개고 푸른 눈을 휑하니 뜬 채 계산대 근처 의자에 앉아서 로지에게 모든 것을 털어놓았다. 그녀와 프랭크 프레스컷은 결혼한 지 12년이 되었다. 남편은 어린 맥스에게 항상 멋진 아빠였으며 여자들에게 인기 많은 남자가 흔히 그렇듯 아내에게 친절하고 너그러웠다.

"저는 그 사실을 진즉에 알고 있었습니다."

그녀의 얼굴은 데스마스크처럼 차분하고 창백했다. 무릎 위에 올린 파리한 손은 미동도 하지 않았다.

"더는 참을 수가 없었어요."

로지는 의자 옆에 서서 머리를 숙인 채 빨간 머리카락이 얼굴로 흘러내리는 것도 개의치 않고 온 신경을 집중해서 듣고 있었다. 문득 그 광경이 열정적으로 추리소설을 읽는 독자의 모습과 비슷하다는 느낌이 들었다. 로지는 경찰이면서도 특이하게 추리소설을 사랑했다. 그래서 지금 완전히 몰입한 상태로 맥스 엄마의 이야기를 듣고 있었……

붉은 벽돌 건물 삼층 유리로 오후의 햇볕이 비쳐 들었다. 사무실에서 열린 크리스마스 파티에서 술을 좀 마신 프랭크는 맥스가 학교에서 돌아오기 전에 산타클로스 옷을 입어 봐야 한다고 고집을 부렸다. 〈아름답게 장식하세〉를 요란하게 부르며 욕실 거울 앞에 서서 턱수염과 부츠를 착용하고 배를 불룩하게 만들어 보았다. 침실에서는 진실하고 사랑스러운 아내에서 좀도둑으로 전락한 맥스의 엄마가 남편의 서류 가방을 뒤지고 있었다. 액자가 있어 꺼내 보니 웬 여자의 사진이 들어 있었다. 사진 속에서처럼 그렇게 심하게 노출한 모습을 본 적은 없지만 그 여자가 누군지 금세 알 수 있었다. '내게로 와, 프랭크. 나는 당신 여자야.' 사진 아래에 '시빌'이라는 서명이 있었다.

"프랭크는 변호사예요. 시빌과 같은 사무실에서 일해요. 저는 그 여자가 줄곧 남편과 그렇고 그런 사이라는 걸 알고 있었어요."

맥스의 엄마는 여전히 현재형으로 남편의 이야기를 했다. 혹시 자신이 남편의 등을 수도 없이 찔렀다는 사실을 깨닫지 못했을지도 모른다는 생각이 들었다.

"반짇고리에 가위가 있었어요. 남편이 자기 모습이 어떤지 보여주려고 욕실에서 나오더군요. 제가 남편한테 말했어요. '어때 보이냐고? 바로 이런 모습으로 보인다. 이 개자식아!'" 맥스의 엄마가 갑자기 손을 머리 위로 높이 치켜들더니 상상 속 가위를 움켜쥐고 강하게 내리찍는 동작을 보여 주었다. 그러더니 언제 그랬냐는 듯 다시 손을 무릎 위에 포개고 한참 동안 꼼짝 않고 조용히 앉아 있었다.

"응당 받아야 할 벌을 받은 거예요. 산타클로스 씨." 이윽고 맥스의 엄마가 말했다.

나는 갑자기 모피 코트를 입은 여자가 채 1시간도 되기 전에 맥스에게 건넨 말이 떠올랐다.

꼬마야, 기억해. 우리 모두는 머지않아 산타가 죽는 것을 경험한단다. 그래서 난 그걸 오래 마음에 담아 두지 않았어. 선물 포장해 주시나요?

그러나 오늘 죽은 사람이 산타가 아니라는 사실을 누가 어린 맥스에게 말해 줄 수 있을까?

누가 여덟 살 아이의 눈을 들여다보며 그 사실을 말해 줄 것인가?

동방 박사의 간계

S. J. 로잔

S. J. 로잔(S. J. Rozan)/1950

뉴욕에서 건축가로 일하다가 소설가로 데뷔했다. 권마다 각기 다른 두 주인공의 시점으로 진행되는 '리디아 친(Lydia Chin) & 빌 스미스(Bill Smith) 시리즈'로 유명하다. 『윈터 앤 나이트(Winter and Night)』로 에드거 상을 수상했다.

† The Grift of the Magi(2000)_ 오 헨리의 단편 「동방 박사의 선물(The Gift of the Magi)」을 패러디한 제목이다.

서적 수집 업계의 일원이라면 누구나 오토 펜즐러가 크리스마스에 원하는 게 무엇인지 안다.

물론 모든 사람이 관심을 가진다는 말은 아니다. 뉴욕에서 가장 좋아하는 서점이 어디냐고 물었을 때 '미스터리 서점'이라고 말하지 않는 사람도 더러 있다. 그러나 그런 사람들은 보통 밑바닥 인생, 약자, 하층민들이다. 오토는 높은 곳에서 외알 안경을 끼고 아래를 내려다보며 그들을 무시하는 순탄한 길을 택한다. 그러나 오토가 단골 고객을 무시한 적은 없다. 우리가 수집한 책의 목록을 파악하고, 고객을 초대해서 술을(술을 입에 안 대는 이들에게는 차를) 대접하고 크리스마스에는 카드를 보낸다. 오토는 친구들을 무시한 적이 없고, 나를 무시한 적도 없다.

"무시할 수가 있나요." 12월 24일에 서 56번가에 있는 오토의 첫 번째 서점 이층을 향해 열세 개의 계단을 올라가고 있을 때 위에서 기다리던 오토가 씩씩하게 말했다. "키티Kitty, 당신이 옆에 있으면 아무도 눈에 안 들어온답니다."

"그래요?" 내가 크리스마스 인사로 오토의 볼에 입을 맞추며 말했다. "도둑고양이들한테 다 써먹는 소리죠? 외알 안경은 어디서 구했어요?"

"아름다운 금발 도둑고양이에게만 쓰는 말이죠. 이건 파스칼 삼촌이 선물로 준 거예요."

"프랑스에 사는 당신 어머니 동생?"

"맞아요, 몽 옹끌mononcle프랑스어로 삼촌이라는 뜻으로 외알안경(monocle)과 연결해 말장난을 하고 있다. 오는 데 힘들지 않았어요?"

"이 옆 술집 앞에 눈이 쌓여 있어서 넘어 오느라 고생한 것 빼고는 괜찮았어요."

오토는 고개를 끄덕였다. "하루 쌓여 있다 말겠죠. 어쨌든 당신이 뭘 해서 먹고 살든 난 알 바 아니에요." 나는 오토를 따라 서점을 가로질러 책으로 가득한 뒤쪽 서재로 들어갔다. 쟁반 위에 페이스트리와 차가 놓여 있었다. 창밖에서는 오토의 머리카락처럼 흰 눈이 고요히 내렸다.

"눈 내린 도시는 너무 비정해요. 참, 우연히 알게 됐는데 당신이 내게 관심 가지는 이유가 내 직업 때문이라지요?"

"아뇨, 그게……."

"걱정하지 말아요." 눈치 빠른 나는 찻잔과 컵케이크를 들고 소파에 앉았다. "오토, 난 당신이 좋아요. 하지만 우리 그냥 친구로 지내요. 지금은 내 인생에 로맨스 따위 필요 없거든요."

"틀렸어요, 이 깍쟁이 아가씨! 키티 맹크스Manx 맹크스는 북잉글랜드 맨 섬에서 전해졌다고 추정되는 고양이로, 꼬리가 없는 점이 유명하다, 로맨스가 필요 없는 이가 어딨어요."

나는 정색했고 오토는 고개를 숙였다.

"뭐, 나는 아닐 수도 있겠죠." 오토가 말을 이었다. "하지만 내 친구 중에……."

"당신 친구는 또 뭐예요. 그냥 우리 얘기나 하죠. 크리스마스 선물로 뭘 원하나요, 오토?"

"친구들이 행복해졌으면 좋겠군요. 참, 그 스포츠 미스터리는 재밌었나요?"

"『야구 경기에서 날 빼내 줘』 말이죠? 별로였어요. 악당이 너무 멍청해서 화가 나던걸요."

오토가 고개를 끄덕였다. "나쁜 놈들한테 짜증이 났군요."

"맞아요. 그러니, 자, 크리스마스에 뭘 원하냐고요?"

오토가 선반에서 CD 한 장을 골라 오디오에 밀어 넣었다. 소프라노가 노래를 시작했지만 음이 툭툭 튀었다.

"필터를 닦은 후로 상태가 저 모양이네요. 이거 선반 위로 올리게 좀 도와줄래요?"

나는 일어나서 오토를 도와 오디오를 들어 올렸다.

"실은 크리스마스에 원하는 게 하나 있어요. 수집가로서 당신도 고마워할 일일 거예요. 그런데 찾을 수 있을지 모르겠어요."

"뭔데요?"

"윌리 메이킷Willy Makit이 쓴 『바깥 화장실 가는 길』이요."

"윌리 메이킷? 그거 에반 헌터의 필명 중 하나 아니에요?"

"맞아요. 82, 87분서 시리즈에서는 그 이름을……,"

"그 피아노 나오는 거요?"

"아뇨, 그건 88분서? 아니, 85분서군요. 84분서가 나오는 건……,"

"아, 『여덟 조각』이요. 예전에 가지고 있었는데, 86분서라고 생각했네요." 실제로 에반 헌터는 에드 멕베인이라는 이름으로 오십칠 편의 87분서 시리즈를 썼을 뿐 그 외의 분서 시리즈는 없다.

"사실 '메이킷'은 자기가 누명을 썼다고 주장하는 남자의 이름이기도 해요."

"아, 그 부끄러운 줄도 모르고 막 나대던 사람?"

"네. 『바깥 화장실』은 헌터가 여섯 살 때 쓴 첫 책이죠. 그때는 지금만큼 글 쓰는 속도가 빠르지 않았는지 완성하는 데 2주나 걸렸대요. 베티 원트Betty Wont가 삽화를 그린 아름다운 편집본이 있어요.

"앤디 디든트Andy Didnt가 출판한 거 말이죠?" 윌리 메이킷이 쓴 『바깥 화장실 가는 길(Trip to the Outhouse)』은 책 제목과 저자를 연결한 외국 농담이며 실제로는 존재하지 않는다. (아이들 표현으로) '고추가 참아내다'가 쓴 '바깥 화장실까지 가는 길'이란 뜻이고, Willy Makit과 연결하여 Betty Wont와 Andy Didnt로 말장난을 하고 있다. '쓰이지 않은 책들(Books never written)'이라는 제목으로 수없이 만들어지고 있는 농담 중에는 '에틸 알코올이 쓴 나는 독주를 좋아해(I like Liquor by Ethyl Alcohol), 사이보그와 안드로이드가 쓴 로봇의 미래(The future of Robotics by Cy Borg and Anne Droid) 등이 있다.

"알아요?"

"네. 본 적 있어요. 아주 귀한 거잖아요."

"그래서 구하지 못할 것 같아요. 내 고객 중에 그 책의 완벽한 표지를 갖고 있는 사람이 있는데, 그 사람도 책은 갖고 있지 않다네요."

"표지가 완벽하다구요? 오토, 세인트 마틴 출판사 책이잖아요. 표지가 괜찮을 리 없어요."

"내가 직접 봤어요. 표지를 갖고 있는 사람은 펠릭스 가토Felix Gato 가토는 스페인어로 수고양이를 뜻한다라는 고객인데, 남아메리카 출신이고 여기 온 지 얼마 안 됐어요. 당신도 보면 마음에⋯⋯."

"또 그러시네."

"두 사람은 공통점이 많아요."

"공통점 많은 사람 싫어요."

"좋은데."

"아뇨. 오토, 제발 큐피드 짓 그만해요." 나는 자리에서 일어나 오토에게 작별의 키스를 했다. "메리 크리스마스, 차 잘 마셨어요."

"그런 말 말아요."

"왜요?"

"내 무릎에 앉아요."

"어림도 없는 소리."

"당신이 가면 난 어쩌라고?"

"갈 거예요."

그러고는 나와 버렸다.

★★

집으로 가는 길에 중국 포장 주문 음식점을 지나치는데 유독 볶음 요리 냄새가 코를 자극했다. 나는 집 위층에 올라가서 책장의 유리 문을 열었다. 마침 원하는 책이 가운데에 있어 끄집어냈다. 윌리 메이킷의 『바깥 화장실 가는 길』 초판본이었다.

다른 수집상에게서 샀기 때문에 오토는 내가 그 책을 가지고 있다는 사실을 몰랐다. 나는 그 책을 아꼈지만 오토가 크리스마스 기념으로 갖고 싶어 하니 줄 작정이었다. 나는 빙그레 미소를 지었다. 드디어 오토를 놀라게 할 수 있겠구나. 오토는 대체로 다른 사람들보다 한발 빨라서 웬만해선 그를 기쁘게 할 기회가 없었다. 그러나 이것만으로는 부족했다. 나는 창가에 서서 도시를 내려다보았다. 크리스마스이브라 차들은 넘쳐났고 빨강 조명과 초록 조명이 흩날리는 눈발 사이로 화려하게 빛났다. 거리는 마지막 크리스마스 쇼핑객으로 술렁댔다.

음, 그럼 나도 동참해 볼까.

나는 작업복으로 갈아입었다. 검정 스웨터, 검정 후드, 검정 바지를 입고 검정 부츠를 신었다. 그러고는 검은 배낭을 멘 다음 문을 살짝 열고 몰래 빠져나왔다.

가토의 집을 찾는 데는 별 어려움이 없었다. 통신업체 버라이즌 커뮤니케이션에 등록된 펠릭스 가토는 한 명밖에 없었다. 제대로 된 정보인지 확인할 길이 없었지만, 이 회사는 뭐든 아주 정확하게 한다는 명성을 들었다.

그는 골목길에 위치한 연립 주택에 살고 있었기에 나는 눈 쌓인 가로등 옆 고층 건물 출입구에서 망을 보았다. 가토네 집의 불이 꺼지기를 기다렸다. 잠시 후 집 안이 깜깜해졌다. 좋았어. 그가 자든 밖에 나갔든 상관없었다. 그런데 훤칠하고 피부가 까무잡잡하고 잘생긴 가토가 검은 가죽조끼를 입고 계단을 내려와 서쪽으로 향했다. 너무 매력적이라 오토가 만남을 주선했을 때 단칼에 거절하지 말 걸 그랬다고 후회했다.

가토의 집에 어떻게 숨어 들어갔는지 세세하게 늘어놓지 않겠다. 나는 아주 유능한 여자 밤손님이니까. 안으로 들어갔다. 그의 집도 우리 집처럼 상태가 썩 괜찮을 줄 알았는데 아니었다. 군용 침대, 소형 골동품, 장식 화분, 낡은 옷가지, 도자기, 장작, 다리미, 기타 등등으로 발 디딜 틈조차 없었다. 상상도 하지 못한 광경이었다. 그러나 책벌레인 내 눈은 서재를 금방 발견했다. 바닥이 청동으로 된 유리 책장 안에 메이킷 책의 표지가 있었다.

오토의 말대로 표지 상태는 완벽했다. 세인트 마틴 출판사가 만들었다고는 상상도 하지 못할 만큼 멋있었다. 나는 배낭에서 필요한 물건을 끄집어낸 후 책 표지를 넣고 담배를 뻑뻑 피우며 이 놀라움의 온상을 서둘러 빠져나왔다.

그런데 놀라운 일은 그게 끝이 아니었다. 집에 돌아오니 누군가 '내' 집에 침입해 메이킷 책을 가져가 버린 것이다.

이리저리 살펴봤지만 다른 물건에는 손도 대지 않았다.

앉아서 가만히 생각에 잠겼다.

그때 전화가 울렸다.

"얘기 좀 해야겠죠?" 수화기 저편의 목소리가 말했다.

"네, 그래야겠네요."

나는 외투 속에 총을 찔러 넣고 헝클어진 머리를 잘 빗은 뒤 눈 쌓인 거리로 나섰다.

'체셔 고양이'라는 술집에 들어서자 어두운 구석에 앉아 있는 남자가 보였다. 나를 보고 웃는데 조명을 받아 금니가 번쩍거렸다.

"세뇨리타 맹크스?"

"가토 씨?"

"와 주셔서 감사합니다."

"안 올 수가 있어야죠."

그의 눈이 활활 타올랐다. 금세라도 불이 붙을 지경이었다.

나는 자리에 앉았다. 가토는 게토레이Gatorade 섞은 럼을 마시고 있었고 앞쪽에 차가 놓여 있었다. "차 좋아하는 줄 어떻게 알았죠, 가토 씨?"

"오토가 말해 줬죠. 당신이 예쁘다는 얘기도. 오토의 말을 들었어야 했는데, 유감이네요."

"나도 막 같은 생각을 했어요."

"오토가 고맙다는?"

나는 나지막한 목소리로 말했다. "남미 출신이시라고요?"

"네, 참 좋은 곳이랍니다. 세상 어디에서도 하지 않는 환상적인 게임을 하는 곳이죠."

"아, 네." 나는 하이알라이삼면이 막힌 경기장에서 공을 치고 받는 운동에는 별 관심이 없었다. "여기 음식 먹어 본 적 있어요? 꼭 먹어 봐요. 특히 유월절쯤에 드시면 좋아요."

"지금은 배가 고프지 않아서 별로 먹고 싶지 않네요."

"마쳐 브라이아슈케나지 유대인의 계란으로 만든 음식가 좀 부담스럽긴 하죠. 참, 내가 그 책을 가지고 있다는 얘기를 오토한테서 들었나요?"

"네. 내 표지에 대해서도 물론 오토에게 들었겠죠?"

"이제 알겠네요. 오토가 우리 둘은 공통점을 가지고 있다고 했거든요. 근데 그게 뭔지는 말하지 않았어요."

"그래도 만나지 않겠다고 했죠?"

"네."

"나도 그랬어요."

"내가 한 일과 똑같은 일을 했구요."

"네, 그랬죠. 누가 알았겠어요."

나는 차를 홀짝였다. "당신 집은…… 너무 어지럽던데요."

가토가 어깨를 으쓱했다. "훔친 건 다 놔두는 편이라."

"까치처럼 검약 정신이 투철하네요."

가토가 고개를 끄덕였다. "하지만 당신 책은 집에 놔두려고 훔친 게 아닙니다."

"오토에게 주려고 훔쳤죠? 나도 그래서 표지를 훔친 거예요."

"네."

"그럼 주러 가야죠."

내가 지폐를 꺼내는 사이 가토는 계산대에 있는 웨이트리스를 큰 소리로 불렀다.

"아뇨. 계산은 내가 합니다."

"너무 남자다운 척하는 거 아니에요? 그러지 않아도 돼요. 우리가 친구가 되려면……."

"그렇게밖에 될 수 없나요?"

"이 분위기만 해도 너무 깊어서 잠수병에 걸릴 지경인걸요. 더 취하기 전에 오토 보러 가요."

우리는 마이 타이 칵테일을 들이붓기 전에 서둘러 술집을 나섰다. 각자 계산하고, 따로 서점으로 향했다.

당연히 서점은 닫혀 있었다. 아무리 오토라도 크리스마스이브에는 직원들을 몇 시간 일찍 퇴근시킨다. 어쨌든 초인종을 눌렀더니 안에서 인기척이 났다.

"오, 키티 맹크스와 펠릭스 가토! 들어들 와요." 오토는 우리를 반겼다.

"크리스마스의 기쁨을 함께하려고 왔어요." 서점을 가로질러 계단으로 간 우리는 특기를 살려 위로 올랐고, 오토를 따라 서재로 갔다.

"아마 이것과 같은 책을 가져왔겠죠?" 오토가 좀 전보다 더 환하게 웃으며 말했다.

그는 책장에서 한 권을 빼냈다.

"『바깥 화장실로 가는 길』이네요. 멀쩡한 표지까지 있는." 나는 어이가 없었다. "계속 가지고 있었던 거예요?"

"물론." 오토가 활짝 웃었다.

나는 가토를 보고 물었다. "가토 씨, 기분이 좀 언짢지 않아요?"

"저 분은 참 행복해 보이네요."

"어이, 나한테 감사들 하셔야지."

나는 오토의 볼에 입을 맞췄다.

오토가 눈을 반짝였다. "만나기만 하면 서로 꼭 마음에 들어 할 것 같아서 계속 자리를 마련하고 싶었는데, 말을 들어 먹어야 말이죠."

"그래서 이런 일을 벌이셨어요?" 가토가 말했다.

"내가 그 책을 가지고 있다는 건 어떻게 알았어요?" 내가 물었다.

"당신이 이 이야기 두 번째 문단에서 그렇게 말했잖아요. 내가 고객들이 소장한 책을 파악하고 있다고. 당신이 나나 혹은 다른 사람한테서 무슨 책을 샀는지 다 알죠. 또 당신은 쉰다섯 번째쯤 문단에서 나를 늘 한발 앞서가는 사람이라고도 했죠."

"'대체로' 그렇다고 한 것 같은데." 아무도 내 말을 듣지 않는 듯했다.

가토와 나는 서로의 말을 이어 받았다. "그러니까 우리가……,"

"……무슨 짓을 할지 아셨다는 거예요?"

"그럼요. 내가 원하는 선물을 주도록 유도함으로써 나도 내가 주고 싶은 선물을 당신들에게 줄 수 있다는 걸 깨달았거든요. 나는 당신들을 서로에게 선물하고 싶었어요."

"그래서⋯⋯."

"네." 나와 가토의 계획은 어긋나 버렸지만 우리는 교회 종소리를 들으며 함께 노래를 불렀다. 오토가 말했다. "이 이야기의 진짜 제목은 『동방 박사의 간계』랍니다."

내 목표는 신성하니

앤 페리

앤 페리(Anne Perry) / 1938

열다섯 살 때 친구가 어머니를 살해하는 일에 가담한 죄로 복역한 뒤 개명했다. 빅토리안 시대를 배경으로 한 '토마스 핏(Thomas Pitt) 시리즈'와 '윌리엄 몽크(William Monk) 시리즈'가 대표작이다. 단편 「영웅들(Heroes)」로 에드거 상을 수상했다.

† My Object All Sublime(2001)

크리스마스이브 오후 4시 반. 어둑해지는 하늘에서 이따금 눈발이 날렸지만, 아직 아무개 이모나 뭐시기 삼촌에게 줄 선물을 사지 못한 사람들이 있어서 상점들은 불을 밝혀 두었고 아무도 감히 문을 닫고 퇴근하지 못했다. 뉴욕, 서 56번가 129번지에 있는 미스터리 서점도 상황은 마찬가지였다. 누구에게 줄 선물을 깜박했든 간에 이곳에는 어떤 이에게나 적당한 책이 한 권쯤 있기에 '미스터리 서점'에 가면 적어도 빈손으로 나오지는 않았다. 문제 해결.

이런 특별한 상황에서 서점 안으로 들어가겠다고 버저를 누른 남자의 키는 보통이었고, 레인코트를 입어 구별이 어렵긴 했지만 약간 마른 체형이었다. 머리에는 아무것도 쓰지 않았고, 얼굴에는 열의가 가득했다. 문이 열리자 남자는 불안한 듯 입술을 물어뜯으며 안쪽 계단을 내려갔다.

"선물을 사려고 합니다. 아주 특별한 걸로!" 남자는 맨 아래 단에 발이 닿기도 전에 이렇게 말했다.

계산대 뒤에 서 있던 여자가 호의적인 미소를 보내며 물었다. "특별히 생각해 두신 게 있나요?"

남자는 이 질문에 대해 아주 신중하게 고심해 왔고 사실 또 다른 일들에 관해서도 꽤 오랫동안 심사숙고했다. 말 한 마디 한 마디를 준비했지만, 현실은 생각과 사뭇 달랐다. "아, 네. 그럼요." 남자는 고개를 주억거렸다. "삼촌께 드리려고요. 저한테 굉장히 잘해 주시거든요. 오랫동안 뭘 드리면 좋을지 고민했어요. 그러다 보니 이렇게 늦고 말았습니다. 이제 생각이 나긴 했는데……." 남자는 긴장과 흥분 때문에 침을 꿀꺽 삼켰다.

여자는 도움을 주려고 했지만 남자는 그녀를 피해야만 했다. 여자는 전혀 필요가 없었다. 남자는 이 서점의 주인이자, 전문가이고, 모든 권력을 쥐고 있는 오토 펜즐러를 만나야 했다. 이 직원에게는 딱히 힘이 없었다. 그렇다고 무례하게 대할 수는 없었다. 그건 만고불변의 진리니까. 웨이터나 서비스를 제공하는 사람들을 하찮게 여기는 것은 용서받지 못할 짓이다. 가장 큰 죄악 중 하나이다!

남자는 여자에게 미소를 지어 보였다. "내용뿐만이 아니라 존재 자체만으로도 평생을 소중하게 간직할 만한 책을 찾습니다. 손에 들고 만지고 페이지를 넘기며 그 책의 역사를 짚어볼 수 있는, 그런 책 말이에요. 의미가 담겨 있으면 좋겠습니다. 삼촌을 향한 내 마음과 존경, 관심을 표현할 수 있는 책이라야 합니다."

여자는 지대한 관심을 보였다. 재미를 추구하는 데 그치지 않고 진정 책을 사랑하는 사람이 나타난 것이다. "희귀한 책을 원하시나 봐요. 오래된 책이나 초판본 같은."

"네, 네!" 남자는 머리를 위아래로 힘차게 흔들었다. 감사하게도 직원은 말귀를 잘 알아들어서 입 아프게 일일이 설명할 필요가 없었다. "정말 똑똑하시네요! 바로 그겁니다. 호러스 삼촌이 아주 마음에 들어 할 것 같아요. 고상하고 재미있고 가치도 있지만, 무엇보다 진중한 책이어야 합니다. 과시하지 않아도 다른 친척들의 눈에 띄는 책, 이해하시겠습니까?"

"아주 세심하시네요." 여자가 맞장구를 쳤다.

"아, 고마워요, 고마워요. 제 자신이 남의 감정을 잘 이해하는 사람이길 바라거든요." 남자는 몸을 앞으로 조금 숙이고 여자를 바라보았다. "그건 아주 중요한 일이니까요!"

"그럼요, 물론입니다. 삼촌께서는 어떤 종류의 책을 가장 좋아하실까요? 하드보일드, 코지, 스릴러, 경찰소설, 탐정소설?" 여자가 줄줄 읊었다. "국내 소설 아니면 외국 소설? 혹시 영국 소설을 좋아하시나요? 현대물이나 6, 70년대 소설이나 황금기 추리소설은요?"

"맙소사, 선택지가 너무 많네요." 남자가 놀란 듯이 말했다. "도움을 좀 받아야 할 것 같아요. 이런 분야의 전문가는 누굽니까? 불쾌하게 할 생각은 없지만 한 3, 4천 달러나……," 남자는 여자의 얼굴을 유심히 살피며 말을 이었다. "그 이상을 쓰려다 보니 좀 현명하게 선택할 필요가 있지 않나 싶어서요. 그리고 아시다시피 저는 아는 게 거의 없고요."

여자의 눈이 휘둥그레졌다. 그 모습에 남자는 만족했다. 남자가 큰 액수를 얘기하자 여자가 금세 자신을 달리 보는 게 느껴졌다. 그만한 금액이면 일부 작가들이 작품을 쓰고 받는 돈과 맞먹었다. 그런데 책 한 권 가격으로 그 정도 금액을 생각하다니!

곧 남자는 상념을 떨쳐버렸다. 그런 데 연연할 때가 아니었다.

"펜즐러 씨에게 말씀을 드려 봐야 할 것 같네요." 여자가 대답했다. "그분이라면 손님의 갈증을 해결해 드릴 거예요."

남자는 아무것도 모르는 척했다. "그분이 전문가인가요?"

여자는 미소를 짓지 않을 수 없었다. "네, 그럼요. 펜즐러 씨가 모르는 거라면 신경 쓸 가치도 없어요. 손님이 원하시는 대로 삼촌께 꼭 맞는 선물을 골라 주실 거예요. 잠시만 기다리시면 제가 올라가서 지금 손님을 뵐 수 있는지 알아보고 오겠습니다."

"저 나선 계단 위에 계신가요?" 남자가 눈을 크게 뜨고 위층으로 구불구불하게 이어진 검은 철제 계단을 올려다보았다.

"네." 여자가 난간을 잡고 조심조심 계단을 오르기 시작했다.

남자는 거의 숨을 멈추다시피 하고 여자를 계속 지켜보았다. 드디어 먹혔다! 과연 제대로 먹혔다. 남자는 흥분한 나머지 약하게 딸꾹질을 했다. 이 방법을 생각해 내기까지 얼마나 오랜 세월을 기다리며 계획을 다듬고 또 다듬었던가!

여자가 사라진 지 몇 분이 지났지만 남자는 나선 계단 앞뒤를 가득 메운 책장과 출판물 수천 권, 온갖 형태와 종류의 미스터리·스릴러·스파이 소설, 모든 취향과 모든 시간대를 아우르는 책 등에는 눈길 한번 주지 않았다.

손님 두 명이 뒤쪽에서 나왔다. 한 명은 빈손이었고, 한 명은 여덟 아홉 권을 껴안고 있었다. 직원 하나가 책 더미 뒤에서 뛰어나와 책을 받아 계산한 후 고객에게 좋은 크리스마스를 보내라고 인사했다. 문이 열렸다 닫히면서 얼음같이 찬 바람이 안으로 밀려들었다.

거의 4시 45분이 되었다. 계획에 정확히 들어맞았다.

남자는 계속 나선 계단을 바라보며 서 있었다.

위에서 인기척이 나더니 남자와 여자가 속삭이는 소리가 들렸다. 분명 여자가 어떤 고객이 수천 달러를 쓰려고 한다고 오토에게 얘기하는 중이리라. 그 말을 들으면 오토가 내려오겠지! 그런 기회를 놓칠 서점 주인은 없을 테니까! 책이라면 보통 그렇지 않은가! 페이퍼백 한 권에 5, 6달러? 양장본도 비싸 봤자 20달러에서 30달러. 커피탁자 위에 올려놓을 사진 책이나 백과사전쯤 되면 좀 더 비쌀 테지.

한 손님이 또 들어와서 선물용인지 서둘러 책 한 권을 사 갔다. 밖은 더 어두워졌고 바람에서 냉기가 물씬 묻어났다.

여자가 책 목록만 받아서 내려온다면 남자는 오토를 직접 만나게 해 달라고 다시 옥신각신해야 했다. 남자는 초조해지기 시작했다. 손이 시렸다. 왜 이렇게 오래 걸리는 거야?

그때 마침내 여자가 모습을 드러내더니 난간을 잡고 천천히 내려왔다. 여자는 웃고 있었고 어떤 책도 들고 있지 않았다.

남자의 심장이 쿵쾅거렸다. 그는 공기를 들이마셨다가 또 딸꾹질을 했다.

"위로 올라가시겠어요? 근데 성함이……."

"윌슨입니다." 남자가 대답했다. 흔하디흔하지만, '스미스'나 '존스'처럼 전혀 의심을 받지 않을 만한 이름이었다.

"아, 윌슨 씨. 펜즐러 씨가 직접 뵙고 삼촌분의 취향에 맞춰 추천을 해 주시겠답니다. 벌써 몇 권 골라놨을 거예요. 틀림없이 손님이 원하는 책을 찾으실 수 있을 겁니다."

"잘됐군요!" 남자는 놀랐다는 듯이 대답했다. 그는 자기 목소리에서 긴장감을 느꼈다. 누가 들어도 삼촌에게 줄 선물을 진심으로 원하는 사람 같았다. 감정만은 진심이었다. 오토 펜즐러가 비싼 책을 팔려고 혈안이 되었다는 사실만으로도 짜릿했다. 비싼 술을 마시듯 그 느낌을 충분히 음미했다. "감사합니다." 남자는 미소를 지으며 덧붙였다.

"이쪽으로 올라가시면 됩니다." 여자가 계단에서 두어 걸음 물러서며 손짓으로 안내했다.

"아, 네! 정말 고맙습니다." 남자는 손을 뻗어 난간을 잡고 첫 단에 발을 내디뎠다. 계단은 아주 가팔랐다. 조심해야 했다. 발을 헛디디면 떨어질 수 있었다. 오, 실제로 그리 어려운 일도 아닐 것 같았다. 발을 너무 조금 벌리면 뒤로 미끄러져서 난간이나 중간 기둥에 부딪칠 수 있고, 발을 너무 많이 벌리면 앞 공간에 쑥 빠져 다리를 다칠 수 있었다. 물론 다시 뒤로 넘어질 수도 있고. 그렇게 생각하니 가슴이 쪼그라들며 머리가 어지러웠다. 남자는 높은 곳이 싫었다.

눈앞에 위층 바닥이 보이기 시작하자 남자는 주위를 둘러보았다. 편한 가죽 소파와 의자, 윤이 나는 책상이 배치된 세련된 신사의 서재였지만, 무엇보다 눈에 띈 것은 바닥에서 천장까지 벽면을 가득 채운 책이었다. 책도 그냥 책이 아니었다. 아름다운 고서, 귀중한 서적, 희귀한 초판본, 절판된 작품 등이었다. 에드거 앨런 포부터 지금 활동하는 작가들의 수집할 만한 가치가 있는 초기 작품을 모두 모아둔, 그야말로 장르의 역사박물관이었다. 전 세계 얼마나 많은 독자들이 이 환상적인 방에 조용히 들어앉은 작품들을 읽으며 전율하고 혼란스러워하고 다른 세계나 삶으로 들어섰을까? 시간과 공간, 사상과 이념을 초월한 느낌이었다.

그러나 남자는 자신이 여기 와 있는 이유에 집중해야 했다. 그렇지 않으면 성공하지 못하리라. 그는 반드시 성공해야 했다!

남자는 책장 앞에 서 있는 사람을 바라보았다. 오토 펜즐러. 틀림없었다. 과연 비범했다. 남자가 오토를 실제로 본 것은 이번이 처음이었다. 둘은 키가 엇비슷했지만 닮은 점은 그게 다였다. 오토는 마르지 않았고 오히려 건장한 편이었다. 머리는 온통 하얗고 턱수염도 잘 관리되어 있었다. 단순히 괜찮은 정도를 넘어 완벽한 외모였다. 잘 마름질 된 검은 정장과 가슴주머니 위로 살짝 삐져나오게 꽂은 실크 손수건, 티 하나 없이 하얀 셔츠와 실크 크라바트^{넥타이처럼 매는 스카프.} 오토는 멋쟁이였다! 아마 그는 신발도 장인이 직접 만든 것만 신고, 벨루가 케비어를 먹고, 나폴레옹 브랜디를 마실 것 같았다.

"어서 오세요." 윌슨이 마지막 단에 올라 난간에서 손을 떼고 흔들리는 몸을 바로잡으려는데 오토가 손을 내밀며 진중하게 인사했다. "각별한 사이인 삼촌께 드릴 특별한 선물을 찾으신다고요."

"네." 윌슨은 침을 꿀꺽 삼켰다. 마음속으로 이런 상황을 열 번, 아니 스무 번, 서른 번 연습했는데도 실제로 이곳에 서 있는 일은 그리 쉽지 않았다. 상상과 현실은 달랐다. 상상 속의 펜즐러는 그리 자신만만하지도, 부드럽지도 않았다. 이렇게 미소를 짓지도 않았다! "네, 그렇습니다. 제가…… 너무 늦게 이런 숙제를 드려 죄송합니다. 미처……."

"괜찮습니다." 오토가 유쾌하게 대답하며 가죽 소파를 손으로 가리켰다. "들어와서 앉으시지요, 윌슨 씨." 아까 여자가 그의 이름을 말하는 소리를 들은 게 분명했다. "삼촌분 얘기를 해 보시죠."

윌슨은 소파에 앉았다. 아니, 정확히 말하면 무릎이 푹 꺾여서 소파에 털썩 주저앉았다. 정신 차려야 한다! 이건 참으로 중요한 대목이다. 여기서 실수해 버리면 모든 게 끝장이다. 이미 다 머릿속으로 그려 보았다. 반드시 설명해야만 하는 핵심이다. 이 설명의 앞뒤가 맞지 않으면 펜즐러를 이해시키기 어려울 테고, 다 수포로 돌아간다. 목적도 없고 결과도 없는 일로 끝날 것이다. 정의는 뜻이 통해야 하고, 그렇지 않으면 그것은 정의가 아니다. 왜 사람들은 정의를 맹목적인 것으로 표현했을까? 바보 같다! 냉철하게 보고 이해해야 한다. 그게 모든 것의 핵심이다!

"삼촌분에 대해 좀 자세히 얘기해 주시겠습니까?" 오토가 재촉했다.

"아, 네! 호러스 삼촌." 생각을 집중해야 한다. 어서 준비한 말을 해! "삼촌은 미스터리 소설에 대해 저보다 훨씬 잘 알지요."

"그럼 아주 특별한 것을 찾아 드려야겠네요."

"오……, 그래서 제가 여기 온 겁니다! 안 그랬으면 '반스앤노블' 서점에서 아무거나 대충 샀겠죠." 윌슨은 펜즐러가 약간 짜증스러워한다고 느꼈다. 좋았어! "삼촌은 정의감이 아주 강하십니다. 법과 관련된 정의 말고요. 법이 심판하지 못하는 나쁜 일이 종종 있지 않습니까. 삼촌은 어떤 사람이 악행을 저질렀을 때 반드시 뒤쫓아 가서 응징하길 원합니다. 복수는 아닙니다. 이해하시겠어요? 둘에는 차이가 있습니다. 반드시 옳아야 하고, 가급적 어떤 식이로든 죄와 관련이 있어야 합니다."

"죄에 걸맞은 벌을 받게 되리라." 오토가 말했다.

"네, 네, 바로 그겁니다!" 아주 만족스러운 흐름이었다. 윌슨은 저도 모르게 미소마저 짓고 있었다. 잘되고 있다. 기대보다 훨씬 더. 좀 전까지 느꼈던 두려움도 사라졌다. 펜즐러는 아직 조금도 겁에 질리지 않았다. 그의 자신감이 넘치도록 내버려 두기로 했다. 그럴수록 더 좋으니까! "정확히 짚으셨습니다."

"길버트지, 아마." 오토가 웅얼거렸다.

"네, 뭐라구요?"

"아까 내가 한 말은 W. S. 길버트의 오페라 『미카도』에 나오는 가사입니다. '내 목표는 신성하니, 시간이 지나면 이루어지리라. 죄에 걸맞은 벌을 받게 되리라.'"

"아, 그렇군요. 거기에 나온 말이었군요. 네, 정확히 그겁니다. 저는 부당함을 완벽하게 바로잡는 내용의 책을 원합니다. 그런 책이라면 분명 삼촌도 만족할 겁니다."

일순 오토는 당혹스러운 표정을 지었지만 미소는 거의 흔들리지 않았다. 그는 고객의 행동이 참을 수 없는 정도가 아니라면 절대 무례하지 않을 사람이었다. 한두 번 살짝 이상하긴 했지만 충분히 넘어갈 만했다. "그런 부당함은 대놓고 묘사되어야 합니까? 그렇지 않으면 삼촌분이 불쾌하게 여기실까요?"

윌슨은 재빨리 대답했다. "확실히 묘사되어야 합니다. 그래야 삼촌도 제가 당신을 잘 이해하고 있다는 점을 알아차리겠지요. 펜즐러 씨, 사람에게 가장 가치 있는 게 뭐라고 생각하십니까?"

오토는 우물쭈물했다. 대답하기 어려운 질문이었다. 여러 대답이 가능했다.

"저는 오마하에서 당신 얘기를 들었습니다." 윌슨이 고맙게도 말을 거들었다.

"그래요?"

"네! 그리고 샌프란시스코에서도. 휴스턴에서도. 덴버와 시카고에서도. 그리고 올버니에서도."

오토가 눈을 치켜떴다. "올버니?"

"네, 심지어 거기에서도요."

"서적 중개인으로요?"

"희귀본 중개인, 감정가, 미국 하드보일드 탐정소설 분야의 전문가이지만 미스터리 전반에 대한 해박한 지식을 가진 사람. 물론 편집자, 출판업자이기도 하고요."

오토는 만족스러우면서도 우쭐해 보이지 않으려 노력했다. "실은……." 그가 웅얼거렸다.

"그래요." 윌슨이 결연하게 말했다. "전국적으로 명성이 자자하죠."

"감사하군요!"

"펜즐러 씨는 당신의 분야에서 최고 전문가로 손꼽히지요."

"고마워요."

"기쁘십니까?" 윌슨이 물었다.

"음, 네……, 물론이죠." 오토는 아주 만족스러운 얼굴을 하고 있었다. 분명히.

"당신에게 아주 가치 있는 일이지요?"

오토는 깨달았다. "명성이 사람한테 가장 소중한 자산이라는 뜻입니까?"

"네! 정확히 그렇습니다!" 윌슨은 여러 번 머리를 끄덕였다. "제대로 이해하시는군요. 명성은 한번 사라지면 되찾는 데 애를 먹지요. 정체성이라고도 할 수 있으니까요. 안 그렇습니까?"

원칙적으로는 동의하지만 왜 이야기가 이렇게 흐르는지 알 수 없어서 오토는 살짝 머뭇거렸다. 그의 말에는 선뜻 이해하기 어려운 무언가가 담긴 듯했다. "삼촌께서 어쩌다 명성을 잃어버리신 모양이군요." 자리에서 일어난 오토는 윌슨에게서 한두 걸음 뒤로 물러나선 계단에서 떨어진 의자 쪽으로 다가갔다.

"어쩌다 잃어버리신 게 아닙니다." 윌슨도 일어나면서 오토의 말을 정정했다. "빼앗긴 겁니다." 윌슨은 오토가 질문하기를 기다렸다가 아무 말이 없자 계속 말을 이었다. "너무나도 오만하고, 자신만이 중요해서 그런 짓을 저질렀다는 사실도 깨닫지 못하는 사람이 빼앗아 갔습니다!" 어느새 목소리가 크고 날카로워져서 윌슨은 애써 말소리를 낮춰야 했다. 흥분하기에는 아직 일렀다. 아직 오토가 검은 철제 나선 계단에서 멀리 떨어져 있었다.

윌슨은 침을 꿀꺽 삼켜 마음을 진정시켰다. 목소리를 차분하고 침착하게 들리도록 조절했다. "물론 사람은 자기 가족에 관한 일이라면 팔이 안으로 굽기 마련이지만, 호러스 삼촌은 특히 저와 어머니에게 한결같이 좋은 사람이었습니다. 그래서 저는 삼촌께 금전적인 가치가 있는 선물 말고도 개인적으로 삼촌을 잘 이해하고 있다는 사실을 전해 드리고 싶습니다. 그게 왜 중요한지, 왜 제가 이런 말을 하는지 당신은 안다고 확신합니다." 비록 거짓말이었지만 그는 이렇게 말할 수밖에 없었다. 펜즐러도 곧 알게 될 터였다. 반드시 그래야 하고, 그렇지 않으면 이 모든 일에는 핵심도, 균형도, 정의도 없으리라!

"명예 훼손이나 중상모략을 응징하는 고전 소설의 초판본은 어떨까요." 오토가 한마디로 정리했다.

"네, 바로 그겁니다!" 윌슨은 오토에게 조금 더 가까이 가고 싶은 마음을 억누르며 힘주어 말했다. "오만한 권력자가 등장하는 이야기인 거지요." 그는 또다시 사납게 말했다. "그자는 말 한마디로 다른 사람을 하늘로 날게 할 수도, 나락으로 떨어지게도 할 수 있는 책임 있는 위치에 있습니다. 타인의 흥망을 좌우할 수 있는 겁니다."

"그런 권력을 가진 사람이 있을까요?" 오토가 이의를 제기했다. 그는 윌슨의 눈에서 꺼림칙한 어떤 광기를 발견했다. 솔직히 책을 모으는 사람 중에는 기이한 사람이 적지 않았다. 그렇지만 서점 주인이 고객을 골라 받을 수 없는 일이다.

"보통 사람은 그렇게 말하겠죠!" 윌슨은 오토를 비난하듯이 대답했다. 그러고는 눈길을 돌려 책장 맨 아래 칸을 보더니 다시 목소리를 낮췄다. "복수는 천천히…… 분량 대부분을 차지할 정도로 천천히 진행되어야 합니다. 그렇죠? 안 그러면 단편이 되어 버리니까요."

"단편 중에도 강력한 작품들이 있습니다." 오토가 지적한 뒤 윌슨을 보니 노기로 뺨이 벌겠다. "물론 윌슨 씨는 선물로 장편 소설을 원하시죠? 훌륭한 선택입니다. 꼭 알맞은 책을 찾아 드리죠." 오토는 미국 하드보일드 초판본이 꽂힌 책장으로 다가갔다. 이제 밖은 거의 어두워졌을 게 분명했다. 불은 여전히 켜져 있었지만 아래층에서 아무 소리도 들려오지 않았다. 직원들이 인사도 없이 퇴근했을 리가 없었다. 어떤 경우에도 방해가 된다고 그냥 갈 사람들이 아니었다. 더구나 크리스마스이브가 아닌가! 오토는 아래층에서 목소리가 나기를, 적어도 움직이는 기색이라도 느낄 수 있기를 바랐다.

윌슨의 말은 감정적이었지만 분명하고 울림이 있었다. "차례차례 가야죠, 꼬불꼬불한 길을 내려가는 것처럼."

오토는 허리를 굽혀서 책을 꺼내려다가 몸을 폈다. "무슨 말씀이신지."

"복수 말입니다." 윌슨이 눈살을 찌푸리며 대답했다. "세심하게 해야죠, 안 그렇습니까?"

"꼭 그럴 필요야 없죠. 갑작스럽게 행해질 수도 있습니다. 폭력적이거나 은근하거나, 여러 가지 복수가 있을 수 있잖아요."

"예술가라면 균형 잡힌 적절한 복수를 행해야 합니다." 윌슨은 갑자기 손을 들더니 하강하는 나선을 그렸다. "소용돌이처럼. 아래로 맥없이 빨려 들어갔다가 정신을 차리면 빠져나오기엔 이미 때늦은……." 그는 눈을 크게 뜨고 깊은 한숨을 쉬었다. "동의하지 못하겠습니까? 그래야 극적인 소설이 되지요. 안 그런가요?"

이제 오토는 확실히 불편함을 느꼈다. '세심하게'라는 단어를 복수와 결부하고, '소용돌이'라는 말을 숨도 쉬지 않고 하는 걸 보고 어떤 기억이 살짝 되살아났다. 희미해서 정확히 생각나지는 않았지만 결코 유쾌하지 않은 기억이었다. 그런데 아무리 노력해도 윌슨의 얼굴과 목소리, 이름을 인식할 수가 없었다.

"그렇겠군요." 오토는 저도 모르게 날카로운 어조로 말을 받았다. "그러면 아주 극적이겠네요." 오토는 남자에게서 등을 돌리는 것이 못내 불안했지만 책을 찾으려면 도리가 없었다. 그는 작가들의 이름을 훑었다. 미키 스필레인, 대실 해밋, 레이먼드 챈들러, 얼 스탠리 가드너……. 남자를 여기서 쫓아내려면 어떤 책을 손에 쥐여 줘야 할까?

"복수에도 기술이 있어요." 윌슨이 오토의 뒤에서 말했다. 일부러 소리 내지 않고 다가왔는지 1미터도 떨어지지 않은, 아무튼 매우 가까운 곳에서 목소리가 들렸다.

"물론입니다." 오토는 동의하는 척하며 그에게서 떨어져 나선 계단 쪽으로 갔다.

"문학과 복수." 윌슨은 또 고개를 끄덕이기 시작했다. "당신도 물론 알 겁니다, 펜즐러 씨. 당신도 예술가니까." 비난하는 투였다. "아니, 적어도 예술가들을 판단하기는 하니까."

오토는 몸을 돌려 남자를 바라보았다. 증오로 폭발하듯 불타오르는 남자의 눈을 보고 공포를 느꼈다. 윌슨은 어쩌면 제정신이 아닐지도 몰랐다. 오토는 아래층에 있는 누군가를 부르려다 억지로 참았다. 바보 같은 짓이었다. 그의 착각일지도 몰랐다. 윌슨은 생판 처음 본 사람이고 기이했지만 아직은 크게 위험하지 않았다. 게다가 아래층에는 아무런 기척이 없었다. 사람이 없을 수도 있는 것이다. 참는 게 훨씬 나았다.

오토가 헛기침을 했다. "편집자, 아니 출판인이다 보니 내가 낼 책은 당연히 다 읽습니다. 필요하면 편집도 하고요."

"그리고 판단도 하죠!" 윌슨이 냉큼 대꾸하며 한 발짝 더 가까이 다가왔다.

오토는 한 발 물러섰고 나선 계단 위 난간과 거의 나란히 서게 되었다. "물론 그러기도 합니다." 그는 동의할 수밖에 없었다. "그게 편집자의 일이니까요. 하지만 '선택'이 더 걸맞은 단어라고 생각합니다. 어떤 책을 출판할지, 어떤 책이 나와 맞지 않는지 선택하는 거죠."

"그게 판단이야. 어떤 것에는 생명을 부여할 만하고, 어떤 것은 죽여 마땅할지 판단하는 거라고! 낙태 시술자하고 비슷하지! 당신은 낙태 반대자요, 펜즐러 씨? 아니면 어떤 인간은 살 가치가 없다고 생각하나?"

윌슨은 제대로 미쳤다! 그런데 왜 아래층은 저렇게 조용한 거지? 정녕 올라와서 인사도 하지 않고 모두 가 버린 건가?

윌슨이 또 한 발 다가오는 바람에 이제 오토는 그와 얼굴을 맞대고 서게 되었다. 이 상태를 피하려면 가파른 나선 계단 위로 물러나야 했다.

"맙소사, 그건 내가 할 수 있는 결정이 아니잖아요." 오토는 약간 쉰 목소리로 대답했다. "나는 책을 편집하지 사람을 평가하지 않습니다."

"받아들이거나 거절하는 게 평가고 판단이 아니면 뭐야?" 윌슨이 씩씩대며 따지고 들었다. "한 사람이 쓴 글은 단어가 도구가 되어 종이 위에 펼쳐진 그 사람의 자아고 열정이요, 신념이며, 어떤 면에서는 불멸의 혼이란 말이야! 그걸 거절한다는 건, 태어나기도 전에 질식시키는 것이고 하강하는 소용돌이에 밀어 넣은 거라고!"

그 말에 오토는 끔찍하도록 선명하게 모든 것을 기억해 냈다. 과장되고 극단적이며, 관련 조사는 제대로 했지만 너무 장황하고 부자연스러운데다가 등장인물은 매력이 없고 대화는 어색했던 『하강하는 소용돌이』를. 오토는 그 원고를 거절하는 것으로도 모자라 의견을 묻는 에이전트에게 일고의 가치도 없으니 신경 쓰지 말라고 충고했다. '책으로 나올 만한 글이 아니다'라고도 덧붙였다. 실제로 그랬다. 편집에 아무리 공을 들여도 책으로 내기는 어려웠다. 오토가 출판하는 책은 곧 그의 명성에도 영향을 미치므로 그런 결정을 내릴 수밖에 없었다. 그러나 지금은 그 이야기를 하지 않는 편이 현명하리라!

윌슨은 오토의 표정을 보고 뭔가 기억해 냈다는 사실을 눈치챘다. 호흡이 빨라졌고 인중과 이마에 땀방울이 맺혔다.

"그건 파멸로 이어지는 구불구불하고 꼬인 길이야. 죽음과도 같지, 안 그래?" 윌슨이 나지막이 말했다.

오토는 이 상황을 벗어날 수 있을 때까지 남자를 잘 구슬려야 했다. 그러나 윌슨이 바로 앞에 서 있었기에 아래로 내려가기가 쉽지 않았다. 그가 한 번 힘주어 밀기만 해도 위험한 상황이 되어 버린다. 계단에서 거꾸로 떨어지면 목이 부러질 수 있었다.

"안 그러냐고?" 윌슨이 약간 목소리를 높여 다시 물었다.

"그렇겠군요." 오토는 목소리를 떨지 않으려고 안간힘을 썼다. 윌슨은 오토를 거의 계단 위로 밀어붙였고 눈이 광기로 번들거렸다. 그는 정녕 원고를 거절당했다는 이유로 살인을 저지르려는 것일까? 사람들이 그런 짓을 하기 시작하면 뉴욕에서, 아니 전 세계 어디에서도 출판인은 살아남지 못할 것이다. 분명 윌슨에게는 다른 이유가 더 있을 것이다. 그는 이 일을 용의주도하게 계획했으니 말이다.

"그러나 파멸이 죽음은 아니잖습니까." 오토는 윌슨과 억지로 눈을 맞추었다. "그리고 완벽한 복수를 하려면 등식이 성립해야 하고 예술적 기교와 균형이 필요하죠." 오토의 등이 난간에 짓눌렸다. 현기증이 나지는 않았지만 금방이라도 뒤로 떨어질 것 같아 불안했다.

오토가 면도 로션 냄새와 열기를 감지할 정도로 윌슨은 가까이 나가와 있었다. 이제 윌슨을 밀어내려면 상당한 힘이 필요했다. 사실 때려야 가능할 터였다. 몸을 빼내어 잡히지 않고 계단 아래로 내려가기도 힘들었다. 게다가 돌발적으로 움직이지 않으면 윌슨이 먼저 칠 수도 있었다.

"예술성이라!" 윌슨이 음미하듯 말했다. "오, 맞아! 당신은 나를 과소평가했어. 정말 그랬어." 눈이 흥분으로 번득였고 호흡이 가빠졌다. 그가 다시 몇 센티미터 더 가까이 다가왔다. 이제 둘의 얼굴이 거의 맞붙었다. 위협이 분명했다. 하강하는 소용돌이! 꽉 다문 치아 사이로 거친 호흡이 새어 나왔고 입술은 양쪽으로 끌어당겨졌다. "정의!" 윌슨이 쉰 목소리를 냈다. "그게 바로 정의라고." 그는 어깨를 구부렸다.

오토는 온 힘을 끌어 모았다. 키는 엇비슷해서 별 이점이 되지 못했지만 몸무게로는 상대해 볼 만할지도 몰랐다. 그러나 제정신이 아닌 윌슨의 힘이 어느 정도일지 가늠이 되지 않았다. 반면 오토는 부상 혹은 더 좋지 않은 상황을 염두에 두고 생존을 건 싸움을 하고 있으니 보통 위태로운 상태가 아니었다.

아래층에서는 여전히 아무 소리도 들리지 않았다. 불은 켜져 있었지만 그게 다였다. 누가 오고 가는지조차 알 방법이 없었다.

"당신은 정의를 믿지. 안 그래, 펜즐러 씨?" 윌슨이 거의 껴안을 듯이 다가와서 물었다.

지금이 바로 그 순간일까? 윌슨이 변명이든, 간청이든, 무언가를 기대하는 순간이……. 잔뜩 긴장한 오토는 가능한 한 세계 후려갈겨 이 미치광이를 책장 쪽으로 멀찌감치 밀어낼 준비를 했다. 윌슨이 쓰러질 때의 충격으로 숨이 턱 막혀 바닥에 늘어져 있는 동안 오토는 계단을 내려가 일층으로, 가능하면 거리로 나가면 될 것이다. 윌슨은 미쳤으므로 이성적인 방법으로는 처리할 수 없었다.

윌슨은 억눌린 흥분으로 몸을 떨었고 얼굴에는 땀이 흥건했으며 눈은 사납게 빛났다. 입에서 터져 나오는 숨소리가 거칠었다.

오토는 불현듯 깨달았다. 우려할 점은 자신이 계단 아래 바닥으로 떨어지는 것이 아니라, 가치를 매길 수도 없을 만큼 귀한 초판본이 가득하고 명실상부 탐정 문학의 보고인 그의 특별한 서재에 윌슨이 멍든 채 피를 흘리며 누워 있게 될 상황이었다. 법정 소송이 걸리고 치료비와 손해 배상금이 청구될 테고, 무엇보다 미스터리계에서 '오토 펜즐러가 그의 서점에서 고객을 공격했다'는 악성 루머가 판을 칠 것이다. 오토가 미쳐서 삼촌에게 줄 크리스마스 선물을 사러 온 고객을 흠씬 두들겨 팼다고 씹어 대리라. 상대는 피멍이 들도록 상했는데 오토는 털끝 하나 다치지 않았다면 어떤 말로도 변명할 수 없을 터였다.

숨을 깊게 들이쉰 오토는 비록 개가 상대의 목을 향해 뛰어오르기 전에 이빨을 드러내는 것과 비슷할지라도, 최대한 마음을 진정시키고자 억지로 미소를 지었다.

"이봐요, 윌슨 씨. 당신은 이야기를 만들어 내는 재주가 상당하군요. 긴장 관계도 꽤 잘 구축하고, 말만으로 위협도 잘하고." 잠시 숨을 돌린 오토는 어조를 차분히 유지하다가 끝을 약간 들어 올렸다. "나는 매년 소책자에 단편을 실어서 특별 고객이나 친구, 관계자 들에게 선물합니다. 당신이 혹시 오늘 이 만남을 있는 그대로 써 보겠다면 내년에 그 글을 실어 드릴 의향이 있습니다. 내가 보통 지급하는 대로 고료도 드릴 거구요. 그리 많지는 않지만, 어느 정도는 될 겁니다."

월슨이 입을 떡 벌렸다. 그는 갑작스러운 제안에 넋이 빠져 어떻게 반응해야 할지 몰랐다.

오토는 여전히 난간에 등을 댄 채 반응을 기다리며 천천히 호흡했다.

"정말 그렇게 해 줄지 내가 어떻게 압니까?" 월슨이 갈라진 목소리로 물었다.

"있는 대로만 쓰겠다면, 내 약속하지요." 오토는 실제로 그럴 생각이었다. 그는 호불호가 확실해서 가끔 남에게 싫은 소리를 하지만, 거짓말은 하지 않았다. 그건 다들 아는 사실이었다. 개인적인 도덕성과 별개로 거짓말은 사업에 좋지 않기 때문이었다. 월슨은 오토의 도의심을 믿지 않았지만 적어도 그가 바보는 아님은 알고 있었다.

희망이 생기자 월슨의 얼굴이 한결 누그러졌고 흥분이 서렸던 눈도 눈에 띄게 부드러워졌다. 그가 한 걸음 뒤로 물러서자 오토도 몸을 바로 세웠다. 월슨이 손을 내밀었다. "쓰겠습니다! 연초까지 가져다 드리죠. 메리 크리스마스, 펜즐러 씨!"

오토는 윌슨이 내민 손을 잡고 흔들었다. "이로써 거래가 성사되었습니다. 메리 크리스마스, 윌슨 씨."

고양이 요정 스피릿

마이클 말론

마이클 말론(Michael Malone)

TV 드라마 각본가, 소설가. 장기 드라마 〈한 번뿐인 삶(One Life to Live)〉의 각본을 썼고 데이타임 에미 상에서 최우수각본 상을 수상했다. 『살인 클럽(The Killing Club)』을 비롯한 여러 작품이 베스트셀러 목록에 올랐다.

† Christmas Spirit(2002)

혼자 사는 사람에게 크리스마스보다 더 외로운 때는 없다. 특히 크리스마스 직전에 뉴욕을 방문해서 혼자 돌아다니는 일은 정말 끔찍하다. 공기는 차갑고 하늘은 맑아 구름 한 점 없으며, 거리를 가득 메운 밝은 표정의 사람들은 선물이 가득 담긴 크고 화려한 쇼핑백을 들고 바쁘게 스쳐 가는데 그중에 아는 사람 하나 없다. 그리고 크리스마스에 혼자 사는 곳으로 돌아가야 하는 것이다.

내가 꼭 그랬다. 12월 23일에 맨해튼 도심에 혼자 있었고, '뉴 사우스의 젊고 똑똑한 범죄 수사 대원'이라는 뉴스위크의 오래된 기사를 냉장고에서 떼어내야 할 만큼 경찰서장으로 오래 근무해 온 노스캐롤라이나 힐스턴에는 딱히 나를 기다리는 사람이 없었다.

나는 호텔에서 나와 강력팀 반장 저스틴 새빌이 말해 준 서 56번가의 작은 서점으로 걸어갔다. 저스틴은 오래된 영국 추리소설을 수집한다(그는 오래되고 영국적인 것이면 뭐든 좋아한다). 그래서 저스틴에게 크리스마스 선물로 책을 사 줄 생각이었다. 모두 턱시도 차림으로 저녁을 먹으러 간 후 살인자만 시골집 서재에 남아, 집요한 재판을 피하고 싶을 때를 대비해 언제든 방아쇠를 당길 수 있게 장전한 권총을 바라보며 괴로워하는, 뭐 그런 종류의 책이면 좋을 듯했다.

서점 쇼윈도 안쪽에서 잘 차려입은 남자가 한 줄로 늘어선 30센티 정도 높이의 천사 인형들을 만지작거리며 기어 다녔다. 남자의 머리카락은 섬유 유리로 만든 천사의 날개만큼 하얬지만 그 외에는 산타클로스와 유사한 점이 없었다. 실제로 남자가 다리에 몸을 비벼대는 뚱뚱한 노란 고양이를 계속 옆으로 밀어내는 광경만 봐도, 크리스마스 연휴 동안 사슴 여덟 마리를 데리고 세계 각지를 날아다니고 싶어 할 리는 절대로 없을 것 같았다. 남자는 천사들의 철사로 된 손에 양장본 한 권씩을 올려놓느라 진땀을 뺐다. 천사는 모두 환하게 웃고 있었지만 책 표지에는 시체와 피와 위험한 여자 따위에 관한 제목들만 적혀 있었다. 마치 쇼윈도 안에 있는 남자가 고객들에게, 세상은 이 크리스마스 천사의 순진무구한 표정처럼 말랑말랑한 천국이 아님을 말해 주려는 것 같았다.

나는 유리를 두드렸다. 남자가 다정다감한 고양이를 연신 밀어내며 뒤를 돌아보자 맨 끝에 있는 천사를 가리키며 그 위에 놓인 책 『당신이 탄 영구차』가 뒤집혀 있다고 손짓했다. 남자가 환히 웃으며 손을 흔들어 고마움을 표한 후 책을 뒤집었다. 그리고는 과하다 싶은 손 키스를 보내서 깜짝 놀랐는데 곧이어 내 뒤에서 여자의 목소리가 들렸다. 남자의 애정 어린 손짓은 내가 아니라 그 여자에게 보내는 것이었다.

"어머나, 커디 맨검! 오토 씨네 서점에서 뭐해?"

도시는 크지만, 세상은 좁다. 내 뒤에 있던 여자는 뉴욕 시경 형사인 로리 월드로, 지난봄에 어떻게 하면 살인율을 줄일 수 있을지를 의회에 진술하러 갔다가 처음 만났다. 우리는 한목소리로 '총기를 없애야 한다'고 주장했지만, 흥, 아무도 귀 기울이지 않았다. 올해 미국 내 총격 사건 사망자는 8천 명이 넘었다. 하지만 누구도 관심을 보이지 않자 쓸쓸히 차트와 그래프를 걷어치우고 모로코 식당에 갔다. 그날 밤 함께 잠자리에 들 뻔했지만, 거기까지 가지는 않았다.

"오, 아름다운 아가씨." 로리에게 키스하자 상원 의회당에서도 맡았던 멘톨 담배와 할스톤 향수 냄새가 났다. "메리 크리스마스! 진짜 오랜만이야."

나는 노스캐롤라이나 ACC 소속 농구선수로 뛰었을 만큼 키가 컸고 로리도 나보다 그리 작지 않았다. 로리는 머리색이 빨갛고 체구는 크고 탄탄했으며 살집도 있는 편이었지만 숨기려 하지 않았다. 로리는 딱 붙는 붉은 스웨터를 검은 바지에 맨 넓은 벨트 안으로 집어넣고 그 위에 헐렁한 코트를 걸쳤다. 1940년대 여자 같았다. 새벽이면 반다나 머리띠를 한 채 양철 도시락을 들고 B-52 폭격기를 용접하기 위해 공장으로 어슬렁 걸어가는 모습을 상상해도 좋겠다.

"근데 오토 씨가 누구야?"

로리는 이제 쇼윈도에서 기어 나와 매장으로 돌아가는 말쑥한 신사를 가리켰다. "'미스터리 서점' 사장이야. 난 저기 단골이고." 저스틴처럼 로리도 직장에서 하는 일로는 부족한지 추리소설을 수집했다. 누가 내게 묻는다면, 작가들이 힘들여 아수라장을 만들어 내지 않아도 인류는 이미 충분히 추잡하다고 말하고 싶다.

로리가 내 넥타이를 매만져 주었다. "난 당신이 오토 씨의 친구라 이 크리스마스 파티에 온 줄 알았어."

"몇 분 전 당신을 만나기 전까지 이 큰 도시에 아는 사람이 하나도 없었어. 리바가 브로드웨이 쇼에서 노래한다고 해서 날아왔거든."

"그러셔?" 로리가 의심스럽다는 듯 크고 푸른 눈을 깜빡거렸다. 왜 사람들은 내가 컨트리 가수를 좋아한다는 사실을 믿지 못하는지 모르겠다. 로리는 나를 유심히 살폈다. "진짜 뭐야, 범인 잡으려고 왔어?" 사람들이 믿지 않는 또 한 가지는 내게 경찰 일 외의 다른 삶이 있다는 점이다.

"진짜 리바 매킨타이어를 보러 왔다니까." 나는 로리에게 최대한 환하게 웃어 보였다. "그리고 아마 당신을 여기서 만날 것 같은 기분도 들었나 봐."

"어쨌든 잘됐어."

로리가 나를 애인 자격으로 오토의 크리스마스 파티에 초대했다. 내가 맨해튼에서 처음 겪은 살인 사건을 무료로 해결하게 된 데에는 이런 우연한 과정이 있었다. 아, 사실 사건을 해결한 것은 아까 그 노란색 고양이였다. 나는 그저 돕기만 했다.

우리가 첫 파티 손님이었다. 로리는 파티를 일찍 떠나야 해서 일부러 빨리 왔던 거였다. 아내를 디즈니 크루즈에 데리고 가서 부부

관계를 회복하려는 동료 대신에 당직을 서야 한다고 했다. 그러나 결과적으로 로리는 자기가 대신하려던 당직을 다시 다른 사람에게 부탁해야 했는데, 그날 밤과 다음 날 내내 범죄 현장에 묶여 있어야 했기 때문이다.

우리는 서점으로 들어간 후 꽤 무시무시해 보이는 철제 나선 계단을 밟아 이층으로 올라갔다. 살찐 고양이가 우리를 따라 올라와 복도 끝 큰 방으로 들어갔다. 천장이 높고 사교에 적합한 가구가 배치된 멋진 방이었다. 크리스마스를 맞이해 트리를 설치하고 책장에는 소나무 장식물들을 걸어 꾸며 두었다. 사방은 책 천지였다. 힐스턴에 나의 리버 라이즈 콘도보다 책이 더 많은 곳은 헤이버 대학뿐이라고 들었는데, 이곳과는 비교도 되지 않았다. 그런 점에서 나는 오토가 존경스러웠다.

"오토 씨, 이분은 노스캐롤라이나에서 온 경찰서장 커디 맨검 씨예요."

"거기가 어딥니까?" 오토가 포장된 선물 더미를 옆으로 밀어젖힌 후 들고 온 샴페인 네 병을 내려놓으며 퉁명스럽게 물었다. "노스캐롤라이나도 주州인가요?"

"네, 뉴저지 고속도로를 타고 남쪽으로 계속 가면 나옵니다."

"갈 일이 있을까?"

오토는 목석처럼 무뚝뚝하게 대답했지만 실은 솜사탕 같은 사람이었다. 살찐 고양이를 대하는 태도도 마찬가지였다. 오토는 초판본도 모르고 프르미에 크뤼 와인도 모르는 동물이나 아이는 딱 질색이

라고 말했다. 그러나 그 고양이가 1년 전 크리스마스 때 비상계단을
올라 욕실 창문을 통해 들어온 뒤 같이 살게 됐다는 사연을 들려주
는 내내 오토는 파테_{간 고기 등을 반죽에 넣어 구운 요리} 조각을 연달아 바닥에 떨
어뜨려 고양이가 먹게 했다. 고양이는 소금기를 빨아내고 있던 올리
브를 얼른 뱉어 버리고 파테를 먹으러 달려들었다. 고양이의 이름은
'스피릿Spirit'이었다. 술에서 따온 줄 알았는데_{스피릿은 증류주를 뜻한다} 디킨
스의 『크리스마스 캐럴』에서 가져온 거였다_{『크리스마스 캐럴』에 나오는 크리스마스}

_{유령(Ghost/Spirit)을 말한다.}

로리가 말했다. "과거의 크리스마스 유령, 현재의 크리스마스 유
령. 여기 있는 스피릿은 미래의 크리스마스 유령 같아 보여요."

오토가 광이 나는 신발로 고양이를 밀어냈다. "비소를 먹게 하지
않는 한 그럴 일은 없겠죠."

"제 생각엔 뭐든 다 먹을 것 같은데요. 스피릿은 노란 파자마를 입
은 네로 울프 같이 생겼잖아요." 내가 말했다.

오토는 그 말에 매우 기뻐했다. 내가 저스틴에게 2, 30년대에 출간
된 영국 추리소설을 사다 주고 싶다고 말했을 때도 좋아했다. 하지
만 그가 애거서 크리스티의 어떤 작품의 초판본 가격을 알려 주었을
때 나는 차라리 새 차를 한 대 사는 게 낫겠다고 대답했다. 결국 나는
한 번도 들어본 적 없지만 저스틴은 좋아할 거라고 오토가 추천하
는 작가의 책을 사기로 하고 수표를 건넸다. 오토가 수표를 미심쩍
게 들여다보았다. "노스캐롤라이나라는 곳이 실제로 있는 게 확실해
요?"

우리는 샴페인을 마셨고, 오토는 내가 로리와 꼭 결혼해야 한다고 주장했다. 너무 속속들이 알고 있는 사이가 아니라면 자기가 결혼했을 거라는 말과 함께.

"하!" 로리가 던진 외마디가 모든 대답을 대신했다.

어느새 손님들이 연어처럼 무리 지어 나선 계단을 올라왔다. 로리의 말에 따르면 대부분 작가거나 경찰이거나 금발 여인이었는데, 이는 오토가 좋아하는 세 부류라고 했다. 오토는 통이 무척 커서 프랑스 샴페인과 러시아산 캐비어를 『전쟁과 평화』에서보다 더 많이 내놓았다. 로리와 나는 잔을 들고 구석으로 가서 범죄 세계에 대해 허심탄회한 대화를 나눴다.

곧 방은 시끄러운 탕아들로 꽉 찼다. 대체로 서로 아는 사이 같아보였고 다들 극단적이었다. 끊임없이 술을 마시는 사람들이 있는가 하면 술을 완전히 끊은 사람들도 있었다. 이들은 자기가 어떻게 술을 끊었는지에 대한 설명을 끊임없이 늘어놓았다. 또 혹자는 막 담배를 끊었거나 곧 끊으려고 했고, 혹자는 겁쟁이나 담배를 끊는 거라고 생각했다. 담배에 악감정을 품은 오토에 관한 농담도 넘쳐났다. 여기서 담배를 피우려면 복도 끝 욕실로 간 뒤 창문을 통해 비상계단 위로 몸을 내밀어야 했다. 욕실에 들어가려면 줄도 서야 했다. 나는 흡연에 상당히 호의적인 노스캐롤라이나 출신이지만 이곳 사람들은 우리보다 담배 사랑이 더 지극했다. 욕조에 얼음을 채운 뒤 샴페인을 보관해 둔 데다가 변기는 그곳에만 있었기 때문에 이래저래 욕실은 인기폭발이었다. 그리고 아무도 몰랐던 온갖 일들이 그곳에서 벌어졌다는 사실이 나중에 밝혀졌다.

크리스마스트리(작은 장난감 권총과 칼, 해골 따위로 장식해 놓았다) 옆 모퉁이에서 로리가 유명한 작가들을 집어 주었다. 여기에는 그런 작가들이 꽤 많았다. 근처에 검은 옷을 입은 사내 둘이 있었는데, 그중 턱수염을 기른 마른 남자가 구레나룻을 기른 퉁퉁한 남자의 팔을 세게 잡아당겼다. 턱수염이 누군가를 가리켰다. "이런 빌어먹을, 저 여자가 왔네. 이러면 안 되지. 여기가 어디라고 와, 오길."

"우리 불쌍한 바트." 다른 남자가 말했다. "어젯밤에 바트가 자기는 클라우디아와 절대 못 헤어질 것 같다고 말했어. 인제 보니 저 여자가 계속 주위를 맴돌고 있었군."

두 남자는 이미 전작前酌이 있는지 약간 비틀거리며 파티장 안을 유유히 돌아다니는 다리 긴 여자를 바라보고 있었다. 반짝거리는 빨간 종 모양 귀걸이를 제외하면 검은색 일색이었다. 검은 머리, 짧은 검정 원피스, 야한 검정 스타킹, 검정 하이힐. 금발 무리 사이를 유유히 통과하는 여자는 꼭 디스커버리 채널에 나오는 (술 취한) 검은 표범 같았다.

"저 여자 누구야? '우리 불쌍한 바트'는 또 누구고." 로리에게 물었다.

음, 그 질문은 캐롤라이나의 농구 팬에게 딘 스미스가 누구냐고 묻는 것과 같았다. 로리는 자허토르테실구 잼을 넣은 초콜릿 케이크를 얻어먹으려고 발치에서 서성거리는 고양이 스피릿을 곁눈질하며 대답했다. "바트 웰스, 몰라?『치명적인 탐욕』,『위험한 질투』,『죽음에 이르는 욕망』을 쓴 최고의 베스트셀러 작가잖아." 로리가 크리스마스트리 옆에서 펜즐러와 대화하고 있는 바트 웰스를 가리켰다. 나는 그 이름을 들은 적이 있었다. 책 표지에서 얼굴을 본 기억도 났다. 바트는 연초록색 터틀넥 캐시미어 스웨터를 입은 잘생긴 사내였다. 그는 3년 전에 이혼한 흑발 표범 여인, 클라우디아를 보자 순식간에 얼굴빛이 스웨터 색깔처럼 파리해졌다. 로리의 말에 의하면 바트가 아직도 클라우디아를 잊지 못하는 것은 문단 전체가 아는 사실이었다. 확실히 그런 것 같았다.

그래서 우리 옆에 있던 유명 작가 턱수염과 구레나룻은 클라우디아가 바트의 친한 친구가 연 파티를 망쳐서 '우리 불쌍한 바트'를 더 불행하게 만들려고 한다고 말했던 것이다. 문득 역시 온몸을 검은색으로 휘감은 회색곰 같은 사내가 바트의 전 부인에게 다가가 힘차게 포옹하며 키스했다. 그저 바라만 보던 우리의 불쌍한 바트는 샴페인 잔을 꽉 움켜쥐었다가 잔이 깨지는 바람에 손을 다쳤다. 큰 사고는 아니었지만 피가 나서 사람들이 많이 놀랐다.

모두 바트를 위로하는데 표범 여인만은 크게 웃으며 비아냥거렸다. "바트, 작작 좀 해!" 바트는 여자에게 따귀라도 맞은 것처럼 얼굴을 찡그리며 쳐다보았다.

바로 그때 로리의 허리춤에 매달린 호출기가 울렸다. 내게 잔을 건넨 로리는 욕실에서 전화를 하려고 손님들 속을 헤치고 나아갔다. 욕실로 가야 상대방의 말소리를 제대로 들을 수 있을 테고, 간 김에 담배도 몇 모금 빨 작정이었을 것이다.

내 맞은편에서 누군가의 잔에 샴페인을 따르던 오토가 손길을 멈추었다. 그는 페르시아 양탄자에 피가 떨어지기 전에 친구의 손을 지혈하려고 타월을 들고 뛰어갔다. 그러거나 말거나 바트의 전 부인은 고양이 스피릿을 낚아챘고, 스피릿이 반항하자 주둥이를 찰싹 때렸다. 그러고는 한쪽 귀에서 반짝거리는 빨간 귀걸이를 빼내어 스피릿의 가죽 목걸이에 달았다. 스피릿은 장신구를 싫어 했지만 떼어낼 수가 없었다. 고양이가 철도 건널목 신호처럼 목을 반짝거리며 멀리 달아나자 클라우디아는 한층 더 크게 웃었다. 그러더니 나도 진 냄새를 맡을 수 있을 만큼 가까이 다가왔다. 그녀는 마치 턱수염과 구레나룻은 강물이고 자기는 그 위에서 카누를 타고 있는 양 손으로 둘의 얼굴을 쓸면서 지나갔다. "나는 가요. 오늘 밤 리오로 날아간다구요. 영화에서처럼."

나는 이렇게 말하고 싶었다. "웰스 부인, 그건 어때요. 비행기 날개에 올라서는 거요." 프레드와 진저가 RKO 스튜디오에서 만든 영화 〈리오로의 비행Flying Down to Rio〉에 나오는 장면이었다. 그러나 농담을 할 정도의 사이가 아니라 그만두었다.

"바트의 응석을 받아주지 말아요." 표범 여인은 작가 둘을 향해 가르랑거렸다. "바트는 체리 초콜릿을 먹듯이 슬픔을 먹는 사람이잖아요." 클라우디아는 익숙한 손길로 구레나룻의 검정 캐시미어 캐킷 주머니를 더듬어 담배와 라이터를 꺼냈다. 불을 붙여 구레나룻의 얼굴에 대고 훅 연기를 내뱉은 뒤 쉰 목소리로 웃어젖혔다.

"지옥에나 떨어져. 적어도 욕실에 가든가." 구레나룻이 말했다.

클라우디아는 이 모든 일을 재미있어했다. 또 한바탕 웃더니 천장에 고리 모양 담배 연기를 내뱉으며 군중을 헤치고 나갔다.

표범 여인이 나가자 그녀에게서 버림받은 우리의 불쌍한 바트가 턱수염과 구레나룻 옆으로 왔다. 클라우디아의 경고를 무시하고 둘은 또 바트를 동정했다. "진짜 나쁜 년이야." 그들이 바트에게 말했다.

"그렇게 말하지 마." 바트가 발정한 뱀파이어처럼 손을 빨며 대답했다. "난 클라우디아를 사랑해."

"왜?" 오토가 수건 한 장을 더 들고 다가오며 물었다. 친구가 걱정됐거나, 양탄자가 더럽혀질까 봐 불안했던 모양이다.

"그녀를 잊을 수가 없어. 클라우디아가 죽으면 잊을까. 그러지 않고는 방법이 없다고." 가련한 애처가는 그렇게 말한 뒤 가 버렸다. 어떤 젊은 금발 여자가 크랜베리 주스를 마시며 대실 해밋 책들을 살펴보자 오토가 주의를 줘야겠다며 자리를 떴다. 턱수염이 다시 구레나룻의 팔을 잡았다. "과연 클라우디아가 죽는다고 바트가 잊을 수 있을까?"

구레나룻은 그 말을 곱씹었다. "왜, 우리가 바트를 위해 그 여자를 해치우자고?"

턱수염이 어깨를 으쓱했다. "돈 벌겠다고 그런 일을 하면 참 잘할 텐데 말이야."

나는 저도 모르게 몸을 앞으로 기울였다. "음, 친구 좋다는 게 뭐겠어요." 둘은 나를 보고 재미있다는 듯 웃었는데, 내가 한 잔으로는 부족하다는 듯 양손에 샴페인 잔을 들고 있었기 때문인 것 같았다. 나는 좀 전에 그들이 어떤 '알코올 중독자 금주 모임'이 좋은지 비교하는 소리를 엿들었다. 나도 둘을 보고 웃으며 해명 비슷한 걸 했다. "실은 나는 경찰서장이거든요. 그리고……." 지금 막 홍청거리는 사람들을 비집고 돌아오는 로리를 잔 든 손으로 가리키며 말했다. 주변이 시끌벅적해서 소리를 질러야 했다. "저 사람은 뉴욕 시경 강력반 월드 형삽니다. 그러니 만약 당신들이 사람을 죽이면 즉시 체포되겠지요."

음, 그때는 이게 농담에 불과했다. 그래서 우리는 실컷 웃고 서로를 소개했다. 로리는 결국 욕실에 들어가지 못했다. 계속 다른 사람들이 문을 잠그고 들어가 있어서 결국 로리는 밖에 나가서 통화했다 (담배도 피웠다).

우리 둘은 로리가 잘 아는 근방의 멋진 이탈리아 레스토랑에 가자고 했으며, 서로 말은 안 했지만 이번에는 호텔까지 갈지도 모른다고 은근히 기대했다. 그때 갑자기 스피릿이 꼬리에 불이라도 붙은 것처럼 후다닥 우리 옆을 지나 뱅글뱅글 돌더니 내 발치에서 몇 번이나 공중제비 도는 시늉을 했다. 하지만 뚱뚱했기에 약 30센티 정도밖에 뛰어오르지 못했다.

구레나룻은 떠돌이 고양이라 간질을 일으킨 걸지도 모른다고 했지만 나는 클라우디아가 목걸이에 꽂은 반짝거리는 종 귀걸이 때문이리라 생각했다. 그래서 그걸 떼어 줬더니 나한테 한 차례 몸을 부빈 후 멀리 달아났다.

잠시 후 여전히 얼굴이 창백한 바트가 돌아왔다. 클라우디아가 코트를 입고 있더니 영 가 버린 모양이라고 오토가 말하자 바트는 귀를 쫑긋했다.

"리오에 갔나 봐. 근데 조하고 같이 가진 않았군." 턱수염이 지금은 다른 여자와 포옹하는 곰 같이 생긴 거구의 사나이를 향해 고갯짓했다.

"리오에?" 바트가 한숨을 쉬었다.

"그래도 조하고 같이 가지는 않았다니까."

그게 바트 웰스 드라마의 끝이었다. 아니, 적어도 우리는 그렇게 생각했다. 그런데 잠시 후 스피릿이 내 정강이에 몸을 비볐다. 좀 이상했다. 쓰다듬어 달라거나 먹이를 달라는 사인이 아닌 것 같았다. 나를 어딘가로 데리고 가려는 듯했다. 내게는 개 주제에 이래라저래라 명령하는 마사 미첼이라는 늙은 푸들이 있는데, 그 녀석이 자주 하는 짓이었다. 나는 사람들을 헤치고 스피릿을 따라갔다가 어느새 욕실 문 앞에 도착했다. 샴페인을 많이 마신 후라 그리 나쁜 장소는 아니었다. 노크해도 대답이 없었기에 손잡이를 돌리자 문이 열렸다. 불을 켜니 안에는 아무도 없었다. 나는 스피릿에 이끌려 안으로 들어갔다.

사람들의 열기 때문에 로리가 스웨터를 벗고 싶다고 했을 정도로 파티장은 후끈했지만 욕실은 완전히 냉골이었다. 처음에는 샴페인을 보관하려고 채워 넣은 얼음의 냉기 때문인 줄 알았다. 그런데 스피릿이 맨 안쪽 벽에 붙은 선반으로 뛰어 올라가기에 쳐다보니 빗장

풀린 큰 여닫이창이 반쯤 열려 있었다.

"그래." 나는 고개를 끄덕였다. "네가 이곳을 통해 들어왔다며? 야생을 포기하고 사람의 손길을 택했다지?" 이 말에 대한 응수로 꼬리를 휘두른 게 아닌 모양이다. 스피릿은 내 유머를 무시하고 창밖으로 뛰쳐나가 비상계단에 올라섰다. 나는 이 고양이를 노란 파자마 입은 네로 울프집 밖에 나가지 않는 것으로 유명하다로 여겼기에 집 바깥으로 나가자 깜짝 놀랐다. 뭘 하는지 내다보니 녀석은 '태양의 서커스' 단원처럼 철제 사다리에 매달려, 곧 발이 난간에서 떨어질 것 같다는 듯이 자지러지게 울었다.

"이런, 제길!" 나는 스피릿을 구출하려고 창밖으로 몸을 뺐다.

바로 그때 두 층 아래, 건물 두 채 사이 아스팔트 도로에 누워 있는 클라우디아를 보았다.

분명 그녀였고, 분명 죽어 있었다. 살아 있다면 그 긴 다리가 그런 식으로 비틀릴 수 없었다. 나는 욕실 문을 닫고 파티장으로 돌아가 로리를 따로 부른 뒤 클라우디아가 비상계단에서 떨어졌다고 말했다.

나는 처음에 그렇게 생각했다. 아래층으로 빠져나가 목이 부러진 클라우디아를 봤을 때도 우리 둘의 생각은 마찬가지였다. 뒤통수가 함몰되긴 했지만, 아래로 떨어지면서 철제 층계참 등에 부딪혔을 가능성이 있었다.

로리가 휴대전화로 지구대 배차원과 통화했고, 몇 분 안 되어 경찰관과 구급차가 도착했다. 우리는 술 취한 클라우디아가 차를 타기 전 담배를 피우려고 비상계단으로 나갔을 거라고 추측했다. 또는 리오로 날아가기 전에 곰돌이 조와 얼른 재미라도 보려고 밖으로 기어나갔을 수도 있겠고. 어찌 됐든 알딸딸한 상태에서 밖으로 나갔다가 균형을 잃었을 것이다. 그러나 뭔가 이상했다. 그런 기분이 들었다. 그리고 스피릿도 나와 같은 생각이었다.

비보를 전하자 오토는 손님들을 조용히 시킨 후 사람이 죽은 사고가 발생했으니 경찰이 사건을 해결할 때까지 아무도 서점에서 나갈 수 없다고 말했다.

"누가 죽었습니까?" 곰돌이 조가 물었다.

클라우디아가 욕실 비상계단에서 떨어져 죽었다고 로리가 설명하는 동안 나는 턱수염과 구레나룻을 주시했다. 딱 30분 전에 친구 바트를 위해 그녀를 죽여야 한다고 말했던 사람들이니까. 그러나 클라우디아가 살아서 방을 나간 뒤 통로에 쓰러진 채 발견되기 전까지 둘은 나와 함께 파티장에 있었다. 게다가 만약 클라우디아의 사망 소식에 놀라는 척하는 거라면 TV 드라마의 주연배우로 나서도 손색이 없을 듯했다.

그 와중에 '우리 불쌍한 바트'는 사람들 틈에 없었다. 재빨리 방 안을 둘러보는데 돌연 어떤 여자가 비명을 질렀다. 저편에서 여자가 옆으로 몸을 피했고 바트가 앞으로 고꾸라졌다. 크리스마스트리와 함께 다림줄^{수직인지 알아볼 때 쓰는 도구}처럼 바닥으로 쓰러진 것이다.

"맙소사." 펜즐러가 낮게 웅얼거렸다. 이번에도 친구가 쓰러져서 화가 났는지, 트리가 박살 나서 짜증 난 건지 말투만으로는 알 수 없었다.

친구들이 바트를 빅토리아풍 작은 가죽 소파 위에 눕히는 사이에 벌써 구급차의 사이렌이 들려왔다. 그는 계속 '클라우디아, 클라우디아'를 세상에서 가장 슬픈 노래처럼 내뱉었다.

나도 누구보다 로맨틱할 수 있기에 클라우디아가 말한 바트의 체리 초콜릿 같은 슬픔에 속아 넘어갔을지도 모른다. 그러나 스피릿은 거기에 현혹되지 않았다. 나는 스피릿이 따로 수사했다고 확신한다. 사건이 해결돼야 오토가 밥을 줄 수 있기 때문인지, 목에서 그 빌어먹을 귀걸이를 떼어 준 나를 돕기 위해서인지, 그것도 아니면 오랫동안 똑똑한 탐정이 등장하는 책들 사이를 돌아다니다 보니 자기를 진짜 네로 울프라고 생각하고 그 능력을 우리에게 과시하고 싶었던 건지 모르겠다. 어쨌든 스피릿은 땅딸막한 몸으로 소파에 뛰어오른 뒤 바트 웰스의 몸을 가로질러 발목까지 걸어가 바지를 톡톡 두드리기 시작했다.

그때 바트의 바짓단에서 새어 나오는 수상쩍은 핑크빛을 보았다. 나는 바지 속으로 손을 넣어 깜빡이는 빨간 크리스마스 종 귀걸이를 끄집어냈다. 클라우디아가 한쪽을 스피릿에게 준 후에도 계속 귀에 달고 있던 귀걸이였다. 스피릿의 목걸이에 달렸던 귀걸이는 여전히 내 주머니에 있었다. 내가 귀걸이를 바라보다가 소파 위 남자로 시선을 옮기자 스피릿은 나를 보며 이렇게 말하는 듯했다. "자, 이젠 알겠지?"

나도 로리도 그제야 이해가 됐다.

감식반이 현장을 조사하고 다음 날 결과를 내놓자 비로소 과학 수사대CSI와 검시관도 경위를 알게 되었다. 클라우디아는 떨어지기 전에 샴페인 병으로 뒤통수를 가격당했다. 그 병은 얼음이 채워진 욕조에 도로 꽂혔다. 클라우디아의 피와 머리카락이 병에서 검출되었으니 의심의 여지가 없었다. 더 중요한 점은, 우리 불쌍한 바트의 피도 병목에 묻어 있었다는 점이다. 앞서 다친 손으로 병을 쥐었기 때문이었다. 클라우디아를 쫓아 욕실로 간 그는 문을 잠그고 그녀를 병으로 내리쳐 죽인 다음 창밖으로 밀었다. 체포된 지 6시간 만에 바트는 질투에 눈이 멀어 범행을 저질렀다고 자백했다.

　꼬박 만 하루가 지난 크리스마스이브, 로리와 나는 앞에서 말한 이탈리아 레스토랑에서 저녁을 먹었다. 로리가 바트 사건의 뒷얘기를 해 주었다. 바트는 클라우디아에게 줄 위자료 중 잔금 2백만 달러를 1월 2일에 일시 납부해야 했다. 그런데 『완전한 자부심』은 그의 전작들만큼 잘 팔리지 않아 현금이 없었다고 한다.

　나는 그라파^{이탈리아의 브랜디} 잔을 들어 올리며 말했다. "월드 형사, 고생했어. 근데 이번 일로 또 한 번 확인한 게 있어. 윌리엄 셰익스피어의 작품 속에서 이 말을 좋아하는데, 강력계 형사들을 뽑을 때마다 들려주곤 하지. '인간은 시시각각 죽고 벌레들이 그들을 먹어 치운다. 그러나 사랑 때문은 아니다'^{셰익스피어의 희극 〈뜻대로 하세요〉에 나오는 대사. 사람은 불의의 사고나 전쟁 등으로 죽을 뿐이지 사랑 때문에 죽지는 않는다는 뜻.}"

　로리가 내 손을 잡고 쓰다듬었다. 강하면서도 부드러운 멋진 손이었다. "커디 맨검, 그 말은 내일부터 믿고 오늘 밤에는 믿지 마. 당신네 남부 사람들이 자주 하는 말 있잖아. 내일은 내일의 태양이 뜨는 거야." 로리가 나를 보고 미소 지었다.

나도 미소로 화답했다. "맞아, 자기. 지당한 말씀이야."

그러니 명심하시라, 사람에게는 좋은 사람 하나만 있으면 된다는 것을(내게는 할스톤디스코 시대에 센세이션을 일으킨 패션 브랜드 옷을 입은 빨강 머리 여자다). 그리고 크리스마스 아침에 뉴욕에서 잠을 깨는 것보다 더 좋은 일은 이 세상에 없다는 사실을.

크리스마스가 남긴 교훈

토머스 H. 쿡

토머스 H. 쿡(Thomas H. Cook)/1947

1980년에 『블러드 이노센트(Blood Innocents)』로 데뷔했다. 『채텀 스쿨 어페어(The Chatham School Affair)』로 에드거 상을 수상했다.

† The Lesson of the Season(2003)

크리스마스이브의 퇴근을 몇 분 앞둔 시각, 베로니카 크로스는 계산대 뒤에 조용히 앉아 무릎에 놓인 책을 읽으며 마지막 순간이 조용히 지나가기를 바랐다. 그녀는 미스터리 서점에서 거의 10년 동안 토요일에만 일했다. 토요일만 되면 서점 주인은 코네티컷에 있는 별장에 갔고 정직원들은 도시 곳곳에 있는 아파트로 흩어졌다. 베로니카는 고객을 매장 안으로 들이고, 질문에 답하고, 돈을 받고, 구매한 물건을 쇼핑백에 넣어 준 후 다시 서 56번가로 내보내는 단순한 일을 했다. 머리를 써야 하는 작업은 거의 없었다. 그녀는 '진짜 직업'인 프리랜서 편집자 임금에 추가되는 이 작은 부수입으로 다른 서점에서 책을 사 보거나 가끔 외식하고, 브로드웨이 쇼의 할인 티켓을 사곤 했다.

저녁이나 쇼도 거의 혼자 즐기는 편이었지만, 자기와 취향이 비슷해서 책을 읽고 감상을 공유할 수 있는 친구와 간혹 시간을 함께 보내기도 했다. 로맨스는 거의 포기했다. 남자들은 대개 유치하고 성가시며 이기적이기만 했고, 공을 들이고 싶을 만큼 괜찮은 사람을 만난 적도 없었다. 가끔 한껏 치장하고 남자 앞에서 행복한 표정을 지어 봐도 몇 분만 지나면 택시를 잡아 집으로 돌아간 뒤 침대에 들어가 책을 펴고 싶어지기 일쑤였다.

베로니카는 검은 데님 바지와 검은 터틀넥 스웨터를 입어도 어울렸지만 대체로 단색 롱스커트에 어두운 색조의 블라우스를 받쳐 입는 우아한 스타일을 선호했다. 키가 크고 호리호리하며 누가 봐도 매력적인 신체 조건을 가졌는데도 튀지 않는 쪽을 택했다. 사람들은 원대한 꿈을 좇고 권력을 갖고 싶어 하며 이름을 떨치기를 원하지만, 혼자 책 읽기를 좋아하는 그녀로서는 이해가 안 되는 일이었다.

베로니카는 뒤쪽에 걸린 벽시계를 본 후 손목시계를 들어 시간이 맞는지 확인했다. 두 시계가 똑같이 이제 15분만 더 버티면 된다고 말해 주었다. 밖에는 폭설이 내리고 있었기에 베로니카는 책에 빠져서 남은 시간을 보내면 될 듯했다. 서점은 아주 고요했고 시곗바늘의 부드러운 째깍 소리만 울려 퍼졌다. 그녀도 인간 세상의 일부라는 사실을 상기시키는 유일한 소리였다.

그때, 그 일이 일어났다.

누군가가 버저를 눌렀다.

유리문 너머로 처량한 얼굴이 보였다. 베로니카는 버튼을 눌러 남자를 안으로 들였다.

남자의 이름은 해리 벤섬. 토요일만 되면 서점에 나타났지만 하루를 마감하는 시간에는 나타나지 않았다. 특히 밖에 폭설이 쏟아지는 크리스마스이브의 마감 시간 직전에는 올 일이 없을 터였다.

"안녕하세요." 해리가 안으로 들어서며 작은 목소리로 인사했다.

"어서 오세요." 베로니카는 환영하듯이 말했지만 인사는 그것으로 끝이었다.

해리는 낡은 오버코트 어깨에 내려앉은 눈송이를 털어내며 책장으로 다가갔다.

다시 고개를 들었을 때 보게 될 광경을 익히 잘 아는 베로니카는 바로 책으로 시선을 돌렸다. 한편 해리는 언제나처럼 페이퍼백이 진열된 책장을 마주하고 있었다. 그의 뻣뻣하고 희끗희끗한 머리카락은 천장에 걸린 전등 불빛을 받아 희미하게 빛났다. 둥근 어깨는 아래로 축 처져서 쓰러질 듯한 자세였다. 아니면 늘어나고 닳아 금방이라도 끊어질 듯한 줄이 보이지 않게 간신히 그를 지탱하고 있는 듯했다.

베로니카가 생각하는 가장 슬픈 일은, 해리가 한 번도 좋은 책을 사 본 적이 없어서 문학의 진정한 황홀경에 빠져 보지 못했다는 사실이었다. 해리는 좋은 문구 하나가 힘든 세상을 견뎌 낼 힘이 되어 주는 것도, 중심과 균형 감각을 잃지 않게 삶의 외연을 확장해 주는 것도 경험해 보지 못했을 터였다.

계산대 뒤에서 수년을 보내는 동안 베로니카는 인간을 두 종류로 나누게 되었다. 좋은 책을 읽는 사람과 나쁜 책을 읽는 사람. 해리는 책이 인생을 더 깊이 있게 만들어 주고, 진짜 중요한 일에 집중하게 해 주고, 바라는 것이 무엇인지 표현하게 해 주고, 죽음을 준비하게 해 준다는 사실을 모르는 사람 중에서도 선두에 속했다. 베로니카가 서점 일을 맡은 10년 동안 해리는 한 번도 양장본을 산 적이 없었다. 하다못해 양장본 대열에 잠시나마 끼었던 책에도 아예 접근하지 않았다. 그렇다! 해리는 나쁜 책을 읽는 독자일 뿐 아니라, 페이퍼백으로만 출간되는 책, 장점이 전무한 책, 스타일이나 스토리 혹은 사상 등 어느 것 하나 참아 줄 만한 구석이 없는 책, 심지어 책의 편집자조차도 금방 사라질 줄 뻔히 알면서 만들어 내는 책만 골라 읽었다.

"저…… 베로니카?" 해리가 머뭇거리며 말했다.

베로니카가 책에서 고개를 들었다.

"브루노 클렘 신간은 없나요?"

브루노 클렘은 몇 안 되는 마니아들에게 '범죄 퇴치 연대기'로 알려진 아주 저속한 페이퍼백 시리즈를 쓰는 작가였다. 그가 쓴 시리즈는 하나같이 표지부터 야한 데다, 스트립쇼 클럽과 시간 외 영업을 하는 술집 등이 자리한, 네온사인 번쩍이는 도시를 배경으로 했다. 프랭클린 로드라는 건장한 탐정이 시리즈의 최고 악당인 오슬로 시네스터의 악랄한 부하들과 싸우는 이야기였다.

"아직 안 들어왔습니다." 베로니카는 살짝 미소를 지은 후 다시 『인간의 기준』에 눈길을 돌렸다. 표지의 소개 글에 의하면 '성직을 박탈당한 베네수엘라 사제가 인간의 복잡한 도덕성에 대한 철학적 명상을 날카롭고 유려하게 풀어 낸' 책이었다.

페이지를 넘겼다. '우리는 고통의 그림자 속에서 산다.' 베로니카는 이 구절을 조용히 읽어 보았다.

그녀는 고개를 들어 해리의 뒷모습을 바라보았다. 해리가 어떤 책을 향해 오른손을 잠시 들어 올렸다가 다시 낡아빠진 코트 주머니에 넣었다. 분명 책을 고를 준비를 하는 모양새였다. 베로니카는 해리가 갑자기 알 수 없는 힘에 이끌려 옆 책장으로 가서 그의 가치를 확장해 주고, 이전에는 몰랐던 이해의 깊이로 그를 당겨 줄, 진정으로 가치 있는 작품을 찾았으면 좋겠다고 바랐다.

그러나 해리는 여전히 그 자리에 있었고 베로니카는 다시 책으로 눈길을 돌렸다.

우리는 고통의 그림자 속에서 산다.

왠지 그 구절을 이해하기 어려워 찬찬히 생각하다 보니 불현듯 병원 침대에 누운 아버지와 그 옆에 앉은 자신이 떠올랐다. 여기저기에 튜브를 달고 입과 코 위로 산소마스크를 쓴 채 침대에 누운 노인의 모습은 외계로 가는 항해를 앞둔 우주 비행사 같았다.

아버지는 8년 전, 베로니카가 스물한 살이던 해 세상을 떠났다. 맨해튼의 물가가 너무 비싸서 파크 슬로프에 살면서 늘 받던 박봉으로 늘 똑같은 검약한 생활을 하며 근근이 살던 때였다. 아버지의 말년에 베로니카는 매일 곁에 앉아서 유일한 자식의 의무라고 생각되는 일을 했다. 아버지는 할머니뿐 아니라 이혼한 두 아내보다 명줄이 길어서 죽을병에 걸렸을 때 베로니카 말고는 옆에 있어 줄 사람이 없었다. 아버지는 원래 부동산 중개업으로 돈을 많이 벌었는데, 중년에 접어들기 무섭게 갑자기 머리가 어떻게 됐는지 회사를 처분해 버리고 돈을 흥청망청 쓰기 시작했고, 무자비할 정도로 비싼 이

혼 합의금으로 돈을 꽤 날려 버렸다. 해가 지날수록 재산이 줄었고 고등학교를 졸업하고 아이비리그로 진학하기로 한 베로니카가 마침내 입학 허가를 받은 시점에는 땡전 한 푼 남지 않았다. 아버지는 베로니카의 교육비로 따로 떼어 둔 돈에도 손을 대 라스베이거스에서 도박을 했고, 피어에서 호화 파티를 열었으며, 돈을 좇는 섹시한 여성들과 와인과 식사를 즐겼고, 마침내 파이어 아일랜드에서 요트를 사서 기거하다가 휴스턴 출신의 석유 기업가에게 큰 손해를 보며 팔아치웠다. 그 뒤 마지막 자산이었던 요트를 팔아 챙긴 돈으로 시계나 맞춤 양복같이 멋지지만 덧없는 것들을 사들이다가 결국 중고 위탁 판매점에 모조리 헐값에 넘겼고, 이제 정말 아무것도 남지 않게 되자 초 극빈자가 되었다.

그 여파로 베로니카는 낮에는 웨이트리스로 일하고 밤에는 헌터 대학에서 야간 수업을 들어 간신히 졸업했다. 하지만 그 졸업장을 가지고는 뉴욕의 유수한 출판사로 몰려드는 아이비리그 졸업생들이나 그 비슷한 지원자들과는 게임이 되지 않았다. 하는 수 없이 원고를 찾아 전전하는 프리랜서 편집자의 길로 밀려나 버렸고, 그러다 보니 하루 벌어 하루 먹고사는 상황에 적응하게 되었다. 그나마 최근에는 자신이 다른 사람보다 더 나은 위치에 있다는 생각마저 하게 되었다. 남의 비위를 맞출 필요 없이 편집하고 싶은 책을 고르는 일은, 월급쟁이는 엄두도 내지 못한다는 이유에서였다.

우리는 고통의 그림자 속에서 산다.

베로니카는 그 구절을 여러 번 마음속으로 되뇌며, 왜 이 구절만 읽으면 아버지가 말년을 보낸 냄새 나는 병원과, 아버지가 숨을 거두고 나서야 벗어날 수 있었던 침대 머리맡이 떠오르는지 궁금했다. 단어 몇 개가 과거의 경험을 소환하고, 과거로 가는 그 어두운 여정에 빛을 비추어 마음에 반향을 일으키다니 실로 기적적인 일이었다. 삶에 큰 울림을 주는 것이야말로 문학의 진정한 가치라고 베로니카는 생각했다.

"브루노 클렘 책은 안 읽으시나요?"

고개를 들어보니 해리 벤섬이 베로니카를 내려다보고 있었다. 그의 얼굴은 커다란 검은 플라스틱 안경테에 가려져 잘 보이지 않았다.

"네, 안 읽습니다."

천천히 고개를 끄덕인 해리는 뒤돌아 다시 책장으로 간 다음 페이퍼백에 얼굴을 들이대고 유심히 살폈다. 마치 거기서 찾아낸 책에서 삶의 해답을 구하려는 듯 하나하나에 집중했다.

과연 그런 페이퍼백들 속에서 해리는 어떤 해답을 기대할 수 있을지 베로니카는 의문스러웠다. 그 형편없는 책 속 어디에서 고통의 메아리가 울려 나오며, 거기서 나오는 메시지로 어떻게 자신을 찾고, 어떻게 앞으로 나아갈 힘을 얻으며, 어떻게 덧없는 인생에서 추구해야 할 것들을 찾아나갈 수 있을까? 그러나 미스터리가 가득한 이 방에서 해리 벤섬조차 해답을 찾았다면 베로니카 역시 답을 찾아보리라 마음먹었다.

베로니카는 『인간의 기준』을 덮고 벽에 등을 바짝 붙여 앉았다.

"궁금한 게 있어요."

베로니카가 말을 걸자 해리가 깜짝 놀라 뒤를 돌아보았다.

"왜 브루노 클렘의 책을 읽으시나요?"

해리의 두껍고 파리한 입술이 살짝 벌어졌다.

"손님은 토요일마다 오서서 책을 대여섯 권 사 가시죠. 늘 브루노 클렘의 책 아니면 그 비슷한 것만 고르시고요. 제가 궁금한 건, 거기서 뭘 얻으시나요? 정말 궁금해서요."

해리가 천천히 눈을 깜빡이더니 안경을 벗어, 뒷주머니에서 꺼낸 손수건으로 닦은 후 다시 꼈다. "내겐 브루노 클렘의 책이 스카치와도 같습니다."

"스카치요?"

"그런 거 있잖습니까. 힘든 하루를 끝내고 집에 돌아왔을 때 아내가 기다리고 있다가 내미는 스카치 한 잔."

베로니카가 알기로 해리 벤섬은 미혼이니 저녁에 술잔을 들고 기다릴 사람은 없을 터였지만 중요한 건 그게 아니었다.

"책이 스카치라니요? 그게 도대체 무슨 말이에요?" 베로니카는 화가 나서 머리를 저었다. "질문을 달리해 보죠. 언제 책을 읽기 시작하셨나요?"

"전쟁중에요."

베로니카는 나이로 보아 베트남 전쟁이리라 짐작했다. 하지만 정확히 어떤 전쟁인지는 중요하지 않았다. "그럼 젊었을 때네요."

"전쟁중이었어요." 해리가 같은 말을 되풀이했다.

"심심하셨나요?"

"아뇨."

"그럼 왜요?"

해리는 어깨를 약간 으쓱했다. 계속 말을 해야 할지 주저하는 것 같았다.

그러나 베로니카는 무언의 대답을 듣고 싶지 않았다.

"그럼 왜요?"

"정찰을 끝내고 막사로 돌아왔는데 침대 위에 책이 놓여 있었어요."

"어떤 책이었나요?"

"작은 페이퍼백이었습니다." 해리는 뒤에 있는 페이퍼백 책장을 고갯짓했다. "브루노 클렘 책이었어요." 그가 어깨를 무겁게 들어 올렸다가 내렸다. "어정거리고 있으니 병장이 그 책을 던져줬어요. '자, 이걸 읽으면 생각이 안 날 거야'라더군요."

"무슨 생각이요?"

"정찰했던 거요. 아주 끔찍했거든요."

"어떤 식으로 말인가요?"

해리가 약간 몸을 떨며 길게 한숨을 쉬었다. "우리는 그 사람을 빙 둘러싸고 심문했어요. 계속 고개를 저으며 모른다고 하더군요. 아무리 옥박질러도 고개만 저었어요."

베로니카는 군인이 소지해야 할 수통과 탄약띠와 라이플 소총 따위의 무게에 눌려 어깨가 축 처진, 체구가 작고 안경을 긴 풋내기 해리를 떠올렸다. 그는 아마 멍청하고 행동이 느리며 무능하기까지 해서 다른 사람들에게 짐이 되었을 것이다. 가장 가까운 신발 가게에 일하러 갔다가 50년 동안 그곳에서 일하게 되는 사람처럼 입대도 그런 식으로 결정했을 것 같았다.

"날씨가 정말 더웠고 우리는 전우 몇을 잃었어요. 그런데 놈은 계속 고개만 저으면서 다른 자들은 어디 있는지 모른다고 했어요. 우리 전우들을 죽인 베트콩들 말이에요."

베로니카는 그제야 정글의 잔해를 몸에 묻힌 채 땀을 흘리며 빙 둘러서 있는 군인들의 모습을 그릴 수 있었다. 아마 해리는 그중에서 가장 몸집이 작고, 심문에는 관심도 없으며, 얼른 그곳을 벗어나 그늘을 찾아 낮잠이나 자고 싶어 했을 듯했다.

"근데 갑자기 몹시 화가 나기 시작했어요."

베로니카는 똑똑하거나, 정열적이거나, 남자로서 테크닉이 아주 좋은 해리 못지않게 화내는 해리도 상상할 수 없었다. 그는 아무 특징 없고, 쓰레기 같은 책만 읽고, 외롭고, 마취된 채 탁자 위에 올라 있는 J. 알프레드 프루프록_{T. S. 엘리엇의 시 「J. 알프레드 프루프록의 연가」의 화자} 같았다.

"화가 났다고요? 당신이?"

해리는 베로니카의 말을 듣지 못한 듯했다. 눈은 먼 곳을 바라보았지만 보통 때의 멍한 상태와 달리 강렬하고 기이하면서 불안하게 번들거렸다.

"어떤 것에 사로잡힐 때 있죠? 뭔가 씌었다고 할까?"

베로니카는 해리에게서 활활 타오르는 용광로처럼 맹렬하고 사나운 열기가 번져 나오는 것을 느꼈다.

"그러고는 확 돌아버리지." 해리가 혼잣말하듯 말했다.

그는 오버코트 주머니에서 오른손을 빼내 권총 모양을 만들었다. 검지는 총열이었다.

"내가 아무리 소리 질러도 베트콩은 계속 모른다고 하고, 날씨는 너무 덥고, 나는 더 크게 소리 지르고, 내 친구들이 그렇게 많이 죽었는데, 그래서……," 검지를 방아쇠 당기듯 말았다가 힘차게 폈다. "그래서……, 내가……," 해리는 말을 멈추고 잠시 생각에 잠긴 후 덧붙였다. "누구한테나 일어날 수 있는 일이라고 했어요. 전쟁 통에는. 하지만 누가 뭐래도 그건 살인이잖아요. 명백한 살인."

그는 손을 오버코트 주머니에 깊숙이 찔러 넣은 뒤 우울한 듯 목소리를 낮춰 느릿느릿 말했다. "있잖아요, 사람이 이렇다가, 순식간에 저렇게 돼 버리는 거예요." 그가 눈을 천천히 감았다가 다시 떴다. "어쨌든 막사에 돌아오니 병장이 그 책을 던져 주면서 이걸 읽으면 다른 생각이 안 날 거라고 했습니다." 쓸쓸하게 웃는 해리의 눈은 촉촉이 젖어 있었다. "누구에게나 잊고 싶은 게 한 가지씩 있잖아요, 그렇지 않습니까?"

갑자기 베로니카는 병실 의자에 앉아 차가운 표정으로 아버지를 내려다보는 자신의 모습을 떠올렸다. 별안간 아버지가 눈을 뜨더니 힘겨운 말투로 딸의 이름을 불렀다.

"그렇지 않나요?" 해리가 물었다.

베로니카는 자리에서 일어나 침대 옆으로 걸어가는 자신이 보였다. 아버지는 눈을 간신히 뜨고 입술을 미친 듯이 떨며 계속 딸의 이름을 불렀다. '베로니카, 베로니카.' 아버지가 눈빛으로 뭔가를 필사적으로 애원했는데, 아마 자신의 무모한 방종으로 딸에게 준 고난에 대해 용서를 구하고 싶어 하는 듯했다. 베로니카는 아버지를 진정시키고, 사랑한다는 말과 함께 다 용서했으니 걱정하지 말라고 전하려 했다. 그러다 문득 날려 버린 재산과 야간 대학의 어두운 강의실과 온종일 일해야 했던 더러운 식당과 좁아터진 브루클린의 아파트가 떠오르며 강한 증오심이 전기 충격기의 전류처럼 뜨겁고 날카롭게 몸을 타고 지나갔다.

"지난 일은……, 그러니까……,"

베로니카는 눈을 감고 힘겹게 입을 달싹거리는 아버지를 싸늘하게 내려다보고 있었다. 분노로 타올라 제정신이 아닌 베로니카는 악의에 찬 힘에 이끌리듯 손을 점점 위로 들어 올렸다가 잠시 멈추었다. 그런 다음 격분에 떨며 내리쳤다. 순간 크게 울려 퍼지는 공포 속에서 그녀는 죽은 아버지의 얼굴을 후려쳤다는 사실을 깨달았다.

"……되돌린 순 없지요……."

베로니카는 호흡을 가다듬으려고 했지만 마음속에 잠재한 분노와 잃어버린 꿈에 대한 울화, 아버지가 보여 준 잔인한 무관심, 물려받은 황폐한 삶, 이 모든 것이 메아리처럼 울려 퍼지고 거센 파도처럼 일어나서 그녀 안을 뒤집어 흔들었다.

"네. 우리 모두 하나씩은 가지고 있어요."

해리가 고개를 주억거렸다. "어쨌든 그 책은 효과가 있었습니다.

그때 이후로 계속 브루노 클렘의 책을 읽지요."

이제 베로니카는 해리를 생각했다. 폭력의 어두운 그림자가 피비
린내 나는 혈관에서 소용돌이치면 그는 브루노 클렘이라는 벽 뒤에
숨어서 힘들지만 근근이 버텨왔을 것이다. 그 까마득한 일이 있기
전의 해리는 어땠을까? 어떤 삶을 꿈꿨을까? 단 한 방의 총성으로 미
래의 아내와 아이들이 날아가 버릴 줄 상상이나 했을까? 그리고 가
슴을 옥죄는 도덕적인 좌절감에 허우적댈 때마다 윤리적 제한이 없
는 세상에서 비현실적인 악당에게 총질하는, 엉뚱하기 짝이 없는 페
이퍼백 히어로로한테서 잠시나마 마음의 위안을 찾게 되리란 걸 예상
이나 했을까?

자리에서 일어난 베로니카는 해리 뒤에 있는 책장으로 다가가 다
른 액션 소설 페이퍼백 시리즈의 첫 번째 권을 꺼냈다. 그러고는 돌
아서서 부드럽고 애정 어린 손길로 해리에게 그 책을 건넸다. 마치
힘든 하루의 끝에 스카치 한 잔을 건네는 사랑스러운 아내처럼. "이
거 읽어 보세요. 다른 작가가 쓴 시리즈인데 권수가 많아요."

책을 받아든 해리는 고맙다고 말한 뒤 돈을 내고 서점을 나갔다.
추위와 눈을 피하려고 해리는 어깨를 더 둥글게 말았다.

베로니카는 다시 자리로 돌아와 계산대 위에 올려 둔 『인간의 기
준』을 펴 들었다.

우리는 고통의 그림자 속에서 산다.

잠시 후 책을 가방에 넣고 불을 끈 후 '문학 미스터리들'의 안전을
위하여 문을 잠글 때까지도, 그 문장은 베로니카의 마음에 남아 물

겹치고 있었다.

지하철을 타고 파크 슬로프에 있는 책만 가득한 작은 아파트로 돌아가는 긴 시간 동안, 베로니카는 무릎에 손을 얹고 가만히 앉아 있었다. 보통 때 같았으면 책을 읽었을 것이다. 가는 내내 한 줄 한 줄 신경 쓰며 페이지만 넘기고 위로는 눈길 한번 주지 않았을 터였다. 그러나 지금 그녀는 지하철에 있는 사람들을 찬찬히 살폈다. 저 사람들에게는 어떤 어둡고 말 못 할 사정이 있을까. 어떤 슬픔을 겪고 목격하고 만들어 냈을까. 그리고 어떤 방법으로 남은 삶을 견디고 있을까. 위안을 얻기 위해 어떤 방법이든 찾으려 한다는 점에서 우리는 모두 똑같다고, 베로니카는 생각했다.

맞은편에 앉은 사람들에게 짧게 눈길을 주다가 눈을 들어 위쪽을 환히 비추는 광고판을 보았다. 광고판은 혼잡한 모퉁이에 선 크리스마스트리와 빨간 자선냄비를 받치고 있는 유니폼 차림 남자와 동전을 집어넣는 사람들을 보여 주었다. 베로니카는 광고판에서 시선을 거둔 후 해리와 자신과 지하철을 탄 사람들과 도시와 우주를 생각했다.

그 모두가 크리스마스가 준 교훈인 것 같았다.

후회하게 될 거예요

리사 미쉘 앳킨슨

리사 미쉘 앳킨슨(Lisa Michelle Atkinson)

아동 도서 작가. 오토 펜즐러의 부인.

† Yule Be Sorry(2004)

산타 모자를 쓴 소녀가 서점 바깥에 자리를 잡자 사장도 쇼윈도로 기어들어 가서 흥겹게 노래를 부르며 조명으로 창을 장식하고 양말에 범죄소설을 집어넣었다. 어찌나 열과 성을 다했던지 유리창에 수증기가 서릴 지경이었다.

그는 턱수염이 설탕처럼 하얬고 미소는 태양처럼 따사로워서 배만 좀 둥글었다면 산타클로스처럼 보였을 것이다. 북극 하늘처럼 새파란 눈은 새 책과 멋진 여자가 등장할 때마다 초롱초롱 빛났다.

하지만 그가 제일 좋아하는 것은 맨해튼의 모든 상점이 화관으로 장식되고, 열성적인 독자들이 기쁨에 들떠 책을 사 가는 크리스마스 시즌이었다.

그러나 올해 크리스마스는 전혀 기쁘지 않았다.

사실 끔찍한 해였다. 대형 서점들의 지점이 우후죽순으로 늘어나면서 전문 서점들은 줄줄이 도산했다. 각종 송사와 극심한 슬픔과 갚아야 할 빚만 가득했다. 그도 역시 담보 대출을 있는 대로 받아 놓은 상태였다.

지난주에 전화가 끊겼지만, 서점 주인은 조바심을 내지 않으려 노력했다. 어쨌든 상황이 좀 나아지기만을 바랐다.

지난 몇 번의 크리스마스에는 사람들이 서점을 방문하려고 전국 도처에서 몰려들었다. 서점 주인은 지구에서 가장 유명한 범죄 소설 전문가였다. 코지든, 하드보일드든, 서스펜스든 고객이 요청하기만 하면 고개를 끄덕이고 호흡을 크게 한 후 가장 까다로운 독자의 취향에도 딱 들어맞는 책을 권해 주었다. 그는 세상에 출판된 모든 추리소설을 꿰고 있기에 자기 취향과는 상관없이 고객에게 책을 권할 수 있었다(가끔 그가 경멸하는 고양잇과 동물의 팬이 와도, 그 탁월한 서점 주인은 고양이가 사건을 해결하는 책을 추천해 준다).

작년까지만 해도 희귀하거나 특별한 미스터리 소설들을 찾아다니는 사람들이 미스터리 중의 미스터리로 여겨지는 서점 주인의 비밀스러운 이층 공간을 보기 위해, 시간이 흐름에 따라 가치가 높아진 귀중한 작품들을 보기 위해, 비싼 와인처럼 세월을 먹어 가는 원고들을 보기 위해 일 년 중 가장 좋은 때에 서점으로 몰려왔다.

두말할 필요 없이 희귀 서적 한 권의 가치는 한 달 치 대출 상환금과 맞먹고 서점 주인의 몸무게만큼의 금에 상당한다.

만약 그가 대실 해밋의 두 번째 소설 『데인 가의 저주』를 찾을 수 있다면 눈덩이처럼 불어난 빚을 갚을 수 있다. 살 사람도 이미 확보했다. 그 여자는 책값으로 꽤 괜찮은 금액을 약속했다. 교양 있는 제트 족^{제트기로 이곳저곳 돌아다니는 부유층}이 되고 싶어 안달인 전직 슈퍼모델, 크리스티 블리즌 백작 부인은 질 좋은 초판본, 그것도 작가의 서명이 들어 있는 것들만 찾았다. 미스터리 서점 덕분에 그녀는 세계에서 가장 포괄적인 미스터리 소설 컬렉션을 보유하게 되었다. 이제 원하는 것은 『데인 가의 저주』뿐이었다.

그래서 서점 주인은 지난 5년간 그 책을 백방으로 찾아다녔다. 경매에 참여할 대리 응찰자들도 파견했다. 그러나 아무리 노력해도 구할 수 없었다.

서점 조명은 어두침침하고 이따금 깜빡거리기까지 했다. 곧 전기도 끊길 터였다. 무슨 조처를 해야 했다. 그것도 빨리. 그때 여자 로커의 발길질처럼 희망이 솟아올랐다. 밖에는 물건을 너무 많이 사서 양팔로 들어도 꾸러미가 넘쳐나기 일보 직전인 쇼핑객들이 서 56번가로 쏟아져 들어왔다. 저들을 잡자!

서점 주인은 서둘러 밖으로 나갔다.

허둥대다 얼음에 미끄러졌어도 기쁘다는 듯이 소리를 질렀다. "메리 크리스마스!"

불행하게도 아무도 들어주지 않았다. 사람들은 그저 앞으로 몰려가기만 했다. 눈길 한 번 주지 않고 옆을 쌩 지나 버렸다.

산타 모자를 쓴 소녀가 손에 든 페이퍼백을 집어넣었다. "완전 꽝이네요!" 소녀는 담배를 서점 주인 앞에 톡 던지더니 신발로 문질러 껐다. 여자아이는 얼굴이 천사 같았고, 긴 붉은 머리는 다리 힘이 풀리게 할 정도로 매력적이었다.

정확히 일주일 전에 사회 복지사로 일하는 친구가 여자애를 서점 주인에게 소개했다. 그는 즉석에서 여자애를 고용했다. 열일곱 남짓에 가족도 없고 학교도 다니지 않았으며 이력도 없는 소녀는 일주일일해 줄 테니 급료 대신 추천서와 스티븐 킹의 신간 스릴러를 달라고 했다.

"진열하는 거 도와 드릴까요?" 소녀가 작은 두 손을 마주 비볐다. "아니면 이 추위에 밤새 밖에 서 있어야 돼요?"

주인은 소녀가 들어가게 문을 열어 주고 뒤따라 들어갔다. 뒤에서 보니 그녀의 부츠에 달린 털 장식 때문에 자연히 종아리에 눈이 갔는데, 아주 끝내줬다. 그 바람에 그는 책에 걸려 넘어졌다.

주인은 그녀를 계속 고용하고 싶었지만 이미 적자가 심각했다. 책도 사야 하고, 직원들 월급, 크리스마스트리 비용, 전화 요금, 지난달 상환금(이번 달 상환금은 말할 것도 없고), 작년에 친구들에게 선물한다고 샀던 화관과 귀금속 비용까지.

주인은 한숨을 쉬었다. "이런 말 하기 싫은데, 올핸 정말 최악이었어. 대형 서점들이 하이에나처럼 달려들어 바로 눈앞에서 밥그릇을 뺏어갔지." 주인이 손가락으로 콧수염을 돌돌 말며 소녀의 큰 초록 눈을 보았다. "네가 아는 거보다 훨씬 힘들어. 그래서 미안하지만 한 주 더 있으라고 할 여유가 없네."

"아." 그녀의 입꼬리가 실망으로 축 처졌다. "괜찮아요. 그럴 것 같았거든요." 소녀는 웃으며 산타 모자를 벗었고 긴 머리가 흘러내렸다. "화장실 좀 쓸게요. 위층에 놔둔 제 책도 가져와야 하고요."

소녀는 나선 계단을 올라갔다.

서점 안은 밖에서 내리는 눈송이만큼이나 조용했다.

주인은 우울해 보이지 않으려 무척 애를 썼지만 계산원의 얼굴을 본 순간 노력이 허사가 돼 버렸다. 에반 헌터보다 필명이 더 많고, 근무 시간 중에 늘 계산대 밑에 숨어 아주 맹렬히 글을 쓰는 작가 지망생 빅 젠도 기분이 좋지 않아 타자조차 못 칠 지경이었다. 그는 머리를 떨구고 금전등록기만 바라보았다.

그때 문 두드리는 소리가 들려서 둘은 깜짝 놀랐다.

"메리 크리스마스." 택배 기사가 클립보드를 들어 올렸다. "선생님이 여기 주인이시죠?"

"왜요?" 책방 주인은 주머니에 손을 찔러 넣었다. "뭐 배달된 게 있나요?"

택배 기사가 물건을 한쪽 겨드랑이에서 반대쪽으로 옮겼다. "여기 서명해 주십시오."

주인은 서명을 한 후 '아카이브 옥션 하우스'에서 온 물건을 받았다. 조심스럽게 소포를 열어 영수증을 확인한 그는 얼굴이 확 달아올랐다.

5년 동안 찾아 헤맨 끝에 대리 입찰자가 마침내 그 책을 찾아낸 것이다! 이전 소유주가 10만 달러로 확보한 대실 해밋의 두 번째 소설 『데인 가의 저주』가 오늘 오후 경매에 두 배 가격으로 나왔고, 대리인이 전부터 가지고 있던 서점 돈으로 마침내 낙찰받았다. 눈물이 서점 주인의 뺨으로 흘러내렸다.

그는 겨우살이 아래 서서 백작 부인을 생각했다. 현금이 두둑하고 값나가는 범죄소설 수집에 열을 올리는 사람이니 부인은 일반적인 수수료에 책을 찾아준 데 대한 수고비를 얹어줄 것이다. 어쩌면 키스를 해 줄지도 모른다 서양에는 겨우살이 아래 서 있는 이성에게 키스해도 되는 풍습이 있다.

서점 주인은 책등을 꽉 쥐었다.

그는 귀중한 작품을 조각이 새겨진 마호가니 책장에 넣어 안전하게 보관한다. 원래 한 쌍인 이 책장의 짝은 '빅토리아 앤드 앨버트 미술관'에 전시되어 있으며 한때 아서 코난 도일 경이 소장하기도 했다. 이제 오토가 소유한 책장에는 에반 헌터, 로버트 B. 파커, 넬슨 드밀, 스티븐 킹, 조이스 캐롤 오츠, 엘모어 레너드를 비롯한 많은 작가의 특별한 원고들도 보관돼 있었다. 그리고 많은 책이 서점 주인에게 직접 헌정되었기 때문에 그는 컬렉션을 볼 때마다 기쁨의 눈물이 번졌다. 그의 문학계 친구는 계속 늘어서 이제는 수를 헤아리기조차 어려웠다.

그러나 이러한 작품들의 책등을 노출해 정체를 드러내면 안 된다. 위험할 수 있기 때문이다. 그래서 그는 산뜻한 새 표지를 입혀 위장했다. 진짜 사람 해골이 놓인 골동품 장 윗단에서 스티븐 킹 책의 표지를 끄집어낸 후 『데인 가의 저주』 위에 덮어씌웠다. 빳빳하고 밝은 코팅지가 위장의 마법을 부렸다.

"실례합니다." 눈을 반짝이며 사무실로 들어온 빨강 머리 소녀의 윤기 나는 머리카락이 어깨 위에서 찰랑거렸다. "가기 전에 감사 인사를 드리려고요. 특히 책들을 주셔서 고마워요." 소녀가 페이퍼백을 들어 올렸다. "로자먼드 스미스 조이스 캐롤 오츠의 필명 의 책도 빨리 읽고 싫네요." 소녀는 고개를 옆으로 까딱하며 웃었다.

서점 주인은 몹시 미안했다. "뭘 그런 걸 가지고. 더 해 줘야 하는데." 더구나 크리스마스가 아닌가. "잠깐만 기다려 주겠니? 프린터에서 네 추천서 가져올게."

소녀는 박하 막대 캔디를 들어 올리며 환하게 웃었다.

잠시 후 주인이 추천서를 가지고 돌아오는데 배에서 꼬르륵 소리가 났다. 서점 위층에 있는 작은 주방에서 구운 거위 고기 냄새가 통풍구를 통해 흘러들었다. 그는 일주일 내내 따뜻한 음식은 구경도 못 해 본 탓에 바삭바삭한 껍질과 버터 발라 구운 부드러운 속살을 생각하니 몸이 다 떨릴 지경이었다.

서점 주인은 추천서를 들어 올렸다. "거위 구이 향 느껴지니? 저스틴 스콧이 시골에서 가지고 온 거야. 시간 나면 저녁 같이 먹으면 좋겠구나."

소녀는 키득거리며 추천서를 접어 가방에 넣었다. "감사하지만 가봐야 해서요. 너무 언짢게 생각하지 마세요."

"전혀." 서점 주인은 위층 문을 닫으면서 소녀의 뒷모습을 바라보았다. 그는 가지 말게 할 걸 그랬다고 후회했다.

곧 빅이 아래층에서 불렀다. "블리즌 백작 부인께서 사장님을 뵈러 오셨습니다."

주인은 블레이저를 걸치고 머리를 손본 후 나선 계단 아래로 내려갔다.

그는 백작 부인의 손을 잡고 관례적인 키스를 한 후 미소 지으며 옥색 눈을 들여다보았다. "부인이 오셔서 하루의 피로가 다 날아간 듯합니다."

"근처에 왔다가 잠시 들렀어요."

금발을 뒤로 단정하게 틀어 올리고 흑담비 코트를 입은 백작 부인은 귀티와 부티가 줄줄 흘렀다. 부인은 장갑 낀 손을 들어 뒤에 서 있는 남자를 불렀다. "내 기사 만난 적 있죠?"

"그럼요." 루돌프는 품위 있고 군살 하나 없는 멋진 젊은이였다. 옅은 황갈색 머리에 해군 모자를 쓰고 몸에 꼭 맞는 오버코트를 입었다. "부인과 저 청년은 항상 반갑습니다." 서점 주인은 자세를 가다듬으며 말했다. "뭐 마실 거라도? 샴페인? 브랜디 넣은 에그노그?"

"루돌프?" 부인이 기사를 돌아보며 장갑을 벗었다.

"전 됐습니다." 기사가 앞으로 공손하게 손을 모았다.

"나는 브랜디 주세요." 부인은 아양을 떨듯이 말했다. "아무것도 타지 말고요."

"금방 대령하겠습니다." 서점 주인은 위층으로 가더니 브랜디를 가득 채운 유리잔을 들고 돌아왔다.

"내가 왜 왔는지 아실 테죠." 백작 부인은 잔을 받아들고, 아름답게 장식된 계단과 책장에 놓인 책들을 유심히 살폈다. "해밋 책을 어서 찾아 주세요." 부인은 한 모금 홀짝인 후 계산대에 잔을 내려놓았다. "아무도 전화를 안 받길래 직접 물어보러 왔어요. 아직도 찾을 수가……."

주인은 아주 만족스러운 듯 고개를 끄덕였다. "실은 위층에 있습니다. 그러잖아도 막 전화드리려던 참이었습니다." 그는 자신이 마치 크리스마스 요정이라도 된 듯한 기분이었다.

"오, 진짜요?" 흑담비 코트를 걸친 부인은 버킨백을 끌어 올리며 서점 주인을 따라 나선 계단을 올라간 다음 서재로 들어갔다. "이제 드디어 내 컬렉션이 완성되는군요. 의미가 남달라지겠어요."

서점 주인은 책상 앞에 서서 『데인 가의 저주』를 찾으려고 영수증과 편지와 책을 들어 올리고 법 관련 서류와 원고와 파일을 뒤적였다. "음, 느와르 장서들에 다른 책을 좀 추가하고 싶으시다면 셜록 홈즈 소설을 몇 권 추천해 드리고 싶습니다." 주인이 한숨을 쉬었다. "부인이 제일 좋아하시는 도시들을 무대로 삼은 현대 추리소설이나 영국 스파이 소설이나 오락 소설도 좋겠고요." 그는 코난 도일 책장을 연 뒤 스티븐 킹 책의 표지를 씌운 고서를 끄집어내어 표지를 벗겨 보았다. 그런 다음 내려놓았다.

"그건은 나중으로 미루지요. 오늘 오크 룸 레스토랑에서 데이트하기로 했는데 늦었어요. 이맘때 교통 상황이 어떤지 알잖아요."

서점 주인은 편지로 가득한 앨범을 들고 부인에게 계속 컬렉션을 확장할 생각이 없는지 물었다. 앨범에는 아서 코난 도일 경, 애거서 크리스티, 마크 트웨인, 에드거 앨런 포의 친필 편지가 들어 있었다. 그러나 부인은 그냥 콧방귀만 꼈다. 주인은 앨범을 도로 책장에 집어넣고 어색하게 웃었다.

해밋 책이 어디 갔지? 그는 돈이 필요했다. 다급함에 손이 덜덜 떨렸다.

백작 부인이 항의하듯 일어섰다. "가야 해요. 우리 차가 이중 주차되어 있거든요."

"죄송합니다." 서점 주인은 위를 올려다보며 땀을 닦았다. "잠시 전까지만 해도 있었거든요. 책상 위에 올려뒀는데." 부인이 장갑을 꼈다. "그럼, 11시경에 다시 올게요. 그때까지는 찾을 수 있겠죠?" 부인은 서점 주인을 노려보았다. "제 해밋 소설을 꼭 찾아 놓으세요."

"물론입니다." 서점 주인은 사라진 책을 찾아 꼬박 3시간 동안 서재를 이 잡듯 뒤졌다.

두 번 더 책장이란 책장은 다 뒤지고 상자란 상자는 모조리 비워 훑었다.

11시 45분이 되자 끝내 포기하고 말았다. 주인은 망연자실한 채 가죽 의자에 앉아 발치에 선물이 잔뜩 놓인 트리를 보며 지난 크리스마스들과 빚 없이 행복했던 시절과 브롱크스에서 보낸 어린 시절을 떠올렸다.

그는 얼굴이 화끈 달아올랐다. 신선한 공기가 필요했다.

아래층에서 버저가 울렸다. 백작 부인일 것이다.

주인은 책이 즐비한 서재와 이리저리 흩어진 빈 상자와 외상으로 산 책 더미와 이제 밥이라도 먹으려면 팔아치워야 할 귀중한 책장을 눈으로 훑었다. 갑자기 그 빨강 머리 소녀와 그 애가 가져간 책들이 떠올라 목이 멨다. 가슴에는 열이 차올랐다.

몹시 심기가 불편했다.

그러나 소매를 내리고 아래층으로 기어 내려가 문을 열었다.

백작 부인의 기사가 가슴께에 모자를 들고 서 있었다. "죄송합니다, 전화하려고 했는데 전화가……." 기사는 충혈된 눈으로 너저분하게 널린 책과 빈 상자와 바닥에 흩어진 표지들을 잽싸게 훑었다. "선생님, 이제 부인에게 『데인 가의 저주』는 필요 없게 됐습니다."

"24시간만 주세요. 더는 달라고 안 할게요." 서점 주인은 미소를 지으려 했지만 욕지기만 차올랐다.

"진심으로 드리는 말씀입니다." 기사가 미간을 찡그렸다. "죄송합니다만, 그 책은 이제 필요 없습니다."

욕지기에 더해 현기증까지 일어서 얼마나 더 오래 버틸 수 있을지 몰랐다. 거의 불가능에 가까운 일이지만 그는 혹시나 싶어 물어보았다. "다른 데서 책을 구했습니까?"

"물론 그건 아닙니다." 기사는 깊이 호흡했다. "이런 소식을 전해드려 정말 죄송하지만 들어주십시오." 그는 손을 주머니에 넣고 길게 한숨을 쉬었다. "백작 부인이 돌아가셨습니다."

"네? 오크 룸에 갈 거라면서요?"

"들어가시기 전에 시간이 좀 남아서 친구분과 센트럴 파크에 가서 순록을 보시기로 했습니다. 그런데 달아나는 썰매에 치이셔서……." 기사의 눈에 눈물이 차올랐고 코가 루돌프 사슴 코처럼 벌겋게 상기되었다. "부인은 목이 부러져서 그만……."

"이런 세상에." 서점 주인은 앞으로 나아가 기사의 어깨에 손을 얹었다. "뭐 좀 마실래요?"

기사가 문턱을 내려다보며 고개를 저었다. "장례식은 세인트 바트에서 거행될 예정입니다."

"도움이 필요하면 언제든지 날 불러요."

기사가 코를 훌쩍거리며 올려다보았다. "부인은 선생님 덕분에 컬렉션의 가치를 2억 달러 이상으로 감정받았다고 항상 고마워하셨습니다." 기사는 몸을 돌려 나가려 했다.

서점 주인은 턱수염을 만지작거리며 말했다. "성급한 소릴지 모르겠지만, 내가 느와르 소설 컬렉션에 관심 있는 구매자를 알거든요. 혹시 원한다면⋯⋯."

"선생님." 기사는 몸을 돌려 서점 주인을 마주했다. "부인은 선생님의 인내심과 헌신적인 서비스에 깊이 감사하셨습니다. 덕분에 부인이 가장 사랑하는 책들에 관한 지식도 많이 얻었다고 하셨고요." 그는 눈을 가늘게 뜨고 서점 주인의 얼굴을 살폈다. "저는 부인이 선생님께 알리셨을 거라 생각했습니다만. 부인은 선생님께 컬렉션 전부를 유산으로 남기셨습니다."

열린 문으로 차가운 바람이 불어 닥쳤지만 서점 주인은 할 말을 잃은 채 기사가 리무진으로 걸어가는 모습을 바라만 보았다.

그리고 거기, 나트륨 조명이 밝게 빛나는 곳에서, 몇 시간 전까지 서점에서 공짜로 일한 빨강 머리 여자애를 발견했다.

소녀는 벤치에 홀로 앉아 담배 연기를 동그랗게 말아 내뱉으며 로자먼드 스미스의 책을 읽고 있었다. 그리고 털 장식이 달린 부츠 옆에 놓인 가방에서 스티븐 킹의 책이 삐죽 삐져나와 있었다. 찢어진 표지 사이로 『데인 가의 저주』가 보였다.

긴 겨울의 한잠

루퍼트 홈즈

루퍼트 홈즈(Rupert Holmes) / 1947

싱어송라이터, 뮤지컬 작곡가 · 극작가, 소설가. 〈탈출(Escape)〉을 비롯해 여러 히트곡을 발표하였으며 『에드윈 드루드의 비밀』을 바탕으로 만든 뮤지컬 〈드루드〉로 토니 상의 최우수음악 상과 최우수대본 상을 수상했다. 그의 첫 소설 『진실이 있는 곳(Where the Truth Lies)』은 후에 영화로 만들어졌다.

† The Long Winter's Nap(2005)

금발의 제냐 존슨은 쭈뼛거리며 보스의 사무실을 들여다보다 말했다. "앞 유리 진열을 막 끝냈어요. 말씀하신 대로, 음, 양말은 굴뚝 옆에 잘 걸어 놨고요, 근데······ 그걸 꼭 양말 옆에 목매달아 두어야 할지······. 별로 재밌지도 않은데요." 제냐가 어색한 미소를 지었다. "나중에 다시 얘기할까요?"

우리가 워런 가에서 맞은 첫 번째 크리스마스였다. 보스는 세상이 온통 1990년산 장 루이 에르미타주 와인과 구운 알자스 거위 요리로 채워진 것처럼 크리스마스 시즌을 즐겼다. 이 모든 평화와 기쁨을 받아들이지 않을 이유가 없었다. 셀 수 없이 많은 장서의 책등은 세월의 무게를 못 이겨 사망하기 일보직전이지만 이제 이 유명한 서점은 머리를 하늘에 둔 듯 당당한 꿈의 장소로 우뚝 서 있다. 벽은 온전히 이곳을 위해 희생되었을 떡갈나무 판자로 장식되어 있었다. 마치 알렉산드리아 대도서관의 가장 쾌적한 건물이 오로지 (카인과 아벨의) 카인에서 (제임스 M. 케인의) 카인까지, 그리고 그 사이에 존재하는 모든 '가장 잔인한 살인들과 소설들'을 위해 헌정된 듯한 느낌이었다.

'하느님의 은총이 함께하길'이라고 서로 덕담하는 계절에, 나는 우리 보스보다 그 인사를 받기에 적합한 사람은 없다고 생각한다. 내가 프리랜서 사진사였던 당시에 우리 보스는《데일리 뉴스》의 스포츠 담당 기자였다. 우리는 길이 항상 엇갈렸다. 오토 펜즐러가 인터뷰를 끝내고 나면 막 롱 아일랜드 고속도로에서 ㄱ자로 꺾인 그날의 트레일러 사진을 찍고 온 내가 나타나거나, 제때 도착해서 승마기수나 투창 선수의 사진을 찍고 나면 오토와 몇 분간 유익한 수다를 떠는 식이었다.

그 이후로 다리 밑 강물이 수도 없이 흘렀고, 버번 추종자인 내 경우에는 수년 동안 버번이 내 입이라는 다리 아래를 흐르고 또 흘렀다(잭 다니엘 공장의 회의실에 내 사진이 우수 고객으로 걸려 있다는 소문이 있다). 나는 한동안 술을 끊고 지냈지만, 취업 지원서에 '금주'라는 단어를 쓸 곳은 어디에도 없었다. 마침 내가 오랫동안 실직 상태여서 빈털터리가 되었다는 사실을 눈치챈 오토가, 마치 도움이 필요한 사람이 자신이기라도 한 것처럼 장문의 편지를 직접 써 보냈다. 오토 덕분에 나는 크리스마스를 즈음하여 따뜻하고 밝고 안락한 곳에서 돈까지 받아 가며 일하게 되었다. 그러나 내가 지금 하려는 얘기가 서점에 관한 것만은 아니다.

네덜란드 사람들이 처음 맨해튼 아일랜드를 식민지로 건설하겠다고 결정한 이래로, 보스는 어떤 시대 어떤 길모퉁이에 있어도 자연스러울 만큼 뉴욕에 최적화된 사람이다. 1954년에 양키스 선수 대기석에 앉아 믹, 무스 크로우론, 행크 바우어 등과 타율 얘기가 아니라 자기 일 얘기를 했다고 해도 자연스럽다. 마찬가지로 오 헨리와 피트의 술집에서 걸어 나오는 모습을 상상해 봐도 지극히 자연스럽다. 오 헨리가 쓴 최신작 얘기를 들으며 이미 의표를 찌르는 결말을 짐작하면서도 작가를 위해 입 다물어 주는 장면도 그려진다. 서점의 범죄소설 코너에는 미래를 모조리 알면서 자신을 과거에 살았던 사람이라고 속이는 시간 여행자에 관한 책이 많다. 때로 나는 우리 보스가 그와는 정반대가 아닐까 한다. 그러니까 보스는 과거를 거치고 거쳐 여기에 와 있고, 기사도, 용맹, 충성심, 번뜩이는 지혜, 명예는 물론이고, 삶의 기쁨과 고통이 풀리지 않는 추리소설보다 훨씬 더 중요하고 앞으로도 그래야 하리라는 것까지 모두 기억하고 염두에 둔 채 우리 사이를 걷고 있는 느낌이다.

보스는 뉴욕의 처음을 있게 한 이 유서 깊은 거리에 서점이 안락하게 자리 잡은 것을 대단히 만족스러워했다. 서점은 보스 트위드^윌 _{리엄 M. 트위드. 19세기 뉴욕의 부패 정치가}의 개인 요새에서 마차로 1분 거리이고, 브라이드웰이라 불리는 창문 없는 채무자 교도소와는 그보다 더 가깝다. 서점 현관 앞 (한 사람에게 '제독'과 '경' 중 하나만 붙여서는 부족한지 '제독 피터 워런 경'이라 불리는 사람의 이름을 딴) 워런 가는 이 지역 전반에 깔렸던 자갈돌을 교체하는 과감한 실험을 했던 곳이기도 하다. 1833년에는 뉴욕 시가 소크라테스의 독주로 유명한 독미

나리로 만든 부드러운 나무 블록을 끼워 넣은 석재로 워런 가를 다시 포장했다.

그리고 현재 지하철이 있는 곳 근처이자 서점 아래 어딘가에는 아직도 미국의 첫 번째 지하 철도의 잔재가 남아 있다. 1870년 뉴욕 압축공기 지하철이다.압축공기를 동력으로 하나의 차량이 터널 양끝의 종착지를 오고가는 형식의 지하철. 1870년 앨드리드 비치에 의해 탄생되었다. 노선 길이는 95미터. 1873년까지 운행했으나 트위드를 비롯한 정치인들의 반대와 불황으로 문을 닫았다. 거기에는 바깥이 보이지 않게 하려고 창문에 커튼을 친 대합실, 그랜드 피아노, 도시의 시끌벅적한 소리를 차단하기 위해 만든 물이 콸콸 흐르는 분수가 있었다. 압축공기를 동력으로 하는 차량의 좌석은 스물두 개였으며, 입구 터널 측면에는 빨간색과 초록색과 푸른색의 가스등을 든 고대 그리스 동상이 배치되어 있었다. 보스 트위드는 이 지하 철도의 성공을 막았지만, 지금도 미스터리 서점 아래 어딘가에는 길 잃은 영혼들을 기다리는 나룻배 사공처럼 유령 열차가 다음 승객을 기다리고 있을 것이다. 곧 승객이 찾아와 줄지도 모를 일이다.

제냐 존슨과 나는 넓은 진열장 배치에 대한 응답을 듣기 위해 보스의 멋진 사무실에 서서 기다렸지만, 보스는 'old'를 'olde'라고 쓰는 곳에서 맞이하는 첫 크리스마스 파티를 준비하느라 여념이 없었다.

전화 통화를 하고 있던 보스는 무척 기분이 상해 보였다. "당신네가 구세군이라고?" 보스는 사람들이 자선 단체와 말할 때 자주 쓰는 차가운 말투로 도전적으로 내뱉었다. "그럼, 군대는 어디 있는데? 다 제대라도 했나? 크리스마스가 당신네한테는 성수기잖아. 아, 제발."

보스가 전화를 탁 끊었다.

"크리스마슨데 사람한테 그렇게 거칠게 말해도 됩니까?" 내가 말했다.

"사람은 무슨." 보스가 되받아쳤다. "20분 동안이나 똑같은 소리만 하는 녹음기에 내 전화가 얼마나 중요한지 설명하고 있었구먼."

보스는 화난 듯 가죽 의자에 털썩 주저앉았다. 그는 오전 내내 크리스마스이브 파티 때 서점 앞에서 연주해 줄 구식 구세군을 섭외했다. 냄비를 옆에 걸어 놓고, 회색 코트를 입은 금관 악기 연주자 서너 명이 〈참 반가운 신도여〉를 연주하면 사람들이 지나가다가 동전을 던져 넣는 광경을 본 기억이 났다. 보통 산타가 냄비를 관리했고, 밴드가 연주하는 동안 사람들에게 감사 인사를 했다. 나는 어릴 때 어떻게 산타가 종횡무진 뛰어다니며 네다섯 블록마다 다른 밴드와 협동하는지 무척 궁금했다. 산타 곁에는 아주 훌륭한 투어 매니저가 있나 보다고 생각했다.

보스는 계속 혼잣말로 구세군이 협조를 해 주지 않는다고 투덜거렸다. "내가 하룻밤에 버는 것보다 더 많이 준다고 하는데도 더 이상 브라스 밴드가 없어서 자원봉사자 대신 음악하는 사람들을 뽑아야 한다더군. 조합에선 복지를 요구한다나 뭐라나……."

제냐가 길고 가는 팔에 안고 있던 크기가 제각각인 원고 더미를 내려놓았다. "알란이 뉴저지에 있는 음악가 중에 당장 와서 일해 줄 사람을 안다고 했던 것 같아요." 제냐가 말했다. 알란도 나처럼 경제적인 어려움을 겪고 있어 보스가 보살펴 주는 사람 가운데 하나다.

알란은 호보컨에 있는, 이름이 길어서 읽기도 힘든 '내게 그건 미스터리야 서점'에서 근무했다. 그 서점은 고객이 2챕터에 있는 내용을 물으면 11챕터의 내용까지 훤히 기억하고 있다가 알려 줄 정도로 고객 대응이 확실하다고 전해진다. 소문에 따르면 알란은 그런 서점에서도 특히 소장 가치 있는 범죄소설을 구별해 낼 줄 아는 유능한 인재라고 한다. 그래서 보스가 크리스마스 휴일 동안 새로 도착한 준*원석들을 분류해 달라고 그에게 시간제 근무를 부탁했다.

"좋아. 수고비는 잘 쳐줄 테니, 비가 오든 눈이 오든 오늘 밤 8시까지 꼭 와 달라고 해 줘. 그건 뭐야?"

제냐가 사이드테이블 위에 몇몇 덩어리로 분류한 원고들을 정리해 놓고 있었다. 사람들이 자발적으로 투고한 원고를 거기에 올려놓으면 보스가 이따금 훑어보기 때문이다. "오늘 들어온 셜록 홈즈 모방작들입니다." 제냐가 한숨을 쉬었다. "금요일치고 그리 많지 않네요. 단편 소설, 중편 소설, 만화 소설, 하이쿠_{일본의 전통 단시} 등 모두 서른다섯 편이에요. 모두 콕스 은행에 있는 왓슨 박사의 양철 상자에서 나왔대요. 왜, 금고가 쿠푸 왕의 피라미드보다 조금 더 크다는 은행 있잖아요. 생각해 보면 코난 도일은 왜 모험 소설을 육십 편밖에 안 썼는지 모르겠어요. 게으름쟁이 같으니!"

"수확은 좀 있고?"

"음, 늘 그렇듯이 실존 인물과 팀을 이루는 내용이 많아요. 홈즈가 앨버트 아인슈타인을 돕는 식으로." 보스가 미간을 찌푸리자 제냐가 서둘러 덧붙였다. "아, 어린 아인슈타인 말이에요. 홈즈가 그의 시작을 돕는 이야기예요."

"아주 기발하군."

"셜록 홈즈가 라라 크로프트인기 게임이자 영화 〈툼레이더〉 시리즈의 주인공를 만나는 것도 있어요."

"라라 크로프트? 홈즈가 143세까지는 살아야 가능한 얘기군. 그래, 그 작가는 어떻게 그걸 가능하게 했지? 뭐 시간여행이라도 하나?"

"아뇨. 소설에서는 홈즈가 143세로 나와요."

"음, 그것도 한 방법이겠군."

"홈즈가 '붉은 머리 연맹' 사건을 해결하는 작품은 어때요?"

"그건 홈즈가 소설 속에서 이미 해결했는걸."

"이 작품에 따르면 홈즈가 사건을 잘못 해결했대요." 제냐가 나를 보며 말했다. "펜, 연필, 색연필로 쓴 이야기들도 다 확인했죠?"

이게 바로 서점 업무 중 가장 비전문적이라 내게 할당된 임무였다. 나는 미리 점검해 둔 원고들을 가져오면서 맨 위에 있는 크리스마스 카드를 주머니에 넣었다. "음, 첫 번째 것이 좀 흥미로웠습니다. 라스베이거스를 배경으로 한 셜록 홈즈 소설인데, 제목이 『시나트라의 거대 범죄 조직』입니다."

"전 세계가 각오를 단단히 해야겠군." 보스가 중얼거렸다.

"그 외에는 전부 제가 어릴 때 읽었던 홈즈 소설을 비슷하게 모방한 수준입니다. 이건 『푸른 석류석』이란 거고, 저건 제목이 『겁쟁이 굴뚝 청소부』……."

"제냐! 아까 앞 유리에 걸어 놓은 게 뭐 어쨌다고 그랬잖아. 무슨 얘기였어?" 보스가 한참 전에 했던 얘기를 아닌 밤중에 홍두깨처럼 불쑥 꺼냈다.

제냐는 미소를 지으며 말했다. "이맘때면 늘 그렇듯이 기발한 아이디어가 필요했는데, 알란이 양말 옆에 산타의 요정 하나를 목매달아 놓으면 귀엽겠다는 거예요. 올가미에 걸려 괴로워하는 것처럼 팔다리가 빙빙 돌아가게 할 작정이었는데 잘 안 됐죠. 범죄소설을 취급하는 최고의 서점에 맞는지 확신이 들지도 않았고요."

보스가 그에 대한 의견을 말한 뒤 우리에게 저녁 파티 준비를 명했다.

나는 프리랜서 사진사로 많은 사교 파티에 다녀 봤지만 이 파티야말로, 진정한 뉴욕의 파티는 이래야 한다고 내가 늘 머릿속에 그려 온 것이었다. 어지간해선 보기 힘든 파티였다. 아마도 우리 보스가 책을 아끼는 진실한 사람을 사랑하기 때문인 것 같았다. 또 어쩌면 보스가 위선자를 견디지 못해서일지도 몰랐다. 위선자가 보스의 파티에 올 방법은 진실한 사람의 친구가 되는 길밖에 없다.

미스터리 서점 파티에는 다른 파티들과 확연히 구분되는 점이 있었다. 이따금 대화가 끊길 때면 '사람을 죽였는데 어디에 숨겨야 할지를 모르겠어서……' 따위의 말소리가 들리다가, 곧 다시 보통 때처럼 차분하게 대화가 이어진다는 점이다.

보스가 배경 음악으로 코렐리의 〈크리스마스 콘체르토〉를 틀었다. 물론 제목은 보스가 말해 주어서 알았다. 나는 수많은 바로크 작곡가 중에서 남자와 여자를 구별하지 못했고, 아주 오랫동안 로코코가 네슬레에서 만든 파우더인 줄 알고 살았다.

보스는 턱시도 차림인데도 전혀 불편함 없이 연신 베브 클리코 와인을 따른 잔을 부딪쳐 가며 정다운 친구들과 재담을 나누었다. 혹시 혼자 있거나 불편해 하는 사람이 없는지 예리한 눈으로 훑어보고는 곧 그 사람에게 가서 말을 걸었다. 보스가 다양한 성격의 사람들을 한데 모아 눈에 띄면서도 다채롭고, 그러면서도 따뜻하고 매력적이기까지 한 조각보를 만들어 내는 장면은 참으로 특별했다.

나는 작은 테이블에 앉아 파티에 참석한 손님들의 이름을 체크했다. 알란 페이지는 분위기에 어울리지 않게 추레한 청바지와 큰 글씨가 인쇄된 헐렁한 티셔츠를 입고, 모인 사람들을 부러운 듯 바라보았다. "호보컨에서는 한 번도 이런 걸 해 본 적이 없어." 알란은 제냐가 목 졸린 난쟁이를 치우라고 하는 바람에 약간 화가 났고, 지금은 두 팔 가득 작은 조각상과 제본된 책들을 들고 있었다. 덩치가 제일 큰 직원도 아닌데 그에게 주어진 일이 좀 많은 게 아닌가 싶었다. "그 책들은 뭐야?"

"고전 크리스마스 미스터리 소설 초판본." 알란이 대답했다. "앞 책장에 진열되어 있었는데, 많은 사람이 모이는 파티에 이 귀중한 걸 놔두기에는 불안해서 창고에 가져다 놓으려고. 열쇠 있어?"

과연 현명한 생각인 것 같아서 코듀로이 스포츠 코트 윗주머니에 손을 넣어 열쇠를 꺼내 주었다. 내가 알란보다 서점에서 8일 더 일한 바람에 맡은 것이었다. 열쇠를 받아든 알란은 사람들을 헤치며 서점 아래층으로 이어지는 계단으로 향했다.

열쇠를 찾다가 보스에게 온 크리스마스 카드만 한 봉투를 다시 발견했다. 겉봉에 '긴급'이라고 적혀 있었다. 제기랄. 보스의 사무실에서 셜록 홈즈 원고를 훑어봤을 때 그 봉투를 주머니에 넣었던 기억이 되살아났다.

방을 건너다보니 보스는 예쁘고 매력적인 아내의 귓속말에 호탕하게 웃고 있었다. 저렇게 기분이 좋은데 방해를 해야 하나? 나보다 요령 있고 외교적으로 능숙한 누군가의 전략적인 충고가 필요했다. 내가 신뢰할 수 있는 누군가의 의견이.

"메리 크리스마스." 산타클로스가 산타 고유의 낮고 걸걸한 목소리로 인사했다. 흰 턱수염과 구레나룻을 포함해서 산타가 갖춰야 할 예복을 제대로 입고 있었다.

"안녕하세요." 나도 인사하며 벽시계를 보았다. "지금쯤 오하이오 애크론 어딘가에 있을 줄 알았어요."

산타는 뚱뚱하고 가슴이 넓었다. 앞으로 몸을 숙이더니 여전히 낮고 걸걸한 목소리로 은밀히 말했다. "같이 온 밴드는 밖에 있어요. 공연을 시작하려고 옷까지 다 입었는데, 갑자기 호호호, 그러니까 내 말은 신호가 와서……." 산타는 화장실 가고 싶다는 말 대신 양팔을 배 앞에 교차했다.

"아, 네. 어서 가세요. 아래층으로 가는 게 낫겠네요. 옷도 벗어야 하니까 사람이 없는 곳이 낫겠죠?" 산타는 계단을 향해 거의 춤을 추듯 쌩하고 달려갔다. 나는 다시 손에 쥔 카드로 관심을 돌렸다.

"그건 뭐예요?" 제냐가 내 손에 들린 물건을 가리키며 말했다. 내가 세어 본 바로 벌써 석 잔째 샴페인을 손에 들고 있었지만 자세히 보지 않았으니 더 마셨을지도 모른다. 나는 제냐에게 카드에 관해 설명하고 오토에게 보여 줘야 할지 물었다.

제냐는 보통 때보다 훨씬 더 길고 느리게 고개를 저었다. "그것 때문에 보스가 나한테 일을 시킬 거라면 안 되죠. 난 비번이고, 실은 지금 정상이 아니거든요."

"괜찮아요?"

제냐는 몽롱한 표정으로 웃었다. "이런 상태로 처음 집에 들어갔을 때가 생각나요. 아빠가 대충 보더니 '제냐, 너 취했구나'라는 거예요." 제냐가 잔을 비웠다. "그 후로 아빠의 기대에 부응하기 위해 열심히 마셨죠." 그녀는 비틀거리며 나한테서 멀어졌다. 인정 많은 경찰이 본다면 술 깨라고 커피라도 사 줄 정도였다. 나는 한숨을 쉬고 봉투를 집어넣었다. 진짜 급한 문제였다면 전화를 했겠지.

축제는 한껏 무르익었고, 창밖에서는 이 밝고 행복한 분위기를 더 특별하게 만들어 줄 일이 준비되고 있었다. 마치 침대 시트를 부풀려 맨 낙하산 부대원 수천 명이 맨해튼을 공격하기라도 하듯 하늘에서 눈이 펑펑 내리기 시작했던 것이다. 거리는 금세 두꺼운 설탕 옷을 입은 케이크처럼 변했고, 도로변을 따라 주차해 놓은 차들은 어느 게 어느 건지 구별이 어려웠다. 눈송이는 가로등의 인공 햇빛을 받아 눈부시게 빛났고, 떨어지는 십억 개 눈송이가 워런 가를 한낮처럼 훤히 밝혔다. 길 건너편에 자리한 3, 40년대 느낌이 나는 바 '라

쿤 로지'는 과거의 영광 말고 현재의 즐거움을 만끽하라고 행인들을 유혹했다.

다섯 개 자치구의 지하철역 근처에 사는 사람들은, 미스터리 서점이 거의 모든 지하철 노선이 통과하는 역에서 몇 걸음밖에 떨어져 있지 않다는 사실에 한층 더 기뻐했다. 다른 사람은 발이 묶여도 우리는 원하면 언제든 집에 갈 수 있었다. 하지만 음료와 음식 그리고 마음에 드는 친구들이 옆에 있었기에 이 상황에 만족했다.

이따금 홀에 틀어놓은 음악이 잠잠해지면 구세군 대용 밴드가 연주하는 곡이 거리에서 흘러 들어왔다. 15분에서 20분 정도 지났을 무렵, 벨트를 맨 트렌치코트 차림의 멀쑥한 사내가 앞문으로 들어왔다. 그는 태풍으로부터 고아를 보호하듯 긴 팔에 튜바_{장중한 저음을 내는 금관악기}를 안고 있었다.

"여기 직원이세요?" 남자가 튜바를 테이블 옆에 내려놓으며 말했다. 나는 어떤 상황인지 알아챘고 남자는 활기차게 웃었다. "눈 속에서 연주하는 데는 이의가 없습니다. 들어가 서 있을 수 있는 작은 천막도 있고, 크게 춥지도 않거든요. 그래도 20분에 한 번씩은 안에 들어와야 할 것 같습니다. 우리한테 일을 시킨 여자분이……," 남자는 이리저리 둘러보며 제냐를 찾았지만 보이지 않았다.

"네, 당연히 그러셔도 됩니다." 그 사람들이 밤새 밖에서 따뜻한 내부를 바라보며 성냥팔이 소녀가 되도록 할 수는 없었다.

남자가 손 씻을 곳을 물어서 나는 그의 완곡어법에 빙그레 웃었다. 남자도 내게 미소를 지어 보였다. "진짜 손 씻으러 가려는 겁니다. 몇 분만이라도 따뜻한 물에 손을 담그고 싶어서요. 금속은 조금만 지나면 얼음 같아지거든요." 남자가 튜바를 들어 올려 팔에 끼웠다. "참, 제 이름은 더그입니다."

나도 이름을 밝힌 후 아래층 화장실까지 안내를 자청했다. 남자는 손에 든 악기 때문에 계단을 내려가는 데 좀 애를 먹었다. 그래도 생각보다 악기가 작아 보여서 그에게 내 의견을 말했다.

그의 반응은 좀 방어적이었다. "그래요, 맞아요. 이건 튜바가 아니라 유포니움이에요. 그래도 소리는 똑같아요. 이런 일을 할 때는 유포니움을 쓰죠. '움' 소리가 나고…… '파' 소리는 안 나거든요."

"겉모양으로는 수자폰과 더 가깝지 않나요?" 연주자의 어깨와 몸통에 보아 구렁이처럼 감기는 악기를 떠올리고 내가 물었다. 나는 고등학생 때 수자폰을 연주했다.

남자가 즉시 반응했다. "카네기 홀에서는 튜바를, 하프타임 쇼에서는 수자폰을 연주하는 데는 이유가 있죠." 남자는 별로 언쟁거리도 안 되는 일에 죽자고 달려들었다.

우리는 계단 아래에 도착한 후 사무실을 지나, 직원 휴게실이 딸린 창고 앞에 도착했다. "이상하네요." 갑자기 뭔가 생각났다. "산타 분장한 당신네 사람이 화장실을 쓴다면서 이리 내려왔는데, 돌아 나오는 걸 본 기억이 없어요."

이 말에 더그는 대수롭지 않은 듯이 이렇게 대답했고 나는 몹시 불안해졌다.

"무슨 산타 말인가요?"

나는 창고로 가는 문을 열었다.

굴뚝을 타고 내려와 빈 난로로 곤두박질친 듯한 흰 수염 남자가 안쪽에 있었다. 여기는 난로도 아니고 굴뚝도 없으며 빈 구석에는 마분지 상자만 가득했지만.

너무 섬뜩한 나머지 남자가 피를 뚝뚝 흘리는 소리를 들은 줄 알았는데 더그가 든 악기의 피스톤에서 샌 밸브 오일이 리놀륨 바닥에 떨어지는 소리였다. "뭡니까?" 더그가 혼비백산해서 물었다.

누워 있는 사람은 내가 위층에서 본 산타였다. 그의 눈은 깜빡거리지 않는데도 반짝거렸고, 뺨은 장미 같았다(아니면 뺨에 묻은 피딱지인지도). 코는 체리(크고 뭉개진 블랙 체리) 같았다. 돌아간 머리(더 정확하게 말해서 어깨 위에 이상한 각도로 얹힌 머리)를 보니 이제 산타클로스는 아무것도 걱정할 일이 없을 듯했다. 이번 크리스마스에도, 그리고 다음 크리스마스에도. 그는 크리스마스 아침 메이시 백화점에 쌓인 장난감들처럼 생명이 없었다.

"하느님, 맙소사!" 소식을 들은 보스는 크리스마스답게 하느님을 나지막이 들먹였다.

보스는 살인 사건을 본 적이 있고, 또 앞으로도 보게 되겠지만, 날이 날이니만큼 충격이 전혀 없지는 않을 터였다.

위층에서는 여전히 파티가 계속되었다. 산타가 죽은 걸 확인한 후 나는 위층으로 쏜살같이 달려가 맨 먼저 보스에게 암울한 소식을 전했다. 보스가 어떠한 순간에도 포커페이스를 유지한다는 소문은 과연 사실이었다. 겉으로는 내가 마치 각얼음이 다 떨어졌다고 귓속말한 것처럼 반응했다. 그는 손님들을 제일 많이 아는 샐리를 불러서, 경찰이 올 때까지 손님들과 계속 놀아 주라고 지시했다. 댄에게는 911에 전화하라고 했다.

나는 제냐를 데리고 아래층으로 내려갔다. 거대한 산타 옷을 입고 죽은 시체를 보자마자 제냐한테서 술기운이 싹 달아나는 게 보였다. 보스가 손수건 싼 손으로 머리 위 형광등을 켰다.

"알란이에요." 제냐가 신음하듯 말했다. 삐딱해진 흰 가발과 턱수염 덕분에 이제야 나도 죽은 남자가 뉴저지 호보컨 출신의 미스터리 소설 감정가라는 것을 알게 되었다. 나는 아까 알란이 산타 옷을 입고 나타나 그렇게 많은 말을 했는데 알아보지 못한 점을 자책했다. 제냐는 재빨리 뭔가를 중얼거렸다. 그때까지 나는 제냐가 가톨릭 신자인 줄 몰랐다.

"맙소사, 코트에서 삐져나온 게 뭐지?" 나는 산타의 넉넉한 웃옷에서 뭔가가 쏟아져 나오자 놀라면서 물었다.

보스가 그의 옆에 쪼그려 앉았다. "손대면 안 되겠지. 셔츠 안에 페이퍼백이 가득하군. 스무 권, 아니, 서른 권……." 보스가 자세히 들여다보더니 이런 상황에서는 좀 심하다 싶게 껄껄 웃었다.

"무슨 책입니까?" 내가 물었다.

"『다빈치 탄수화물 다이어트』야. 성경이나 작자 미상 그림에 나오는 음식만 먹는, 고탄수화물 저지방 체중 감량 프로그램에 관한 책이야. 요즘 유행이지. 황기장 같은 곡물에 크게 의존하는 다이어트법이야."

"얼마나 팔렸습니까?"

보스가 일어섰다. "황기장만큼. 재고를 전부 반품해야겠어. 근데 이 친군 누구야?" 보스는 복도로 나가려다가 미니 튜바를 들고 바닥에 멍하니 앉아 있는 더그를 보고 물었다. 그가 누구인지, 왜 여기 있는지, 알란이 귀한 초판본들을 가지고 마지막으로 아래층에 내려간 게 언젠지, 머리가 꺾인 채 산타 옷을 입고 다시 나타난 건 언젠지 보스에게 설명했다.

우리는 위층으로 다시 올라왔다. 보스가 샐리에게 밖에 있는 다른 음악가 두 명도 데려오라고 했다. 조수 롭이 그들을 보스의 사무실로 데려갔다. 더그와 마찬가지로 두 음악가에게도 음식과 아이리시 커피를 내주었다.

"이제 어떡하죠?" 내가 보스에게 물었다.

보스는 미간을 찌푸렸다. "믿기 어렵겠지만, 이제부터 게임을 할까 해." 그렇게 말하면서 확성기 스위치를 올리자 흥겹게 울리던 크리스마스 음악이 뚝 끊겼다. 손님들이 의아한 듯 주변을 둘러보았고 보스는 사람들에게 주목해 달라고 요구했다.

"신사 숙녀 여러분, '미스터리 서점'에서 저희와 크리스마스이브를 함께 보내 주신 데 대해 심심한 감사를 드립니다. 아주 파란만장한 저녁을 가능하게 해 주신 점도요." 만약 아래층에서 무슨 일이 일어났는지 안다면 사람들은 저렇게 손뼉을 치면서 웃지 못하리라.

"이제 여러분이 리무진으로, 지하철로, 혹은 걸어서 집에 돌아가시기 전에 『몰타의 매』 사인본을 상품으로 걸고 잠깐 게임을 할까 합니다."

손님들은 뜻밖의 제안에 기뻐 날뛰었다.

"황금기 탐정소설의 뉴욕 파티 장면에 늘 등장하는 놀이를 간소화해서 재현해 보겠습니다. 소위 물건 찾기 게임이죠! 시간은 5분으로 한정합니다. 여러분은 다섯 개 조로 나뉘고 각 조에 우리 충실한 직원들, 이안, 샐리, 롭, 힐러리, 댄이 배정되어 여러분을 감독할 겁니다. 그러니까 여러분은…… 물건을 찾는 동안 서점에 있는 어떤 것도 만지거나 자리를 옮겨선 안 된다는 뜻입니다. 제가 말씀드리는 물건들 중 아무거나 하나를 맨 먼저 찾는 팀에게 상이 돌아갑니다. 찾으실 물건은 비치볼……."

"이 추운 겨울에?" 누군가가 물었다.

"네, 바람이 빠졌거나 빵빵하거나 상관없습니다. 그리고 그와 비슷한 빵빵하게 부풀릴 수 있는 물건이어도 됩니다. 또는 수건이나 담요처럼 뭘 쌀 수 있는 종류도 괜찮습니다. 베개도 좋고요. 폼러버 쿠션도요. 오토만 사이즈의 빈백beanbag 의자 속에 넣어 채울 수 있을 만큼 부드럽고, 어제까지 이 구역에 없었을 법한 것이면 됩니다. 제 동료들이 여러분의 결정을 도울 겁니다. 5분 안에 조를 짜 드리겠습니다. 그중 최고의 팀이 이기겠지요!"

서점 직원들이 사냥 파티를 위해 손님들을 분배했고, 보스는 내게 자기 사무실로 함께 내려가자고 했다. 가는 길에 보스에게 물었다.

"『몰타의 매』 사인본이 이긴 팀원들에게 한 권씩 줄 만큼 있습니까?"

"사인본이라고만 했지 누가 한 거라고는 말 안 했잖아. 내가 초등학교 때부터 글씨 쓰기 대회를 휩쓸기도 했고 말이야."

우리는 더그와 그의 음악 동료인 코넷 연주자와 트롬본 연주자에게 갔다. 그들은 소파에 편안히 앉아서 쟁반 가득 담긴 손가락 크기의 샌드위치와 생크림을 뺀 뜨끈한 아이리시 커피를 게걸스럽게 해치우고 있었다. 나는 책상 근처 협탁 위에 쌓인 원고들을 보면서 지금이 진작 전달했어야 할 편지를 보여 줄 적기라고 생각했다. 창고에 드러누운 시체에 비하면 내 실수는 새 발의 피가 아닌가!

보스는 편지 얘기에 대수롭지 않게 반응했고 내가 봉투를 건네자 당장 찢어서 읽었다. "제기랄." 보스가 중얼거리더니 테이블 위에 늘어놓은 홈즈 관련 원고들을 뒤지기 시작했다.

"뭘 찾으십니까?"

보스는 마지막 원고를 내려놓았다. "찾는 게 없어." 보스가 책상으로 가서 수표장을 꺼내며 더그에게 제냐가 연주 비용으로 얼마를 주기로 했느냐고 물었다. 더그가 적당한 금액이라 여겨지는 가격을 말하자 보스는 수표를 쓰기 시작했다. 그때 조심스러운 노크 소리가 들리더니 제냐가 들어왔다.

"물건 찾기 게임에서 이긴 팀이 없어요. 오십 명도 넘는 사람이 여기저기 다 뒤졌는데도요. 뭘 찾을 거라고 생각하신 거예요?"

보스가 천천히 고개를 끄덕였다. "그래, 좀 이상했지? 그저 경찰이 오기 전에 확인할 게 있어서 말이야." 보스는 제냐에게 우리 옆에 앉으라고 말했다. "그건 그렇고 경찰은 왜 아직 안 오는 거야?" 제냐는 내 옆에 있는 등받이가 곧은 의자에 앉았다. "폭설 때문에 경찰이 필요한 곳이 많아서 우선순위에서 밀린 것 같아요. 그래도 30분 안에는 팀을 보내 주겠다고 했어요."

내가 목소리를 높일 차례였다. "근데, 물건 찾기 게임은 왜 한 겁니까? 뭘 찾으시려고요?"

보스는 나비넥타이를 풀고 셔츠 맨 위 단추를 끌렀다. "크리스마스 파티에는 그런 물건이 꼭 있잖아. 충전재 같은 거." 보스가 우리의 멍한 표정을 살폈다. "속 채우는 거 말이야. 하여튼 산타가 서점에 들어왔을 때 옷 안에 채워 넣었을 만한 거."

나는 손님들이 헛수고를 했다는 사실에 놀랐다. "산타 옷 안에 '다빈치 운동'인가 뭔가 하는 책이 수십 권 들어 있는 거 보셨잖아요."

보스가 씩 웃었다. "서른 권이나 되는 큰 페이퍼백을 옷 안에 넣어서 둥그런 모양이 될 거라 생각해? 그건 우리 눈을 속이려고 막판에 즉석으로 한 행동이야. 제발 사건의 추이를 보라고. 알란이 귀한 초판본 몇 권을 가지고 창고로 간다. 산타로 분장한 사람이 서점에 들어와 직원 화장실로 내려간다. 자네와 더그가 아래층으로 내려갔더니 알란이 산타 옷을 입고 죽어 있다. 근데 자넨 왜 서점에 들어온 산타를 알란이라고 생각했지? 처음 봤을 때 알란의 얼굴과 목소리를 못 알아챈 게 이상하다고 했잖아. 그건 바로 산타가 알란이 아니었기 때문이야."

제냐와 나는 잘 따라가고 있었지만, 코넷 연주자는 어리둥절해 하며 더그에게 물었다. "알란이 누구야?"

더그가 낮은 목소리로 대답했다. "우리한테 일 시킨 사람이 아닌 건 확실해."

"젠, 넌 이 일이 벌어지는 동안 어디 있었어?" 보스가 물었다.

"사람들하고 함께 있었죠." 제냐가 어깨를 으쓱했다. "추파를 던지기도 하고, 술도 마시고, 뭐 그런 건설적인 일을 했죠. 근데 알란이 산타가 아니면, 그럼 산타는 지금 어딨어요?" 오늘 저녁에 과음한 탓에 제냐는 색소 결핍증 환자처럼 얼굴이 창백했다.

"어디에도 없어."

"그럼……."

"응, 제냐. 산타클로스는 없어. 몇 분 동안 있었을 수는 있지. 그래도 일단 산타라고 치고 정리해 볼게. 산타가 더그의 일행인 척하면서 서점에 들어와. 아래층으로 가도 좋다는 허락을 받고 내려가지. 거기에서 알란이 귀한 초판본을 가지고 산타를 기다려. 그럼 산타가 초판본을 들고 아래층 뒤편에 있는 비상구로 달아날 계획이었지."

"경보 장치가 울리지……." 내 말을 끊고 보스가 말을 이었다.

"알란은 경보 장치나 내 사무실 말고도 서점의 모든 열쇠를 가지고 있어. 기억 안 나? 자네가 열쇠를 줬잖아. 그러나 잘 숨기기만 하면 초판본을 가지고 현관으로 나가는 게 더 나았지. 산타는 사람들의 의심을 사지 않기 위해서 알란의 머리를 살짝 때리기로 미리 약속했고, 그럼 우리는 경찰한테 산타 복장을 한 남자가 용의자라고 말했겠지. 그렇게 될 뻔했어."

보스가 하는 말이 이해되기는 했지만, 아직 미심쩍었다. "귀한 초판본이긴 하지만, 그 책들이 그렇게 대단한가요? 사람을 죽일 만큼?"

보스가 아마추어 셜록 홈즈 소설이 쌓인 곳으로 걸어갔다. "아니. 하지만 오늘 도착한 원고 중에는 당연히 그럴 만한 게 있었어. 지금은 사라지고 없지만." 보스는 내가 나중에야 전달한 편지를 꺼내서 큰 소리로 읽었다. '이 원고가 진품이란 걸 밝혀내면 당신과 당신의 영민한 전문가팀에게 수수료를 자그마치……' 보스는 편지를 그만 읽었다. 언젠가 미국 국세청이 그 금액을 읽게 되리라 믿어 의심치 않았다. "알란이 가치가 무한대인 이 원고를 본 거야. 내가 보지도 듣지도 못해서 무방비 상태로 사무실에 놔둔 그 원고를 말이야. 그런데 미련하게도 알란이 공범한테 그 얘기를 해 버렸네. 산타는 알란에게, 하늘에서 크리스마스 선물이 떨어졌으니 가져가야 한다고 주장했지. 알란은 그런 중절도죄는 짓기 싫다고 말했어. 원래의 각본대로라면 산타는 알란의 머리를 살짝 쳐서 그저 기절만 시켜야 하는데, 의견이 맞지 않자 격노해서 세게 때려 버린 거야. 산타는 초판본과 원고를 가지고 비상구로 빠져나간 후 다시 파티로 돌아왔어. 얼굴이 안 보이면 더 의심받을 테니까."

주제를 바꾸려는 듯 제냐가 말했다. "그럼, 산타가 맨 처음 들어올 때는 배를 뭐로 채웠을까요? 그게 여기 없으면……."

"아니, 여기 있어. 산타는 정체를 들키지 않기 위해 그것을 어딘가에 숨겨야 했어. 그래서 자신의 트렌치코트에 그 물건을 쌌지. 그랬더니 산타의 큰 웃옷을 채워 주면서, 나중에 훔친 원고와 책을 숨길 공간까지 생기더란 말이지. 살인 도구가 되기도 했고. 우리는 그걸 결정적인 증거라고 하지."

보스가 소파로 몸을 틀었다.

"더그, 튜바는 어디 있지?"

더그가 문으로 내달렸지만, 마침 예상보다 조금 일찍 와준 경찰 부서장 달레산드로와 뉴욕 시경의 맥티그 형사에게 덜미를 잡혔다.

★★

우리 보스는 베이커 가를 배경으로 한 홈즈 소설 말고도 홈즈가 등장하는 소설은 뭐든 다 좋아한다. 크리스마스인 다음 날, 보스가 사랑하는 아내 리사와 직원들과 언론 기자들 앞에 섰을 때 그의 목소리는 권위 있게 쩌렁쩌렁 울렸고 심지어 열정적이기까지 했다. 하룻밤 연습으로는 턱없이 부족하지만 케네스 브래너영국 출신의 영화감독이자 배우의 영국 억양도 어설프게 흉내 냈다. "홈즈가 말했다. '거위는 죽은 후에 알을 낳았지요. 세상에서 가장 아름답고 밝은 군청색 보석 알이었습니다. 그 알을 여기, 제 박물관에 가져왔습니다.' 홈즈는 쇠로 된 금고를 열고 네이비 가넷을 들어 올렸다. 보석은 별처럼 빛났고 가운데는 광채로 찬란했다. '게임은 끝났네, 라이더.' 홈즈가 조용히 말했다."

우리가 보낸 박수갈채에 보스는 고개를 숙여 화답했다. "이것 때문에 살인이 벌어진 겁니다. '네이비 가넷의 모험' 초고는 '푸른 석류석의 모험'으로 제목이 바뀌었습니다. 셜록 홈즈의 초기작이자 크리스마스를 배경으로 한 유일한 작품이죠."

"가치는 얼마나 된다고 보십니까?" 《더 선》 기자가 물었다.

보스는 인상을 찡그렸다. "알란 페이지가 목숨을 잃고, 살인자가 그로 인해 몇십 년을 감방에서 썩을 만큼의 가치죠. 저한테는 미스터리 서점의 둥지인 워런 가 58번지에서 처음으로 해결된 미스터리이고요. 그 가치는 이루 헤아릴 수 없습니다."

기자가 집요하게 들러붙었다. "달러나 센트로 하면 얼마나 될까요? 음…… 대략 백만 정도?"

"진기한 문학 작품이니 백 정도는 될 것 같습니다."

"백만의 백, 그럼 일억 달러?" 내가 목을 꺽꺽거리며 말했다.

"백 달러란 말입니다. 혹시 아실지 모르지만, 아서 코난 도일 경은 coloured를 항상 'u' 없이 적고, jewellery는 'l'과 'e'를 하나씩 빼고 쓰며, centre를 'center'로 적는 습관이 있습니다." 보스는 공감이 가는 한숨을 쉬었다. "아쉽게도 이 원고는 '왕국의 기사'가 아닌 미국인이 작성한 위조문서입니다."

1시간 뒤, 보스와 리사, 제냐와 나는 서점 문을 닫고 있었다. 나는 오전 내내 나를 괴롭히던 문제를 보스에게 물어보았다. "더그는 알란을 죽이고 원고를 튜바 벨에 숨겨 나갔으면서 왜 다시 서점에 돌아왔을까요?"

"뒷문으로 나간 후에 보니 튜바 피스톤에 구멍이 나 있었지. 그래서 밸브 오일이 살인 현장에 남아 있을 거라고 짐작했을 거야. 튜바를 들고 돌아와서 자네와 함께 시체를 발견하러 가는 동안 바닥에 오일을 흘리면 앞서 흘린 오일의 흔적이 덮일 거라고 계산했겠지."

"10분 만에 살인 사건을 해결하고, 당신이 서평 하나의 스펠링을 검사하는 것보다 더 빨리 백만 달러 정도가 눈앞에서 사라지고, 와! 이런 일도 흔치 않을 거예요." 리사가 위로랍시고 말했지만 보스는 귀담아듣지 않았다.

12월 25일에 흔히 그렇듯, 해가 쨍하고 나와서 전날 밤에 내려 얼어붙은 깨끗한 눈더미를 밝게 비췄다.

보스는 자물통에서 열쇠를 돌려 빼며 차가운 오후의 공기를 마음껏 들이마셨다. "그 사기 원고는 진짜 홈즈 원고가 될 수 없었지만, 우리 서점과 이 거리, 오래된 뉴욕의 이 구역······. 이것들은 세상 어디에도 없는 진정한 내 집이야. 자, 불레이에서 점심 어때?"

"크리스마스라 문을 닫지 않았을까요?" 내가 물었다.

"방법이 없는 사람들에게만 닫히는 문이지." 보스가 웃었고, 우리는 서 브로드웨이를 향해 모퉁이를 돌았다.

콜드 리딩

찰스 아다이

찰스 아다이(Charles Ardai) / 1969

'하드 케이스 크라임'의 대표 · 편집자, 소설가, '주노 온라인 서비스'의 CEO. 단편 「후방(The Home Front)」으로 에드거 상을 수상했다.

---

† Cold Reading(2006)_ 콜드 리딩은 사전 정보가 없는 상태에서 상대방의 성격, 속마음, 취향 등을 간파하는 기술이다.

이틀 남긴 했지만, 아직 크리스마스는 아니다. 그래도 크리스마스인 거나 다름없었다. 우리 가게를 제외한 모든 상점은 같은 음악을 끊임없이 반복해서 틀어 댔다. 이런 기쁨, 저런 행복. 창문은 빨간색과 초록색으로 장식했고, 크리스마스트리는 조명으로 빛났다. 공기에는 솔잎 향이 가득했고 날씨는 숨쉬기도 어려울 만큼 추웠다.

워런 가에서는 크리스마스 쇼핑객들과 전문직 종사자들이 섞여서 서로의 옆을 스치듯 지나간다. 그 광경이 다소 이상해 보이는 이유는, 쇼핑객들은 대개 최신 유행을 좇는 트리베카 힙스터들인 데 반해 전문직 종사자들은 센터 가에 있는 법원 청사로 가는 노동자들이기 때문이다. 각각 가게에 들어와 찾는 책도 달라서, 힙스터들은 폴 오스터나 제임스 셀리스, 조너선 리섬의 책 같은 아방가르드한 것들을 사가는 반면 노동자들은 그리샴이나 토로 같은 작가들의 법정 스릴러를 찾는다. 9시부터 5시까지 수도 없이 법정에 들락거리는 사람들이 쉬는 날 또 그런 책을 읽는다는 게 나로서는 이해가 되지 않지만, 어쨌든 그들은 그런 식이다.

나는 누가 문을 통과해 들어오는 것만 보고도 그 사람이 무엇에 관심이 있는지 대체로 구분할 수 있다. 시간을 죽이기 위해 나 혼자 하는 셜록 홈즈 놀이이다. 치노 바짓단에 진흙이 묻어 있고 뺨과 이마가 햇볕에 탄 흔적이 있는 저 흰머리 신사는? 존 D. 맥도널드 독자다. 나는 그를 골드메달^{미국 포셋 출판사의 오리지널 페이퍼백 시리즈. 존 D. 맥도널드의 초기작들도 여기에서 나왔다}의 초판본이 있는 서가로 안내했다. 다운 파카로도 성직자복 옷깃을 미처 못 숨기는 둥그스름한 몸매의 중년 남자라면? 체스터튼 독자라고 단정하는 건 너무 무성의해 보이지만, 어쨌든 댄 브라운보다는 브라운 신부 쪽을 택할 거라는 게 안전한 추측이다. 그 사람이 'M' 서가로 가서 랠프 맥키너니 책을 뽑았을 때도 그리 놀랍지는 않았다.

그러나 내 관찰력과 직관력이 항상 백 퍼센트 맞지는 않는다는 것이 다음 손님에게서 드러나고 말았다.

여자는 계절에 맞지 않게 옷을 얇게 입었다. 검은 스웨터와 데님 스커트를 입고 흰색과 분홍색 줄무늬 레깅스를 신었다. 목도리를 두르고 있었는데 그나마 계절 감각을 발휘한 것은 그뿐이었다. 머리는 소년처럼 삐죽삐죽하게 짧게 깎아 강렬한 오렌지색으로 염색했다. 키는 158센티미터 정도로 작았고 초록 눈은 어마어마할 정도로 컸다. 여자가 헤럴드 스퀘어로 쇼핑을 하러 가지 않은 게 다행이라는 생각이 들었다. 만약 거기에 갔다면 메이시 백화점 관계자가 그녀를 발견해서 당장 팔층으로 데려가 산타 마을의 요정으로 일하게 했을 것이다. 요정은 가슴이 커선 안 된다는 금지조항이 없다면.

이 모든 것을 나는 핑곗거리로 삼는다. 여자가 계산대로 다가오자 나는 그녀가 좋아하는 작가를 맞혀서 깊은 인상을 주기로 했다. 나보다 다섯 살 정도 어리고, 머리는 오렌지색인데다 줄무늬 레깅스를 신은 귀여운 스타일이니……. "재닛 이바노비치?" 내가 말했다.

여자는 잠시 어리둥절하다가 말했다. "아뇨, 매들린 커크예요."

나는 깜짝 놀랐다. 나야 물론 이 일을 하는 사람이니 50년대 페이퍼백 작가들을 알지만, 세상에 스무 살 언저리의 아가씨가 어떻게 1952년에 나온 『생각지도 못한 죽음』이나 1954년의 『죽여라, 그렇지 않으면 죽으리니』 따위를 쓴 작가를 안단 말인가. 물론 두 권 다 상을 받은 작품이긴 하지만, 그래도 반세기 전의 일이다. 매들린 커크는 이 사랑스러운 작은 요정이 태어나지도 않은 30년 전에 사망했다. 게다가 그 작가는 여자 이름으로 치고받고 싸우는 액션을 쓰면 누가 읽어 주겠느냐는 생각에서, 커크 매스터스라는 필명으로 두 소설을 썼다. 이 분야의 전문가들은 커크의 본명을 알지만, 좀 안다 하는 추리소설 독자들도 대부분 그 사실을 몰랐다. 나는 조금도 과장하지 않고, 깊이 감동했다.

"음, 운이 좋으시네요. 『죽여라, 그렇지 않으면 죽으리니』는 구하기가 쉽지 않은데, 우리 사장님이 아래층에 한 권……."

여자가 얼굴을 붉혔다. "아, 아뇨. 그건 제 이름이에요. 제가 매들린 커크예요."

"아."

"저는 저보고 재닛 어쩌고 하는 사람이냐고 물어보시는 줄 알고……." 여자가 손을 내밀었다. "다시 시작하죠. 만나서 반가워요. 전 매들린입니다."

"로저, 그게 제 이름입니다. 군에서는 알아들었다는 의미로 '네' 대신 '로저Roger'라고 하죠."

여자가 웃으며 말했다. "로저. 저는 '네'를 군대식으로 말한 거예요."

"근데, 커크 양. 1950년대에 당신 이름과 같은 작가가 있었다는 사실을 혹시 아십니까?"

"네. 그래서 여기로 온 거예요. 희귀본 취급하는 곳 맞죠?"

"네, 유서 깊은 책들과 희귀본들을 다 취급합니다."

"제가 의견을 듣고 싶은 희귀본을 가지고 있거든. 아, 매들린 커크는 우리 할머니예요. 친가 쪽. 아버지는 지난달에 돌아가셨어요."

"고인의 명복을 빕니다."

"고마워요. 아버지 물건을 정리하다가 할머니의 책을 몇 권 발견했어요."

"그래요? 이리 가지고 오시면 가치가 어느 정돈지 분명히 말씀해 드릴 수 있습니다. 『생각지도 못한 죽음』 페이퍼백 초판본 한 권이 상태에 따라 175달러에서 천 달러까지 가거든요. 그리고 『죽여라, 그렇지 않으면 죽으리니』는 더 값어치가 있죠."

"『살해당한 신부』는요?"

"그것도 매들린 커크 책입니까? 그런 책은 없는데."

"오늘 아침에 읽었어요. 어떤 비열한 권력자가 티켓 부스 아가씨와 사랑에 빠져서……,"

"잠시만요. 어디서 출판한 거죠? 페이퍼백 시리즈인가요?"

"출판 여부는 모르겠어요. 제가 읽은 건 원고거든요. 타자도 안 된 육필 원고. 적어도 이백 페이지는 돼요." 여자가 기대에 찬 눈으로 나를 보았다. "가치가 있을까요?"

이 가련한 여자가 마음 졸이며 대답을 기다리게 만들고 싶지 않았다. 그러나 나도 호흡을 좀 가다듬어야 했다. "그럼요. 대단한 가치가 있을 것 같습니다."

"어느 정돈지 궁금하네요." 여자가 애교 섞인 미소를 지으며 그 큰 눈을 깜빡거렸다. 이런 식으로 포섭하려 한 사람이 내가 처음은 아닐 듯했다. 분명히 내게는 효과가 있었으니. "혹시 보러 와 주실 수 있나요? 제가 이리로 가져와야 겠지만, 들고 오려니 좀 겁이 나서요. 원고가 낡아서 약하기도 하고 이따가 눈도 올 것 같고……."

나는 벽시계를 올려다보았다. 지금은 서점에 나밖에 없었다.

"우리 집이 몇 블록 안 떨어져 있거든요. 바클레이 거리의 교회 근처에 있어요."

아, 어쩐다! 댄이 곧 점심을 먹고 돌아오면 대신 봐 달라고 부탁할 수 있다. 나도 자주 봐 주곤 하니까.

"1시간쯤 있다 가도 될까요?"

"그럼요, 고마워요!" 여자가 손뼉을 치고 폴짝폴짝 뛰며 기뻐했다. "정말 고마워요, 로저."

"주소 알려 주세요."

"네." 여자가 주소를 적어 주었다.

그러고는 차가운 거리로 나섰다. 나는 그녀가 보여 주려고 하는 원고를 생각했다. 커크 매스터스가 쓴 미출판 소설이라! 그게 사실이라면(다른 무엇이 있을 수 있겠나? 젊은 커크가 할머니의 손글씨를 흉내 내서 이백 페이지 원고를 쓰기라도 했단 얘긴가?) 출판업자들은 물론이고 수집가들도 그 원고를 가지겠다고 서로 엎치락뒤치락할 일이다. '하드 케이스 크라임' 2004년에 이 단편의 저자 찰스 아다이와 맥스 필립스가 만든 페이퍼백 임프린트. 4, 50년대 황금기 하드보일드 류의 작품을 그 시절 양식과 표지를 사용하여 페이퍼백으로 출간한다 이라면 실물을 보지도 않고 사려고 들 것이다. 거기는 오래된 육필 원고에 죽고 못 사는 곳이니까.

물론 오토가 그 원고를 원하지 않는다는 가정 하에 상상할 수 있는 일이다.

그때 문이 열리는 소리가 들려 댄인가 하고 눈을 들었더니, 치노바지를 입고 얼굴이 탄 남자가 밖으로 나가는 길이었다. "원하시는 게 없나요?" 내가 물었다.

"조온 매액도널드의 초기작은 별로 안 조오아해서." 그는 느끼하고 느린 남부 억양으로 이렇게 말한 뒤 밖으로 나갔다.

이로써 내 콜드 리딩의 타율이 어떤 날은 10할이지만, 어떤 날은 전혀 맞지 않는다는 것을 재확인했다.

20분 후에 댄이 나타났다. 나는 심부름을 가야 한다고 말했다. 그러나 무슨 일인지는 말하지 않았다. 그 책이 진짜인지 확인하기 전에 댄이 섣부른 희망을 품지 않게 하려고 그랬는지, 아니면 이 짜릿한 뉴스를 혼자만 좀 더 오래 간직하고 싶었던 건지, 그것도 아니면 내가 흥분하는 절반의 이유가 커크 양 때문이란 걸 알기에 당황스러웠던 건지 모르겠다. 셋 다 조금씩 있지 않았을까 싶다.

나는 두꺼운 겨울 코트를 입고 니트 모자와 스카프와 장갑까지 착용했는데, 반 블록도 못 가서 내가 러시아의 툰드라 동토로 가고 있는 것 같은 생각이 들었다. 매들린은 이런 날씨에 어떻게 치마만 입고 견디는지 이해가 되지 않았다.

나는 웨스트 브로드웨이에서 머레이로 가서, 동쪽으로 걸어 교회까지 갔다. 그 사이 우리 서점 외에 다른 미스터리 랜드마크들을 몇 군데 지나갔다. '베이커 가'라는 이름의 술집에는 파이프를 물고 사냥 모자를 쓴 코가 긴 신사의 실루엣 아래 오늘의 수프(베이컨 넣은 포테이토 리크 수프)를 알리는 샌드위치 메뉴판이 있었고, 교회 이층 유리창에는 '버스티드 플러시'라는 배관업체를 광고하는 네온사인이 걸려 있었다. 배관업체의 사장이 트래비스 맥기의 배존 D. 맥도널드의 '트래비스 맥기 시리즈'에서 맥기가 포커판에서 딴 보트의 이름이 버스티드 플러시였다를 아는 사람인지, 아니면 그저 재치 있는 포커 플레이어인지 궁금했다포커 게임에서 똑같은 모양이 다섯 개면 플러시, 하나가 모자라면 버스티드 플러시라고 한다.

매들린 커크의 아파트는 엘리베이터가 없는 고층 건물로, 최근에 보수했는데도 크게 볼품없었다. 세기 전환기의 도시 건축가가 건목 친 출입구는, 마커로 된 낙서와 분무기로 도장된 각종 표시로 지저분했다. 문의 유리판은 긁히고 더러웠고, 버저 옆에 호수별로 붙은 이름표는 식별이 안 됐다. 다행히도 현관은 열려 있었다. 나한테는 다행이지만, 입주자들의 안전에는 어떨지 모를 일이었다.

문을 잡아당겨 열고 안으로 들어가 건물의 좁은 계단 위 뚫린 공간을 올려다보았다. 매들린이 적어준 주소는 3-RW였다. 아마 각 층마다 앞, 뒤rear와 동, 서west로 네 개의 집이 있다는 뜻인 것 같았다. 나는 삼층으로 올라가 뒤편 서쪽에 있는 문을 노크했다.

손가락 마디가 닿는 순간 문이 활짝 열렸다. 문이 닫혀 있지 않던 모양이다.

문간에 들어서는데 뭔가 이상했다. 누군가 집을 뒤진 흔적이 있었다. 그게 아니라면 매들린 커크가 원래 옷장 앞 바닥에 옷을 널어놓고 서랍장에 있는 내용물은 침대에 흩어 놓았다는 얘긴데, 그럴 리는 없을 것 같았다.

반대쪽에 있는 유리창이 열려서 커튼이 펄럭이는 게 보였다. 그리로 걸어가서 밖을 내다보았다. 녹슨 비상계단이 아래위로 이어졌다. 창문 옆에는 협탁이 부서진 채 쓰러져 있었고 그 발치에서 컵이 나뒹굴고 있었다.

이 모든 것이 매들린과 내가 서점에서 얘기를 나눈 뒤 30분 만에 일어날 수 있는 일일까? 아니면 매들린이 집에 왔을 때 이미 강도가 집을 털고 있었을까? 매들린은 몸집이 작아서 (내 상상으로는) 주먹 한 방으로 협탁을 박살 낼 수 있는 잔인한 남자와 맞서 싸우기에는 어림도 없다. 부디 그녀가 무사하기를 바랐다.

나는 욕실에 들어가 의약 수납 선반을 열고, 샤워 커튼을 젖혀 보았다. 문자 그대로든 그 반대로든, 튀어나오는 것은 없었다. 욕조에 웅크린 사람도 없었고 약솜이나 면봉 사이에 이백 페이지짜리 육필 원고가 끼워져 있지도 않았다.

방이 하나 더 있긴 했지만, 일반적으로 방이라 부르기 어려운 곳이었다. 교묘하게 말 만드는 사람들이 '작은 주방'이라고 부르는 방으로, 스토브에는 화구가 두 개뿐이었고 냉장고도 거의 내 가슴 높이였다. 두 개를 다 열어 보았다. 오븐에는 별다른 것이 없었지만, 냉장고의 버터 보관실에는 20달러 몇 장이 가지런히 놓여 있었다. 아마 다음 달 집세인 모양인데 실력 없는 강도가 놓친 것 같았다. 그것도 아니면 현금 말고 다른 것에 관심이 있었거나.

갑자기 전화벨 소리가 나서 화들짝 놀랐다. 큰방으로 다시 돌아가 주변을 둘러보며 소리가 나는 곳을 찾았다. 옷장 앞 옷더미 아래에서 소리가 났다. 나는 손을 집어넣어 미국 건국 2백 주년쯤에 뉴욕의 모든 아파트에서 볼 수 있었을 듯한 오래된 검정 다이얼 전화기를 찾아냈다. 아마 그것도 매들린이 아버지의 물품들 중에서 찾아낸 유물인 듯했다. 그것도 아니면 오래된 것들을 좋아하는 내 취향을 공유하려는 매들린의 노력이거나.

그사이에도 전화는 계속 울렸다. 신호가 일곱 번 울리고 난 후에는 더 이상 신호음을 세지 않았는데, 그래도 전화는 끊기지 않았다. 받아 볼까 싶어 수화기로 손을 내밀었다가 그만두었다. 내 아파트도, 내 전화기도, 내 전화도 아니고, 내가 전화를 받을 장소도 아니다. 그렇지만 벨소리라도 멈추게 하고 싶어서 할 수 없이 전화를 받았다.

수화기에서 높은 톤의 목소리가 흘러나왔다. "여보세요, 여보세요? 로저, 당신이에요?"

"매들린? 어디에요? 괜찮아요?"

"하느님, 감사합니다!" 매들린이 숨을 헐떡이며 말했다. "당신이 거기 있기를 바랐어요. 얼마나 기다렸는지 몰라요. 남자가······."

"남자라니, 무슨 일 있었어요?"

"어떤 남자가 서점에서부터 날 따라왔어요. 집에 도착하고 한 1분이나 됐을까, 그 사람이 문을 두드리며 우리가 서점에서 할머니 책 얘기하는 거 들었다면서 원고를 보여 달라고 했어요. 잠시만요." 매들린이 수화기 든 손을 바꾸는지 덜그럭거리는 소리가 들렸다. "죄송해요, 누가 오는 줄 알았어요."

"어떻게 생긴 사람이었습니까?"

"모르겠어요! 목소리만 듣고 보지는 못했어요."

"목소리는 어땠습니까?"

"남부 사투리를 썼어요. 목소리가 굵고요." 그 말을 듣자마자 존 D. 맥도널드의 팬으로 추정했던 남자의 얼굴이 떠오르면서 매들린이 떠나고 얼마 후 문을 나간 사실이 기억났다. "테네시나 켄터키 출신 같았어요. 무슨 말인지 알겠어요?"

"네, 알 것 같아요."

"근데 뭔가 좀 이상했어요. 뭔지는 모르겠지만, 좀 불편한 느낌이었어요. 그래서 내가 안 된다고, 당신하고 약속했다고 말했어요. 그랬더니 그 사람이 문을 쾅쾅 때리기 시작했어요."

"경찰을 부르지 그랬어요."

"우리 집 봤잖아요. 경찰이 올 때까지 문이 버텨 낼 리가 없어요."

"그래서 창밖으로 나가서 비상계단을 타고 내려갔군요." 매들린이 창문을 열려고 안간힘을 쓰는 장면이 눈에 선했다. 맥스 케이디존 D. 맥도널드의 소설 『사형 집행인(The Executioners)』에 나오는 범죄자가 주먹질로 문을 억지로 조금씩 여는 사이 매들린은 단단히 봉해진 창문을 억지로 열어야 했을 것이다. 내가 스릴러를 너무 많이 읽었나 보다.

"네. 원고를 들고 밖으로 나왔어요."

"지금은 어디 있나요?"

"시티뱅크에요. 현금인출기 앞에 있어요. 잠깐만요, 누가 안으로 들어와요." 잠시 매들린의 목소리가 긴장되더니 한결 누그러졌다. "괜찮아요. 나이 많은 아저씨였어요. 머리가 희고……,"

나는 피가 얼어붙는 것 같았다. "매들린, 그 사람이에요. 거기서 나와야 해요. 매들린, 매들린?"

매들린의 비명이 들렸다. 그러고는 반항하는 소리, 부딪히는 소리가 어렴풋이 들리더니 전화가 끊겼다. 나는 소용없는 줄 알면서도 전화기 수화 버튼을 마구 눌렀다. 잠시 후 뚜 하는 소리가 났고, 나는 수화기를 내려놓았다.

근처에 있는 시티뱅크라면 공원 바로 옆 워런 가 뒤쪽에 있었다. 경찰을 부를까 잠시 생각했지만, 이곳으로 얼마나 빨리 올 수 있을 지 알 수 없었다. 집에서 나온 나는 무거운 겨울 코트에 눌리지 않을 정도의 속도만 내서 계단을 쿵쿵 뛰어 내려갔다. 만약 넘어져 목이 라도 부러지면 매들린에게 아무런 도움이 되지 못할 테니까.

하긴 그리되지 않아도 내가 크게 무슨 도움이 됐을까만.

그 사내는 누구지? 브로드웨이로 달려가며 서점에서 봤던 남자의 인상을 되짚어보았다. 오십대 초반 정도의 건장한 사내였다. 분명 옥외 활동을 열심히 하는 사람인 듯했다. 볼과 이마의 벌건 자국은 스키 고글을 끼고 햇볕에 그을린 자국 같았다. 셔츠 소매 아래로 근육질 팔뚝이 보였던가? 아니면 내가 그냥 그렇다고 상상하는 걸까?

나는 계속 달렸다. 살을 에는 듯한 추위에도 나는 축축하게 비지 땀을 흘리고 있었다. 차가운 공기가 칼날처럼 폐부에 파고들어 가슴 이 아팠다. 평소에 체육관을 지나칠 때마다 그러려니 하지 말고 러 닝머신이라도 뛸 걸 그랬다는 생각이 들었다. 이런! 운동이야 그렇 다 치고, 오늘 운동화라도 신고 왔으면 적어도 정강이가 쿡쿡 쑤시 진 않았을 텐데.

파크 플레이스와 머레이 가를 지나면서 행인 두 명을 가까스로 피 해 갔다. 그들은 짜증나는 표정을 지으며 숨을 급하게 들이마셨다. "조심 좀 해요!" 한 여성이 소리쳤다. 내가 웅얼웅얼 사과했지만 여 자는 듣지 못했다. 저 멀리 은행이, 바닥에서 천장까지 이어진 판유리가, 그 뒤로 현금인출기가 보였지만, 안에는 아무도 없었다. 매들린도, 남자도, 아무도.

나는 문에 도착해서 황급히 주머니에서 지갑을 꺼내 은행 카드를 찾았다. 두 번이나 카드를 읽힌 끝에 마침내 초록 불이 들어오며 기계가 나를 안으로 통과시켰다. 옆구리 결림이 어서 사라지기를 바라며 잠시 숨을 골랐다. 주변을 둘러보았다. 기계 발치에 구겨진 입금 용지가 있고 그 옆에 벌어진 폴더 휴대전화가 있었다. 나는 휴대전화를 주워서 주머니에 넣었다. 매들린이 여기 있었다. 할머니의 원고를 든 매들린이 있었고 그 미치광이 남자가 들어왔다. 매들린을 납치했을까? 빌어먹을, 남자는 무슨 생각을 했을까? 책을 수집하는 사람들이 열정적이다 못해 광적인 경우가 있다는 건 익히 안다. 하지만 이건 정도가 너무 심했다. 커크 매스터스의 원고를, 잃어버린 챈들러의 원고와 비슷한 수준으로 생각하는 사람들이 더러 있다. 그러나 새로 발견된 샐린저의 책이라 해도, 맙소사, 하면 안 되는 짓이 있다.

나는 남자가 매들린을 어디로 데려갔을지 머리를 짜냈다. 다른 곳이었다면 매들린을 차에 밀어 넣고 떠났을 테지만, 맨해튼에서는 불가능한 일이다. 첫째 차를 가지고 있는 사람이 없고, 있다 하더라도 크리스마스를 앞둔 이맘때 속도를 높여 도망갈 방법이 없다. 그렇다면 걸어갔다는 건데, 백주대낮에 반항하는 젊은 여자를 끌고 가는 데는 한계가 있다. 설혹 남자가 매들린의 등을 총으로 겨누거나 다른 위협적인 방법을 쓴다 하더라도 만만치 않을 것이다. 계속 걸어

가다 보면 도망칠 방법이 생길 수도 있고, 누군가의 관심을 끌 수도 있으며, 매들린이 지나가는 경찰을 소리 질러 부를 수도 있다. 센터가 주변에는 보통 때도 경찰이 제법 많았다.

최소한 남자는 매들린을 센터 가 밖으로 데려갔을 듯했다. 근처 어디에 끌고 갈 만한 장소가 있다고 치면, 잽싸게 길에서 벗어나 매들린을 데려갈 수 있었을 거다. 나는 눈을 감고 남자를 떠올리며 그에 대해 알 수 있는 정보를 정리해 보았다. 그리 많지는 않았다. 남자는 매들린 커크의 책을 기억할 만큼 나이가 많다. 새 책을 볼 수 있다는 생각에 흥분했다. 남부 사투리를 쓴다. 스키를 좋아하고, 혹은 스키를 좋아하지는 않지만 어쨌든 하러 다닌다. 바지 밑단에 얼룩이 있다. 팔뚝이 근육질이거나 아닐 수도 있다. 그가 본 존 D. 맥도널드 책에 불만이 있다. 이것들을 이용해서 무엇을 할 수 있을까?

실제로 많은 것을 할 수 있겠다는 생각이 들었다.

나는 다시 추운 거리로 나왔다.

★★

옆구리가 계속 결려서 하는 수 없이 뛰지 않고 걸었다. 통증이 사라지게 하려고 꾸준히 그리고 천천히 호흡하며 초조한 마음으로 걸어가는데, 뺨에 눈송이가 하나가 내려와 닿았다. 그러고는 또 한 송이. 올해는 화이트 크리스마스가 될 모양이다. 끝내주게 좋네. 나는 매들린이 살아서 함께 화이트 크리스마스를 맞았으면 하고 바랐다.

머레이 가에 도착해서 서쪽으로 방향을 틀었다. 반 블록쯤 가다가 눈을 들고 오렌지색 네온사인을 보았다. '배관과 수리, 24시간, 연중 무휴'라고 되어 있었다. 네온사인 옆에 오버롤 작업복을 입고 화가 모자를 쓴 남자가 거대한 몽키 렌치를 들고 얼굴에 함박웃음을 띤 채 동작을 취하고 있는 간판이 보였다. 바짓단에 얼룩은 없었지만, 뭐 어쩌겠는가, 그냥 그림일 뿐이니. 그리고 그림 옆에는 역시 네온 사인 '버스티드 플러시'가 있었다.

그때 남자 하나가 창가에 나타나 손을 들어 가리개를 내렸다. 스치듯 얼굴을 보았지만, 그걸로 충분했다.

타율이 10할일 때도 있지만, 때론 허방을 짚을 때도 있다. 좀 전이 그런 경우였던 모양이었다. 결국 그 남자는 맥도널드 팬이 맞았지만, 『텅 빈 덫』이나 『신데렐라를 위한 총탄』보다는 '트래비스 맥기 시리즈'를 더 좋아했던 것이다. 그리고 분명 그 시리즈에서 본 것들을 잘못 내면화해서 맥기보다는 맥기가 보통 해치우는 사람처럼 행동하고 있었다.

내가 남자보다 스무 살은 어리고 체중도 9킬로그램은 더 나갈 것 같았지만 옆구리가 계속 결리는 데다 폭력에는 영 젬병이었다. 게다가, 맙소사! 나는 서점에서 일하는 먹물이 아닌가. 정정당당하게 싸워서는 이길 수 없었다. 그저 매들린 집의 문보다 더 오래 그를 붙들어 놓는 일 정도만 할 수 있을 듯했다. 나는 매들린의 휴대전화를 꺼내어 911에 전화했다.

교환원에게 내가 있는 장소와 지금 벌어지고 있는 일의 골자를 설명했다. 교환원이 헷갈려하는 게 느껴졌다. 당연하다. 나도 헷갈리니까. 그러나 분명 유괴는 유괴라서 교환원은 경찰을 보내 주겠다고 했다. 나는 휴대전화를 덮었다.

그러고는 건물 인터컴 패널에 있는 버저 중 이층 것만 빼고 모조리 눌렀다. 총 팔층이었는데 다섯 번째 버튼을 누르자 누군가가 문을 열어 주었다.

엘리베이터가 있었지만 계단으로 걸어 올라갔다.

나는 문에 귀를 대고 나서 천천히 손잡이를 돌려 열었다. 가슴 높이의 카운터가 있고 그 뒤에 책상이 두 개 놓여 있었다. 배관업체에서 배급하는 벽 달력에는 가슴 큰 여자가 거대한 밸브 같은 것을 끌어안고 있었다. 업종마다 매력적으로 생각하는 달력 모델은 제각각인가 보다.

아무도 없었지만 '직원 전용'이라고 쓰인 문 뒤에서 무거운 물건을 끄는 듯한 소리가 희미하게 들렸다.

그때 문이 열리며 남자가 누런 종이 뭉치를 들고 나왔다. 내가 있는 곳에서도 맨 앞장에 펜으로 단정하게 써 내려간 글씨가 보였다.

남자가 나를 보더니 걸음을 멈췄다.

"너."

"당신이 커크 매스터스의 독자일 줄은 전혀 몰랐네요. 그 작가가 죽었을 때 몇 살이었어요, 두 살, 세 살? 어쨌든 커크 매스터스의 책과 맥도널드의 책은 공통점이 있긴 해요. 『생각지도 못한 죽음』에 나오는 크레인 기사는 맥도널드의 주인공이 되었어도 손색이 없었을 거예요."

남자가 고개를 저었다. "무슨 소리. 커크는 맥도널드와 전혀 비슷하지 않아. 독창적인 세계가 있지." 남자가 원고를 카운터 위에 내려놓은 뒤 그 위에 긴 납관을 얹었다. "커크가 살아 있었다면 맥도널드보다 더 거물이 됐을 거야. 살아 있었다면 말이야. 그런데 죽어 버렸지. 어떻게 죽었는지 알아? 술 취해서 시내 전차에 뛰어들었어."

"난 버스인 줄 알았는데."

"아냐. 전차야. 볼티모어에 갔을 때 확인했어. 바로 그 전차를." 남자가 느끼하게 느릿느릿 말하며 천천히 다가왔다. "참 우습지 않아? 불과 1시간 전만 해도 네가 일하는 서점에서 딱히 하는 일 없이 빈둥거렸는데, 지금 내 손에는 커크 매스터스의 미출간된 세 번째 소설이 들려 있어. 참 재밌지?"

"근데, 그 행운은 커크 매스터스의 손녀를 납치해서 뺏은 거잖아요."

남자는 자신의 행운에 그다지 감탄하지 않았다. "내가 서점에 어제 갔을 수도 있고 내일 갔을 수도 있어. 1시간 늦게 갔을 수도, 1시간 일찍 갔을 수도 있다고. 근데 하필 그때 내가 갔고, 하필 그 여자가 그때 거기에 와서 내 귀에 들리도록 그 얘기를 지껄이기 시작했어. 소설에 그렇게 심한 우연을 집어넣으면 독자들이 짜증난다고 소리소리 질렀을 거야. 그런데 실제로……."

"그놈의 빌어먹을 우연." 나는 그렇게 말했지만 마음속으로는 '그게 다 미스터리 서점이어서 그런 거야. 두 사람이 같은 시간에 홈디

포_{건축 자재 매장}에서 만났어야 진짜 우연이지'라고 생각했다.

"그런 기회를 놓칠 수야 없지." 남자는 '봤어? 내가 얼마나 합리적인지!'라고 말하듯 팔을 쫙 벌렸다. "근데 그 여자가 문을 안 열어 주잖아. 보기만 하겠다는데, 왜? 너한테 했던 말 기억나? 그 책의 가치가 어느 정도인지 궁금하다고 했잖아. 지가 가진 물건이 어떤 건지도 모른다는 말이지. 그러니 그걸 가질 자격이 없어."

"그런데 왜 이런 일을 매들린이 당해야 하죠?"

"난 별짓 안 했어. 적어도 아직은. 그저 머리를 톡톡 쳐 줬을 뿐이야." 남자가 긴 파이프를 향해 고갯짓했다. 나는 공포와 함께 안도감으로 몸을 부르르 떨었다. 적어도 살아 있다는 말이니까.

"깨어나면 어떡하려고요? 또 머리를 톡톡 칠 건가요?"

"아니, 그런 거로는 안 되지. 우리가 커나지에서 공사를 하고 있거든. 거기 묻을까 싶어. 아무도 못 찾게."

"당신 미쳤군요. 책 때문에 사람을 죽이다니요!"

"뭐 더 좋은 이유가 있나? 있으면 말해 봐."

"나는 어쩔 거예요? 나도 죽일 건가요?"

남자가 어깨를 으쓱했다. "두 사람 들어갈 자리는 되지, 아마."

나는 파이프가 있는 쪽으로 몸을 날렸고 남자와 동시에 파이프의 양쪽을 나눠 쥐었다. 남자가 내 손에서 파이프를 비틀어 빼내는 바람에 『살해당한 신부』가 흩어졌다. 남자가 나를 향해 몸을 날렸지만, 나는 몸을 구부려 바닥에서 원고를 한 줌 집어 들어 올렸다. "한 발짝만 다가와요. 이걸 다 찢어 버릴 테니!"

남자가 멈춰 섰다. "하지 마."

"그거 내려놔요."

남자는 긴 파이프를 들고 나는 두 손에 원고를 쥔 채 벼랑 끝에서 대치했다. 그때 동시에 두 가지 소리가 들렸다. 하나는 '직원 전용' 뒤에서 낮은 신음과 함께 덜거덕거리는 소리였고, 다른 하나는 밖에서 들리는 경찰차의 사이렌이었다.

"설마, 경찰을 부르진 않았겠지?"

"당연히 불렀죠. 내가 미쳤어요, 여기 혼자 오게?"

남자는 제대로 알아들었는지 파이프를 카운터 위에 내려놓았다. "음, 좋아." 그러더니 책상으로 갔다. 맨 위 서랍에서 잡지에 싸여 있던 총신이 긴 자동권총을 꺼내서 내게 겨눴다.

그때 문 두 개가 동시에 벌컥 열렸다. 직원 휴게실 문이 벽에 부딪혔고 매들린이 비틀거리며 걸어 나왔다. 다리는 자유로웠지만, 손은 뒤로 묶인 채였다. 그리고 반대편에서는 계단으로 통하는 문이 열리면서 경찰 서너 명이 총을 들고 나타났다. 나는 남자가 앙심으로라도 방아쇠를 당길 거라고 생각했다. 그러나 잠시 후 그는 총을 순순히 내려놓았다.

★★

우리는 오토의 사무실 아래층에 있는 서점으로 돌아왔다. 바닥에서 천장까지 늘어선 책장에는 책이 가득했고 바닥에는 최고급 오리

엔탈 양탄자가 깔렸다. 덕분에 이전에는 산업지구였던 곳이 시드니 그린스트리트(카사블랑카), (몰타의 매) 등에 출연한 영화배우가 나온 영화 같은 느낌이 났다. 오토가 책상 위에 『살해당한 신부』의 서두 열 몇 페이지 정도를 죽 펼쳐 놓았다. 내가 너무 세게 쥐어 구겨진 흔적이 아직도 몇몇 장에 남아 있었다.

매들린은 오토의 소장품 중에서 가져온 와인을 잔에 따라 손에 들고 푹신한 가죽 의자에 앉았다. 1920년대에 유행한 종 모양 뜨개 모자 아래로 머리에 두른 붕대가 삐죽이 나와 있었다. 전화기, 모자, 원고…… 오래된 물건을 좋아하는 여자. 딱 내 스타일이었다.

"커크 양, 실로 특별한 작품이군요. 우리가 책으로 내고 싶어요. 하지만 원본 원고는…… 비싸게 주고 사려는 수집가들이 줄을 설 텐데, 정말 손을 떼려는 겁니까?"

매들린이 큰 눈으로 나를 올려다보며 미소를 지었다. 그녀를 위해 세 블록을 달려가 살인마와 마주했을 때처럼 심장이 다시 두방망이질 쳤다.

매들린이 내 손을 잡으며 오토에게 고개를 끄덕였다.

"로저."

크리스천 킬러

앤드류 클레이번

앤드류 클레이번(Andrew Klavan)/ 1954

각본가, 소설가. 한때 지방 신문 기자로 일했다. 각기 다른 필명으로 발표한 『화이트 부인(Mrs. White)』과 『비(The Rain)』로 에드거 상을 수상했다.

† The Killer Christian(2007)

기자 생활을 하면서 나는 내 청춘의 일부를 허투루 보내 버렸다. 자랑스럽지는 않지만 어쨌든 먹고살아야 했기에 그랬다. 실은 기자로 일하면서 상당히 많은 것을 배우기도 했다. 가장 중요한 것은, 성심성의껏 정직해지면서 동시에 거짓말하는 법을 배웠다는 점이다. 뉴스 산업은 원래 그런 식으로 돌아간다. 누구도 없는 사실을 만들어 내지는 않는다. 번번이 그러지는 않는다는 말이다. 그렇다, 기자들은 대개 시간, 기삿거리를 어떻게 고를지, 대중의 어리석은 견해가 실은 진실임을 어떤 식으로 알릴지, 그들이 믿는 것이 거짓일지도 모른다는 발견을 언제까지 미뤘다 발표할지 등을 배운다. 만약 어떤 이가 자기 손가락으로 자기 귀를 막고 진실을 부정한다면 사람들은 그를 바보로 치부할 것이다. 그러나 누군가가 '당신의' 귀를 막고 허튼소리를 하면, 당신은 언론을 제대로 접하고 있다고 여긴다.

한 가지 예로, 트리베카로 알려진 맨해튼 다운타운에 있는 '미스터리 서점'에서 일어난 유명한 총격전을 생각해 보자. 드라마틱한 폭력성과, 관계된 사람들의 면면과, 뒤따른 대대적인 구속 때문에 신문과 TV는 그 사건을 몇 주 동안 크게 보도했다. 국내에 있는 내로라하는 범죄 전문가들이 토크쇼에 나와 신나게 떠들어 댔다. 그 사건과 관련된 소설 한 편이 나온 것은 물론이고 논픽션도 두 편 출간됐다. 실제 총격전을 재현한 영화와 TV쇼도 여러 편 제작되었고, 극장에서 상영하거나 DVD로 출시되지는 않았지만 그 사건을 취재해 퓰리처상을 받은 기자가 대본을 쓴 다큐멘터리 드라마도 한 편 있다.

그 정도로 난리였지만 아무도 그 이야기를 제대로 알지 못했다. 몇몇 사실에는 정통했지만 진실은? 맹세하건대, 그들은 진실 근처에도 가지 못했다. 왜? 그 사람들은 기자이고, 진실은 그들의 감성을 상하게 했으며 세상에 대한 통념을 거슬렀기 때문이다.

그래서 그들은 라 코사 노스트라La Cosa Nostra 미국 마피아식 범죄 조직가 80년대와 90년대에 걸쳐 치른 재판으로 어떻게 금이 가기 시작했으며, 어떻게 새 집단이 들어와 남은 전리품을 나누었는지에 대해서만 얘기했다. 기자들은 소위 사케시언이 피카로네를 '배신'했다는 데 초점을 맞춘 뒤, 지하 세계의 재편과 인종 간의 갈등에만 열변을 토했다. 심지어 사케시언과 '끝장'이라 불리는 남자 사이의 서열 다툼에 대한 증거까지 밝혀냈다.

그러나 진실은 애초에 이 사건이 신앙과 구원에 관한 이야기이면서, 끝에 가서는 아주 수수께끼 같은 면이 있다는 것이다. 기자들이 다루기에는 매우 버거운 문제였다. 그들은 사건을 그런 식으로 볼 수 없었고 보지도 않았다. 자신들이 있는 그대로를 볼 수 없으니, 다른 사람들도 진실을 보지 못하게 기사를 써서 내놓아 버린다.

이제 그 일을 실제 있었던 대로 말하는 것이 내 책임이라 여기고 이야기를 시작해 보겠다.

미리 밝히는데 사케시언은 독실한 천주교인이었다. 그는 가능한 한 자주 성찬식에 참석했고, 시간이 나면 매일 갔다. 그리고 일주일에 한 번 이상 고해성사를 했다. 물론 고해성사로 무슨 얘기를 했는지 알 수 없지만 그 내용이 참으로 궁금해지는 것은 어쩔 수 없다. 사케시언은 크리스천이면서 동시에 레이먼드 피카로네를 위해 일하는 행동대원으로, 필요하면 살인도 일삼는 자였다. 이 어울리지 않는 두 가지를 동시에 할 수 있는 이유는 지극히 간단하다. 그는 멍청했다. 세상에 멍청한 사람은 많고 많지만, 사케시언은 그중에서도 아주 어리석은 축에 속했다.

그래서 사케시언은 해당 날짜만 되면 어김없이 그리스도 앞에 무릎을 꿇고 그리스도가 당신의 죄를 사함과 같이 자신의 죄도 사해주기를 간청한다. 그는 자선과 연민에 관한 설교를 경청하고, 성령 말씀을 전하는 사제를 기대에 찬 아이 같은 눈으로 바라본다. 그러고는 곧바로 피카로네의 채무자에게 달려가 주먹으로 입을 쳐 치아가 바닥에 뒹굴게 한다. 그러니 그 사건을 전한 기자들이 사케시언의 행동 양상을 보고 그의 신실한 믿음을 깎아 내리는 것도 무리는 아니다. 사실 신앙을 가졌다는 사람이 행동을 전혀 달리하면 이상하게 보는 게 당연하고, 둘을 따로 떼어놓고 보기란 상당히 어려울 것이다. 그렇게 생각하는 당신? 축하한다. 당신은 기자가 될 자격이 충분하다.

사케시언은 열과 성을 다해 기도하고 혼신을 다해 맡은 일을 했다. 다만 그 일에 살인이 포함된다는 게 문제였다. 사케시언은 살인을 멋지게 해치우고도 전혀 죄책감을 느끼지 않아서 그의 고용인의 적들을 더욱 두려움에 떨게 했다. 그런 점 때문에 사케시언은 윗사람한테 큰 신뢰를 받았다.

"사케시언? 이발소 도구로 치자면 가장 날카로운 면도칼은 아니지. 하지만 어떤 일을 꼭 해내야 할 때는 사케시언에게 말해야 게임이 끝나." 레이먼드 피카로네가 만족스러운 미소를 지으며 자주 하는 말이었다.

그러던 어느 날, 피카로네가 스티븐 빈이라는 젊은 놈을 죽여야 할 일이 생겼다. 빈은 피카로네의 조직에서 별로 중요하지 않은 인물이었고 그 무리에서조차 추잡하고 교활하기만 한 녀석이었다. 빈이 조직의 돈을 슬쩍하다가 피카로네에게 걸린 것만도 여섯 달 사이 세 번이나 되었다. 피카로네는 빈을 제거해서 일벌백계할 작정이었다.

피카로네가 강가의 웨스트스트리트 45번가에 위치한 그의 사교클럽으로 사케시언을 불렀다. "사케시언…… 스티븐이라고…… 애가 영…… 정리해야겠어." 피카로네는 혹시 그들의 대화를 도청하고 있을지도 모를 경찰에게 혼선을 주기 위해서 늘 이런 식으로 모호하게 말하는 버릇이 있었다.

불행하게도 영특하지 못한 사케시언이 이번에도 사람을 당황스럽게 만들었다. "정리라면⋯⋯." 사케시언이 딱딱한 덩어리를 씹듯 단어를 우물거리고, 두툼한 눈꺼풀을 껌뻑이며 느릿느릿 말했다.

"그래." 피카로네는 안달이 났다. "빈하고 우리는⋯⋯ 끝났단 말이야⋯⋯. 무슨 소린지 알겠어? 이제 더는⋯⋯ 여러 모로 갈라서는 게⋯⋯."

사케시언이 또 눈을 껌뻑이며 멍한 표정으로 두툼한 입술만 핥았다.

"죽이라고! 그 자식을 죽여줄 수 있겠냐고! 이 바보 멍청아!"

사케시언은 그제야 피카로네가 원하는 것을 알아차리고 환한 표정으로 길을 나섰다.

12월 중순, 도시는 크리스마스 단장을 마쳤다. 큰 눈송이가 5번가와 57번가 사이에 내다 걸렸고, 스케이트 장 옆에는 크리스마스트리가 우뚝 솟아 있었다. 빌딩들도 거대한 리본으로 화려하게 장식되었고 색색의 조명이 맞은편 건물을 아름답게 비춰 주었다. 일주일 내내 교통이나 통행에 지장을 주지 않을 정도의 때 이른 눈보라가 북쪽에서 불어 닥쳐 겨울 축제 분위기를 더했다.

어느 이른 저녁, 스티븐 빈은 어퍼웨스트 사이드에 있는 좁아터진 아파트에서 졸린 눈으로 창가에 서서 활기찬 크리스마스 분위기를 감상했다. 하늘에서 눈이 내렸고 맞은편 붉은 건물 창문에는 조명이 밝게 빛났다. 문마다 초록색 화관이 걸려 있었고 산타클로스가 서 있는 모퉁이에서는 종소리가 땡그랑땡그랑 울려 퍼졌다.

안타깝게도 그 순간 사케시언은 스티븐 빈을 죽이려고 횡단보도 위를 터벅터벅 걸어오는 중이었다.

우리 모두가 그렇듯 스티븐도 자기가 한 짓을 잘 알고 있었고, 우리 모두가 그렇듯 그 역시 죄책감을 마음 저 깊은 곳에 내팽개쳐 두었다. 그러나 사케시언이 떡 벌어진 어깨를 구부린 채 코트 주머니에 그 크고 살인적인 손을 찔러 넣고 천천히 걸어오는 장면을 보는 순간, 그의 죄의식이 정중앙으로 총알같이 튀어나오며 킬러가 이곳에 있는 이유를 정확하게 감지했다.

스티븐은 소파에서 뛰어 내려와 청바지에는 뼈만 앙상한 다리를, 운동화에는 거죽만 남은 발을 쑤셔 넣었다. 이미 스웨터는 입고 있어서 그 위에 푸른색 스키 점퍼를 걸치며 서둘러 집을 빠져나왔다. 계단을 올라가는데 세 층 아래에 있는 아파트 현관문이 열렸다 닫히는 소리가 들렸다. 다음 층 계단참에 도착했을 때는 위로 올라오는 사케시언의 무거운 발소리가 한층 가까웠다. 마침 지붕에 난 작은 문과 연결된 사다리가 눈에 띄었다. 스티븐은 재빨리 기어 올라가 문을 통과해서 지붕 위로 갔다.

머리 위로 흰 하늘이 펼쳐졌고 싸늘한 눈보라가 얼굴을 때렸다. 스티븐은 급수탑의 그림자를 가로질러 차가운 공기 속을 내달렸다. 지붕 끝 난간 위에 서서 좁은 건물 틈새를 풀쩍 뛰어 옆 건물 지붕에 착지했다. 거기에서 또 다른 발판을 밟고 사다리를 타고 내려가 옆 건물 계단으로 갔다. 곧 거리에 내려서서 귀가 인파를 헤쳐 가며 어둡고 축축한 도로를 달렸다. 스티븐이 지나갈 때마다 머리 위 가로

등이 켜지면서 소리 없이 내리는 눈을 비췄다.

처음에는 어디로 가야 할지 고민했지만, 곧 그럴 필요가 없음을 깨달았다. 그가 갈 수 있는 곳은 오직 한 군데, 여동생이 있는 시내 극장뿐이었다.

헤일리 빈은 이십대 중반의 아가씨로, 얼마 전부터 자신이 배우로 성공할 수 없으리란 자각을 하기 시작했다. 그녀는 상냥하고 친절하며 부드럽고 사랑스러웠다. 현실성 있고, 세상 물정에 밝은 데다 정신 상태도 온전했다. 즉, 쇼비즈니스에는 전혀 어울리지 않는다는 말이다.

그러나 그때 헤일리는 소극장은 말할 것도 없고 초소극장에서 재탕 삼탕 우려먹는, 한때 유명했던 연극에서 별 볼 일 없는 작은 역할을 맡아 리허설을 하는 중이었다. 헤일리가 맡은 역할은 천사였다. 천사는 1막 마지막에 와이어 장치에 매달려 무대로 내려와, 막이 내리기 전에 공중에서 예언을 하게 된다. 1막에 45초, 2막에 45초 정도로 짧게 등장하지만, 영향력은 제법 큰 역할이었다. 금색 테두리를 두른 흰 가운과 털로 된 두 개의 큰 날개로 구성된 정교하고 아름다운 의상은 헤일리의 매력적이지만 그리 당당하지는 않은 체구를 더 인상 깊게 보이도록 디자인되었고, 듣기 좋지만 경외심을 불러일으키기에는 역부족인 목소리를 보강하기 위해서 전기 앰프와 에코가 사용될 예정이었다.

스티븐 빈이 뒷문을 밀어젖히고 들어왔을 때 헤일리는 소극장 뒤에서 의상과 특수효과에 대해 무대감독과 의논하고 있었다. 스티븐은 사람들의 이목을 피하려고 어두운 구석을 택했지만, 거기서 여동생이 자기를 보게 하려고 입을 크게 벌리고 과장되게 손짓을 하는 바람에 오히려 더 눈에 띄고 말았다. 헤일리와 스티븐의 성격이 판이한 까닭은 아마도 둘이 이복남매여서일 것이다. 스티븐은 어려서 부모님의 악다구니와 이혼을 견뎠지만, 헤일리는 스티븐보다 훨씬 안정되고 행복한 분위기에서 자랐다. 헤일리는 늘 자신이 운이 좋다고 생각했고 오빠를 측은히 여겼다. 그러나 오빠가 비도덕적이고 신중하지 못하며 위험하다는 것도 알았다. 스티븐은 받아내고 싶은 것을 못 받아낼 때마다 동생에게 칭얼대고 야유하고 떼를 써서, 헤일리는 오빠에게 증오심이 생길 정도였다.

그런데도 스티븐은 가족이었다. 그래서 헤일리는 무대 감독에게 어렵사리 양해를 구한 후 이번에는 오빠가 원하는 게 또 무엇인지 물어보러 갔다.

"그자가 나를 쫓고 있어." 스티븐이 숨넘어갈 듯 동생에게 한 첫말이었다.

"진정해." 헤일리가 오빠의 팔을 부드럽게 토닥였다. "누가 쫓아온단 말이야?"

"사케시언. 나를 죽이러 온다고."

헤일리는 호흡을 가다듬으며 자세를 바로 했다. 못 믿겠다는 말은 하지 않았다. 얼마든지 그럴 만했으니까. "내가 뭘 어떻게 해 주면 좋겠어?"

"나 좀 숨겨 줘!"

"오빠, 내가 숨겨 줄 데가 어딨어! 우리 아파트를 맨 먼저 뒤질 텐데."

"친구들이라도 있을 거 아니야."

"폭력배가 쫓고 있는 사람을 친구한테 보낸다고? 말도 안 돼."

"그럼, 도망가게 돈이나 좀 줘."

"이젠 돈 없어."

"이 오빠가 잔인하게 살해당하면 넌 앞으로 발 뻗고 편히 잘 수 있어 좋겠다."

헤일리는 한숨을 쉬었다. 헤일리가 죄책감을 느끼게 하려고 한 말이란 걸 알았지만, 그녀가 그걸 알건 모르건 중요하지 않았다. 어차피 헤일리는 죄책감에 시달릴 테니까. 특히 돈 문제에 관한 한 오빠에게 솔직하지 않았음을 인정해야 하니 더 그랬다.

헤일리는 낮에 다운타운 워런 가에 있는 범죄소설 전문점인 미스터리 서점에서 점원으로 일한다. 예쁘고 일 잘하는 데다 사람 애간장을 녹일 듯 여성스럽기까지 해서 헤일리는 곧 서점을 운영하는 삼촌 같은 신사가 가장 아끼는 직원이 되었다. 헤일리의 상황을 몹시 가엾게 여긴 신사가 그녀에게 서점 위 아파트를 얻어 준 덕분에 헤일리는 아주 싼 집세와 경비로 지낼 수 있었다. 그래서 스티븐이 6개월 전에 피카로네의 돈을 가지고 장난하다 곤경에 처했을 때 헤일리가 저축해 둔 돈을 모조리 갖다 바쳤지만, 그 후로 다시 아르바이트를 하고 허리띠를 졸라맨 끝에 모아 둔 돈이 조금 있었다. 문제는, 헤일리가 곧 그 돈을 절실하게 필요하게 되리라는 점이었다. 아직은 초기 단계지만, 배우 생활을 그만두고 다시 학교에 다닐 계획을 세우고 있었다.

헤일리는 조금 더 머뭇거렸지만, 스티븐이 겁에 질린 표정으로 어르고 달래자 돈을 숨긴다는 죄책감이 더해져서 더는 버틸 수 없었다. "좋아. 근데 지금은 몸을 뺄 수 없어. 9시에 오면 리허설이 끝날 테니, 그때 같이 은행에 가서 가진 돈을 싹 다 털어 줄게."

스티븐이 당장 같이 가거나 아니면 은행 카드라도 달라고 아무리 칭얼대고 애원해도 헤일리가 완강하게 버티자, 스티븐은 마지못해 눈 내리는 거리로 슬금슬금 나가 버렸다. 다른 때 같았으면 헤일리도 오빠의 청을 거절하지 못했을 것이다. 그러나 그날은 온전히 헤일리의 배역을 위한 특수 기법의 리허설이 진행되고 있었기 때문에 불가능했다. 오빠가 다녀가고 1시간 후, 헤일리는 흰색과 금색으로 된 날개 달린 천사 옷을 입고 와이어에 묶여 무대 위 3미터 높이에 매달려 있었다.

주변에는 아무도 없고 헤일리 혼자였다. 다른 배우들은 이미 집에 간 뒤였다. 감독과 무대감독은 발코니 뒤 부스에 가 있었다. 그들은 헤일리의 목소리에 에코 효과가 나도록 만들어 놓고, 이제는 여러 조명 장치에 대해 논의하고 있었는데 헤일리가 있는 곳에서는 무슨 얘기를 하는지 들리지 않았다. 극장 안은 쥐 죽은 듯 고요했다. 한동안은 칠흑같이 어둡기까지 했다. 그러다 가끔 스포트라이트가 신성한 천사 옷을 입고 공중에 매달린 헤일리를 비추곤 했다. 감독이 조명의 밝기와 세기를 정하느라 스포트라이트가 한동안 그녀에게 머물렀다. 그러다 다른 옵션을 정하느라 다시 조명이 꺼졌다.

지루한 과정의 연속이었다. 게다가 와이어를 연결한 벨트가 겨드랑이 살을 파고들어 몹시 불편했다. 신경을 다른 데로 돌리려고 헤일리는 네 줄밖에 안 되는 대사를 떠올렸지만, 곧 잡생각이 들기 시작했다. 당연히 오빠와, 오빠가 처한 위험과, 오빠가 어릴 때 당한 어려움과, 성인이 되고 난 후 더 뒤죽박죽된 오빠의 현실이 떠올랐다. 그녀는 돈을 다시 모으기 위해 얼마나 어렵고 오랜 시간이 걸리든 간에 오빠한테 돈을 주어야겠다고 생각했다. 헤일리는 자신의 삶이 조금도 나아지지 않을까 봐 조바심이 났다. 그런데 우습게도 10년 후를 생각하면 늘 코네티컷 북서부의 큰 집에서 적어도 다섯 아이를 가진 생기 있는 엄마이자, 그녀를 끝없이 사랑하고 아끼는 한 남자의 아내가 된 자신의 모습을 상상하게 된다. 그러나 지금은 이 모든 것이 시간의 안개 속에 아득하고, 그녀는 불안한 마음으로 깜깜한 어둠 속에 매달려 있다.

그때 흐릿한 빛줄기가 극장 복도 위로 비껴 들어오는 것이 보였다. 어떤 남자가 로비에서 문을 열었다. 그러고는 거대한 그림자가 빛 안으로 들어오더니 거기에 딱 멈췄다. 남자가 안으로 몇 발짝 들어섰다. 남자 뒤로 출입구가 닫히면서 극장 안은 한 치 앞도 보이지 않을 정도로 깜깜해졌고, 남자는 머뭇거리다 이내 걸음을 멈췄다.

헤일리는 심장 박동이 빨라졌다. 들어올 때 언뜻 보았지만, 누구인지 대번에 알아챘다. 인상이 험악하고 덩치가 큰 깡패라면…… 오빠를 죽이러 온다던 바로 그 사케시언이 분명했다.

헤일리는 공중에 매달려 남자가 스티븐을 찾으려고 통로를 천천히 걸어 내려오는 광경을 지켜보았다. 숨이 제대로 쉬어지지 않았다. 가슴이 두방망이질 쳤다. 킬러가 무대 바로 앞까지 왔다. 거의 헤일리의 바로 아래에서 남자가 걸음을 멈췄다. 사케시언이 무대의 이쪽 끝에서 저쪽 끝까지 눈으로 천천히 훑었다. 헤일리는 남자가 고개를 들어 자기를 볼까 봐 두려움에 떨었다.

바로 그때 스포트라이트가 들어왔다.

순식간에 양쪽에 깃털 날개를 달고 흰 가운을 입은 채 우스꽝스럽고 무기력하게 공중에 매달린 그녀의 모습이 고스란히 드러났다.

사케시언이 위를 올려다보았는데, 놀랍게도 그는 헤일리보다 더 겁에 질린 것 같았다. 남자가 비명을 지르며 햄처럼 두툼한 손을 얼굴 옆에 들어 올렸다. 그러고는 헤일리가 금방이라도 그를 처단할까 봐 두려운 듯 몸을 뒤로 젖혔다. 옴짝달싹 못 하고 벌벌 떨면서 공포와 외경심에 찬 눈으로 그녀를 올려다보았다.

헤일리는 그제야 돌아가는 상황을 짐작했고, 사케시언이 그녀를 뭐라고 생각하는지도 알게 되었다. 남자의 대단한 신앙심과 그런 것을 믿을 수 있는 어리석음도 이해되었다. 여기까지 생각이 미친 헤일리는 즉시 양팔을 펼친 후 손가락으로 준엄하게 남자를 가리켰다.

"사케시언!" 헤일리가 호통치자, 감독이 테스트를 더 하려고 켜둔 에코가 더해져 헤일리의 목소리는 바닥에서 천장까지 쩌렁쩌렁 울렸다. "사케시언, 회개하라!"

그러고는 감독보다 더 강력한 힘을 가진 누군가가 조종이라도 하듯 스포트라이트가 꺼졌다.

갑자기 밝은 빛이 꺼지는 바람에 헤일리는 앞이 보이지 않았다. 사케시언이 크게 울부짖더니, 통로를 지나 돌아가려고 서두르는 바람에 그 큰 몸이 의자에 부딪히는 소리가 들렸다. 극장 출입구가 열렸다. 사케시언의 거대한 실루엣이 빛의 프레임을 채웠다가 곧 사라졌다. 잠시 후 문이 닫히고 극장 안은 다시 깜깜해졌다.

사케시언은 뒤를 돌아보지 않았다. 옆도 돌아보지 않았다. 극장에서 뛰어나와 거리로 내달리다가 지나가는 택시에 엎어졌다. 후드 위에 쓰러져 양손으로 택시를 거의 감싸 안 듯하고는 앞 유리를 통해 놀라서 혼이 빠진 운전기사를 바라보았다. 미친 사람처럼 손을 저어 택시를 못 가게 한 뒤 옆문으로 돌아가서 뒷좌석으로 굴러 들어갔다. 기사에게 겨우 목적지를 말하고는, 구석에 찌그러져서 집에 갈 때까지 몸을 떨며 끙끙 앓았다.

여러분은 사케시언을 비웃을지도 모른다. 그러나 언론 밖에서조차 때로는 진실과 허구가 극단적으로 얽힌다. 우리는 상상력과 근거 없는 믿음 그리고 조작의 결과로 나온 이야기에 맥없이 노출된다. 생각해 보면 다른 방법으로 진실에 가까이 갈 방법이 없기도 하다. 그러나 비록 사케시언이 헤일리의 기지 넘치는 즉흥연기에 놀아났어도, 그 때문에 비틀거리며 아파트에 들어가 무릎을 꿇었어도, 그래서 울며 기도한 끝에 자신이 여태 하느님의 율법을 어기고 사악한 삶을 살았다는 혹독한 깨달음을 얻었다면, 그 과정 때문에 그의 각성이 덜 진실한 것으로 폄하되어야 할까?

어찌 됐든 그가 밤새 무릎을 꿇고 있었던 것만은 사실이다. 그리고 창밖이 희붐해질 때쯤에는 자신이 뭘 해야 할지 정확히 깨달았다.

사케시언은 피카로네를 만나러 갔다. 보스는 펜트하우스 테라스에서 아내와 아침을 먹고 있었다. 보스 아내의 화려하고 카리스마 넘치는 기운에 눌려서 사케시언은 머리를 조아린 채 거대한 자기 발을 내려다보며 겨우 입을 뗐다.

"명령하신 일은 못 하겠습니다." 사케시언이 어눌한 목소리로 말했다. "더는 그런 일을 하지 않겠습니다. 나쁜 일이요. 이제 좋은 일만 해야 합니다. 성경에서 이르는 대로."

"아, 아." 피카로네가 턱을 치켜들며 말했다. "그래, 성경. 좋아, 좋다고. 사케시언, 알았어. 이제부터 너한테는 좋은 일만 주지. 성경에서 말한 대로. 암."

사케시언이 방에서 미끄러지듯 걸어 나가는데 그 크고 단단한 얼굴에 번진 아이 같은 미소가 큰 감동을 주었노라고, 훗날 피카로네의 아내가 친구에게 말했다.

사케시언이 돌아간 후 피카로네는 전화기를 집어 들었다. "이봐, 스티븐 빈이란 쥐새끼 같은 놈을 처리해 줘야겠어. 하는 김에 사케시언도 같이."

전화를 받은 사람은 빌리 샤인이었다. 사람들은 그를 '끝장'이라고 부를 정도로 두려워했다. 그를 무서워하지 않는 사람은 없었다. 그는 얼굴이 길고 쥐새끼처럼 생겼으며 몸은 군살 하나 없는 근육질이었다. 그는 연기처럼 움직여 난데없이 나타났는데, 사람들이 그를 두려워하는 이유의 절반은 바로 그 때문이었다. '끝장'은 누가 어디에 있든 찾아냈고, 무슨 짓을 하든 목표한 사람 앞에 나타났다. 그러고 나면 틀림없이 사람이 죽어 있었다.

사케시언도 당연히 그가 오는 것을 눈치채지 못했을 것이다. 그러나 '끝장'이 그를 해치우러 가고 있다는 사실을 미리 귀띔해 준 사람이 있었다. 피카로네의 아내가 사케시언의 신심에 감동했다고 친구들에게 한 말은 진심이었다. 실제로 그녀는 독실한 신자였다. 종교의 말씀과 자신이 가진 부의 원천 사이의 부조화를 뼈아프게 여기고 있었기에 자다가 식은땀을 흘리며 깨는 경우도 종종 있었다. 그럴 때면 보석함을 열고 보통 15분 정도는 손으로 폐물을 만져야 겨우 마음이 진정돼서 다시 잠자리에 들 수 있었다. 그러나 그날 밤에는 그 방법이 통하지 않았다. 그녀는 진이 빠진 상태로, 가끔 사케시언과 잠자리를 한다고 알려진 손 관리사에게 몰래 전화를 걸었다.

한편 스티븐 빈은 아파트 소파에서 느긋하게 자고 있었다. 이쯤 되면 여러분은 스티븐이 어느 곳에서 뭘 하든 살 사람이라고 생각할 것이다. 그러나 여기서도 실상은 달랐다. 스티븐은 여동생에게서 도피 자금을 우려낸 후, 24시간 운영하는 포커판에 가서 돈을 불려야겠다는 기발한 생각을 해냈다. 다음 날 저녁, 스티븐이 다시 빈털터리가 되어 거리로 내몰렸을 때는 너무 피곤한 나머지 지금쯤이면 차라리 자기 아파트가 더 안전하리라고 믿어 버렸다. 보스가 아마 그에게 겁을 주려고 사케시언을 보낸 모양이라고 생각했다. 공연히 죄책감 때문에 지레 결론을 내린 바람에 킬러가 다가오자 혼비백산했던 걸지도 모른다고 여겼다. 그에게 정말 필요한 것은 집에 가서 작은 소파에 누워 편히 자는 일이라고 생각했다. 그래서 집으로 돌아가 안주를 곁들여 술을 좀 더 마신 후 바로 곯아떨어졌다.

사람들은 가끔 어떻게 그럴 수 있나 싶은 일도 한다. 놀랍게도 어떤 일의 결과가 완전히 끝나지 않은 상황에서 섣불리 행동한다. 새벽 1시가 다 된 시각, 스티븐은 두 손으로 머리를 받치고 코를 골아가며 잠들어 있었다. 얼마나 깊이 잠들었던지 초인종이 울리는 소리도 듣지 못했다.

그러나 나무 문틀이 쪼개지고 파편이 방으로 날아 들어오며 문이 요란하게 열리자 스티븐도 놀라 잠에서 깼다. 벌떡 일어나 앉은 스티븐은 놀라서 입이 벌어지고 눈이 튀어나올 지경이었다. 생각이고 뭐고 할 정신도 없이 황망해하는데 누군가가 멱살을 잡았다.

사케시언이었다.

"'끝장'이 오고 있어. 일어나. 빨리 나가야 해."

이게 도대체 무슨 일이지. 사케시언은 천사를 영접한 후로 새사람이 되었고 앞으로도 그렇게 살 작정이었다. 손 관리사에게서 경고 전화를 받은 사케시언은 자기 한 몸만 보존해서는 안 될 일이라 생각했다. '끝장'이 스티븐을 먼저 처치하러 오리라는 사실을 안 이상 얼른 그를 보호하러 가야 했다. 나보다 도덕심이 더 투철한 사람이라면 왜 사케시언이 경찰에 전화하지 않았느냐고 궁금해할지도 모르겠다. 그러나 일전에 '끝장'의 손아귀에서 벗어나려고 경찰에 전화한 사람이 있었지만, 끝내 죽었다. 그러니 사케시언은 스티븐의 안전이 자기 손에 달렸다고 생각했다. 그래서 여기 와서 그를 흔들어 깨운 것이다.

사케시언이 '끝장'의 무시무시한 이름을 맨 먼저 들먹인 덕분에 술이 떡이 된 스티븐도 마술사가 손가락을 퉁겨 스페이드의 에이스 카드를 없애듯 퍼뜩 정신을 차렸다. 그는 왜 사케시언이 자기를 도와주러 왔는지 몰랐다. 당시로는 그가 지금 어디에 있는지조차 몰랐다. 그러나 어쨌든 튀어야 하는데 '끝장'의 마수에서 벗어나려면 어디로 가야 할지 생각이 나지 않았다.

사케시언은 스티븐이 이런저런 계산이나 생각을 하게 내버려 두지 않았다. 얼른 일으켜서 옷을 입힌 후 문밖으로 스티븐을 끌어냈다. 두 계단쯤 앞서 내려가던 사케시언이 뒤를 돌아보며 물었다. "어디 갈 데 있어?"

아직 잠이 덜 깨 해롱거리던 스티븐이 생각할 수 있는 장소는 한 군데뿐이었다. "트리베카. 서점 위에요. 내 동생이 거기 있어요."

둘은 추적을 따돌리기 위해 택시를 세 대나 갈아탔다. 그러고 나서 마지막 몇 블록은 걸어갔다. 곧 오른쪽 브라운스톤 건물에서 다운타운 대로를 가로질러 비스듬히 떨어지는 짙은 그림자 속으로 내달렸다. 머리 위에는 장식용 반짝이와 색색의 크리스마스 조명이 창문에 걸려 나부꼈다. 얇게 쌓인 눈 때문에 발이 자꾸 미끄러졌다.

미스터리 서점에 도착하자 따뜻하고 노란 불빛이 눈 내리는 보도 위 긴 웅덩이를 비췄다. 그림자가 가게 앞에 진열된 화사한 표지의 책들 뒤로 옮겨 갔다. 안에서는 웅성거리는 말소리와 웃음소리 그리고 〈오, 거룩한 밤〉이 새어 나왔다.

크리스마스 파티가 한창이었다.

잠시 후 음악과 사람들의 말소리가 더 높아지더니 서점 문이 열렸다. 남녀 한 쌍이 어깨너머로 손을 흔들며 파티장에서 나와 어두운 거리로 나섰다.

갑자기 사케시언이 스티븐을 벽으로 세게 밀더니 거대한 몸으로 그를 덮어 숨겨 주었다. 커플이 그들 옆을 지나 웨스트 브로드웨이로 갈 때까지 둘은 거기서 한데 꼭 붙어 있었다.

사케시언이 몸을 뗀 후에야 스티븐은 손가락으로 벽에 붙은 우편함에서 여동생의 이름을 가리켰다. 사케시언이 고개를 끄덕였다. 그러나 스티븐은 헤일리의 이름 아래 붙은 버저를 누르지 않았다. 여동생이 그들을 거절할까 봐 차마 누를 수가 없었다. 대신 바깥으로 통하는 출입구 자물쇠를 만지기 시작했다. 추위와 공포로 손이 덜덜 떨렸지만, 문은 어렵지 않게 열렸다. 둘은 안으로 들어갔다.

서점에서 흘러나오는 음악과 말소리가 내부 벽을 통해 들려왔다. 사케시언과 스티븐이 사층 계단참까지 서둘러 올라갈 때까지 〈오, 베들레헴의 작은 마을〉이 그들을 따랐다. 마침내 마지막 방으로 향하는 긴 복도를 걸어 내려갔다. 스티븐이 주먹으로 문을 두드렸다.

"헤일리! 나야. 문 열어!"

그러다가 스티븐이 말을 멈췄다. 헤일리가 아래층에서 열리는 파티에 있을지도 몰랐다. 그런데 그때, 안에서 졸린 목소리가 들렸다.

"오빠?"

"헤일리, 제발! 생사가 달린 문제야!"

안에서 체인 고리를 빼내는 소리가 들린 후 문이 열렸다.

바로 그때 스티븐의 옆에 서 있던 사케시언은 뭔가 섬뜩한 느낌이 들어 왼쪽을 돌아보았다.

'끝장'이 복도 반대편 끝에 서 있었다.

그의 트레이드마크대로 소리 소문 없이, 연기처럼 조용히, 그곳에 와서 버티고 있었던 것이다. 그러더니 이번에도 연기처럼 그들을 향해 조용히 다가오고 있었다.

사케시언의 반응은 빨랐다. 한 손으로 스티븐을 뒤로 밀어 헤일리의 문 안으로 들어가게 했다. 그리고 다른 손으로는 총을 꺼냈다.

'끝장'의 손에도 총이 있었다. 그가 총을 들어 사케시언에게 겨눴다.

"쏘지 마, 빌리 샤인!" 사케시언이 외쳤다.

탕! 하는 소리가 났다. 겁에 질린 스티븐은 문을 닫으며, 그가 안에서 몸을 숨기는 동안 부디 사케시언이 '끝장'을 끝장내 주기를 바랐다. 그때 사케시언은 이미 '끝장'을 향해 복도를 따라 걸어가고 있었다.

두 킬러가 총을 들어 올린 채 서로를 향해 다가갔다. 40미터, 30미터, 20미터. 사케시언이 다시 소리를 질렀다. "쏘지 마!" '끝장'이 총성으로 대답했다. 사케시언이 되쏘았다. 둘은 빠른 속도로 방아쇠를 당기고 또 당겼다. 총성에 총성이 더해져 좁은 복도를 울렸다. 둘은 총알이 서로에게 날아가 박히고 살이 찢겨 나가는 것도 아랑곳하지 않고 계속 총질을 하며 서로를 향해 걸어갔다.

이윽고 총알이 떨어졌다. 둘 다 총알이 없어 총에서는 턱턱 거리는 소리만 났다. 둘은 10미터도 안 되는 거리에 마주하고 섰다. 샤인이 팔을 내렸고 사케시언도 내렸다. 샤인이 씩 웃었다. 그러더니 바닥으로 고꾸라져 사케시언의 발치에서 죽었다.

사케시언은 샤인을 거의 보지 못했다. 그저 시체를 넘어 쉼 없이 계속 걸어갈 뿐이었다. 손에서 권총이 미끄러져 복도 카펫 위에 툭 하고 떨어졌다. 계단에 다다랐을 때 잠시 비틀거렸다. 그는 난간을 잡고 다시 몸을 바로 세웠다. 그러고는 계단을 내려가기 시작했다.

그때까지 사층에서는 아무도 감히 집 밖을 내다볼 엄두를 못 냈다. 총소리를 듣고 무슨 일이 있구나 짐작할 뿐이었다. 경찰에 신고한 후에도 그저 쪼그리고 있었다. 그러나 계단 아래에서는 문이 열리고 사람들이 삐죽이 밖을 내다보고 있었다. 그 바람에 서점에서 울리는 합창 소리가 밖으로 크게 새어 나왔다. 〈고요한 밤.〉

더는 총성이 들리지 않자 사층에서도 밖을 내다보았다. 헤일리가 문을 열고 밖으로 고개를 내밀자 스티븐이 여동생 뒤에 몸을 숨기고 어깨너머로 삐죽이 밖을 내다봤다.

"됐어!" '끝장'이 쓰러져 있는 것을 보고 스티븐이 주먹을 쥐고 흔들며 환호성을 질렀다.

"사케시언은 어떻게 된 거야?"

스티븐이 여동생에게 그가 구출된 과정을 짤막하게 요약해서 들려주었다. 나머지는 헤일리가 극장에서 둘이 만난 일에 대한 결과로 사케시언에게 생긴 일을 미루어 짐작했다. 영혼이 맑은 헤일리는 사케시언에게 미안했다. 그가 겪었을 신체적 고통은 어떤 면에서 자신의 책임이라고 생각했다.

헤일리는 아파트에서 복도로 나갔다.

"야, 헤일리!" 깜짝 놀란 스티븐이 어서 돌아오라고 손짓하며 쉭쉭 쉰 소리를 냈다.

그러나 헤일리는 신중하게 계속 걸어가 계단에 도착했다. 계단의 수직면에 피 묻은 흔적이 있었다. 헤일리는 괴로움에 흐느껴 울면서 계단을 내려가기 시작했다. 사케시언은 건물 앞에 등을 대고 누워 있었다. 어느새 쌓인 눈이 피로 벌겋게 물들었다. 미스터리 서점에 온 손님들이 소음을 좇아 서점 밖으로 몰려나와 헤일리와 사케시언 주위에 몰려들었다. 사이렌 소리가 커지더니 경찰이 도착했다. 열린 문을 통해 계속 〈고요한 밤〉이 흘러나왔다.

아무도 사케시언에게 다가가지 않았다. 그는 사람들에게 둘러싸여 동그마니 누워 있었다. 사케시언은 내리는 눈을 보며 눈을 껌뻑거렸고, 호흡은 거칠었다.

그때 헤일리가 흰색 플란넬 잠옷 자락을 끌며 사케시언을 향해 다가갔다. 많은 사람이 그다음에 일어난 일을 직접 보거나 전해 들었다. 그리고 곧이어 현장에 몰려든 기자들에게 그들이 본 장면을 얘기해 주는 사람도 더러 있었다. 그러나 진실을 보도하는 신문은 하나도 없었다. 라디오나 텔레비전 방송은 말할 것도 없고. 어떤 식으로든 진실이 알려지는 것은 이번이 처음이다.

헤일리는 사케시언 옆에 꿇어앉아 그에게 몸을 기울였다. 사케시언이 몸을 뒤척여 그녀를 올려다보았다. 무슨 말을 하려 했지만, 아무 말도 나오지 않았다. 그는 입술을 핥은 뒤 간신히 입을 열었다.

"왔어요." 사케시언이 거친 목소리로 나지막이 말했다. "천사가 왔어요!"

"아, 사케시언. 난 천사가 아니에요." 헤일리가 비통해 하며 말했다.

사케시언이 천천히 눈을 깜빡이고는 고개를 저었다. "아뇨. 저기." 그가 마지막 힘을 다해 두툼한 손을 들어 올려 어깨 위 하늘을 가리켰다.

그러고는 바닥에 손을 떨어뜨린 후 숨을 거뒀다.

칠십네 번째 이야기

조나선 샌틀로퍼

조나선 샌틀로퍼(Jonathan Santlofer)/ 1946

화가, 소설가. 1977년부터 수많은 전시회를 열어 왔다. 1989년에 시카고 갤러리에 화재가 일어나 5년간 작업한 작품들이 불타 버리자 로마로 떠난다. 원래 추상화가였던 그는 로마에서 고전 예술을 탐구했고 이후 소설가로도 발을 내딛게 된다. 데뷔작 『데스 아티스트(The Death Artist)』는 베스트셀러가 되었다.

† The 74th Tale(2008)

그 책이 없었다면 분명 그 일도 일어나지 않았을 것이다. 맹세코 내가 계획한 일은 아니다. 다만 내가 외부에 쉽게 휘둘리고, 다른 사람들과 그들의 제안에 민감할 뿐이다. 내가 원래 그런 식으로 생겨 먹었고 내 뇌가 그런 식으로 작동하는 바람에 그것을 받아들이게 된 것이다.

그 책은 나 자신에게 주는 선물이었다. 나는 크리스마스 선물을 받지 못하리란 생각에 좀 우울했고, 적어도 하나는, 비록 싼 페이퍼 백이라도 책 한 권 정도는 받아도 되지 않느냐며 대수롭지 않게 고른 것이 결국 내 인생, 아니 두 인생을 바꿔 놓았다.

그 책은 '미스터리 서점'이라는 곳에서 샀다. 우, 미스터리 서점이라? 크리스마스보다는 핼러윈에 더 어울리는 곳이다. 피와 살인과 죽음을 제목으로 한 책들이 쇼윈도에서 나를 유혹했지만, 보통 사람들처럼 나도 항상 그런 것에 혹하지는 않는다. 누군가 책들에 검고 빨간 리본을 묶어 놨는데 그걸 보니 선물 같다는 생각이 들었고, 거기에 검은색과 오렌지색 장식용 전구까지 더해지니 이번에도 크리스마스라기보다는 핼러윈 같아서 웃기고 재미있었다.

서점 내부에는 목재가 많았지만 통풍이 잘되어 쾌적했다. 바닥에서 천장까지, 그리고 테이블 위는 물론, 바닥에도 책이 가득해서 예스러우면서도 동시에 현대적인 분위기가 풍겼다. 한 공간에 이렇게 책이 많은 것은 여태 본 적이 없었다. 맨 윗줄에 있는 책을 꺼내려면 곳곳에 배치된 사다리를 이용해야 했다. 억양으로 보아 영국 출신인 듯한 여자가 내게 미소를 보이며 '안전상의 이유'로 사다리에 올라가선 안 된다며 혹시 필요하면 자기가 대신 책을 내려 주겠다고 했다. 나는 팔이 닿는 곳에 있는 책만으로도 충분하다고 말했다.

책은 알파벳순으로 정리되어 있어서 내 마음을 끌었다. 내게 리더의 자질은 없을지 몰라도 그 못지않게 중요한 계획성과 꼼꼼함이 있다. 덕분에 우체국에서 하는 일이 내게 잘 맞았던 것 같다.

A부터 Z까지 훑어보느라 시간이 오래 걸렸다. 물론 중간 중간 크게 뛰어넘은 부분도 있다. 가령, D의 절반과 H의 상당 부분. 그리고 맨 윗줄에 있는 책들도 챙겨 보지 못했지만, 척 봐서 와 닿는 제목을 고를 작정이었기에 별로 문제 되지는 않았다. 한마디로 딱히 찾는 책은 없었다는 말이다. 세상일이 다 그렇지 않은가. 가장 기대가 적을 때 가장 중요한 것이 저절로 찾아온다.

잠시 후 책을 너무 많이 훑어서 눈이 흐려지기 시작할 때쯤, 예의 영국 여자가 다가와 필요하면 도와주겠다고 했다. 나는 괜찮다고 말했다. 그때 뒷방에서 머리가 희끗희끗한 남자가 나오자 영국 여자가 다가가서 나를 곁눈질하며 남자에게 귓속말했다. 곧 남자가 내게 와서 여자와 똑같은 말을 했다. 필요하면 도와주겠다고. 그들이 나를 들치기로 생각하는 것 같아 기분이 몹시 상했다. 나는 가게에서 뭘 슬쩍해 본 적이 없고, 그런 사람도 아니다.

나는 남자에게 마지막 결정을 하고 있다고 했고, 남자는 그래도 되지만 몇 분 후에 문을 닫아야 하니 서둘러 달라고 했다. 스무 권 정도를 빼놓고 달랑 한 권을 사야 하는 이런 상황에 나는 좀 화가 났다. 말했다시피 나는 크리스마스 선물을 하나도 받을 수 없어서 기분이 언짢았다. 엄마와는 5년 동안 안부도 묻지 않고 지냈고, 아버지는 오래전에 돌아가셨으며, 형은 빌어먹을 그 사건으로 인해 나를 싫어해서 그 후로는 명절에도 만나지 않았다. 그 사건이란 2년 전 추수감사절에 내가 형수에게 함부로 말해서 형과 다툰 것을 말한다. 그 여자는 당연히 그런 대접을 받을 만했고 솔직히 나는 형도, 형수도, 건방진 두 애새끼도, 레비타운인가 어딘가에 있는 방마다 높이가 다른 그 이상한 집도 다 싫다. 우리 형이란 작자는 나보다 여섯 살이 많은데 정말 나한테는 조금도 신경을 안 썼고 나더러 미쳤다고까지 했다. 내가 미쳤으면 저는 안 미쳤나? 형이 전화를 걸어 크게 사과하지 않는 한 절대 관계를 회복할 생각이 없다. 마침 신문에서 보니 이번 일이 있고 난 후 어떤 기자가 형에게 전화를 걸었지만, 딱히 할 말이 없다고 한 걸 보면 나에게는 정말 눈곱만큼도 신경 쓰지 않는다. 그러니 아마 형과 화해하는 일은 없을 것이다. 그러니까 내가 하고 싶은 말은 이런 때라면 적어도 동생에 대해 좀 좋게 말해 줘도 좋지 않은가 하는 거다!

머리 희끗희끗한 남자는 서점을 돌아다니며 책을 정렬하는 척했지만, 실은 계속 나를 감시하고 있었다. 기분이 상해 서점을 떠나고 싶었지만, 나는 아직 한국인이 운영하는 식품점 위에 있는 내 방으로 돌아갈 준비가 되지 않았다. 식품점 주인의 소름끼치는 굽은 손가락과 눈을 가늘게 뜨고 나를 바라보는 눈길은 생각만 해도 너무너무 싫어서 책 스무 권을 다시 훑어본 후 한 권을 골랐다. 한 권에 칠십세 가지 얘기가 들어 있는 것에 비해 가격은 아주 싼 축에 속한다고 생각했다. 페이퍼백인데도 안에 시까지 몇 편 실려 있어서 굉장히 두꺼웠다. 내가 그 책을 읽을까 싶지는 않았지만, 어쨌든 싼 맛에 관심이 갔다.

그 책을 다시 살피는데 흰머리 남자가 와서 내가 고른 책이 고전이라며 정말 잘 선택했다고 해서 기분이 좋았다. 남자가 내 팔을 가볍게 치며 웃음 띤 얼굴로 나를 아들이라 불렀는데, 누군가의 관심에 목마르지는 않았지만 그 소리는 상당히 듣기 좋았다. 남자는 내가 그 책에서 많은 것을 배우게 될 것이라고 했다.

내가 그게 무슨 의미냐고 물으니 남자는 내게 책을 사라고 압박하는 것처럼 아주 낮고 비밀스러운 말투로 그건 나 스스로 알아내라고 했다. 바로 그때 책값이 15달러나 되는 것을 알게 됐고, 지금 내가 실직중이라 그만한 돈이 없다고 했더니 남자가 얼마면 사겠느냐고 물었다. 실은 22달러가 있지만 7달러밖에 없다고 말했다. 남자는 놀라서 몸을 흔들며 큰 결정이라도 하듯 얼굴을 찡그리고 머리를 갸우뚱

거리더니 마침내, 좋다, 크리스마스이니 7달러에 주겠다며 내 걱정을 덜어 주었다.

그때 그 책이 모든 것을 바꿔 버릴 줄 알았다면 그렇게 기뻐하지 않았을 것이다. 하지만 누군가 그런 멋진 일을 하는데 그게 선의라고 여기지 않을 도리가 없었다.

웃긴 건 내가 애초에 책을 살 계획이 없었다는 점이다. 나는 책을 그다지 많이 읽지 않는다. 평생 만화책 말고는 뭘 크게 읽어 본 적이 없다. 최근에는 『블러디 스컬』과 『블레이드』, 『핵/슬래시』를 읽었고 그전에는 좀 더 애들 취향인 『엑스맨』과 『판타스틱 4』를 읽었다. 내가 스물한 살이었을 때 형은, 그때는 우리가 싸우기 전이었는데, 자꾸만 불안해지는 내 마음을 좀 잘 다스리라고 했다. 내가 잘리기 전에 우체국에 함께 다녔던 친구 래리도 내가 『판타스틱 4』를 읽는 것을 보고 같은 이야기를 했다. 그러나 래리는 내가 얼마나 똑똑한지 알았고 나를 공포만화로 전향시킨 사람이기도 했으니, 나쁜 의미로 한 말은 아니라고 생각한다. 그래서 나는 칠십세 가지 이야기가 실린 책에서 많은 것을 배울 수 있겠다고 생각했고, 실제로도 그랬다. 비록 그게 그리 좋은 쪽이 아니라고 말하는 사람도 있겠지만.

서점을 나섰을 때는 밖이 어두웠고 보슬비가 내리고 있었는데 가로등 노란 불빛이 살짝 언 웅덩이에 비쳐 마치 언 레모네이드 같아 보였고 주위에는 아무도 없어서 좋았다. 나는 세상에 나 혼자인 것 같은 느낌을 좋아하고 실제로도 그렇지만 나 자신이 가엾지는 않다. 여태 사귄 친구도 많았고, 또 지금도 마음만 먹으면 얼마든지 친구와 여자친구를 사귈 수 있기 때문이다. 여자애들은 나를 보고 잘생겼다고 하는데 그게 안 좋은 일은 아니지만 내게 큰 의미는 없다. 마지막 여자친구는 바에서 만나 곧바로 머레이 힐에 있는 그녀의 아파트로 갔다. 주름 장식 침대보를 비롯해 여성스럽고 현대적으로 장식한 집이었다. 그 애는 내 입이 뿌루퉁하다고 했다. 나는 그 뜻이 뭔지 정확히 몰랐지만, 공연히 물어봐서 못 배운 티를 내고 싶지 않아서 나중에 그 애의 사전을 뒤졌다. 뜻은 이랬다. '불쾌하거나 화가 났음을 표현하기 위해 입술을 내미는 것.' 로레타, 그녀의 이름이다,는 내 입술을 손가락으로 만지는 것을 좋아하니까 분명 좋은 의미로 한 소리였겠지만 내 귀에는 별로 좋게 들리지 않았다. 그리고 우리 사이가 그리 오래가지 않았기 때문에 내 입술이 뿌루퉁하든 말든 중요하지 않았다.

서점과 우리 집은 다섯 블록밖에 떨어져 있지 않았는데, 그때까지 그곳을 전혀 알지 못했다는 게 이상했다. 이런 걸 보고, '엑스맨'의 한 구절처럼 운명이나 사악한 기운이 나를 그곳으로 끌어당겼다고 할 수 있겠다.

아파트 건물에 도착해서 아래층 식품점에 들러 여섯 병들이 맥주 한 팩과 포테이토칩 큰 봉지와 스니커즈 초콜릿 바를 샀다. 주인의 흰 손가락은 애써 외면했다. 그 사람에게 닿지 않으려고 돈을 계산대 위에 조심스럽게 올려놓았지만, 주인은 잔돈을 건네면서 흰 손가락을 내 손에 문질렀다. 전에도 그런 적이 있었으니 다분히 고의적이었을 것이다. 온몸에 한기가 자르르 흘렀다.

집에 들어오자마자 맥주를 벌컥벌컥 마시고 한 병을 더 딴 후 포테이토칩을 들고 가 소파에 파묻혔다. 그 가죽 소파는 길에서 주워 왔는데 머리 닿는 곳과 한쪽 팔 부분이 약간 찢어지고 얼룩진 것을 제외하면 아주 멋졌다. 그것도 내가 스카치테이프를 발랐더니 이제는 잘 보이지도 않는다. 나는 그런 식의 손재주가 있는 편이다. 새 책을 죽 훑어본 후, 주변에 아무도 없지만 입술을 움직이지 않으려 노력하며 제목들을 하나하나 읽었다. 이름이 수지였던가, 한때 여자친구였던 애가 나더러 책을 읽을 때 나도 모르게 입을 달싹거린다고 놀렸기 때문이다.

책에 이야기가 너무 많아서 머리 허연 남자나 영국인 여자에게 어느 것부터 읽을지 물어보지 않은 것을 후회했다. 그래서 경마도박에서 돈을 걸 때 말의 이름을 보고 고르듯 제목을 죽 살폈다. 물론 항상 돈을 잃는 편이지만.

처음 고른 것은 한 남자를 문 황금 벌레 이야기인 것 같은데 확실하지는 않다. 단어와 문장이 끝없이 이어져 읽기가 쉽지 않아 몇 번을 시도하다 끝내 포기하고 말았기 때문이다. 7달러를 날렸다는 생각에 화가 날 무렵 다른 것을 읽기 시작했는데 금세 그 이야기에 홀딱 빠져 버렸다. 신경이 과민한 남자가 자신을 화나게 하는 어떤 남자의 눈길 때문에 서서히 미쳐 간다는 내용이었다. 이야기를 읽다 보니 아래층 식품점 주인이 생각나서 더 흥미로웠다. 아래층 남자의 새끼손가락은 소켓에서 잡아당긴 듯 손에서 빠져나와 위로 굽었다가 이상하게 다시 제자리로 돌아온 꼴이었는데 끝은 손톱도 없이 그냥 뭉툭했다. 그 손은 안 보려 하면 할수록 더 보게 되고, 보고 나면 늘 머릿속에서 생각이 떠나지 않는다. 때론 그 끔찍한 손을 보지 않으려고 몇 주 동안 거기에 가지 않고 피해 다니지만, 급하게 뭔가 필요하면 거기에 갈 수밖에 없고, 그러고 나면 또 며칠 동안 손가락 생각에 시달리게 된다.

나는 손가락 생각을 떨치려고 다른 이야기를 읽었다. 이번에는 로더릭과 한 친구가 죽지도 않은 로더릭의 여동생을 매장하는 이야기였는데, 그걸 읽다 보니 어렸을 때 우리 아파트 건물 밖 건널목에서 다친 새를 발견했던 기억이 났다. 새는 죽지 않았지만 날지 못했다. 나는 새를 신발 상자에 넣은 뒤 모이를 주고 점안기로 물을 주었지만 점점 약해지기만 했다. 책에서 로더릭과 그의 친구가 로더릭의 여동생을 보고 생각했던 것과 똑같이 나 역시 새가 곧 죽을 거라고 확신했다. 그렇다고 새를 죽일 수는 없어서 신발 상자를 공터 모퉁이에 묻은 후 벽돌로 그 자리를 표시해 두었다. 한 주 후에 가서 파 보니 새가 온데간데없었다. 다른 누군가가 그걸 파냈는지, 벽돌이 딴 데로 가 버렸는지 그것도 아니면 다른 무슨 일이 일어났는지 알 수 없어서 끈끈이 덫에 걸린 쥐를 다시 묻어 보기로 했다.

이번에는 오래 기다리지 않고 하루 뒤에 쥐 묻은 자리를 파 보았더니 죽어 있었다. 쥐는 잡기 쉬우니 한 마리를 더 잡아 묻은 후 반나절 정도 놔뒀다가 파 보니 죽어 있었다. 또 한 마리를 잡아 대충 여덟아홉 시간을 두었는데 이번에도 죽었다. 그래서 나는 좀 더 확실히 관찰해 보기로 했다. 앞서 말했다시피 나는 체계적으로 일할 때 두

뇌가 가장 활발하게 작동한다. 그래서 우체국 일을 잘했고, 공연한 일로 동료와 한판 붙지 않았다면 지금도 그 일을 하고 있었을 것이다.

다음 쥐는 정확히 8시간을 묻어 두었더니 죽었고, 다음은 7시간 만에 죽었다. 쥐가 살아 있을 때까지 계속 한 시간씩 줄여 보았다. 쥐 두 마리가 5시간 동안이나 묻히고도 살아 있었다. 상자를 열었을 때 작은 생명체가 숨을 헐떡거리며 살아 있는 것을 보고 얼마나 기가 막혔는지 모른다. 그러나 이 두 마리를 6시간째 묻어 두면 어떻게 될 지 시험했을 때는 두 마리 모두 죽고 말았다.

그 후로 몇 년 동안 수시로 동물을 묻곤 했지만, 공터에서 멀리 이사 간 뒤로 그 일을 잊었다. 실제로 책에서 그 이야기를 읽기 전까지 내가 다시 그 짓을 하게 되리라고는 생각도 하지 못했다. 이야기 속에서 로더릭의 여동생은 끝내 죽지 않고 좀비처럼 살아 돌아와서 오빠를 공격해 남매는 둘 다 죽었고 친구는 도망쳤다. 그 친구를 탓할 생각은 없다. 친구가 도망가면서 뒤를 돌아보자 집이 무너져 내렸는데, 그 장면을 읽는 동안 첫 번째 얘기에 등장하는 마룻장 아래 심장처럼 내 가슴도 사정없이 쿵쾅거렸다. 그래도 계속 읽어 나갔다. 다음 이야기 역시 작가가 마치 내게 들려주기 위해 글을 쓴 것처럼, 산 채로 땅에 묻히는 것과 관련된 내용이었다. 이야기 속 사내는 산 채로 땅에 묻힐지도 모른다는 공포에 시달렸고, 결국 어느 날 눈을 떠 보니 자신이 묻혀 있었다. 적어도 그는 그렇게 생각했다. 실제로는 땅속이 아닌 보트 같은 곳에 있었고 속임수에 불과했지만, 그 이야기를 읽은 후 나는 산 채로 묻힌다는 생각에 다시 휩싸였다. 물론 나 말고 다른 동물이나 사람이 필요했다.

나는 그 생각을 떨칠 수가 없었다. 다른 사람들이 모두 크리스마스 분위기에 취해 있는 동안 나는 오직 그 생각만 했다.

사람들은 내가 사전에 그 일을 계획했다고 말한다. 내가 그 일에 대해 생각을 하고 하고 또 한 끝에 꿈까지 꾼 건 사실이지만 여전히, 사전 모의한 것은 그 책과 이야기이지 나는 아니라고 믿는다. 내 국선 변호사에게도 말한 바 있다. 내 변호를 맡은 여자는 매일 똑같은 회색 줄무늬 슈트를 입고 블라우스만 바꿔 입었는데, 그러면 달라 보이리라 믿는 모양이었지만 내 눈에는 똑같아 보였다. '내 말이 무슨 뜻인지 알겠어요?' 변호사는 내 말을 다 듣고도 그것만으로는 아무 방어도 할 수 없다고 했고, 그 말 한마디로 나는 그 여자를 형편없는 변호사라고 낙인찍었다.

내가 여기 있은 지 이제 7개월이 되었다. 그사이 칠십세 가지 이야기를 여러 번 다시 읽고 거기 실린 괜찮은 시도 여러 편 섭렵하고 나니, 이제 내 이야기를 직접 써야겠다는 생각이 들었다. 나에 관한 이야기는 세상에 널리고 널렸으며, 그중에는 나를 인터뷰한 기자가 쓴 것도 있지만 여전히 잘못 전달된 게 많아서 내가 무슨 일을 왜 했는지 정확히 밝혀야겠다고 마음먹었다. 여태껏 해 온 일 중에 가장 힘든 작업이었다.

변호사는 내가 쓴 것을 읽어 보더니 이게 세상에 나오면 내 운명은 빼도 박도 못하게 된다며 없애 버리자고 했지만, 이미 말했듯 나는 변호사를 신뢰하지도 않았고 내 감정이나 동기를 글에서 제법 잘 설명해 놓았기 때문에 그럴 수가 없었다. 이제 여러분이 직접 읽고 판단해 주길 바란다.

그 남자와 공사장에 관한 이야기

우선 나는 신경과민이 아니고 그저 좀 예민한 사람이란 것을 밝힌다. 아주 아주 지지리 예민하지만 그렇게 끔찍할 정도는 아니다. 옛날 사람들은 흔히 나 같은 사람을 미치광이라고 했지만 나는 미치지 않았다. 마음만 먹었으면 내가 한 짓을 없앨 수 있고 도망도 칠 수 있었는데, 그렇게 하지 않은 나를 보고 미쳤다고 하는 건 말도 안 된다. 그건 분명하다!

그 짓을 하기 며칠 전부터 나는 조심스럽게 내 감정을 숨겼고, 내 마음이 어떻게 작동하는지 꼼꼼히 살폈다. 그리고 나는 혼자 사는 데다, 내 아파트 위에는 어둠의 장막이 드리워져 있으며, 삶과 죽음이 교차하듯 사람을 산 채 묻으면 과연 어디에서 삶이 끝나고 죽음이 시작되는지 알아야 한다는 생각에 약간 우울했다.

그 생각으로 몇 날 며칠을 괴로워했지만 그렇다고 실행에 옮길 수는 없었다. 우체국에서 나와 함께 일했던 래리 같은 친구가 도와주지 않는 한 나 자신을 묻어서 시간을 재고 무덤을 파헤쳐 내가 죽었는지 확인할 방법은 없었기 때문이다. 불가능했다!

그래서 자원봉사자가 필요했다. 언제 그 아이디어가 떠올랐는지 확실하지는 않지만, 어느 날 나는 열망에 들떠서 트렁크를 샀다.

탄탄하지도 않았고 그저 판지로 대충 만든 뒤 가죽처럼 보이려고 칠을 해 놔서 만지기만 해도 칠이 벗겨질 것 같았지만 어쨌든 한 번은 잘 써먹을 것 같았다.

우리 아파트 바로 옆에 공사장이 있었다. 나는 밤에 두근거리는 가슴을 억누르며 그곳으로 가서 아직 건물을 짓지 않은 뒤편 공터에 구덩이를 팠다. 사흘이나 걸린 끝에 드디어 구덩이를 완성한 후, 떨리는 마음으로 식품점에 가니 주인이 있었다. 그는 늘 그렇듯 악마 같은 눈으로 나를 흘겨보았고 나는 흉물스럽게 굽은 남자의 손가락을 보고 온몸의 피가 싸늘하게 식는 것을 느꼈다. 나는 클로로폼 한 병과 헝겊을 들고 있었지만 세제를 고르는 여자 손님이 있었으므로 뒤쪽 냉동식품 근처로 가서 신경을 곤두세우고 기다렸다. 주인은 나를 못 봤지만 나는 남자와 그의 손가락을 계속 지켜보았다.

여자가 떠나고도 조금 더 기다린 후 오레오 한 봉지를 집어 들고 계산대로 갔다. 나를 보고 툴툴거리는 거로 보아 남자는 나 때문에 화가 난 모양이었다. 나는 청력이 좋고, 앞서 말했듯 예민하므로 다 알 수 있었다. 내가 그 일을 할 수 있을까 두려웠지만, 남자의 흉측한 손가락이 내 손을 스치자 영혼까지 떨리면서 마침내 헝겊을 꺼내 남자의 코를 막을 수 있었다. 남자는 반항했지만 그리 힘이 세지는 않았다. 남자가 낮게 울부짖는 데도 나는 손에 힘을 풀지 않았고, 결국 그는 벌벌 떨며 바닥으로 쓰러졌다.

나는 온몸을 사시나무처럼 떨면서도 얼른 위층에 올라가 트렁크를 가지고 내려온 후 식품점 문을 닫고 창문에 '영업 종료' 표지판을 내걸었다. 그러고 나서 남자를 트렁크 안에 넣으려 안간힘을 썼다. 쉽지 않았다! 그 섬뜩하고 흉물스러운 손가락에 내 몸이 닿지 않으려면 조심해야 했다! 영원과도 같은 긴 시간이 흐른 후 마침내 남자를 트렁크 안에 넣었는데, 이번에는 트렁크 입구가 닫히지 않았다. 화가 나서 폭발할 것 같았지만 마침 강력 접착테이프가 눈에 띄어서 그걸로 입구를 꽁꽁 싸맸다.

트렁크를 밖으로 끌고 나왔을 때는 이미 칠흑 같은 어둠이 내려 있었고 내 심장은 사정없이 뛰었으며, 모르긴 해도 얼굴은 분명 몹시 창백했을 것이다. 그러나 굳게 마음을 먹었기에 트렁크를 공사 현장까지 질질 끌고 간 후 미리 파놓은 구덩이에 세게 밀어 넣은 다음 흙을 끼얹었다. 그러고는 큰 돌을 가져다 그 위에 놓았다. 내내 땀이 비 오듯 흐르고 심장이 사정없이 뛰었지만, 아주 짜릿했다.

식품점으로 돌아오자 사지가 와들와들 떨렸다. 포테이토 칩 두 봉지와 맥주 여섯 병들이 한 팩과 스니커즈를 집어 들고 위층 내 아파트로 올라갔다. 타는 듯한 갈증이 일어 맥주를 마시고 이어 포테이토 칩과 스니커즈를 허겁지겁 먹었더니 가슴이 좀 진정되고 화도 누그러져서 시간을 확인했다. 남자가 얼마나 오래 무덤 안에 있는지 알아야 했기 때문이다. 나는 남자를 밤새 거기 둘 계획이었다. 남자에게 전혀 해악을 끼칠 생각은 없었다. 오히려 남자가 살아 있기를 원했다! 범죄가 아니고 실험이니까!

그러다 문득, 아침에는 공사 인부가 많아서 남자를 무덤에서 꺼내지 못할 테고, 그러면 내 계획과 다짐은 물거품이 될 거란 생각이 들었다.

다시 정신을 차려 보니 아침이 밝아 있었다. 맥주와 힘든 노동 때문에 깊은 잠에 빠졌던 모양이었다. 먹은 거라곤 포테이토 칩 두 봉지와 스니커즈밖에 없어서 속은 불편했지만, 남자가 트렁크 관에 있고 지금쯤 클로로폼의 효력이 다해서 깨어나 두려움에 떨고 있겠다고 생각하니 기분이 좀 나아져서, 내게 영감을 준 이야기를 다시 읽은 후 하루 낮밤을 더 기다려 보기로 했다. 하룻밤은 산 채로 묻은 후 결과를 보기에 좀 짧은 기간이니 이틀 밤은 그대로 놔둬 보기로 한 것이다.

다시 허기가 밀려와 아직도 '영업 종료' 표지판이 걸려 있어 사람들이 오지 않는 식품점으로 내려가서 크래프트 치즈와 원더 빵, 마요네즈, 과자 대용량 한 봉지, 유후 초콜릿 음료를 가지고 위층으로 올라와 치즈 샌드위치를 만들어 먹고 TV를 보다가 잠든 후 다음 날 아침에야 일어났다. 남자 생각을 하면 제대로 앉아 있을 수도 없었지만 시간을 때우려고 오래된 영화를 DVD로 봤다. 남자는 깜깜한 상자 안에서 어떤 마음일까 생각하니 계속 몸이 떨렸다. 그러다 문득, 만약 내 실험이 성공해서 남자는 살아 있는데 그걸 아는 사람이 나밖에 없으면 안 되겠다는 생각이 들었다. 나는 혼란스러워져서 서성거리기 시작했고 그렇게 몇 시간이 지났는지 모르겠지만 다시 어둠이 내리고 있었다. 불현듯 적당한 사람이 생각나서 급히 아래층으로 내려가 다섯 블록을 날 듯 내달렸다. 곧장 안으로 들어가자 크리스마스를 상기시키는 장식과 많은 책이 눈에 들어왔고 영국 여자가 보였다. 여자가 나를 보고는 놀라 못마땅한 표정을 지었고, 나는 흰머리 양반이 있는지 물었다. 여자는 오토를 말하는 거냐고 물었고, 나는 그게 그 사람의 이름이라면 그렇다고 말했다. 여자가 오토를 불러오자 두 사람에게 내가 멋진 걸 보여 줄 테니 나랑 어디 좀 빨리 가자고 했다. 내가 몹시 흥분한 듯 보였는지 오토는 문 옆에 앉은 문신한 젊은 사내에게 서점을 보라고 말한 후 어두컴컴한 거리를 따라나섰다.

오토가 내게 계속 진정하라고 했지만 흥분이 가라앉지 않았다. 공사 현장에 도착하자 오토가 영국 여자 샐리에게 길에서 기다리라고 했다. 안 된다고, 같이 가서 내가 한 일을 봐야 한다고 내가 우기자 샐리도 알겠다고 했다. 공사로 바닥이 심하게 울퉁불퉁해서 오토는 샐리의 손을 잡고 걸었다.

목적지에 도착하자 내 가슴은 사정없이 뛰었다. 떨리는 손으로 돌을 치우고 흙을 파헤치기 시작하자 오토가 뭘 하느냐고 물었다. 나는 잠자코 하던 일을 계속했고 드디어 트렁크가 보이자 흥분해서 테이프를 발기발기 찢다가 문득 너무 황홀한 나머지 손길을 멈추고 암기해 둔 구절을 외웠다.

'일어나라! 그들에게 일어나라고 내 명령하지 않았더냐?'

오토와 샐리가 어리둥절한 표정으로 나를 쳐다보았고 나는 마침내 트렁크의 입구를 열었다! 거기에 그 가엾은 사내가 있었다!

낑낑거리며 고통을 호소하고 있었다! 지금 내가 이 글을 쓰고 있는 종이보다 얼굴이 더 창백했다! 그러나 분명 살아 있었다!

오토와 샐리는 크게 화나고 놀란 것처럼 보였다. 오토가 그 한국인 남자를 상자에서 나오도록 도왔다. 남자는 불쌍할 정도로 벌벌 떨고 있었고 오토는 남자를 진정시키려고 갖은 애를 다 썼다. 샐리가 휴대전화를 꺼내는 게 보였지만 상관하지 않았다. 큰 발견을 했기 때문이다! 사람은 이틀 밤을 묻혀 있어도 산다는 걸 세상은 알아야 하고 내 노력을 칭찬해야 한다. 경찰이 왔을 때 나는 순순히 차에 올라탔다.

끝.

나는 이 얘기를 분명 좋아할 듯한 흰머리 오토 양반에게 내가 쓴 것을 보냈다. 오토는 매년 실제 있었던 범죄에 관한 책을 내는데 거기에 내 얘기를 실어도 되느냐고 묻는 편지를 보내 왔다. 나를 인터뷰한 사람이 쓴 잡지 기사도 내 글과 함께 싣겠다고 했다. 그래야 내 편에서 하는 얘기를 사람들이 들을 수 있어 좋을 거라면서. 그 책에는 스무 개 정도의 글이 실릴 것이고 내 이야기에는 내 이름이 저자로 붙을 테지만 범죄로 돈을 버는 것은 불법이라 원고료를 줄 수는 없다고 했다. 그게 진짜 범죄 따위는 아니라고 생각하지만 뭐 상관없었다. 내 글이 다른 스무 개의 이야기와 함께 책에 실린다니 끝내 주게 좋다. 게다가 내 친구들에게 나눠 줄 수 있도록 책 열 권도 준다고 했다. 비록 래리밖에 생각나는 사람이 없다는 게 문제지만 말이다. 식품점 남자에게 보내면 내가 왜 그런 짓을 했는지 남자가 이해하게 될지도 모른다. 이 안은 너무 따분해서 내 얘기와 다른 것들을 얼른 읽고 싶다. 예민한 내 천성을 건드리고 영감까지 줄 좋은 얘기가 또 있을지 기대해 본다.

이름이 뭐길래

메리 히긴스 클라크

메리 히긴스 클라크(Mary Higgins Clark) / 1927

스튜어디스로 일하다가 첫 번째 남편과 결혼한 후 뉴욕 대학의 글쓰기 수업을 들었다. 1964년에 남편이 죽은 후 경제적 어려움에 부딪혔고 라디오극 각본가로 일하며 가족을 부양했다. 1975년에 첫 스릴러 소설 『아이들은 어디에 있는가?(Where Are The Children?)』를 발표한 뒤로 수많은 베스트셀러를 탄생시켰다.

† What's in a Name?(2009)_ 윌리엄 셰익스피어의 『로미오와 줄리엣』에 나오는 대사이다.

12월 18일, 날씨는 춥고 바람은 거셌지만 미스터리 서점을 포함한 모든 곳에는 축제 분위기가 완연했다. 미스터리 서점의 문 바로 안에는 실제 사람 크기의 산타클로스가 안락의자에 널브러져 있다. 오후가 다 지나가기 전에 누군가 산타의 번쩍거리는 부츠에 걸려 넘어지지 않으면 오히려 이상한 일일 거다.

내 이름은 렉시 스미스. 서른셋에 미혼이고, 전직 공중 곡예사다. 언젠가는 공중에서 휙 날아 불시착하고 말 것 같아, 차라리 잘나가고 있을 때 그만두자고 마음먹은 게 두어 해 전이었다. 키는 보통. 눈은 파랗고, 이목구비는 꽤 반반하며 자연스러운 금발이다. 남들은 나를 보고 꽤 매력적이라고 한다. 그런데 내 친구 말이 내게는 한 가지 심각한 결점이 있단다. 무대 위 수십 미터 상공에서 파트너의 손을 잡아야 하므로 내 손아귀의 힘은 상상초월이다. 실은 뼈를 으스러뜨릴 정도의 괴력이다. 나도 그 결점을 고치려 노력중이다.

2년 전 나는 영화에서 공중 곡예사 역할을 하게 된 슈퍼스타 어맨다 메이스의 코치로 일하게 되었다. 우리는 곧 굉장히 친해졌다. 어맨다는 홍보 여행을 가서도 내 얘기를 했고, 우리가 함께 작업하면서 겪은 재미있는 에피소드를 내가 웹사이트에 올린다는 말도 자주 했다.

자상하기도 하지. 어맨다 덕분에 내 웹사이트는 아주 유명해졌다. 매일 나는 어떤 주제에 관해서건 글을 써서 올린다. 스스로 작가라고 생각해 본 적은 없지만, 작가가 되면 좋겠다고 생각해 보기도 했고 든든한 후원자도 여럿 생겼다.

내가 이곳에 있게 된 이유 외에, 앞서 줄줄이 읊은 내 신상은 앞으로 내가 여러분에게 하려는 얘기와 아무런 상관이 없다. 그러나 독자들은 대개 화자의 생김새나 배경을 간단하게라도 알고 싶어 한다는 사실을 알기에 조금 적어 보았다.

'미스터리 서점'은 유명인들과 장차 유명인이 될 사람들의 성지와도 같은 남부 맨해튼 지구 트리베카에 있다. 추리소설의 열혈 독자인 나는 이 근처에 이사 온 이후로 곧 그 서점의 단골손님이 되었고, 덕분에 서점 주인인 오토 펜즐러와 친구 비슷한 사이가 되었다. 오늘 오토는 희고 숱 많은 머리를 신나게 흔들어 가며 부산하게 움직이고 있다.

내가 지난 몇 달 동안 관찰한 결과, 오토는 잘 웃는 사람이 아니다. 하지만 그의 얼굴에서 크리스마스 아침을 맞은 네 살짜리 아이의 미소를 볼 수 있는 경우가 있는데, 그중 하나는 우선 베스트셀러 작가가 옆에 있어야 하고, 작가가 최근에 낸 책을 사서 사인을 받기 위해 열성 팬들이 헐레벌떡 뛰어와 금전 등록기가 쉴 새 없이 딸랑거려야 한다.

오늘의 이벤트는 아주 특별하다. 정오에 시작해서 3시간이나 계속되었다. 작가 알비라 미언과 그녀의 남편 윌리가 리무진에서 내려 팬들의 박수와 환호를 받으며 등장할 때부터 내가 계속 여기에 있었기에 아는 일이다.

여러분도 알비라 미언이라는 이름을 들어 봤을 것이다. 청소 일을 하던 5년 전 4천만 달러 복권에 당첨되었고, 뉴욕 글로브의 칼럼니스트가 되었으며, 그 후 범죄 해결에 관심을 가지게 된 특이한 이력의 소유자다. 아마추어 탐정으로서 알비라의 능력은 타의 추종을 불허한다. 그녀는 또 복권 당첨자들이 흔히 겪을 수 있는 위험, 즉 순식간에 얻은 행운에서 나락으로 떨어지는 상황을 피할 수 있게 돕는 단체를 이끌고 있다. 그런 예는 메인 주에 있는 허울 좋은 호텔을 사들인 남자에서부터 당첨금에 대한 수입세를 까먹고 내지 않아 감옥에 간 사람, 폰지형 사기^{다단계식 금융 사기의 일종}로 돈을 탕진한 많은 사람까지 부지기수다.

이제 알비라에게는 큰 자랑거리가 생겼다. 알비라가 새로 쓴 책 『요리에서 음모까지』가 《뉴욕 선데이 타임스》 선정 1위에 오르는 등 전국적인 베스트셀러가 되었고, 굳이 묻는다면 이제 이 정도는 별로 대단한 일도 아니다. 알비라와 오랜 친구 사이인 오토 펜즐러가 오늘 사인회를 하자고 제안한 이유는 알비라의 책이 크리스마스 선물로 적합하리라는 판단에서였고 나도 그 의견에 동의하는 바다. 알비라는 책이 출판된 올봄에도 이곳에서 한 차례 사인회를 했다.

나는 요 며칠 기분이 매우 울적했고 알비라와 함께한다는 생각으로도 회복이 되지 않았다. 사랑하는 내나 할머니가 석 달 전에 돌아가셨는데, 우리 어머니는 지금 시카고에 살고 있어서 할머니의 팔십 평생 중 마지막 60년을 함께한 이스트 브롱크스 집을 정리해야 하는 고역이 내 앞에 떨어졌다. 나는 지난 열흘 동안 그 일을 감당했다.

내나 할머니는 관심사가 많았고 특히 동물, 새, 물고기를 사랑했다. 각종 알레르기에 시달리는 바람에 애완동물을 직접 키우지는 못했지만, 날고 걷고 수영하고 기는 것이면 뭐든 끔찍이 아꼈다. 그렇게 몇 년이 지나다 보니 할머니의 방 두 개짜리 작은 집은 위에서 열거한 모든 것들에 대한 잡지와 그림, 사진으로 폭발하기 일보 직전이 되었다. 나는 잡지와 책을 정리하면서 매우 놀랐다. 그 많은 책자의 수많은 페이지에 색인이 되어 있고, 색인된 페이지를 펼쳐 보면 한두 단락에 크게 동그라미가 그려져 있었다. 도대체 이유가 뭔지는 신만이 아시리라.

할머니는 그때그때 가장 좋아하는 동물의 완구를 사서 모두 모아 두었다. 한번은 서로 다른 크기의 콜리 개 인형이 네 개 있었는데, 내가 열 살이었을 때 그중 하나 때문에 이마를 두 바늘 꿰맨 일도 있다. 그때 나는 수도꼭지를 틀면서도 그 녀석이 욕조에 들어앉아 있다는 사실을 몰랐다. 욕조에 들어가 목욕을 하는데 뭔가 통통하고 털이 무성한 것이 맨살에 닿았다. 비명을 지르며 몸을 날려 안착은 했으나 변기 시트에 이마를 부딪쳤다.

그러나 내가 미스터리의 열광적인 팬이 된 것은 분명 내나 할머니 덕분이다. 할머니는 늘 책을 읽었고 특히 추리소설을 아주 좋아했다. 다른 할머니가 손주에게 곰돌이 푸를 읽어 줄 때 내나 할머니는 낸시 드류_{영미권 청소년 추리소설 가운데 가장 사랑받는 캐릭터}와 에드거 앨런 포의 세계로 나를 안내했다.

할머니가 자신이 읽은 책보다 더 나은 서스펜스 소설을 쓸 수 있겠고, 범죄 관련 일을 해 온 경력으로 보아 베스트셀러 작가가 되는 것은 시간 문제라고 생각한 것은 퇴직한 직후인 20년 전 일이었다. 참, 할머니가 브롱크스 구 법원에서 42년간 근무했다는 얘기를 내가 했던가? 할머니는 죄수들을 유치장에서 법원까지 왕복으로 호송하는 일을 맡았었다.

할머니는 새로운 목표에 전력투구했고, 내가 전화를 걸어도 자동응답기로 넘어가기 일쑤였다. '집필중입니다. 전화를 받지 못해 죄송합니다. 나중에 연락드리겠습니다.'

할머니를 잘 지켜보기 위해 어머니와 나는 할머니 집을 수시로 들락거렸다. 갈 때마다 할머니는 어느새 집필실로 변해 버린 이층 침실에서 타닥타닥 타자기를 두드리고 있었다. 그래, 분명 타자기였다. 한쪽 발치에는 베개만 한 웹스터 사전이, 다른 쪽에는 유의어 사전과 인용사례집이 자리했다. 뒤로는 분명 파지임에 분명한 종이 상자들이 아무렇게나 쌓여 있었다. 이미 꽉 차 닫히지도 않는 서랍장에는 타자된 수백 장의 원고가 고무밴드에 묶여 보관되어 있었다. 할머니의 낡은 화장품 상자 위에는 두꺼운 마닐라 서류 봉투와 서류

철이 제멋대로 뒤엉켜 자리다툼을 했다.

10년쯤 전에 우리는 옷장 바닥에 쌓인 소인 찍힌 두꺼운 반신용
소포를 보고 질겁했다. 원고를 정기적으로 에이전트나 출판사에 보
냈다가 규칙적으로 딱지맞은 게 분명했다. 할머니가 외출하는 경우
는 열심히 쓴 원고를 보내려고 우체국에 갈 때 외에는 별로 없었다
고 확신한다.

우리가 아무리 간청해도 할머니는 본인이 쓴 원고를 우리에게 보
여 주지 않았다. 그렇게 열심히 책만 쓰다가는 틀림없이 크게 낙담
하게 되리라, 우리가 아무리 얘기를 해도 할머니는 늘 호언장담했
다. 사법체계를 할머니만큼 잘 아는 사람은 영원히 없을 것이고, 언
젠가는 그걸 알아보는 눈 밝은 편집자도 나타날 거라는 게 할머니의
전망이었다.

미스터리 광으로서 나는 어떤 식으로든 할머니를 돕고 싶다고 나
섰지만 단호하게 거절당했다. 할머니는 혼자 힘으로 유명해질 테니
더는 뭐라 하지 말라고 하면서, 할머니가 베스트셀러 작가가 되면
그 영광을 공유만 하면 된다고 했다. 또 우리에게 만약 할머니가 생
전에 작가로 성공하지 못하면, 할머니가 쓴 글은 한 단어도 읽지 말
고, 어떤 형태로 보관된 것이든 한 장도 빠짐없이 쓰레기봉투에 넣
어 꼭 버린다는 맹세까지 요구했다.

어제 재활용 센터에서 차가 와서 그나마 쓸 만한 물건들을 다 거
둬 갔다. 할머니의 할머니에게서 물려받은 자기 세트가 든 소중한
장식장과 가족사진을 비롯한 여러 기념품은 내가 이미 내 아파트로

옮겨다 놓았다. 이제 집에는 할머니가 독창적으로 창조해 낸 작품 외에는 아무것도 남지 않았다. 마침 오늘이 할머니 집 근처에 쓰레기 수거차가 오는 날이라, 나는 서점에 오기 전에 마지막으로 한 번 더 할머니 집에 들렀다.

나는 할머니가 타이핑한 책의 내용을 한 단어도 보지 않으려고 간간이 눈까지 감아 가며 할머니의 작품을 큰 검은색 비닐봉지 여덟 개에 모두 욱여넣었다. 그러나 몇몇 원고의 제목과 할머니가 사용한 필명까지 안 보고 지나갈 수는 없었다. 나는 할머니가 필명을 지은 방식에 포복절도하고 말았다. 지극히 할머니다운 발상이었다.

나는 쓰레기봉투를 질질 끌어다가 집 밖 모퉁이에 가져다 놓았다. 그러는 사이 눈물이 났다.

다시 현재로 돌아온다. 나는 알비라의 책을 이미 읽었는데 참 재미있었다. 어떤 남자가 자신이 연쇄살인범이라는 사실을 알아버린 여자를 죽이려고 스파에 간 얘기를 필두로, 각 챕터에 알비라가 해결한 범죄에 관한 에피소드가 등장한다.

우습게도 알비라를 보면 늘 내나 할머니가 생각난다. 알비라는 얼굴이 인자하게 생겼다. 체격은 우리 할머니처럼 약간 통통한 편이었다. 머리카락은 빨간색이었는데 알비라가 직접 염색을 하면 꼭 밝은 오렌지색이 되어 버려서 자주 농담의 소재가 되곤 했다. 할머니는 머리를 칠흑같이 까맣게 염색했는데, 우리가 아무리 나이 팔십에 너무 심하다고 말해도 요지부동이었다.

참, 알비라가 사인을 시작하기 전에 오토의 부탁으로 팬들과 간담을 나눴다는 얘기를 까먹은 것 같다. 10분 정도에 걸쳐 청소부였던 젊은 시절과 복권에 당첨된 후 칼럼니스트가 된 사연, 그리고 지금 범죄 해결에 도움을 주는 일이 얼마나 행복한지 모른다는 얘기를 했다. 그 후 팬들이 질문하는 시간이 있었다. 앞으로 집필 계획은 어떤지, 글 쓰다가 막힐 때는 없는지, 원고를 보내기 전에 몇 번이나 퇴고하는지 등의 질의응답이 이어졌다.

거기 앉아서 알비라의 대답을 듣다 보니 나도 모르게 눈물이 났다. 내나 할머니가 작가로 성공했다면 저런 질문들에 어떻게 대답할지 상상이 되었다.

그때 오토가 활기찬 목소리로 질문을 하나만 더 받겠다고 했다. "줄이 너무 길어서 사인회를 곧 시작해야 할 것 같습니다." 오토가 이리저리 둘러보다가 소심해 보이는 중년 남자에게 질문할 기회를 주었다. 알비라가 하는 말이면 뭐든 일일이 메모하던 사람이었다.

남자는 지명을 받자 몹시 흥분한 것 같았다. 눈을 동그랗게 뜨고 목소리를 여러 번 가다듬고는 물었다. "미언 여사님, 꼭 풀고 싶은데 해결하지 못한 사건이 혹시 있습니까?"

"네, 당연히 있습니다. 누군가가 꼭 풀어 주기를 오토도 바라는 사건입니다. 그렇죠, 오토?"

오토의 얼굴에서 미소가 사라졌다. 그러더니 슬픈 듯 고개를 저었다. "모르는 사람을 위해서 알비라 당신이 사건의 경위를 얘기해 줘요. 나는 아직도 너무 화가 나서 그 얘기는 못 하겠어요."

"9년 전, 바로 이곳 미스터리 서점에서 일어난 일입니다. 중요한 사건이었어요. 천재 에드거 앨런 포에 근접하는 유일한 생존 작가인 루퍼스 바바나클이 처녀작의 클래식 에디션 출판을 기념하여 바로 이 자리에서 사인회를 했습니다. 루퍼스는 5년 동안 새 소설을 쓰지 못했어요. 그런데 그날, 루퍼스의 팬들은 물론이고 오토까지 기쁨에 벅차게 할 깜짝 뉴스가 있었어요. 루퍼스가 마닐라 서류 봉투를 집어 들며, 사인회를 마친 후 안에 든 새 책의 원고를 출판사에 보낼 예정이라고 했어요."

알비라가 그때 기억이 되살아나는지 고개를 저으며 말을 이었다. "저도 그 자리에 함께 있었어요. 벼락부자가 되기 전부터 저는 미스터리 팬이었고, 특히 루퍼스 바바나클이 쓴 책이라면 빼놓지 않고 챙겨 읽었죠. 루퍼스가 봉투를 열고 손으로 직접 쓴 원고를 몇 장 들어 올리자 사람들의 환호성이 터져 나왔어요. 루퍼스가 말하더군요. '이 이야기를 쓰는 데 5년이 걸렸습니다. 제가 쓴 것 중에 가장 멋진 작품입니다. 저의 최고작이죠.'"

나는 침을 꼴딱 삼켰다. 아, 할머니. 걸작을 쓴 사람이 할머니라면 얼마나 좋을까요!

"오토, 나머지 얘기는 당신이 해요." 알비라가 부추겼다.

오토가 착 가라앉은 목소리로 말을 시작했다. "사인회에서는 작가 지망생들이 찾아와서 그 날의 주인공에게 자신의 미출간 원고를 읽어 달라고 부탁하는 일이 더러 있습니다. 그런 경우 대개 작가들은 미출간 원고를 읽었다가 나중에 아이디어 도용 시비에 말릴 수도 있어 어렵겠다고 정중히 거절합니다. 그런데 평소에는 아주 영리하게

구는 루퍼스 바바나클이 그때는 웬일인지 그 부탁을 받고 아주 예의 없고 퉁명스럽게 굴었습니다."

오토는 말을 잇지 못했다. "알비라, 목이 메어서 말을 못 하겠어요."

"오토, 계속해요. 일이 난 줄 알았을 때 전 이미 그 자리에 없었잖아요."

"그럼, 힘들어도 말해 볼게요." 쉰 듯한 목소리로 오토가 나머지 이야기를 전했다. "사인회가 끝나고 루퍼스는 편집자를 만나러 갔습니다. 1시간쯤 후에 루퍼스와 편집자 매지 마셜이, 우연히도 루퍼스와 알비라의 편집자가 같은 사람이군요, 다시 이곳으로 왔는데 충격을 받아 제정신이 아니었어요. 루퍼스가 들고 있는 마닐라 서류 봉투에는 루퍼스가 손으로 쓴 원고 대신 매지에게 전달되기를 바라는, 타이핑된 원고가 들어 있었죠. 매지가 두어 페이지 읽어 보더니, 35년 편집 인생 동안 읽은 원고 중에 가장 조잡한 글이라고 단정적으로 말했어요."

오토가 스스로를 방어하듯 말을 이었다. "저는 작가 지망생들이 유명작가에게 원고를 주는 것을 막기 위해 늘 주변을 살피는 편입니다. 그런데 그날은 줄이 너무 길어서 사람들에게 제발 교차로를 막지 말아 달라고 부탁하려고 밖에 나갔습니다."

"그래도 소설을 바꿔치기한 사람이 주소나 전화번호는 남겼을 것 아닙니까?" 소심해 보이는 남자가 따지듯 물었다.

"자기는 루퍼스 바바나클의 편집자가 매지 마셜인 걸 알고 있으니, 다음 주에 매지에게 직접 전화해서 자신이 쓴 소설에 대한 의견을 듣겠다는 메모가 남아 있었습니다. 여자는 그런 방법을 써야 자기가 쓴 원고를 매지가 봐주기라도 한다는 걸 알 정도로 똑똑한 사람 같았습니다. 그런데 그 여자한테서는 전화가 없었고, 그 사람이 실수로 루퍼스의 원고를 가져갔는지 어떤지는 모르겠지만, 결국 원고는 돌아오지 않았습니다. 여자와 원고가 감쪽같이 사라져 버린 거죠."

오토는 그 귀하디귀한 원고가 자신의 눈앞에서 없어졌다는 데 대한 죄책감에서 여전히 헤어 나오지 못한 것 같았다.

"네, 이게 바로 제가 꼭 해결하고 싶은 수수께끼입니다." 알비라가 말을 맺었다. "이제 사인회를 시작하죠. 밖에서 기다리는 사람들이 얼어 죽겠네요."

그 후 3시간 동안 나는 사람들이 알비라의 책을 얼마나 사랑하는지 다시금 확인했다. 이미 알비라의 책을 읽었지만 친구들에게 크리스마스 선물로 주고 싶다며 몇 권이나 더 사는 사람들이 많았다. 어떤 여자는 불경기로 남편이 실직하는 바람에 매우 우울한 나날을 보내던 중에 알비라의 회고록을 읽고 힘을 얻었으며 곧 상황이 바뀔 것이라 믿게 됐다고 했다.

너도나도 알비라에게 책 잘 봤다는 얘기를 전하는 동안, 나는 계속 저 자리에 내나 할머니가 있었다면 얼마나 좋았을까 하는 생각만 했다. 마침내 알비라가 마지막 사인을 끝냈다. 여기저기 흩어져 있던 사람들을 모이게 한 후 오토는 사인하던 테이블에 의자를 당겨 않고 샴페인 병을 열었다.

오토, 알비라의 남편 윌리(이 사람은 내가 여태 만난 남자 중에 가장 멋졌고, 작고한 하원의장 팁 오닐 같은 분위기를 풍겼다) 그리고 내가 알비라에게 축배를 들었다. "오늘 재고로 있던 당신 책을 모두 판 것도 모자라 추가 주문까지 받았습니다." 오토가 신이 나서 말했다. 확실히 루퍼스 바바나클 원고 실종 사건은 이미 오토의 마음을 떠난 모양이었다.

"알비라의 사인회는 늘 이렇게 성황이에요. 전 아내가 정말 자랑스럽습니다." 윌리가 말했다.

막 샴페인을 입에 대려는데, 누구에게나 신경을 써 주는 우리의 자상한 알비라가 내게 말했다. "렉시, 당신 웹사이트에 내 얘기를 좋게 써 줘서 정말 고마워요. 여기서 만나기로 한 후에 매일 웹사이트에 들어가서 글을 읽었는데, 당신은 글 쓰는 데 재능이 탁월한 것 같아요. 가족 중에 누구 글 쓰는 사람 있어요?"

알비라의 질문에는 반드시 대답하게 하는 힘이 있다. 나는 어느새 내가 할머니가 성공적인 작가를 꿈꾸게 된 배경이며, 20년 동안이나 소설을 썼다는 얘기며, 심지어 늘 퇴짜 편지를 받으면서도 절대 작가의 꿈을 포기하지 않았다는 것까지 주워섬기고 있었다.

"미출판 작가의 수는 상상초월입니다." 오토가 지적했다. "그런데 출판계 진입하기가 워낙 어렵다 보니 가끔 모래밭에 숨은 진주를 몰라볼 때가 있죠."

"할머니가 어디에서 사셨습니까?" 윌리가 물었다.

"브롱크스에 계셨어요. 그곳을 사랑하셨죠. 브롱크스를 비하하는 사람들을 보면 크게 화를 내곤 하셨어요."

"퀸스 가지고도 많이들 놀리죠. 알비라와 저는 거기 출신입니다. 할머니는 어떤 책을 쓰셨습니까?"

"미스터리, 항상 미스터리만 쓰셨어요." 그러고는 할머니가 우리 어머니와 내게 절대, 결코, 할머니가 쓴 소설을 읽지 말라고 했으며, 바로 그날 내가 할머니와의 약속을 지키기 위해 단어 하나 읽지 않고 할머니의 소설을 다 버릴 참이라고 설명했다.

"아직 마닐라 서류봉투에 들어 있는 소설도 있어요. 어디 내놓기에는 부족하다 싶으셨던 것 같아요. 다른 것들은 보통 회신용 봉투에 들어 있고요. 원고 하나를 몇 군데에 두루 보냈는지 아니면 딱 한 곳에만 보냈는지는 신만이 아시겠죠."

"할머니 성함이 어떻게 돼요?" 알비라가 물었다.

"애니 다울링이에요." 그러고 나서 나는 차라리 울음에 가까운 웃음을 웃었다. "누가 할머니한테, 편집자가 소포를 열거나 첫 장을 펴보게 하려면 할머니의 본명 가지고는 안 된다고 말했나 봐요. 8, 9년 전이었던 것 같은데 반송우편을 받은 그 날부터 할머니는 필명을 쓰기 시작하셨어요."

"필명 쓰는 사람도 많지요. 가끔 먹히기도 하고요." 오토가 말했다.

"할머니는 상상력이 아주 뛰어난 분이셨어요. 오늘 아침에 원고를 쓰레기봉투에 집어넣다 보니, 할머니는 유명한 사람들의 이름과 성을 마구 뒤섞어 필명으로 쓰셨더라고요."

갑자기 테이블 주위 공기가 이상해짐이 느껴졌다. 알비라와 오토가 번개라도 맞은 얼굴이었다. 왜 그러지? 나는 슬슬 불안해졌다.

"그중에 기억나는 거 있어요?" 알비라가 물었다.

뭔가 심각하게 잘못되고 있는 것 같았다. 생각도 제대로 나지 않았다.

"어, 그러니까." 내가 더듬거리며 말했다. "대프니 콜린스가 있었어요. 대프니 듀 모리에『자메이카 관』, 『레베카』 등을 쓴 영국 소설가와 윌키 콜린스를 합한 것 같아요. 스티븐 M. H. 클라크도 있었는데 스티븐 킹과 메리 히긴스 클라크에서 만든 것 같고, 다른……."

내가 말을 멈췄다. 오토의 호흡이 거칠어졌던 것이다. 알비라는 그런 오토를 멍하니 바라보고 있었다. "오토, 바바나클 것과 바뀐 원고에 있던 이름이……,"

둘이 동시에 외쳤다. "대프니 브론테!"

"그 이름이 적힌 원고 봤어요?" 오토가 펄쩍 뛰면서 소리를 지르는 바람에 샴페인 잔이 떨어졌다. 잔은 테이블 위에서 깨져 오토의 재킷 위로 파편이 떨어졌지만, 오토는 눈치도 못 채는 듯했다.

"아아뇨." 내가 기억을 더듬으며 우물거렸다. "브론테 포라고 써 있는 원고는 본 것 같은데, 그러니까……." 그러다 방어하듯 말했다. "하지만 우리 할머니는 평생 뭘 훔친 적이 없어요. 루퍼스 바바나클이 할머니에게 안 좋은 소리를 했다면, 할머니가 실수로 다른 걸 가져갔을 수도 있어요. 아마 너무 상심해서 거절당한 원고 틈에 따로 보관해 두셨을지도 모르고요."

"분명 그럴 거예요." 알비라가 말했다. "렉시, 할머니가 우연히 그걸 가져가셨을 겁니다. 근데 아까, 오늘 아침에 할머니 원고를 다 내다 버렸다고 했잖아요. 어디다 버렸어요?"

나는 화가 머리끝까지 나서 말이 제대로 나오지 않았다. "쓰레기 봉투에." 내가 다 죽어 가는 목소리로 말했다.

"거기 쓰레기 수거 시간이 몇 십니까?" 오토의 목소리는 나보다 훨씬 더 거칠고 떨렸다.

"할머니 동네에는 꽤 늦게 오던데……." 이런 맙소사, 불쌍한 할머니는 실수로 루퍼스 바바나클의 원고를 가져갔고, 만약 그렇다면 지금 그 원고가 쓰레기 매립지로 향하고 있다는 뜻?

"갑시다." 오토가 소리쳤다.

알비라의 출판사가 제공한 리무진이 밖에 대기중이었다. 몇 초 만에 알비라, 윌리, 오토 그리고 나, 이렇게 네 사람은 차로 뛰어 들어갔다. 오토는 운전기사 옆 좌석에 올라탔다.

"저녁 드시러 가십니까, 미언 여사님?" 기사가 상냥하게 물었다.

"아니! 브롱크스로 가지!" 오토가 소리쳤다.

뒷자리에 앉은 알비라와 윌리 그리고 나는 한마디도 하지 않았다. 우리가 의심하는 것이 사실이든 아니든 그들도 나와 같은 기도를 했을 것이다. 제발 너무 늦지 않았기를.

우리가 휴일 교통 체증과 씨름하며 웨스트사이드 하이웨이로 기어 올라가 헨리 허드슨 파크웨이를 따라 조금씩 나아간 후, 이제는 실망하기도 지친 채 크로스 브롱크스 익스프레스웨이를 따라 힘겹게 가는 동안, 오토는 기사에게 더 빨리 차를 몰아 달라고 미친 듯이 왈왈 댔다. "저 길로 가. 저놈 앞에 끼워 주지 마. 도대체 운전을 어디서 배운 거야, 엉?"

도중에 알비라가 아이디어를 하나 냈다. 위생과에 전화를 걸어 할머니 집 근처에 나가 있는 청소차에 연락해 아직 쓰레기를 치우기 전이면 할머니의 원고를 따로 놔둬 달라고 부탁하자는 것이었다. 그러나 결국 알비라는 살아 있는 사람과는 통화조차 못 했다. "……를 원하시면 1번, ……를 원하시면 2번, ……를 원하시면 3번." 알비라는 결국 포기하고 말았다.

6시 반이 되어 모리스 파크로 내려섰을 때 창밖에는 눈발이 날리기 시작했다.

우리는 러팅 가로 진입했다. 어두웠지만, 그 골목에서 문에 크리스마스 화관이 없고 거실 창문 너머로 크리스마스트리가 넘겨다보이지 않는 곳은 할머니 집밖에 없으니 기사도 쉽게 찾을 것 같았다.

할머니의 집은 긴 골목 끝에 있었다. 이제 '힘껏 밟아!'라는 오토의 지시는 필요 없었다. 그때 길모퉁이에 주차된 거대한 쓰레기 수거차의 윤곽이 눈에 들어왔다. "할머니 집 앞에 있어요." 나는 소리 지르며 차 문을 움켜쥐었다. 이웃집 잔디밭에 선 크리스마스트리에서 나오는 불빛 덕에, 남자 하나가 검고 무거운 쓰레기봉투를 진입로에서 끌고 나가는 것이 어슴푸레 보였다. 다른 남자 하나는 트럭 뒤에 서서 봉투를 분쇄기에 집어넣으려고 들어 올리고 있었다.

나는 원래 공중 곡예를 아주 쉽게 했지만, 그 순간만큼 몸을 가볍고도 빠르게 놀려 본 적이 없었다. 차가 끽 소리를 내며 멈추자마자 리무진에서 튀어나가 진입로를 가로질러 내달렸다. 환경미화원이 머리 위로 봉투를 들어 올리자 나는 붕 날아올라 공중에서 봉투를 낚아챘다. 친구가 늘 불평하던, 뼈를 으스러뜨릴 정도의 악력 덕분에 파쇄기로 들어가기 직전의 쓰레기봉투를 미화원 남자의 손에서 구해 냈다. 무게가 엄청나서 나는 봉투를 낚아채자마자 균형을 잃고 바닥에 쓰러졌다.

"아가씨, 미쳤어요?" 환경미화원이 나를 내려다보며 소리쳤다. 어느새 오토와 알비라 그리고 윌리까지 모두 가까이 와 있었다. 윌리가 나를 일으켜 세웠고 오토는 혹시 쓰레기 수거차에 이미 들어가 버린 봉투가 있는지 미화원에게 물었다.

"아뇨, 이게 첫 번째였어요. 당신들, 나머지 봉투로 캐치볼이라 하려는 거요?" 미화원은 대답도 기다리지 않고 트럭 운전석에 올라 덜컹거리며 멀어져 갔다.

"렉시, 할머니 집 열쇠 있어요? 이것들을 다 꺼내 놓고 혹시 바바나클의 원고가 있는지 봐야겠어요."

"열쇠는 있는데 오늘 전기가 끊겼어요."

"그럼 이것들을 다른 데로 가져가야겠네요." 알비라가 실용적인 제안을 했다. "좋은 생각이 있어요. 매지가 오늘 늦게까지 일한 후에 사무실에서 크리스마스 파티를 한다고 했어요. 루퍼스의 원고를 찾을 수 있을지도 모른다고 하면 이걸 다 가져가서 큰 회의실에 풀어

놓고 찾을 수 있게 해 줄 거예요."

기억하겠지만, 알비라의 편집자인 매지 마셜은 루퍼스 바바나클의 편집자이기도 하다.

매지가 전화를 받자마자 알비라가 말을 쏟아냈다. "매지, 지금 사무실로 가는 중일 줄 아는데……."

바바나클의 원고를 찾을 수 있을지도 모른다는 말에 매지의 새된 비명이 전화기 너머로 울려 퍼졌다. "파티는 신경 쓰지 마. 쓰레기 더미 뒤져 원고를 찾아낼 사람은 여기 얼마든지 있어. 만약 베스트셀러가 될 만한 걸 찾게 되면 회사에는 그보다 더 좋은 일이 없으니까."

오토, 알비라, 윌리, 리무진 기사 그리고 나는 서둘러 쓰레기봉투를 리무진에 실었다. 트렁크에 다 못 넣어서 하나는 오토의 무릎 위에, 또 하나는 윌리와 알비라와 내가 탄 뒷좌석 바닥에 놓고 우리는 발을 그 위에 힘겹게 올려놓았다.

1시간 후 우리는 동 56번가에 있는 매지 마셜의 회의실에 도착했다. 매지의 말대로 원고 색출을 돕기 위해 네 사람이 우리를 기다리고 있었다. 그들은 각자 하나씩 테이블 모서리를 차지한 채 쓰레기봉투를 쏟아부어 빠른 손놀림으로 원고를 뒤졌다.

그들의 모습을 지켜보자니 점점 더 슬퍼졌다. 할머니가 소설 쓴 시간을 모독하는 것 같았다. 그러나 동시에 모두 할머니가 바바나클의 원고를 가져갔다고 철석같이 믿고 있는데 그게 나오지 않으면 어쩌나 싶어 몹시 겁이 났다.

이따금 할머니가 사용한 필명을 거론하기도 했다. '렌델 제임스' 같은. 우리 중 누군가가 지적했듯, 그 이름은 루스 렌델과 P. D. 제임스에서 따왔을 터였다. 바쁜 와중에도 그 이름 덕에 모두 시원하게 한바탕 웃어젖혔다.

일곱 번째 봉투가 개봉되고도 잃어버린 원고가 나타나지 않자 우리는 신경이 극도로 날카로워졌다. 곧 오토가 마지막 쓰레기봉투를 집어 들어 거꾸로 뒤집었다. 반신용 봉투와 아무것도 쓰이지 않은 서류봉투들이 쏟아져 나왔다. 오토가 내용물을 확인하기 위해 봉투를 뜯기 시작했고 그중 하나에서 손으로 쓴 원고를 끄집어내더니 맨해튼 전체를 울리고도 남을 쩌렁쩌렁한 목소리로 승리의 환호를 질렀다.

"여기 있다, 여기 있어! 마침내 찾았다!" 오토가 다른 사람이 볼 수 있도록 원고를 높이 들어 올리더니 거기다 입을 맞췄다.

모두 손뼉을 치며 아래위로 경중경중 뛰었다. 매지가 루퍼스 바바나클에게 전화하러 뛰어가다가 문득 오후 6시 이후에는 루퍼스가 전화를 받지 않는다는 사실을 기억해 냈다. 대신 루퍼스가 나중에라도 확인하면 뛸 듯이 기뻐할 낭보를 메시지로 남겼다.

갑자기 피로가 몰려 왔고, 할머니가 힘겹게 만들어 낸 창작물들을 보자 또 가슴이 미어졌다. 그러나 하나만은 확실하다. 나는 할머니의 소설을 모두 버리겠다고 약속했고, 그 약속을 지켰다. 그러나 운명은 원고가 폐기되도록 내버려 두지 않았고 비록 읽지 않겠다는 약속은 지켰을지언정 할머니의 소설은 다시 내 아파트 옷장에 보관돼야 했다.

내가 매지에게 말했다. "가기 전에 우리 할머니 물건을 도로 봉투에 좀 담아 주세요. 그리고 혹시 내일까지 여기 좀 놔둬도 된다면 내일 제가 친구들을 데려와서 짐을 다 치우겠습니다."

매지의 표정을 보니 나를 제정신 아닌 사람으로 여기는 듯했지만, 어쨌든 최대한 배려해 주었다. "그럼요." 매지가 쓰레기봉투를 벌리고 그 안에 원고를 채우기 시작했다.

"그리고 하나 더. 할머니가 어쩌다 남겨 두게 된 원고, 아직 가지고 계시죠? 조잡하다고 하셨던 그거요."

매지의 얼굴이 불편함으로 일그러졌다. "네, 그럼요. 어디로 보내야 할지 몰랐고, 게다가 어쨌든 그 사람을 찾아내야 바바나클의 원고를 가지고 있는지 확인할 수 있겠다 싶어 여태 가지고 있었어요. 제 사무실 서류함에 있습니다."

매지가 사무실에 가서 원고를 가지고 돌아왔다. 의심했던 대로 바바나클의 원고와 정확히 똑같은 봉투 크기였고 둘 다 겉봉에는 아무것도 쓰여 있지 않았다. 내가 그 점을 모두에게 지적했다. "이건 제가 가져가겠습니다. 저희 할머니가 큰 혼란을 드린 점, 대신 사과드립니다."

알비라가 문간에 서서 팔을 뻗어 나를 막았다. "렉시, 혹시 제가 그 원고를 읽어 볼 수 있을까요? 당신이 해 준 얘기를 종합해 보니 당신 할머니는 상상력이 뛰어나신 분 같아요."

거절하려 했지만 알비라의 상냥한 눈을 바라보니 나도 그녀가 원고를 봐 주었으면 하는 바람이 들었다. 마치 할머니가 이렇게 말하는 것 같았다. "렉시, 알비라에게 그걸 보여줘. 어서!"

그래서 그렇게 했다.

미스터리 서점, 1년 후

나는 다시 미스터리 서점에 앉아 있다. 이번에는 내가 사인회의 주인공이다. 내 옆에는 알비라가 앉아 있다. 그녀의 신문에 나에 대한 얘기를 칼럼으로 쓸 예정이었다.

그때 알비라는 할머니의 원고를 집에 가져간 후 너무 재미있어서 밤을 꼴딱 새워 가며 읽었다. 다음 날 아침 일어나자마자 매지에게 전화를 걸어 그 원고를 얼마나 읽어 보았느냐고 물었다. 스토리가 굉장했던 것이다.

"브롱크스 법원에서 일하는 여자 경찰이 말하는 물고기와 문제를 상의하는 내용으로 시작하잖아." 매지가 따지듯 말했다.

"그게 그 소설의 재미야. 둘이서 범죄를 해결해." 알비라가 말했다.

알비라의 말을 들은 후 매지가 할머니의 책을 다시 읽었고 역시 홀딱 반했다. 결국 매지는 모험하는 셈치고 책을 출판하기로 했다. 6월에 초판 2천 부가 나왔다. 할머니가 무척 자랑스러웠지만 거기서 끝이 아니었다. 할머니의 책은 지금까지 20쇄를 찍었고 백만 권 이상이 팔렸다.

당연히 매지는 쓰레기봉투에 담아 두었던 원고를 다 찾아 읽었다.

놀랍게도 할머니가 쓴 소설은 스물두 권이나 더 있었다. 법원 경찰인 주인공 데이지는 책마다 그녀의 조수 격인 말하는 애완동물을 달리 등장시켜 범죄를 해결한다. 첫 번째 책처럼 물고기가 나오는 책도 있고 짐승이나, 새, 심지어 곤충도 등장한다.

다른 소설들도 여섯 달에 한 권씩 계속 출판될 예정이다. '미스터리 서점'에서 할머니의 첫 책을 가지고 사인회를 한 것도 벌써 두 번째다. 사람들이 크리스마스 선물로 할머니의 책을 주고 싶어 하리라는 오토의 예상은 적중했다. 줄은 끝없이 이어졌고, 오토는 싱글벙글 신이 났다.

나 역시 기쁘다. 꼭 할머니가 내 옆에 앉아서 사람들의 칭찬을 들으며 환하게 미소 짓는 것 같다. 할머니의 인세로 어머니와 내가 받는 돈의 절반은 동물보호센터와 동물원, 아쿠아리움, 그리고 조류보호구 같은 곳으로 가게 됐다. 할머니도 기뻐할 거다.

마지막으로 남길 말. 루퍼스 바바나클의 마지막 책, 그가 소위 최고작이라 자평한 그 책은 불발탄이었다. 아무도 찾지 않았다. 잃어버린 채 나타나지 않았다면 더 나았을 뻔했다. 이런 내가 참 못됐지만, 나는 그 생각을 할 때마다 고소해 미칠 지경이다.

여기까지가 최근 '미스터리 서점'에서 일어난 일의 경위다. 할머니와 내가 인사드린다, 여러분 모두 메리 크리스마스!

옮긴이 후기

이리나

앗, 볼에 와 닿은 이 차가운 것은 정녕 눈이란 말인가? 참 가지가 지 하는구나. 코트 소매를 들어 올려 뺨에서 눈송이를 닦아 내려는 데 눈물이 후두두 떨어졌다. 얼른 주위를 둘러보았지만, 누구 하나 작은 동양 여자에게는 관심도 없다. 바보처럼 우는 장면을 들켰을까 봐 둘러본 건데 아무도 봐 주는 사람이 없으니 더 서럽다. 같은 자리 에 서서 수백 번은 들었을 징글벨도, 쇼윈도를 밝힌 유치한 조명도 다 싫다. 나 한국으로 돌아갈래!

애초에 이역만리를 남자 하나 보고 날아온 내 무모함이 화근이다. 그 남자는 내게 확신을 준 적이 없다. 고백도 내가 먼저 했고 애정 표 현도 나만 과감했다.

뉴욕에 온 지 보름 만에 그에게서 연락이 왔다. 크리스마스이브에 맨해튼 워런 가에서 만나자고 했다. 드디어 길고 고된 내 그간의 노 력이 결실을 보게 되는구나, 잔뜩 들떴다. 아침부터 거울 앞에서 호 박을 수박으로 만들고도 남을 정성으로 꽃단장했다. 그리고 나와서 꼬박 3시간 넘게, 세상에서 가장 환한 표정을 한 인파에 밀려 가며 그를 기다렸다. 그런데 이게 뭐야.

눈물로 흐려진 시야에 빨간 옷의 흰 턱수염 산타가 들어왔다. 어리둥절해 하는 내게 산타는 작은 상자 하나를 건네고 내 어깨를 톡톡 치더니 저 멀리 사라졌다. 뭐지? 한국에서는 산타가 우는 아이에게는 선물을 안 주는데 미국에서는 우는 어른한테도 선물을 주네.

상자를 열어본 나는 그 자리에 주저앉아 대성통곡했다. 내가 처음 마음을 고백하며 그에게 선물한 커플링 한 쌍, 언제든 내 마음을 받아 주고 싶을 때 반지 낀 손으로 내 손가락에 남은 하나를 끼워 달라는 편지와 함께 그에게 건넸던 커플링 한 쌍이 고스란히 상자 안에 담겨 있었다.

한참을 울고 있는데 누군가 또 어깨를 툭툭 쳤다. 그럼 그렇지! 크리스마스이브에 이런 잔인한 이별 통보는 말이 안 되지. '극적인 프러포즈를 위해 연출한 거야, 많이 놀랐지? 오래 기다리게 해서 미안해.' 이러려던 거였구나. 이런 센스쟁이. 손등으로 눈물을 닦고 위를 올려다보니, 어럽쇼! 이번에는 산타가 흰 턱수염은 여전한데 검은색 양복을 입고 서 있네. 눈은 파랗고 게다가 유창한 영어까지. 이 남자 너무 나가는 거 아니야?

검은 양복 입은 새 산타가 뭐라고 떠드는데, 나보고 안으로 들어가자는 것 같아 따라 들어갔다. 가게 안은 바닥에서 천장까지 책이 빼곡하고, 구석구석에 해골과 단검 따위 소품도 보였다. 파이프 문 사냥 모자 신사의 실루엣이 천장에 매달려 달랑거리고, 사람 크기만

한 산타 인형은 입에서 피를 토하며 의자에 널브러져 있다.

양복남은 어리둥절해 하는 나를 안락의자에 앉힌 후 따뜻한 얼그레이 한 잔을 건네며, 무슨 일로 그리 울었느냐고 물었다. 다시 울음이 터졌고 나는 꿈에서나 가능할 유창한 영어로 나를 버린 나쁜 남자를 성토했다. 살고 싶지 않다고, 이 먼 곳까지 와서 이 무슨 치욕이냐고, 남자를 찾아가 죽여버리겠다고 으르렁댔다. 그는 구슬처럼 파란 눈으로 내 눈을 응시하며 다 괜찮아질 거라고, 그 남자는 애초에 내 인연이 아니었던 거라고, 이렇게 울기에 오늘은 너무 기쁜 날이라고 위로를 아끼지 않았다. 서점에는 우리 둘뿐이었는데, 아마 직원들은 다 퇴근하고 서점 주인인 듯한 양복남이 문을 닫으러 나왔다가 나를 발견한 모양이었다. 그에게는 바르비탈 같은 마력이 있어 서서히 마음이 진정되었고, 그러고 나자 몹시 창피했다. 서둘러 감사 인사를 하고 나가려는데, 남자가 내게 크리스마스 선물이라며 작은 책자 하나를 건넸다. 밖에는 어느새 함박눈이 내리고 있었다. 불과 몇 분 사이에 나는 악마와 천사, 천당과 지옥을 다 만나고 경험한 듯한 기분이었다.

한국으로 돌아온 나는 그 후 10년 동안 곁눈 한번 돌리지 않고 바쁘게 살았다. 그러다 지난여름, 방 정리 중에 그때 양복남이 준 소책자를 발견했다. 읽어 보니 단편 추리소설이었다. 재밌었다. 검색 끝에 그 남자는 맨해튼 워런 가에 있는 '미스터리 서점' 주인 오토 펜즐러로, 매년 크리스마스를 즈음하여 유명 추리소설 작가의 단편을 소책자로 만들어 단골들에게 선물로 주었다고 했다. 내게 준 것도 그

해의 단편이었다. 그리고 그렇게 17년간 모은 작품들을 책으로 엮어 몇 년 전에 출판했다는 소식도 접했다.

나는 당장 오토 펜즐러에게 이메일을 보냈다. 그사이 나는 번역가가 되었고, 그 책을 번역하고 싶다는 뜻을 전했다. 그는 나를 기억하고 있었고, 내 제안에 무척 기뻐했다. 10년 전, 남자 하나 때문에 세상이 무너진 듯 절망하던 내가 이렇게 잘 살아남아 그가 엮은 책을 번역까지 하겠다니, 오토에게는 내가 올해의 크리스마스 천사가 될 것 같다는 말도 덧붙였다. 그때 머나먼 이국땅에서 내가 오토라는 크리스마스 천사를 만났던 것처럼.

사람은 언제 어디서 어떻게 만난 인연으로 살아갈 힘을 얻을지 모를 일이다. 번역하는 내내 나는 오토와의 만남이 우연이 아니라 필연이었다는 생각을 했다. 번역가가 된 것도 어쩌면 오토와 그의 서점에서 받은 기운과 응원 덕이 아닐까 싶다.

이제 시공간을 초월한 우정으로 오토와 내가 만들어 낸 이 책 한 권이 올해 여러분에게 멋진 크리스마스 선물이 되었으면 좋겠다.

★★

이런 번역 후기를 쓸 수 있으면 좋으련만, 이건 그저 내가 지어 낸 이야기이다. 오토가 작가들에게 제시한 세 가지 조건, 즉 크리스마스를 배경으로 할 것, 미스터리가 가미될 것, 적어도 몇 장면에는 미스터리 서점을 등장시킬 것, 을 충족하려 했으나 미스터리 요소가 부족하구나. 역시 아무나 덤빌 일이 아니었다.

위의 이야기만큼 극적이지는 않지만, 내가 이 책을 번역하기까지 과정도 그리 만만하지는 않았다.

지금으로부터 '어언' 3년 전! 좋은 책을 찾아 출판사에 제안하려고 눈에 불을 켜고 인터넷을 뒤지다 이 책을 만났다. 크리스마스 시즌 북이고 이벤트 성향이 강하면서도, 단편 추리소설들이 재미있고 감동적이다. 그렇다면…… 북스피어와 연결하면 좋을 것 같았다. 마포 김 사장님께 책 얘기를 한 후 기획서를 보냈더니 '뛸 듯이' 기뻐하며 책을 내자고 했다. 중간 과정은 건너뛰겠다. 어쨌든 우여곡절이 많았고, 나는 '하염없이' 기다렸다. 두 번의 크리스마스를 넘기고 올해는 꼭 책을 내자 도원결의했지만, 이번에는 판권 확인부터가 쉽지 않았다. 시간은 자꾸 가고 이러다간 이번 크리스마스도 지나가고 말겠다 싶었는데, 극적으로 계약이 성사되었다.

어렵사리 책이 나오게 되자, 혹시 내가 처음에 읽었던 것보다 재미나 감동이 덜하면 어쩌나 걱정이 됐다. 번역을 해보니 기우였다. 유머 있거나, 오싹하거나, 기발하거나, 감동적이거나 간에 어느 것 하나 재미있지 않은 이야기가 없었다. 특히 「크리스마스가 남긴 교훈」은 읽을 때마다 울컥했다. 혹시 독자들이 나만큼 이야기에 재미를 못 느낀다면, 그건 내 번역이 부족한 탓이지 싶다.

빠듯한 일정을 맞추느라 고생하신 북스피어 김 사장님 이하 편집팀과 여러 직원께 다시 한 번 감사의 말씀을 전한다. 「아낌없이 주리라」를 번역하면서, 카드 게임의 룰을 몰라 어디 가서 도박을 좀 하고

와야 하나 고민하는 엄마를 위해 기꺼이 원격 상담과 조언을 해 준 아들 '궁냥공', 고맙다. 항상 힘이 되어 주는 번역가 친구들, 그리고 세상 누구보다 사랑하는 우리 가족들에게 이 책을 바친다.

나이 들면서 점점 크리스마스가 별 의미 없어져 서운했는데, 앞으로의 크리스마스에는 이 책과 함께한 시간을 떠올리며 흐뭇해 할 수 있겠다. 하, 좋다!

2016년 크리스마스를 앞두고,
이리나

미스터리 서점의 크리스마스 이야기
초판 1쇄 발행 2016년 12월 25일

지은이   에드 맥베인 · 로렌스 블록 외
엮은이   오토 펜즐러
옮긴이   이리나

발행편집인   김홍민 · 최내현
책임편집   유온누리
편집   안현아
마케팅   홍용준
표지디자인   씨오디
용지   한승
출력(CTP)   현문
인쇄 제본   현문

펴낸곳   도서출판 북스피어
출판등록   2005년 6월 18일 제105-90-91700호
주소   (121-826) 서울특별시 마포구 망원동 513 상암마젤란21 101-902
전화   02) 518-0427
팩스   02) 701-0428
홈페이지   www.booksfear.com
전자우편   editor@booksfear.com

ISBN 978-89-98791-58-2 (03840)